JN311623

.ト 上

R・D・ウィングフィールド

寒風が肌を刺す一月。デントン署の管内では，いつものように事件が絶えない。二ヶ月以上も行方の知れない8歳の少女に続き，同じ学校に通う7歳の少女も姿を消す。売春婦殺しは連続殺人に発展し，ショットガンを振りまわす強盗犯に，酔ったフーリガンの一団，“怪盗枕カヴァー”といった傍迷惑な輩が好き勝手に振る舞う，半ば無法地帯だ。われらが名物親爺ジャック・フロスト警部は，とことん無能で好色な部下の刑事に手を焼きつつ，人手不足の影響でまたも休みなしの活動を強いられる……。史上最大のヴォリュームで贈る，大人気警察小説第5弾。

登場人物

ジャック・フロスト……デントン警察の警部。主人公
ビル・ウェルズ……巡査部長
アーサー・ハンロン……部長刑事
モーガン……刑事
ジョー・バートン……刑事
ランバート……巡査
エヴァンズ……巡査
ジョーダン……巡査
シムズ……巡査
ジョン・コリアー……巡査
ハウ……巡査
リズ・モード……警部代行
スタンレー・マレット……警視。デントン警察署長
アレン……警部
サミュエル・ドライズデール……検屍官

トニー・ハーディング……鑑識の責任者
マッケンジー……警察医
ロリータ……
リンダ・ロバーツ……
バーサ・ジェンキンズ……
チェリー・ホール……
アンジェラ・マスターズ……売春婦
ドリーン・ビーティ……デントン市民
ロバート・グラッドストン……へべれけドライヴァー
ヴィクター・ジョン・ルイス……ガソリンスタンドの店員
ハリー・グラフトン……売春の元締め
ミッキー・ハリス……ハリーの用心棒
カークストン……ミッキーの弁護士
ヴィッキー・スチュアート……八歳の少女
ジェニー・ブルーアー……七歳の少女
メアリー・ブルーアー……ジェニーの母親
トニー・スコットニー……十一歳の少年

レッドウッド夫妻…………｝強盗事件の被害者
ハーバート・ジョージ・ダニエルズ……｝強盗事件の被害者
マッグズ……………………ダニエルズの友人
パトリック・トマス・モリス……石油会社の営業
バーニー・グリーン……………小児性愛者
チャールズ・エドワード・
　ウィーヴァー……写真愛好家
フォスウィック………………ウィーヴァーの弁護士
ヘンリー・プラマー…………超能力者
サンディ・レイン……………『デントン・エコー』紙の記者
プレストン……………………ベルトン署の主任警部
ベイリー………………………州警察本部の警視正
ホップリー……………………州警察本部の主任警部

冬のフロスト 上

R・D・ウィングフィールド
芹澤恵 訳

創元推理文庫

WINTER FROST

by

R. D. Wingfield

冬のフロスト 上

幕開け《プロローグ》

眼のまえのテーブルに拡げた何枚かの写真に、男はもう一度舐めまわすような視線を這わせた。音量を絞った背後のテレビからは、ローカル・ニュースを垂れ流す単調な音声が聞こえてきていたが、男はろくに注意を払っていなかった。

「ヴィッキー……ヴィッキー・スチュアート……」

男ははっと息を呑み、身を硬くした。嘘だろう？　誰かがあの子の名前を囁いている。にわかに鼓動が激しくなった。振り向くと、テレビの画面にあの子の写真が映し出されていた。八歳の幼い少女が、前歯の隙間をのぞかせてにっこりと微笑んでいた。男はテレビの音量をあげた。

「……デントン警察署は、九週間ほどまえ、デントン初等学校から帰宅途中に行方のわからなくなった八歳の女の子、ヴィッキー・スチュアートちゃんの事件に関連があるとして、男の身柄を拘束した模様です。デントン警察署犯罪捜査部の広報担当者によると、男の年齢は四十代前半、これまでのところ警察の事情聴取には協力的であるとのことですが、現時点でこの男に対する容疑はまだ固まっておらず……」

テレビに映る写真は、学校で撮影された集合写真を引き伸ばしたもので、よく撮れているとは言えなかった。眼のまえのテーブルに並べられた、ぴたりとピントのあった鮮明な写真とは比べものにならなかった。テーブルの写真のヴィッキーは眼を大きく見開き、カメラをじっと見つめていた。そのときに感じた恐怖が、鮮やかに、生々しく写っていた。

玄関のドアを叩く音がした。男は顔をしかめた。裏口を使うように言っておいたはずなのに。ここに来ているのを誰かに見られでもしたら……。

テーブルのうえの写真をかき集めてサイドボードの抽斗にしまうと、男は抽斗に鍵を掛け、そのうえで鍵がしっかりと掛かったことを確かめた。興奮のあまり汗がにじんできていた。両方の手のひらをズボンにこすりつけて汗を拭い、それから玄関のドアを開けた。「おやおや、凍えてるじゃないか」と男は言った。「さあ、早くなかに入りなさい。暖炉に火を入れておいたからね。冷えた身体をすぐに温めてあげられるよ」

その子は七歳——ヴィッキー・スチュアートよりもさらにもう数ヶ月ほど年下だった。

第一章

一月の肌を刺す寒風が、錆の浮いた《閉店》の看板に頭突きをくれ、その勢いで廃業したガソリンスタンドの出入口に渡された、看板の鎖も大きく揺れた。閉鎖されてかれこれ一年半になるのに、あたりにはまだ鼻にまとわりつくような灼けたエンジンオイルとディーゼル燃料と汗をかいた足を連想させる古いゴムの臭いが充満していた。給油機が撤去されたあと、コンクリートの土台だけが残る給油スペースに、パトロール・カーが二台、それに車体に泥が点々と跳ね散ったフォード・シエラが、てんでんばらばらに駐めてあった。シエラの車体にもたれたジャック・フロスト警部は、そこかしこに貼り出された《禁煙》の注意書きに正面切って反旗を翻《ひるがえ》すべく唇の端に煙草をくわえ、寒さしのぎにその場で足踏みをしていた。こんなことをしても、どうせ時間の無駄になるだけだった。この日は残りの勤務時間を署内で過ごせるものとばかり思っていたのに。ヒーターをフル稼働させたオフィスでぬくぬくと、今月分の必要経費をでっちあげるつもりだったのだ。なんせ、デントン警察署の署長であらせられるマレット警視が州警察本部に出向いているという願ってもない好機が到来したのだから。つまりは一ヶ月まえに発行されたことになっているガソリン代の領収書のインクがまだ乾ききらないところに、署長が踏み込んでくるなどという事態の出来《しゅったい》を懸念しなくてもいいということである。それがすんだら、あとは休憩室にしけ込み、例の世紀の一戦のヴィデオを鑑賞しつつのんべんだらりと過ごすつもりだった。ところが、そんな至福の一夜は、あのレジナルド・トッドのなめくじ野郎が大いばりで署に出頭してきて、例の行方不明の八歳の少女、ヴィッキー・スチュアートを殺害したと自白したことで、はかなくも夢幻《ゆめまぼろし》と消え果てた。レジナルド・トッドは幼児相手に猥褻行為を働くけちな常習犯で、これまではもっぱら子どものまえで隠すべきところをみだらに開陳してみせたり、お菓子をあげるから触ってごらんとの甘言を弄して開陳したものへの接触を迫ったりする程度だったが、今度ばかりは自分も大物凶悪犯の仲間入りを果たした、行方不明になっているあの八歳の女の子を強姦して殺し、この廃業したガソリンスタンドにその死体を隠した、というのである。……いや、でも、場所までは正確に覚えてないな……なんてったって暗かったから……それに混乱してたし、などと抜かしやがったのである。

木立の向こうから、新しい高速道路を車が行き交う、低く単調な音が聞こえてきているが、この高速道路こそが、かつては繁盛していたこのガソリンスタンドの、顧客という名の生き血をすすり尽くした元凶だった。給油スペースは荒れるに任され、今ではただの空き地と成り果て、もっぱら要らなくなったマットレスやらソファやらその他もろもろのがらくた類を手っ取り早く処分する目的で利用されている。

ちょうど制服組の連中が寄ってたかって、すり減って溝のなくなった巨大なタイアを引っ張り出し、転がしていくところだった。その奮闘ぶりをフロストはしばし見物した。こういう場合、現場に出張ってきた上位の警察官として手ぐらい貸すべきなのだろうが……結果は眼に見えている。どうせ何も見つかりゃしない。フロストにはそれがわかっていた。あのレジナルド・トッドは、変態なめくじ野郎どものなかでもきわめつけに意気地のない小物中の小物であり、世間の注目を浴びてうっとりしたいがために、時間の浪費にしかならない、くそくだらない大嘘をぶっこきやがっただけなのだ。フロストはぶるっと身を震わせた。現場の諸君と苦労を共にすることは、この際ご勘弁いただこう。車のなかのほうがまだしも暖かそうだった。フロストが車に乗り込んだとき、ちょうど車載の無線機を通じて署の司令室がフロスト警部の応答を求めてきた。「ヴィッキー・スチュアートの母親が署に来てます。警部にお会いしたいってことなんですけど」フロストはうめいた。

たぶん、レジナルド・トッドの自白のことを聞き及び、知らせがもたらされるのを待ちきれなかったのだろう——そう、もちろん、いい知らせが。ヴィッキーの母親のスチュアート夫人は、張り詰めた神経の小さな塊で、現実と向かいあうことを頑《かたく》なに拒んでいる。八歳の娘の行方がわからなくなってもう二ヶ月以上になるというのに、いまだにある日突然ひょっこりと、元気いっぱいの健康体で、午後のお茶に間にあうよう、お腹《なか》を空かせて家に戻ってくるものと信じて疑わない。いつ会っても笑みを浮かべているが、その笑みはいかにも脆《もろ》くて、今にも崩れて別のものに姿を変えてしまいそうに見えた。ずっとしゃべりどおしなのは、相手に口を開く暇を与えなければ聞きたくないことを聞かされずにすむからだろう。それでも誰もいないところではきっと、涙に暮れているにちがいない、とフロストは見ていた。あまり希望を持ちすぎないよう、それとなく助言はしたつもりだった。なんせ、もう九週間も経ってしまったのだから。それでもスチュアート夫人は聞く耳を持たなかった。「もちろん、あの子は帰ってきますよ、警部さん……ええ、間違いなく。わたしにはわかるんです……きっと帰ってくるって、わかるんです」

「それじゃ、ヴィッキーのおっ母《か》さんに伝えて――」と言いかけたところで、懐中電灯の光に注意を逸らされた。車輛の底面を点検したり整備したりするときにもぐり込む検査ピットのところで、ジョーダン巡査が血相を変えて手招きしていた。フロストは腹の底が冷たくなるのを感じた。司令室からの無線は、まだフロスト警部の応答を求めていた。「警部？　フロスト警部？……聞こえてますか？」フロストは無線機の応答スウィッチを入れた。「ああ、聞こえてる。おっ母さんにはあとでおれが訪ねていくからと言って、ひとまずお引き取り願ってくれ。署に戻る途中で寄ることにするから」そして、吸いかけの煙草を最後に深々ともうひと吸いしてから、車内のぬくもりに別れを告げた。

「そこの奥のほうです、警部」ジョーダンは検査ピットに溜まった黒い水に懐中電灯を振り向けた。油膜の張った水面越しに、不要になったタイアやら空き缶やらの類《たぐい》で溝が埋まっているのが見て取れた。懐中電灯の光の輪はそのちょうど真ん中あたりにのぞく、水を吸って色の濃くなったブルーの布地をとらえていた。形状からすると、嵩《かさ》のある何かをくるんでいるようだった。十一月の凍てつくようなあの正午《ひる》下がり、ヴィッキー・スチュアートが学友たちに手を振って、さよならを言い交わしたとき、彼女は冬物の厚手で暖かなブルーのコートを着ていた。

フロストは新しい煙草をくわえると、溜め息をついた。「よし、諸君、あの子をここから出してやろう」

ところが、それはあの子ではなかった。ピットから引きあげられたのは、悪臭を放つ絨毯を丸めたものだった。念のため、ピットに放り込まれていた一切合切を引きあげて調べたが、ヴィッキーはいなかった。ガソリンスタンドのありとあらゆるところを調べたが、それでもどこにもいなかった。

ヴィッキーの母親は、フロストがまだ車を降りないうちに玄関まで出てきていた。レースのカーテン越しに、車が近づいてくるのをずっと眺めていたにちがいなかった。娘がフロストの隣の助手席に坐っていることを期待して。少なくとも、今回は最悪の知らせを伝えにきたわけじゃない、とフロストは自分自身に言い聞かせた。だが、いずれはその日が来ることを思うと、気が重かった。おっ母さんとしては、娘が帰ってこないかもしれないということを断じて認めたくはないのだ。それどころか、フロスト警部も明るい見通しを抱いているはずだ、と自己暗示をかけている節すらうかがえる。「あの子は生きてますよ、警部さん。わたしにはそれがわかるし、警部さんだってわかってらっしゃることでしょう？　ええ、ヴィッキーは生きてます」

玄関のドアを開けたとき、スチュアート夫人はあの今にも崩れてしまいそうな笑みを浮かべていたが、眼が強い不安を訴えていた。初めて顔を合わせたときよりも、十歳ばかり老け込んでしまったように見えた。「いい知らせを持ってきてくださったのね、警部さん、でしょう？　ええ、そのお顔を見ればわかります。いい知らせだってこと」

そうとも言えるのかもしれなかった――お嬢さんの死体は見つかりませんでした、というのがいい知らせだというのなら。「あの男は嘘をついてたんですよ、奥さん。おたくのお嬢さんのことなど何ひとつ知りもしないで、口から出任せを言ってたんです」

「やっぱりね。きっとそんなことじゃないかと思ってたんです、警部さん。だって、わたしたちふたりとも、ちゃんとわかってますもの。あの子は死んでなんかいないって。ね、そうですよね、警部さん？」

フロストは何も言わなかった。卑怯と言われればそのとおりかもしれないが、このおっ母さんに現実を直視させようとしても無駄というものだった。スチュアート夫人はまだしゃべり続けていた。「警部さんなら、きっとあの子を見つけてくださるわ。いずれそういう日が来ます。そのときはうちの玄関にいらしても何もおっしゃらなくていいのよ。警部さんのお顔を見れば、わたしにはわかりますもの」しゃべっているあいだ、スチュアート夫人は忙しなくエプロンをいじりまわしていた。引っ張り、ひねり、ねじり、ぎゅっと丸めて固い球をこしらえたりしていた。

フロストは曖昧に頷いた。「ああ、そうなりゃ言うことないね、奥さん」それでこのおっ母さんが救われるというなら、慰めになるというなら、気休めのひとつやふたつ言ったところで罰はあたるまい。

「ええ、そうなりますとも。だって、そうじゃありませんか、警部さん？　わたしたちにはわかってるんですもの。きっとそうなります……そうならないはずがないわ」

車を駐めたところまで戻りながら、フロストはなんとも言いようのない徒労感を覚えた。できることなら、あのおっ母さんの肩をつかんで揺さぶり、いい加減に眼を覚ませと言ってやりたかった。面と向かって大声でこんなふうに叫んでやりたかった——「お嬢さんは死んじまってるよ、奥さん。たった八歳の子どもが行方不明になって、その後なんの音沙汰もないまま、もうふた月以上にもなるんだ。生きてるわけがないじゃないか」そう、それができれば苦労はない。フロストはフォード・シエラに乗り込み、署に向かった。レジナルド・くそったれなめくじ野郎・トッドをこの手でごってりと、文字どおりのくそったれになろうと委細かまわず、徹底的に絞りあげてやるつもりだった。

デントン警察署の留置場に勾留中のレジーことレジナルド・トッドは、監房の寝棚に腰掛け、担当の巡査部長が運んできた紅茶を、盛大な音を立ててすすっているところだった。痩せこけた貧相な身体つき、華々しく突起したやけに目立つ鼻。紅茶をひと口飲み込むたびに、これまたやけに大きくて目立つ咽喉仏がぐびっぐびっと上下していた。

監房のドアのそとで鍵のぶつかりあう音がした。次の瞬間、ドアが勢いよく開いた。見ると、戸口のところにジャック・フロスト警部が立っていた。激怒している証に、その眼を炯々《けいけい》と光らせて。

レジナルド・トッドは咽喉仏を忙しなく上下させながら、弾かれたように寝棚から立ちあがり、フロスト警部がまだひと言もしゃべらないうちから謝罪のことばを並べ立てはじめた。

「申し訳ない、警部。本当に申し訳ない。やっぱりあれは、あたしの勘違いでした。夢ですよ、夢を見てたんです……それがあまりにも生々しくて真に迫ってたもんだから、つい現実のことだと思い込んじまって」

「そうか、それじゃおまえさんにも生々しくて真に迫った痛みを感じてもらおう」フロストはぴしゃりと言った。「おまえさんのその金玉のあたりに。言っとくけど、夢を見てるわけじゃないからな」

「わかってます、フロスト警部。あたしはそうされても仕方のないことをしでかしたってことでしょう？　でも……どうか勘弁してください、暴力はほんとに苦手なんです」

「ほう、そりゃまた異なことを。自白とやらをしたときには、とてもそんなふうには見えなかったけどな。あの子にしたことをしゃべりながら、興奮のあまり涎まで垂らしてたぐらいだから」

レジナルド・トッドはうつむき、黙り込んだ。

フロストは苦々しげに唇を歪めた。「だったら、あのくそでたらめな自白を撤回して、もう一度取調べに応じるんだな。でもって供述調書ができあがったら、とっととここから退散して、あとは一心不乱に祈るこった、暗い夜道でおれに出くわさないことを」それだけ言うと、フロストはくるりと背を向け、大股で監房から出ていった。

内勤の責任者、ビル・ウェルズ巡査部長は、スウィング・ドアを押してロビーに入ってきたフロストに眼を向けた。「ああいう輩はきっちり訴追請求してやらにゃ駄目だろうが、警察の貴重な時間を無駄にしやがったんだから」

「ああ、あの野郎は警察の貴重な時間を無駄にしやがった。おかげで訴追請求なんぞしてるひまはなくなっちまったよ」フロストはそう言うと、煙草をくわえた。「なんせ、あの車輛維持経費の申請ってやつを片づけちまわなきゃならないからな。何かどでかいことが持ちあがったら、たとえばルーカン伯爵（一九七四年に失踪。当時別居中だった夫人の邸宅で住み込みのベビーシッターを殺害し、夫人を負傷させたとされる）がそこの正面玄関から入ってきて自首したいと言った、なんて事態が発生したら、そのときはモード警部に担当させるように」フロストはあたりを見まわした。「で、どこにいるんだ、張り切り嬢ちゃんは？」

軽蔑の念もあらわに、ウェルズは鼻を鳴らした。リズ・モード部長刑事は今を去ること二ヶ月半ほどまえにデントン警察署に転属してきたばかりだったが、今現在、人事上の一時的な措置ではあるが、警部代行に任じられている。翻って勤続十七年になろうというビル・ウェルズ巡査部長は、あいもかわらずしがない巡査部長のままだった。「あの跳ねっ返りの、くそ小生意気な雌狐が……」

フロストは声をころしてひとり笑った。ビル・ウェルズ巡査部長ほどおちょくりがいのある相手にはそうそうお目にかかれない。不作法をたしなめるように、フロストは舌打ちの要領でちっちっと小さく舌を鳴らした。「そういう言い種はけしからんぞ、巡査部長。仮にも上位の警察官に対して」

ウェルズはたちまち餌に喰らいついてきた。「仮にも上位の警察官だと？　あのくそ小生意気なねえちゃんは、おれと同じ階級だぞ。ただの部長刑事だぞ。勤続年数なんかおれの半分にも足りゃしない。この署にだってつい最近着任したばかりじゃないか。それなのに、あっという間に警部代行にご出世あそばした。なんなんだよ、あの女にあっておれにないものって？」

「そりゃ、まあ、でっかいおっぱいだろうな」とフロストは言った。

ウェルズはフロストに向かって指を振り立てた。「そうさ、ジャック、まさにそのとおりさ。おれが言いたいのもそこなんだよ。こいつは逆性差別だってことなんだよ」

「おれは、ごくまっとうな普通の性差別しかしたことないんだ。で、張り切り嬢ちゃんは？」

「身柄拘束中の被疑者から事情を聴取しているよ。タクシーの運転手だ。女の客を拾って、自宅まで送り届ける代わりに脇道に連れ込んで無理やり事に及んだそうだ」

「なんとまあ」とフロストは言って舌打ちをした。「ひどい話だな。チップまでせびってなきゃいいけど」

フロストのオフィスの明かりは消えていた。フロスト警部としては、レキシントン署から転属してきたばかりのモーガン刑事が犯罪統計用の提出資料の作成にいそしんでいることを期待していたのだが、オフィスには誰もいなかった。モーガンのデスクまで歩き、書類をのぞいて進捗状況を確認した。フロストが例の廃業したガソリンスタンドに呼び出されて中座して以降、まったく手をつけていないようだった。廊下に飛び出したところで、ロビーに向かうコリアー巡査に危うくぶつかりそうになった。「モーガン刑事は？」

「たぶん、階上《うえ》の食堂だと思います」とコリアーは答えた。モーガンが食堂にいることを承知のうえで、けしからんことに、空惚けるつもりのようだった。

「食堂に行ってあの野郎を引っ張ってこい。われわれ警察官は、お茶を飲むことで給料を貰ってるんじゃない。犯罪統計用の資料をでっちあげることがあの野郎の仕事なんだから――」フロストのことばがそこで途切れた。コリアー巡査の肩越しに、ドアを開けたままにしている第二取調室のなかが見えた。険しい顔をした女が、堅苦しく背筋を伸ばして椅子に腰掛けていた。年齢《とし》のころは五十代後半、大きな茶色のビニールのハンドバッグをしっかりと胸元に抱え込んでいる。フロストの視線に気づくと、女はぷいと顔をそむけ、当てつけがましく反対側の壁に眼を据えた。自分の視野にあの無礼千万な小男が映っていることが、我慢ならないのだと言わんばかりに。

フロストはコリアーを脇に引っ張っていって尋ねた。「なんでビーティ小母さんがうちの取調室に陣取ってるんだ？」

「供述調書がタイプされてくるのを待ってるんです」とコリアーは答えた。「あの人が被害者なんですよ、タクシー強姦事件の」

「強姦事件の被害者？　そりゃ、ビーティ小母さんの夢のなかでの話だよ」フロストは鼻を鳴らした。「モード警部はどこにいる？」

リズ・モード警部代行——年齢二十六歳、黒っぽい髪の持ち主で、その髪を頭のうしろで無造作に束ねている——は、テーブルを挟んで向かい側に坐る男を鋭く睨みつけた。男は人を小馬鹿にしたような表情を浮かべ、椅子の背にだらしなくもたれかかっていた。リズ・モードは言った。「では、もう一度、駅でその人を乗せたところから。順を追って説明してもらいましょうか……」

男は肩をすくめた。いやだと言ったところでどうせ聞き入れちゃもらえないんだろう、という意味のようだった。「わかったよ。けど、これでほんとに最後だからな。あのおばはんが電話でタクシーを呼んだ。おれはおばはんを拾って、おばはんの言った行き先まで乗っけてった。でもって、そこでおばはんを降ろして、あとは車を出してその場を離れた、以上」

「でも、被害を訴えてる女性はそうは言ってないの」リズ・モードは食いさがった。「あなたは車を脇道に入れて、性的暴行に及んだ——彼女はそう主張してるんだけど」

「あのなあ、悪いけど、勘弁してくれないかな」男は抗議の声をあげた。「こう見えても、おれは襲う相手についちゃ、けっこう選り好みするんだよ」そう言うと男は、下卑た薄ら笑いを浮かべた。「そりゃ、まあ、相手があんたみたいな、ぴっちぴちの別嬪さんなら、おれとしたって——」

「相手がわたしだったら」リズ・モードは間髪を入れずに切り返した。「今ごろあなたは性的暴行を働こうにも、肝心の働かせるものが見る影もないことになっていたでしょう」男はさも痛そうに大袈裟に顔をしかめてみせた。リズはフォルダーから男の犯歴を記した用紙を引き抜いた。「どうやら女性客に対して、常習的に暴行を働いているようね。覚えがあるでしょう?」

憤慨に堪えないと言いたげに、男は大きな溜め息をついた。「ひょっとして、あのおかちめんこの淫乱娼婦のことか? そんなの、昔々の大昔の話じゃないか」

「九ヶ月まえでしょう?」とリズ・モードは言った。「わたしの感覚では、最近も最近、ついこのあいだの話なんだけど」そこで、むっとして顔をあげた。取調室のドアが軋みながら開き、フロスト警部が侵入してきたからだった。なんと、ノックもせずに。いったいなんの用があるというのか? とりあえず、取調べの録音用にまわしているテープレコーダーのマイクに向かって言った。「記録のために残します。ただ今の時点でフロスト警部が取調室に入室」それから額に垂れかかった髪の毛をかきあげ、フロスト警部を睨んだ。「なんでしょう、警部?」

フロストは戸口のところまで来るよう、手招きしている。「ちょいといいかい? すぐすむから」

リズは唇をきつく引き結んだ。「あとにしてください。今は取調べの途中です」

「いや、今じゃなくちゃ駄目なんだ」フロストはそう言い残して廊下に出た。

眼から怒りの火焔を吐きながら、リズはフロスト警部を追って廊下に出ると、取調室のドアをしっかりと閉めた。取調べの真っ最中に口を挟んでくる権利など、警部といえどもないはずだ。「はっきり言って、こういうことはとても迷惑なんで——」

フロストは片手を挙げて、リズ・モードの話を遮った。「まずはおれの話を聞いてからにしろ」次いで声を落として言った。「こいつは事件にできないいんじゃないかと思うんだ、お嬢ちゃん」

「そうでしょうか？」リズは相手を見くだすときの笑みを浮かべた。「あの運転手の前科《まえ》を調べました。自分の運転するタクシーに乗せた女性客二名への暴行で有罪になってます。料金を踏み倒そうとされたことを暴力を振るった理由として挙げていますが、ひとりは入院するほどの怪我だったんです」

フロストは頷いた。その件はどちらも耳にしたことがあった。「でも、被害を訴えてるほうの前歴は調べちゃいないだろう？」

リズは眉根を寄せた。この人並みはずれて察しの悪い落ちこぼれ警部は、いったい全体、どういうつもりで言っているのか？「被害を訴えているほうの、ですか？」

「ああ、ビーティ小母さんのほうだよ。ご本人の弁によると、あの小母さんのズロースはロンドンのタワーブリッジよりも頻繁にあがったりさがったりしてる。この二年間で少なくとも十二回、性的暴行の被害に遭ったと申し立ててきてるんだが、いずれも願望から発生した妄想だったことがはっきりしてる。それだけじゃないんだ、変態野郎が息をはあはあさせて猥褻電話をかけてきたとか、家事室の洗い場で服を脱いでたらのぞかれたとか、得体の知れない男につけまわされてる、なんて被害届も出してきてる」フロストはコンピューターのプリントアウト用紙に綴られた長い長いリストをリズに手渡した。

リストに眼を通すうちに、リズの口元がこわばり、腹立たしさがあらわになった。「話を聞いたときには、とても嘘とは思えなかったんです。だから、信じたのに」

「ああ、たいていの場合、ご当人も本当のことだと思い込んでるからな」

リズは取調室のドアを恨めしげに睨んだ。「あの女……この手で絞め殺してやりたいわ」

「まあ、そう言うな。少しは大目に見てやってくれや。あの萎びた小母さん、一度も経験がないんだよ。たぶん、この先もそういう機会に恵まれることはなさそうだろ？　だから、精いっぱい妄想を逞しくするしかないんだよ」

「一度もないって……それはつまり、性交渉の経験が一度もない、ということでしょうか？」

「ああ、医者が言うには、そういうことになるらしい。強姦の被害を申し立ててきたから医者の検査を受けさせたんだが、少なくともここ三回についてはそういう診断が下った」

リズはプリントアウトをフロスト警部に返した。「そういう事情があるってことは、われわれとしてはどうすればいいんです？　被害者が訴えを取り下げない限り、こちらとしては通常どおり事を進めるしかないと思うんですけど」

「おれが話をしてみるよ。優しいことばのひとつもかけてやれば、なんとか丸め込めると思うんだ」とフロストは言った。「おまえさんはタクシーの運ちゃんのほうを頼むよ。不当逮捕で訴えるなんて言い出された日には厄介だろう？」フロストはそのとき初めて、リズ・モードがずいぶん疲れた顔をしていることに気づいた。「大丈夫かい、お嬢ちゃん？」

リズは刺々しい眼で睨み返した。「ええ、もちろん。大丈夫に決まってるじゃないですか？　どうしてそんなことを訊くんです？」

「いや、なにね、なんだかちょいと面やつれしたように見えたからさ」この話題を持ち出したことを後悔しながら、フロストは言った。

「疲れてるだけです。ああ、それから、うんざりしてるせいかもしれません。受けてもいない性的暴行の被害を訴えてきたご婦人につきあって、だいぶ時間を無駄にしてしまいましたから」リズはそう言うと、匕首《あいくち》ばりに剣呑な眼差しを廊下の先の、正面玄関のロビーのあたりに投げつけた――受付デスクについたビル・ウェルズ巡査部長が、頬杖をつきながら夕刊を読んでいるあたりに。「こういうことは、内勤の責任者である巡査部長が事前に知らせてくれるべき事柄じゃないでしょうか。そのぐらいはごく当たり前の、きわめて常識的な配慮の範囲内だと思いますけど」リズ・モードはフロスト警部に憤然と背を向け、タクシーの運転手を待たせている取調室に戻った。

第二取調室に入ったフロストは、ドリーン・ビーティの無表情な視線に迎えられた。笑顔を向けると、苦虫を嚙みつぶしたような渋面が返ってきた。「せっかくですけど、フロスト警部、あなたの出る幕ではありませんよ。この件は断固、訴えます。誰になんと言われようと訴えます。うまいこと言いくるめようとしても無駄ですよ」

フロストは訴えを取り下げる旨を記した書面をビル・ウェルズ巡査部長の眼のまえに放った。

「取り下げるとさ」

ウェルズはあんぐりと口を開けて、食い入るように書面を見つめた。「いったい全体、どんな手を使ったんだ?」

　フロストは慎ましやかな笑みを浮かべた。「こう言ってやったんだ——あの男にはあんたを襲えたはずがない、あいつは湾岸戦争で味方の誤爆に遭って肝心なものを吹き飛ばされちまったんだからってな」

「それを信じたのか?」

「最初は信じなかったよ。だが、信じられないようなら、やつの股間にかろうじてへばりついてる、なけなしの……というか、その残骸を見せてやろうかと言ったら、疑わしきは罰せずの精神を発揮してくれた」そこで笑みを引っ込め、フロストは真顔になった。「で、どうしてリズ・モードに教えてやらなかったんだ? あの口の減らない小母ちゃんが〝強姦されても処女だった回数〟で『ギネスブック』の記録に載ってるってこと」

　ウェルズは冷笑混じりに勢いよく鼻を鳴らした。「そりゃ、内勤の巡査部長ってのは、上位の人間にあれこれ指図する立場にはないからさ」

　階上の食堂から、階段を駆け降りてくる騒々しい足音がした。続いてドアが勢いよく開き、目下一時的にフロスト警部のしたに預け置かれている〝ウェールズ産の芋にいちゃん《タフィ》〟ことモーガン刑事が受付ロビーに飛び込んできた。モーガンは背が低く、がっちりした身体つきで、髪は黒っぽい巻き毛、年齢《とし》のころは四十手前。何かと言うと哀しげな眼をして、いじめられた子犬を思わせる表情を浮かべ、眼のまえの相手を骨抜きにするのを得意技とする。フロストにしてみれば、そんなものを見せられたところで鬱陶しいこと限りないだけだが、世の女たちの眼には愛おしいこと限りないものと映るようだった。フロストに睨まれていることに気づくと、モーガンはぎくりとした顔になった。「お茶を一杯飲んできただけですよ、親父《おやっ》さん」モーガンはもうひとつの得意技である〝誠意のにじみ出た〟口調を用い、音程が小刻みにあがったりさがったりするウェールズ訛りで言った。「例の統計の書類は、あともうちょいで仕上がります」モーガンはデントン警察署にあってただひとり、フロスト警部を〝親父《おやっ》さん〟と呼ぶ。おおかたテレビの刑事ドラマでも見て覚えたのだろう、とフロストは踏んでいた。

「あともうちょいで仕上がる?」とフロストは言った。「おれが出かけたあと、あのくそいまいましい代物には手もつけてないくせに。いいか、ウェールズ産の芋《タフィ》にいちゃん、この際だからひとつはっきりさせとこう。わがデントン警察署のぐうたらサボリスト要員は定員一名で、その一名ってのはこのおれだ。わかったか?」

モーガンはしゅんとした顔でうなだれた。「はい、すみません、親父《おやっ》さん。ただちに着手します、親父《おやっ》さん」

受付デスクの電話が鳴った。ウェルズ巡査部長が電話を受けているあいだ、モーガンはその場に居残り、様子をうかがった。フロストと同様、数字の扱いを大の苦手とするモーガン刑事は、ウェルズ巡査部長の受けた電話が書類仕事を放り出す恰好の口実をもたらしてくれるのではないか、と期待したようだった。

「わかりました。うちの署の者を今すぐそちらに向かわせます」ウェルズは先方の住所をメモ用紙に書き留め、電話を切った。「またたよ、ジャック。またしても〝怪盗枕カヴァー〟が出やがった。どうする、モーガンを行かせるか？」

「いや、こちらさんはせっかく、資料作成に取り組む決意をしたとこだからな。おれが行こう」フロストはそう言うと、モーガンに向かって立てた親指をぐいと動かしてみせた。「いつまでもてれてれしてるんじゃない、ロイド・ジョージ（第一次世界大戦時のイギリスの首相（在一九一六～二二）。ウェールズ出身）」

「はい、わかりました、親父《おやっ》さん」落胆していることを隠そうともしないで、モーガンは言った。


すごすごと立ち去るモーガンの後ろ姿を見送りながら、ウェルズは今度もまた冷笑混じりに鼻を鳴らした。「うちの署は、なんだってこう使えないやつばかり押しつけられるんだ？　ついこないだが〝ワンダー・ウーマン〟で、今度はあいつか？」

「なんの、あれしき。おれはもっと使えないやつを知ってる」フロストはつぶやくように言った。「で、〝怪盗枕カヴァー〟の被害を届け出てきたのは？」侵入窃盗事件の現場の住所を訊きながら、フロストは密かに腕時計に眼を遣った。出張った先で必要以上に手間取らなければ、車輛維持経費の領収書をでっちあげる時間はまだたっぷりありそうだった。そのあとの残りの勤務時間は、今度こそ休憩室にしけ込んで例の世紀の一戦のヴィデオを鑑賞しつつのんべんだらりと過ごすのだ。そう、世の中に絶えて署長のなかりせば、日々の心はのどけからまし。


デントン警察署の署長であるマレット警視は、州警察本部からの帰り道、愛車のローヴァーをデントンに向けて走らせながら、指先でステアリングを軽やかに連打していた。上々の気分だった。州警察本部の警察長を座長とした会議は実に意義深いもので、その席上においてデントン警察署は一頭地を抜く存在感を示したのである。州内の各警察署長が一堂に会した今回の会議では、予算の過酷すぎるほどの削減がなされるなか、そうした状況下で警察業務をいかに効率的に遂行していくかについて話し合われた。座長を務めた警察長は各警察署間の協力・連携態勢を強化し、必要に応じて人員を融通しあうことで、より多くの仕事をより少ない人員で遂行できるのではないか、と提案した。さすがは切れ者、やはり言うことからして違う——臆面もなく媚びへつらえる男、マレットは改めてそう思っていた。そんなことをすれば、人員を提供する側の署の職務遂行能力が低下するのが関の山であると言って、懸念を表明する向きもあったが、マレットは詳細を充分に把握しきれないまま、求められているのは建設的な批判などではなく賛同の首肯であることをいち早く察知して、後先なしに首が痛くなるほど盛大に頷き、麻薬摘発のための合同捜査に署員十名を派遣すると申し出たのだった。そして帰路に就いた今、そのときに警察長から頂戴したことばを思い返して、天にも昇るほどの歓びに酔いしれている。警察長宣《のたま》わく——「これだよ、諸君、このデントン署の意気込みと気概こそ州警察全体に求められているものだよ。諸君もデントン署の士気の高さを範とするように」会議のほかの出席者たちから、恨みがましい視線の集中砲火を浴びせられて、己が少数派であることをひしひしと実感させられたマレットだったが、会議に出席する際の心積もりとして、同席した署長連中は歓心を買うべき相手の範疇に端《はな》から入ってはいない。

細かい縦縞《ピンストライプ》の入ったグレイのジャケットの袖口を押しあげ、ロレックスの腕時計で時刻を確認した——午後九時五十八分。ほかの署長連中は今ごろまだパブに腰を据え、アルコールの力で憂さをまぎらわすべくビールを片手に、今後を危ぶんで首を横に振りつつ口々に言いあっているにちがいない。警察長の提案は所詮机上の空論であって、いざ実行段階になればうまく機能するわけがない、と。だが、うまく機能しなかった場合に非難されるべきは、そんなふうに懐疑論に凝り固まっている怯懦《きょうだ》な連中のほうであって、一意専心事に当たる覚悟を固め、全面的な支持を表明したデントン警察署に非のあろうはずはない——少なくとも、マレットの理屈ではそうだった。

ステアリングを切って大通りに入ろうとした瞬間、急ブレーキを踏む羽目になった。信号が変わるのを待たずに飛び出してきた、フォード・シエラを避けるために。点々と泥の跳ね散った車体、騒々しいエンジンの音。マレットの眉間に深い縦皺が刻まれた。あの車体といい、あの運転ぶりといい、これはもう間違いようがなかった。たった今、無礼千万にも眼のまえを突っ切っていったのは、あのジャック・フロストだ。署に戻ってきたら、さっそく呼びつけて、今しがたの無謀運転について厳重注意を与えねばなるまい。会議の席上、いみじくも警察長がおっしゃっていたように——その件でもマレットは惜しみなく首を縦に振ったのだったが——警察官たる者、常に率先垂範を心がけるべきであり、その立場を利用して規則を曲げるなど言語道断というものである。

近道をするため、市内の遊興地区を抜けていくことにした。この市《まち》の〝紅灯の巷〟の現状も一度、視察しておかなくてはならないと思っていたこともある。先だって、牧師に連れられて署にやってきたデントン市の住民代表と称する何名かの連中に、警察は市街の浄化にもっと真剣に取り組むべきだとねじ込まれたのである。その件はフロスト警部の担当ということにしたのだが、あの横着者は厚かましくも、市街の浄化というならばそのへんに捨ててあるポテトチップスの空き袋を拾ったり、犬の糞を片づけたりしなくてはならないということですね、と空惚けてみせたのだ。そのときのことを思い出して、マレットは唇をきつく引き結んだ。気の利いた冗談でかわしたつもりだろうが、デントン署を預かる立場にある者としてはそれを許すつもりはなかった。今度こそ申し渡すべきことをきっちり申し渡して、あの下卑た馬鹿笑いを封じてやるまでだった。

通りにはちょうどその筋の〝女の子〟が大挙して出勤してきていて、車で通り過ぎようとするマレットに向かって、思わせぶりに笑いかけたり、身をくねらせてみたり、なかには手招きしてくる者もいた。今を去ること二ヶ月ほどまえ、彼女たちの同業者のひとりが暴力を振るわれた末に死体となって発見されるという事件が発生し、その直後は蜘蛛の子を散らすように界隈からいなくなっていたのに。咽喉元過ぎればなんとやら、ひとり戻りふたり戻りして、今ではすっかり元どおりの活況を呈している。

ラジオをつけると、ちょうどローカル・ニュースをやっていた。「……デントン警察署は、二ヶ月ほどまえからヴィッキー・スチュアートちゃんの行方がわからなくなっていることに関連があるとして、ある男の身柄を拘束し、事情を聴いていましたが、先ほどこの男の逮捕を見送り、釈放したとのことで……」マレットの眉間に再び深い縦皺が刻まれた。この件でも、あのフロストという男にはごく一般的な配慮すら欠けていることが露呈した。州警察本部に出張中の署長に、被疑者の身柄を拘束したことを知らせてよこさなかったのだ。おかげで会議の席上、警察長から質問されて慌てて署に電話を入れ、確認を取る羽目に陥った。いい恥さらしとはこのことだった。信号が近づいたので、マレットはスピードを落とし、緩やかに車を停めた。運転席の窓をノックする者がいた。見ると髪をブロンドに染めた年増女だった。ワンピースの胸元が眼の遣り場に困るほど深くくれていた。「ねえねえ、そこの小父さん、ちょっといけないことしてかない？」

「いや、わたしはけっこうだ」語気鋭く突っぱねると、女を振り切るため信号を無視して車を急発進させ、危うく衝突事故を起こしかけた。ほかの車から続々と怒りのクラクションが浴びせられたが、それらをことごとく無視してマーケット・スクエアの通りに入ったとき、携帯電話が鳴りだした。フェンウィック署の署長、ハリー・コンリィ警視からだった。洩れ聞こえてくる騒々しい笑い声から察するに、ほかの署長連中と一緒にまだパブに居坐っているようだった。

「ああ、スタン、実は警察署間の協力を必要とする状況が生じてしまってね」とコンリィ警視は言った。「ちょっと力を貸してもらえないだろうか？」

マレットは得意満面の笑みを浮かべた。さっそくの好機到来、デントン署の底力を遺憾なく見せつけてやれるというものだろう。「もちろんだとも、ハリー……遠慮なく言ってくれたまえ」

集合住宅の正面玄関のまえにパトロール・カーが一台、駐車していた。フロストは運転してきたフォード・シエラをそのうしろに駐めた。侵入窃盗の被害に遭ったのは四階の五号室だった。エレヴェーターのボタンを押してみたが、何事も起こらなかった。で、扉に素早く二発ばかり蹴りを見舞ってみたものの、爪先が痛くなっただけで、エレヴェーターを動かすことはできなかった。かくなるうえは、業腹ではあるが階段を使うしかなかった。四階にたどり着いてみると、エレヴェーターの扉に小さな木片が嚙ませてあった。扉が閉まると、エレヴェーターが動きだしてしまうので、そうならないために講じた手立てのようだった。フロストが押した呼び鈴に応えて五号室のドアが開き、不機嫌を絵に描いたような表情の女が顔を出し、手招きをした。室内《なか》に入れということのようだった。「あら、まあ、また警察の人？」女は苦々しげに言った。「そりゃね、多々ますます弁ずとは言うけどね。でも、泥棒に入られたときはひとりもいなくて、被害に遭ってからどっと押しかけてこられてもね。これじゃ、家じゅう、お巡りさんだらけで身動きもできやしない」同情と共感の表れに聞こえることを願って、フロストは鼻を鳴らした。現場には制服警官二名が先着していた。ジョーダンとシムズの組で、シムズは目下、怒気を帯びた顔つきで肘掛け椅子に身を沈めた男から事情を聴いているところだった。「今夜はたまたま、ほんと何年ぶりかってぐらいに久々に、かみさんとふたりで出かけたんだよ」と男は愚痴っぽく言っていた。「で、帰ってきてみたら、このざまだ」

フロスト警部に状況を報告するのは、ジョーダン巡査の役目ということになった。「被害に遭ったのはこちらにお住まいのプランマー夫妻。午後八時ちょっとまえに〈プレミア劇場〉で映画を鑑賞するために外出。今から十五分ほどまえに帰宅し、侵入窃盗の被害に遭ったことに気づいたそうです」

「ええ、そう、今夜はね、最低最悪よ」プランマー夫人も愚痴をぶちまけることにしたようだった。「この人ったら、もうずっと、ぐちぐちぐちぐち言いっぱなし。早く帰らないとテレビでやってるサッカーの試合を見逃しちゃうってそればっかりなんだから。で、帰ってきたら、あのおんぼろエレヴェーターが故障してるんだもの。こっちはえっちらおっちら四階まで階段を登らなくちゃならなかったのよ。あげくの果てが泥棒に入られてた。でね、何がいちばん頭にくるかと言えば、そうまでして観にいった映画がとんでもなくつまらなかったってこと」

「だから、言ったじゃないか。今夜は出かけるのをやめて、うちでテレビ観戦ってことにしないかって」と彼女の夫が言った。「そうしてりゃ、こんなことにならずにすんだんだよ」

プランマー夫人はむかっ腹を立てていることを隠そうともしないで、夫のほうに向きなおった。「へええ、ああ、そう。そうなんだ。それじゃ、全部、あたしのせいってわけね？　あたしが出かけたいって言ったから、一生に一度の我が儘を言ったから、だからいけないってことなんだ。ふうん」

フロストは、犬も食わない夫婦喧嘩には耳を貸さない主義だった。「どこぞから無理やり押し入った形跡は？」とジョーダン巡査に尋ねた。

「いや、なさそうです」ジョーダンは警部を玄関のところまで案内した。「見てください、郵便受けの口がドアの掛け金と同じ高さにある。犯人はおそらく、ここから針金あたりを突っ込んで、それで掛け金を引っかけてはずしたものと思われます」

フロストは頷き、渋々ながら犯人の手際のよさを認めた。「悪知恵のまわる野郎だよ。見たか、エレヴェーターにも洒落た小細工をしてあったろう? 扉のあいだに木切れを噛ませて動かないようにしてあった。ありゃ、時間稼ぎだよ。留守宅の住人がすぐにあがってこられないように。さて、それじゃ、ちょっくらちょいとご夫妻の愛の巣を拝見するとしようかね」

ジョーダンの先導で寝室に足を運んだフロストは、そこで予想していたとおりの光景を眼にした。ダブルベッドの頭板のところに置かれていたはずの枕が、ひとつだけ、ベッドのなかほど、刺し子《キルティング》の薄青いベッドカヴァーのほぼど真ん中に投げ出されていた。

「こういうのを見せられると、過ぎ去りしハネムーンを思い出しちまうよ」とフロストは小声で言った。

ジョーダンはにやりと笑った。「プロの仕事ですよ——寝室に直行して、あっという間に仕事を終えて退散する。ものの数分とかからない」

「そう言われると、なおさらハネムーンを思い出すね」とフロストは言った。ジョーダンは忍び笑いを押しころした。プランマーとその妻が寝室に移動してきたからだった。犯罪の被害者に冗談が通じることは、まずないものと心得るべきだった。

「ちょっと、これを見て」プランマー夫人が甲高い声を張りあげ、ベッドに放り出された枕を指さした。「枕カヴァーなんてけちくさいものまで盗《と》っていったのよ。あたしの宝石をくすねただけじゃ気がすまなかったのかしらね」

「お宅だけじゃありませんよ」とフロストは言った。「それがこいつの手口なんです。頂戴した品物を入れるのに、侵入した先で枕カヴァーを調達するってのが。犯人は手ぶらで侵入するので、犯行まえに不審に思われることがない。侵入したら、寝室に直行する。宝石類はたいていどこのうちでも寝室に置いてるからね。で、そのへんにある枕から枕カヴァーをひっぺがして、くすねた品物をそこに詰め込んで――」フロストは窓際まで足を運び、窓を開けてしたをのぞいた。芝生に覆われた庭が見えた。「――そいつを窓から戸外《そと》に落としちまって、入ってきたときと同様、帰りも手ぶらで出ていくんですよ。だもんで、この段階でたとえ職務質問をかけられたところで――残念ながら、われわれはいまだ、そんな幸運には恵まれてないわけだけど――犯人にしてみりゃ、痛くも痒くもないわけです。なんせ、疑われるようなものは何ひとつ持ってないんだから。でもって、窓から落としといた〝戴きもの〟をあとから悠然と回収して、すたこらさっさと逃げ去る。こいつの場合、頂戴するのはちっちゃなもの限定ですからね、ポケットかなんかに詰め込んじまうことだってできるわけだ。お宅に侵入するにあたっては、しばらくまえから様子をうかがってたはずなんだ……あんた方が出かけるのを見て、好機到来ってことで犯行に及んだに決まってる。最近、このあたりを不審人物がうろついてた、というようなことは？」

プランマー夫妻は揃って首を横に振った。

「こんなことを聞かされたところで慰めにもならないだろうけど、被害に遭ったのはお宅だけじゃない。ここ三週間で、こいつは八棟の集合住宅を荒らしまくってる。被害総額は数千ポンドに達しようかって勢いですよ」

「それなのに、おたくらは、いまだにその泥棒野郎を逮捕できずにいるわけだ。実に優秀な組織なんだな、デントン警察ってのは」プランマーが刺々しく言った。

「そりゃ、観察眼の鋭い目撃者でも出てきてくれりゃ、でもって犯人の人相特徴でも教えてもらえりゃ、われわれとしても即刻、対応できるだろうけど」とフロストは言った。「これまでのところ、そんな朗報をもたらしてくれる目撃者には、あいにくただのひとりも出会えてなくてね」最後にもう一度、室内をひとわたり見まわしてから、レインコートのボタンをかけ、いつでも引きあげられる態勢を整えた。「今夜はこのまま、どこにも手を触れないように。犯人はこれまで指紋を残したことはないけれど……これまでなかったからといって、今後もないとは限りませんからね。明日の朝いちばんで、うちの現場捜査担当者をよこしますよ。ちなみに女の捜査官です。彼女にひととおり調べさせますから」

「明日？」プランマー夫人がまたもや甲高い声を張りあげた。「今すぐやってはもらえないわけ？　時間がもったいないじゃないの」

「今夜は非番でね。今ごろはたぶん、ベッドのなかでしょう。ひょっとすると、お宅と同じような位置に枕を置いてるかもしれない。お宅とはまた別な理由から。なに、心配には及びませんよ。明日でも遅すぎるってことはないから」

ジョーダン巡査が携帯していた無線機が応答を求めて鳴りだした。ジョーダンは呼び出しの内容に耳を傾け、身振りでフロスト警部を呼び寄せた。「司令室から警部に伝言です。うえの階の夫婦者からも通報があったようです。五階の十号室です。そこも侵入窃盗の被害に遭ったそうで、どうやら同一人物の犯行と思われるとのことです」

フロストは声に出さずに悪態をついた。「ああ、そりゃ、戻りがけの駄賃ってやつだよ。ここに住まってる所帯の半数が被害に遭ってたっておかしくない。ほんと、気遣いってことを知らない野郎だな。うちの署が抱える事件の未解決率をぐんと押しあげてるくせに、屁とも思っちゃいないんだから」そして、腕時計で時刻を確認してひと声うめいた。この分では、車輛維持経費の精算をしているうちに日付が変わってしまいそうだった。「よし、行くぞ。とっとと片づけちまおう」

マーケット・スクエアの時計が午後十一時を告げるころ、フロストは運転してきたフォードを、デントン警察署の駐車場にそろりと滑り込ませた。これまでのところ、今夜はさんざんな夜だった。あのあと、同じ集合住宅内でさらに二件、侵入窃盗の被害に遭ったという通報が入り、それぞれの被害宅に出向かねばならなかった。〝怪盗枕カヴァー〟の今夜の犯行は都合四件。己の不運を嘆く被害者が都合四組。出向いた先々でその都度、警察というのは駐車違反ばかりせっせと取り締まってドライヴァーをいじめることには熱心なのに、肝心の犯罪防止にはなんの手立ても講じないのだから、くその役にも立ちゃしない、となじられ、月間犯罪統計の今月の報告書には都合四件の未解決事件が追加されることになり、おまけに捜査に進展はなく、犯人逮捕の見込みもなし。

盗まれた貴金属類のリストこそ手元にあったが、〝怪盗枕カヴァー〟はそれなりに悪知恵がまわるようで、地元の故買屋は利用しない主義らしい。リストに載っている品物《ブツ》は、今にいたるまで、ただのひとつも出てきていなかった。

こんな夜は、無線機と携帯電話の電源を切っておくに限った。どこかのおたんこなすが、フロスト警部は腕を撫《ぶ》しているようだから担当事件を増やしてやったほうがいいんじゃないか、などという浅はかさ丸出しの勘違いをしないとも限らないからである。今夜のこれからの予定は、まず車輛維持経費の精算をやっつけ、犯罪統計用の提出資料をでっちあげ、例の世紀の大一番をヴィデオで観戦し、しかるのち就寝……と思ったとたん、欠伸《あくび》が出た。なんならベッドに直行するのもいいかもしれない。午前八時から勤務に就いている身としては、いい加減ガス欠だった。

本来なら午後十一時過ぎの署の駐車場には、車はほとんど駐まっていないはずだったが、今夜に限って、大型バスが一台、あらぬ方を向いて駐められているせいで、駐車スペースの大半は、その黄色に緑を配した車体に占領されてしまっていた。フロストは仕方なく駐車場の出入口近くにフォードを駐めた。車を降り、駐車場を突っ切って署の裏口に向かいはじめたとき、署内から酔漢のものと思われる調子のはずれた歌声と叫び声が、かなりの音量で聞こえてきているることに気づいた。ガラスの割れる音もした。市内のパブで乱闘騒ぎを引き起こした輩が署内に滞在中なのだろう。平和で静かな夜は、もはや望めそうにないということだった。

裏口の扉を開けたとたん、騒音が殴りかかってきた。顔面に一発喰らったほどの衝撃だった。酔っ払い特有の甲高い笑い声と春歌を放吟するだみ声と歓声と喝采に混じって、虚しく静粛を求めるウェルズ巡査部長の怒鳴り声が聞こえた。フロストは廊下を小走りで進み、ロビーの手前で立ち止まり、恐る恐るなかをのぞき込んだ。文字どおり酔っ払いだらけだった。老いも若きも、へべれけも意気軒昂も、選り取り見取り。しかも、その騒々しいことと言ったら、まさに耳を聾さんばかりだった。ロビーの隅では、酔眼朦朧とした男が妖しく身体をくねらせて踊っていた――当人にしか聞こえない音楽に合わせて、ときどき激しく腰を突き出しながら。一方、仲間にけしかけられてその気になった男が、ベンチによじ登ってストリップ・ショウの真っ最中で、ちょうど〈Yフロンツ〉のブリーフ一丁になって膨らんだ股間を見せびらかしているところだった。別の片隅では、哀しげな顔つきをした男が、静かに、とめどなく嘔吐している。そんな騒ぎに、顔を真っ赤にしたウェルズ巡査部長の怒鳴り声が加わり、それでなくとも耳障りな不協和音を増幅させていた。「おい、おまえら、いい加減にしろ。静かにしろと言ってるだろう。さっきから何度言わせるんだ、この馬鹿たれどもが」

「いったい全体、なんの騒ぎだ？」とフロストは尋ねた。「マレットには一度がつんと釘を刺してやったはずなんだがな、ロータリー・クラブのお仲間を署に連れてくるような真似は厳に慎むようにってな」

「おれのまえで、そのくそいまいましい名前を持ち出さないでくれ」ウェルズは愚痴をこぼすときの口調で言った。「こんなことになってるのは、何もかも、あのくそったれマレットのせいなんだから」ストリップ・ショウが終わり、割れんばかりの拍手喝采が湧き起こった。ウェルズは慌てて耳に手で蓋をした。「見てくれよ、こいつら。どいつもこいつも、寝ても覚めてもサッカーのことしか頭にない、血の気の多いどあほうどもだよ。ああ、悪名高きフーリガンどもだよ。それがバス一台分もいるんだから——まったく、願ってもないもんが来やがったじゃないか」フロストが差し出した煙草のパックから、ウェルズは一本引き抜いた。「なんなら便所を見てこいよ、この野獣《けだもの》どもがしでかしたことを。見渡す限り、ゲロと小便の海だ。タイタニック号だって浮かべられるんじゃないかってほどさ。なんせ、頭数だけでも六十匹もいるんだぜ。どこにぶち込めばいい？　こういう晩に限って、留置場は満員御礼、札止めだし」ウェルズ巡査部長は天井を仰いだ。「この恨み、忘れないからな。マレットのくそったれ。脳たりんの調子こき！」

「おや、そこでわれらが敬愛すべき署長が登場してくるのは、そりゃまたどういうわけで？」フロストはウェルズ巡査部長に尋ねると、首っ玉に両腕をまわそうとしてきた酔いどれを押しやった。「悪いけど、おにいちゃん、おれは売約済みでね。あんたとそういう仲になるわけにはいかないいんだ」

「この酔いどれ山猿軍団は、例の世紀の一戦を観戦するためにはるばる花の都まで繰り出したんだよ。もっとも、ほとんどのやつはへべれけで、サッカー観戦なんてできやしなかっただろうけど。で、持ってきた酒を帰りのバスのなかで呑み尽くしちまったもんだから、運転手に言って、あのフェンウィックの市《まち》はずれの、終夜営業の酒屋に寄らせたわけだ。山猿どもは店内になだれ込み、引っつかめるものを引っつかめるだけ引っつかんだ。アルコールの度数なんかおかまいなしに、酒と名のつくものはなんでもかんでも。もちろん、ラガービールも。ついでに袋売りの豚皮のかりかり揚げ《ポーク・スクラッチング》なんてものまでぬけめなくかっさらうと、いっせいにバスに駆け戻った。そう、支払うべきものを支払わずに。店の親爺と店員二名で阻止しようとしたんだが、奮闘虚しく酒壜でぶちのめされちまった。店の親爺は病院に担ぎ込まれた。頭蓋骨にひびが入ってたそうだ」

「そりゃ、はしゃぎすぎだな、いくらなんでも」フロストはつぶやくように言った。「それにしても、なんでまたうちの署に山猿どもが居坐ってるんだい？　フェンウィック署の管轄なんだから、フェンウィック署の事案だろうが？」

「ジャック、わかりきったことをわざわざ言わないでくれ。通報を受けてフェンウィック署が差し向けたパトカーが到着したときには、そこまで何台かのバスに分乗してきたこの山猿フーリガンどもは一台のバスにぎゅう詰めになり、運転手を店のまえに置き去りにして猛スピードで高速道路を突っ走ってた。もちろんパトカーは追跡したよ。ところが、路面にこぼれてたオイルだかなんだかでスリップして、横転しちまったのさ。でもって、フェンウィック署はほかの署に応援を求めた。暴走バスを停めて大トラ小トラどもを拘束し、いずれ身柄を引き取りに参上するのでそれまでのあいだ預かっていてもらえないだろうかってな。そのとき、ほかの署の署長連中は、一同打ち揃ってどこぞで酒盛り中だった。そういう厄介な頼まれ事はどこの署だってご免こうむりたい。で、調子っこきで一本抜けてて、それを見抜かれてることにも気づかない、われらがマレット大先生に白羽の矢が立ったってわけさ。『任せてくれたまえ』と言ったらしいぞ、あのとんちき。『義を見てせざるは勇なきなり、デントン署の底力をお見せしようじゃないか』だと。だもんで、おれたちがこの山猿どもをしょっぴいてこなくちゃならなくなって、こうしてへべれけだらけで首がまわらなくなってるってわけさ。ほかの署の署長連中は、きっと今ごろ腹を抱えて大笑いしてるぜ」

「そりゃ、ご同慶の至りじゃないか」フロストは鼻を鳴らした。「各警察署間の協力・連携態勢の見事な手本ってやつだろう？　マレット署長もさぞやお慶びであらせられることだろう」

「だったら、マレットも消毒用の洗剤とバケツを持ってやってきて、モップがけの手伝いを御自らあそばされりゃいいのさ。こいつら、身体じゅうの穴という穴から出せるものを出しまくってるんだから」そう言った直後、ウェルズはあっけに取られた顔になり、ロビーの一隅を指さした。「見ろよ、あの野郎。あんなとこで小便する気だよ」

その試みを阻止するため、ウェルズ巡査部長が男のところに駆け寄った機をとらえて、フロストはそそくさとロビーから退却した。自分のオフィスのドアに手を伸ばしたところで、こちらに駆け寄ってくる足音がした。続いて名前を呼ばれて振り返った。慌てふためいた様子のコリアー巡査だった。「どうかしたのか、坊や？」

コリアーは息を切らしていて、ことばを絞り出すのもひと苦労といった様子だった。「来てください、警部、大至急。喧嘩です」

フロストは顔をしかめた。「おれの出る幕じゃないだろう、坊や。そういうことはウェルズ巡査部長に言え。ちょうど暇を持てあましてるようだったぞ」

「警部にまずお知らせすべきだろうと思ったもので」コリアーはそう言うと、声を落としてつけ加えた。「喧嘩の当事者の一方が、モーガン刑事なんです」

あの〝ウェールズ産の芋にいちゃん《タフィ》〟は、なんでこう世話が焼けるのか？　声に出さずに毒づくと、フロストは足元で眠りこけていた酔漢に危うくつまずきそうになりながら、コリアーのあとを追って廊下を突き進んだ。現場は廊下の先だった。薄暗い照明に照らされ、ふたつの黒い人影が板石敷きの床でくんずほぐれつの乱闘に及んでいる。互いに相手を組み伏せようとして。次の瞬間、首にサッカーチームの応援マフラーを巻き、その毛糸編みのマフラーの裾を長々と垂らしたほうが、両膝を器用に使って相手の両腕を挟み込み、その動きを封じ込めることに成功すると、相手の髪の毛をつかんで後頭部を板石敷きの床に打ちつけはじめた。やけに几帳面な一定のリズムで。フロストは眼を細くすがめるようにして、ふたつの人影を凝視した。コリアー巡査の言ったとおりだった。組み伏せられているほうは、間違いなく〝芋にいちゃん《タフィ》〟ことモーガン刑事で、モーガン刑事が目下かなりの劣勢にあることは、誰が見ても明らかだった。

フロストは長々と伸びたマフラーの両端をつかみ、思い切り絞めあげた。さらに絞めあげ、もっと絞めあげた。首筋にマフラーが食い込むにつれて、馬乗りになっていた男の顔面が赤く染まりだした。呼吸を奪われた男は、たまりかねたようにモーガン刑事の髪をつかんでいた手を離し、マフラーに指をかけた。最後にもう一度マフラーをぐっと手前に引き、男の頭をうしろに倒させると、フロストはすかさず相手の首っ玉に片腕をまわし、そのまま引きあげるようにして男を立たせた。「手錠だ、手錠をかけろ！」フロストは怒鳴るように言った。コリアー巡査がその命令を遂行した。手錠をかけられた男が怒りをたぎらせた眼で睨みつけてくるなか、フロストは立ちあがろうとしているモーガンに手を貸した。「いったい全体なんなんだ、この騒ぎは？」

モーガンは何やら決まりが悪そうだった。着ているものについた汚れを払い、鼻孔から滴《したた》りかけた血を拭うと、恐る恐るといった様子で後頭部に手を這わせた。「なんでもありません、親父《おやっ》さん。ちょっとした行き違いというか、誤解というか……」

「誤解だと？」フロストは納得していない口調で言った。「だが、こちらさんは少なくとも、自分のしようとしてることを理解してたぞ。おまえさんのそのウェールズ特産の芋頭をかち割ろうとしてたんだから」

「ああ、そいつともう一度勝負させろ。やりかけたことを最後までやり遂げてやる」手錠をかけられた男がわめき散らした。年齢《とし》のころは二十代後半、頭をスキンヘッドに剃りあげた、見るからに凶悪そうな風貌の若造だった。左右の手首を何度も勢いよくひねっているのは、手錠を引きちぎろうとしているのかもしれなかった。

フロストは若造の顔をまじまじと見つめた。「おや、にいちゃん、どこかで会ったことがなかったかな？」それから指をぱちんと鳴らした。「そうか、ケニー・レイトンか。強盗傷害でパクられた。まだ〝お務め中〟だとばかり思ってたよ」

「出所してきたんだよ、先週」レイトンはそう言うと、そこでまたいかにも凶悪そうな顔つきになり、さも憎々しげにモーガンを睨みつけた。

「出てくるときに、ブタ箱をきれいに掃除してきただろうな。でないと困るぞ。明日からまた元のブタ箱で暮らすことになるだろうから」とフロストは言った。「あんたを逮捕する。罪状は警察官に対する暴行傷害容疑だ」

モーガンはうろたえたような顔になり、フロストの袖口を引っ張った。「いや、違うんです、親父《おやっ》さん。酒のせいですよ。こいつ、呑みすぎたんです。本気じゃありませんから」

「馬鹿野郎、本気に決まってるだろうが」レイトンは大声で怒鳴ると、フロストのほうに向きなおって挑発するように、にたりと口元を緩めた。「それじゃ、警察《サツ》のおっさん、逮捕してくれ。遠慮するなって、ほら。こっちは一向にかまわないんだぜ。裁判ってことになったら、法廷で洗いざらいぶちまけてやることもできるからな。おれがなぜ、そこのくそったれのどたまをかち割ってやろうとしたのか、その理由ってやつをさ」

忙しなく視線を往復させて、フロストはふたりの男を交互に見やった。レイトンのほうはまさに怒り心頭に発する態《てい》で、対するモーガンは何やら困り果てているような、疚《やま》しいことでもあるような顔をしている。フロストはコリアー巡査の脇腹を指で小突いて言った。「レイトンの野郎を見張っててくれ。すぐに戻るから」それからモーガンの腕をつかんで誰もいないオフィスに連れ込むと、自分も室内《なか》に入ってぴしゃりとドアを閉めた。「それじゃ、芋《タフィ》にいちゃん、このおれにもわかるように説明してもらおうか。いったい全体、何がどうして、どうなってんのか？」

　モーガンは力なくうなだれ、擦り切れた絨毯の模様に向かってもごもごとつぶやいた。「なんでもありません、親父《おやっ》さん。大したことじゃないんです。自分としては逮捕は希望してません」

「大したことじゃない？」信じられないという思いをにじませて、フロストは語尾をあげ、モーガンのことばを繰り返した。「刑務所《ムシヨ》帰りほやほやの野郎が警察官を好き放題にぶちのめしやがったんだぞ。おまえさんがパクらないってんなら、おれが代わりにパクってやるよ」オフィスを出ようとしたところで、モーガンに呼び止められた。

「待ってください、親父《おやっ》さん」モーガンはへたり込むように椅子に腰をおろすと、あのいかにも申し訳なさそうな——譬えるなら、こっそりとジャムを舐めていたところを見つかってしまった子どものような——表情になった。それを見た女どもがうっとりと心をとろかせ、すっかり気を許し、ついでにうかうかと身体まで許してしまいたくなるという、モーガン刑事の得意技ともいうべき表情に。「それが、親父《おやっ》さん、なんというか、大きな声じゃ言えないような話なんで……」

「だったら、小さな声で言ってみろ」フロストは腕組みをしてオフィスの壁にもたれかかった。

「実は……その、ある女と知り合いになったんです。これがなかなかいい女で……知らなかったんですよ、亭主持ちだとは。ほんとです、親父《おやっ》さん、ほんとに知らなかったんです。知ってりゃ、手なんか出しませんって。手どころか、指一本、触れなかったと思います」

「指一本、触れないだ?」フロストは思わず声を張りあげると、あきれ顔で天井を仰いだ。「いや、おまえさんのことだ、指どころかもっと太いものでちょっかい出したに決まってる」そのとき、ようやく話の展開がフロストにも見えてきた。「まさか、そのある女ってのがレイトンのかみさんだったってことか?」

モーガンは恥じ入った表情で首を小さく縦に振った。

「レイトンってのは名うての悪党だぞ」非難の意を込めて、フロストは言った。「それなのに、レイトンの野郎が刑務所《ムショ》にぶち込まれてるあいだに、おまえさんはレイトンのかみさんにぶち込んじまったのか?」

「知らなかったんです、親父《おやっ》さん、まさかあの野郎のかみさんだなんて。嘘じゃありませんって、ほんとに知らなかったんです」

「どこで拾った?」

「〈大鳥の紋章亭〉です。静かなとこで一杯やりたかったもんで」

フロストは鼻を鳴らした。「そういう目的で行く店じゃないだろうが、あそこは。だが、まあ、それはこの際いいとしよう。その『芋にいちゃん、恋をする』って低俗ロマンス小説の続きを聞かせてもらおうか。女の家に行ったのか、それとも通りかかった最初の店屋の軒先で手っ取り早くいたしちまったのか?」

「女の家に行きました」

「寝室のベッドはシングルだったか、それともダブルだったか?」

「はあ、ダブルでした、親父《おやっ》さん」

「だけど、おまえさんはそのダブルベッドの半分にいつもは誰が寝てるのか、訊いてみようとは思わなかったんだな？」

「そりゃ殺生ってもんですよ、親父《おやっ》さん。女が脱ぐもんを脱いじまってるのに、身上調査なんかする気になれませんって」

　フロストは溜め息をつき、煙草をくわえた。「おまえさんは馬鹿だよ、芋にいちゃん《タフィ》、とんでもない大馬鹿者だ。選りに選って名うての悪党のかみさんとことに及んじまうなんて……こんな話がマレットの耳にでも入ってみろ、悪くすりゃ、おまえさんのその首はすっ飛ぶぞ。ああ、あののぼせ返った若造は、ひと悶着起こす気満々なんだから」

「わかってます、親父《おやっ》さん。反省してるんです、自分は自分なりに」モーガンはそう言うと、例によって例のごとく、純情そのものといった眼でいかにも悲しそうにフロストをじっと見つめ返した。

「おまえさんが反省してるのは、自分のしでかしたことじゃない。寝取られ亭主にばれちまったことだ」フロストは今度もまた勢いよく鼻を鳴らした。それから吸っていた煙草の先端をつまんで火を消し、吸いさしを後生大事にポケットにしまった。「よし、もういい。オフィスに戻って、あの便所のけつ拭きにもならない犯罪統計用の資料をさっさと仕上げろ。くそがきレイトンをおまえさんのおけつから振り払えないもんか、ちょいと紐を引っ張ってみるよ。しかるのちに食堂に赴いてひと言注文をつけてくる——今後、おまえさんのお茶には、ちん静作用のある〝お薬〟をもっとたっぷりと混ぜるようにってな（ブロム剤のこと。かつてイギリス軍では兵士の性欲抑制のため、軍支給の紅茶に鎮静催眠作用のあるブロム剤を混ぜている、といわれていたことにちなむ）」

モーガンはばつが悪そうに気弱な笑みを浮かべると、尻尾を巻いてそそくさと退散した。

取調室に入室したとたん、レイトンの敵意に充ち満ちた眼差しが飛んできた。レイトンは、手錠をはずされた手首のあたりを、これ見よがしにさすってみせた。「ああいう身の程知らずの棹《さお》振り野郎は、警察にいられなくしてやる」歯を剝き、うなるような声でレイトンは言った。

フロストはテーブルについて坐ると、ポケットから折りたたまれた用紙を引っ張り出した。コンピューターが吐き出したプリントアウトだった。「にいちゃん、あんたにひとつ忠告がある。悪いことは言わない、警察相手に悶着を起こさないほうが身のためだぞ。お巡りってのはにいちゃんよりもえげつない真似を平気でするし、なんせ頭数が多いんだから」

「あのくそ野郎はおれの女房を寝取りやがったんだぞ」

「このデントンじゃ、あいつが最後のひとりだったんだよ、にいちゃんのかみさんといたしてないのは。で、このたび、あいつにも順番がまわってきただけだ」

「だとしても、あの女がおれの女房であることに変わりはない」

フロストはプリントアウトの用紙を開いた。「にいちゃんが引っ張られたときの一件だがね、例の電子機器工場の倉庫が襲撃された件。あいつをちょいとおさらいしてみたんだよ。あのときは、夜警の爺さんがこてんぱんに叩きのめされたんだったな」

レイトンは椅子の背にもたれかかると、腕組みをして薄ら笑いを浮かべた。「言っておくけど、おれを落とそうなんて夢は見ないほうがいいぜ。おれさまにはアリバイってやつがあるんだから」

「そうだったな」相手の言い分を認める口調で、フロストは言った。「犯行時刻には、かみさんといたしてたんだった。かみさんのほうもそう証言してる。でも、うちのあの身の程知らずの棹振り刑事が突然、その時刻ににいちゃんのかみさんといたしてたってことを思い出したりしたらどうする？　そりゃ、状況が状況だから、ほかに夢中になることがあって周囲に目配りが利いたとは言えないけど、それでもにいちゃんがベッドにいなかったことだけは自信を持って断言できる、なんてことになったら？　にいちゃんが後生大事にしがみついてるアリバイは、ぱあだわな。そうなった段階で捜索令状を取って、にいちゃんの家に家宅捜索《がさ》を入れると、あら不思議、なぜか盗品が発見されるってわけだ。そうだ、念には念を入れて、そいつに警備員の爺さんの血をつけておくってのもいいかもしれないな」

「ふざけるなよ。そんなのは証拠のでっちあげだろうが」

「まあ、いいじゃないか。あれがにいちゃんの犯行だったってことは、お互いにわかってるんだから。正義の歯車が円滑にまわるよう、ちょいと潤滑油を注してやるだけだと思ってくれ」

レイトンはテーブルに身を乗り出した。「わかったよ。どうしてほしいのか、言ってみな」

「にいちゃんは人違いをした。かみさんの相手はデントン警察署のモーガン刑事だと思ってたけど、それはにいちゃんの誤解だった。にいちゃんは殴ったことを謝罪し、モーガン刑事は寛大にもその謝罪を受け入れる」

「くそっ、ふざけやがって」

「よろしい、今のその謝罪、しかと受け入れた」とフロストは言った。


モーガンは、目下の境遇にいかにも似つかわしい神妙な顔をしてデスクにつき、声を出さずに唇だけ動かしながら、山と積みあげたファイルから数字を抜き出しては、犯罪統計の資料となる提出用紙に転記していた。毎月、州警察本部が送ってよこすその提出用紙は、関係者全員にとって時間の無駄以外の何ものでもないところにもってきて、書類の判型がやたらと馬鹿でかい。その用紙を挟んで、モーガンの向かい側に陣取ったフロスト警部は、もう一度改めて車輛維持経費の申請書に見入っていた。今月の申請分は、先月に比べて、走行距離の数字は増えているのに、ガソリンの購入額の総計はおよそ半額足らず。先月の分を申請した際、フロスト警部は故意にある種の計算ミスをしでかしてみたのだが、本部のぼんくらどもは、誰ひとりとして、そのことに気づかなかったのである。であるなら、それに基づき、今月の申請分に、いかなる〝修正〟を加えたものか――向かいの壁を睨みながら、フロストは名案が閃くのを待った。モーガンの肩越しに、壁に貼り出したヴィッキー・スチュアートのポスターが見えた。ポスターには、前歯の隙間をのぞかせて、あどけない笑顔を向けている、あの学校の集合写真を拡大したものが刷り込まれていた――《行方不明：この少女を見かけませんでしたか？》そのポスターが掲示されて、早二ヶ月以上が経過している。捜索隊が組織され、捜索範囲が拡大され、ラジオやらテレビやら新聞紙上やらを通じて再三再四、情報提供を呼びかけているにもかかわらず、ヴィッキー・スチュアートの捜索に関しては、行方がわからなくなった日からこのかた、なんらの進展も見ていない。行方不明の少女は今や、モーガン刑事が作成している犯罪統計用の提出資料のなかの、未解決事件の項目に加算すべきひとつの数字に過ぎず、壁のポスターはフロスト警部がまたしても事件を解決に導きそびれた、その無能ぶりの輝かしき記念碑となりそうだった。じっと眺めていたことに気づいて、フロストは手元に視線を戻し、金額欄が空欄のままの領収書の束に注意を向けた。デントン警察署管内のあちらこちらのガソリンスタンドで手に入れ、後生大事に溜め込んできたものだった。その束から一枚抜き取り、モーガンに手渡した。「十七ガロン分の帳尻を合わせたいんだ、こいつでよろしく頼むよ」

モーガンは差し出された紙片にちらりと眼を遣った。「親父《おやっ》さんの車には、十七ガロンも入りませんよ」

「だったら、少々こぼしちまったことにすりゃいいんだよ。ほら、ぐだぐだ言ってないで、さっさと書け」モーガン刑事は何をやらせても役に立たない男だったが、ことガソリン代の領収書をでっちあげることにかけては右に出る者のいない技量の持ち主だった。渡された領収書の空欄に、しかるべき数字を手早く書き入れてフロスト警部に返すと、不安定に積みあげられたファイルの山に手をかけて手前に引き寄せようとした。フロストは眼をつむり、避けがたい事態が出来するのに備えた。山が地崩れを起こし、ファイルが床になだれ落ちる、どさっという音。続いて「うへっ、やっちまったよ」とつぶやくモーガンの声が聞こえた。

「だから言わんこっちゃない。崩れるような積み方をするなって、あれほど言ったのに」フロストは小声でぼそりと言うと、手元の領収書の〝7〟を慎重な手つきで〝9〟に書き換えた。

床一面に散乱したファイルを、モーガンは無精ったらしく一挙に腕にすくいあげた。立ちあがったひょうしに、いずれかのファイルから写真が一枚落ちてきた。その写真を拾いあげ、写っていたものを眼にすると、モーガンはとたんに厭わしげな面持ちになり、舌打ちをしながら首を横に振った。「自分は許せないんですよ、親父《おやっ》さん、女の人にこういうことをする変態豚野郎がいるってことが」

フロストも写真にちらりと眼を遣った。「ああ、そいつは性質《たち》が悪すぎる。アレン警部が担当してた事件だよ」写真には、丈の高い草叢《くさむら》に仰向けに倒れた、全裸の女が写っていた。きつく嚙まされた猿轡《さるぐつわ》のせいで無惨に歪んだ口元、かっと見開いた眼、飛び出した眼球。両手首と足首の周囲にぐるりと、えぐられたような赤い跡がついているのは、手足を縛りあげられていたことを示していた。そうやって拘束され、身体の自由を奪われた状態で、女は激しく殴打され、火のついた煙草を押しつけられ、強姦され、最終的に窒息死に至らしめられたものと思われた。「リンダ・ロバーツって子だ」とフロストは言った。「小遣い稼ぎに売春をやってた。年齢は二十六。アレン警部の読み筋だと、拾った客が、謂《い》うところの〝ソフトなＳＭ遊戯《プレイ》〟ってやつを所望して、遊戯《プレイ》のつもりがついつい行きすぎちまったんじゃないかってことだった」

モーガンはぶるっと身を震わせ、写真をファイルに戻した。「で、犯人は挙がったんですか？」

フロストは首を横に振った。「いや、手がかりの〝て〟の字もつかめちゃいない。こっちはずいぶん気を揉んだんだ、犯人の野郎がこれでその方面の味を覚えちまったりしたら、とんでもなく厄介なことになるだろう？　だが、これまでのところ、とりあえず第二のリンダ・ロバーツは出てきてない」

オフィスのドアが開き、ロビーのいまだ止む気配のないすさまじい騒音とともに、ビル・ウェルズ巡査部長が汗みずくになって飛び込んできた。「〝ワンダー・ウーマン〟は？　あの跳ねっ返りの雌狐に、武装強盗をあてがってやろうと思ってるってのに」

フロストは顔をあげた。「そう言われてみたら、張り切り嬢ちゃんの姿をしばらく見てない気がするな。して、なんなんだ、その武装強盗ってのは？」

「まったく、今夜はただでさえ立て込んでるってのに。ショットガンを抱えた馬鹿野郎が、ガソリンスタンドのコンビニに押し入りやがったんだよ。東のロータリーのすぐそばに終夜営業のスタンドがあるだろ？　あそこのコンビニだ。でもって、そのときたまたま店に居合わせた年金暮らしの爺さまが、無謀にもクリント・イーストウッドの真似をしてみようと思い立ったわけさ。買い物袋しか持ってないってのに。もちろん、敢えなく返り討ちだよ。脚を撃たれて——」ウェルズは眉間に皺を寄せた。「なんだ、これは？」フロストから強引に手渡された紙切れに眼を遣った。ガソリン代の領収書だった。

「そいつの〝5〟を〝8〟に書き換えてくれ」

ウェルズ巡査部長は、手近なところにあったペンをつかみ、素早く数字を書き換えた。今度はフロストが眉間に皺を寄せる番だった。「こう言っちゃなんだが、ビル、あんたは書類の改竄が下手くそだな。そんなんだから、いつまでたっても出世できないんだよ」向かいの席に坐ったモーガンにそっと目配せすると、椅子の背にゆったりと身を預け、ウェルズ〝万年〟巡査部長の脊髄反射的反論を拝聴する構えになった。

「おれが出世できないのは」機嫌を損ねたことを隠そうともしないで、ウェルズは刺々しく言った。「おれが昇進の資格審査を申請しようとするたびに、マレットの馬鹿野郎が決まって邪魔立てするからだろうが。だいたい、あの陰険さが服着て歩いてるような——」勢いづいてまくしたてていたところで、ウェルズは不意に黙り込むなり、ぎょっとしたように眼を剝いた。視線の先は、窓越しに戸外《そと》の駐車場に向けられていた。「くそっ、なぜだ?」とウェルズはしゃがれ声でつぶやいた。「どうしてまた、こんな夜の夜中に、職場までのこのこ出てきやがったんだ?」

フロストは首をねじるようにして、ウェルズの視線の先に眼を遣った。署の駐車場に悠然と入ってきた青いローヴァーが、署長専用の駐車スペースに向かっていくところだった。目下、ローヴァーの行く手は、フーリガンどもを運んできたバスに阻まれている。一同は息を凝らし、無言のまま、事の推移を見守った。ローヴァーは、バスの手前でいったん停まり、それからバックでその場を離れ、格下の一般署員用の駐車スペースに移動し、そのなかのひとつに収まった。ローヴァーから降り立ったマレットは、不届き千万なバスを眼光鋭く睨みつけ、しかるのち、署の玄関口に向かって大股で歩きだした。その決然とした足取りは、この不始末に関して責めを負わせるべき人間を必ずや見つけ出さずにはおかないという決意の表れのようだった。

署長が恒例の抜き打ち視察に現れた場合、内勤の巡査部長には署内の人間に警戒警報を告げ知らせることが期待されている。ウェルズが慌ててオフィスを飛び出そうとした瞬間、ドアが開いた。リズ・モードだった。「わたしを捜してるって聞いたんだけど、巡査部長？」

「ああ、そうだよ、警部代行。お捜ししてましたよ、さんざっぱら」とウェルズは言った。何やら小馬鹿にしたような口ぶりなのは、リズ・モードが両者の階級差を思い知らせてやると言わんばかりに、〝巡査部長〟という語をやけにはっきりと発音したことへの報復措置だった。

リズ・モードは氷の視線を放った。「あのね、巡査部長、参考までに言っておくけど、警察機構には〝警部代行〟という階級はないの。正しい呼称は〝警部〟よ。で、用件は？」

ウェルズは苦りきった顔になりながら、武装強盗事件が発生したことと事件の詳細を伝えた。聞き終えたリズ・モードがオフィスから出ていく後ろ姿を、最後にもう一度憎々しげに睨みつけてから、こらえていた怒りを炸裂させた。

「なんだ、女の分際で、あのくそ小生意気な態度は！」

「嬢ちゃん、ちょっと痩せたか？」とフロストは言った。

「お盛んなんだろ、あっちのほうが」

フロストは澄ました顔で頷いた。「そうだな、ビル、他人事じゃない。おれも気をつけよう。今後はひと晩に五回までに抑えるべく心がけるよ」

ウェルズはにやりと笑うと、至急持ち場に戻るべく、全速力でロビーに向かった。

「いやあ、あのリズ・モードって人、そそられますね」モーガン刑事は、作成途中の書類から顔をあげて、思ったところを申し述べた。「とびきりの美人ってわけじゃないけど、実は熱いんですよ、ああいうタイプは。火がつくと一気に燃えあがるんです」

「ああ、だから下手に近づくやつは、その一気に燃えあがった火で火傷《やけど》するのさ」とフロストは言った。「つまらないちょっかいをかけると、けつを蹴飛ばされるぞ。あの嬢ちゃんには決まった相手がいるんだよ。まあ、山出しのお芋くんは、身を慎むことだな」リズ・モード警部代行は一時期、ジョー・バートン刑事と熱烈な恋愛関係にあったが、このところふたりのあいだには、どうやら、俗に言う秋風が立ちはじめているようだった。「口説くんなら、前科持ちのかみさん止まりにしておけ。おまえさんも、ちっとは身の程ってものをわきまえるこった」

第二章

デントン警察署の署長であるマレット警視は、フロスト警部が〝丸太小屋仕立て〟と呼ぶところの上質な化粧板張りの執務室でデスクに向かい、背筋をまっすぐに伸ばした姿勢で、磨き込まれたマホガニーの天板を指先でこつこつと叩いていた。苛立たしさの持って行き所がなかった。署長専用の駐車スペースが占領されていたうえ、署内は署内とも思えぬ喧噪の巷と化し、おまけに書類の《未決》トレイに届いているはずの犯罪統計用の未解決事件の報告資料が見当たらない。こんなことでは午前中に州警察本部で開かれる会議に、持参することができなくなってしまうではないか。

ノックの音に続いてドアが開き、玄関ロビーを発生源とする箍《たが》のはずれた甲高い馬鹿笑いが、突風のように押し入ってきた。併せて気遣わしげな面持ちのビル・ウェルズ巡査部長も。「お呼びでしょうか、署長？」

部下のほうに顔を向けてやる手間を省いて、マレットは指のひと振りでドアを閉めるよう伝えた。それにしても、とんでもない騒音だった。マレットは思わず顔をしかめた。「巡査部長、いったい全体なんなんだね、あの騒ぎは？　呑めや歌えの乱痴気騒ぎではないか」

「申し訳ありません、署長、しかし、あの騒ぎはもともと——」釈明を始めたウェルズのことばを、マレットは片手を挙げて遮った。

「それに、署長専用の駐車スペースが占拠されていた――あの〝署長専用〟という断り書きは、誰が見ても見落としようがないはずなのに。おかげでわたしは別の場所に駐車せざるを得なかったのだ」

「署長が今夜、署においでになることが、あらかじめわかっていれば――」

そこでまた素っ気なく片手が挙げられ、ウェルズ巡査部長の釈明は敢えなく打ち切られた。

「わたしが署に出てくることがあらかじめわかっていなかった、というなら、出てこないこともあらかじめわかっていたわけではなかろう？　わたしが署に出てこようと来まいと、あそこはわたし専用の駐車スペースであることに変わりない。それがどういうことか、皆まで言わないとわからないのかね、巡査部長？」

「いや、署長、重々理解しております」ウェルズは口のなかでもごもごと不明瞭に言った。「申し訳ありませんでした、署長」

マレットは椅子の背にもたれた。「事情があるなら聞かせてもらおうか？」

「あの連中は、署長の指示で、フェンウィック署に代わって身柄を拘束した酔っ払いどもです。バス一台にぎゅう詰めの人数でしたが、各警察署間の協力・連携態勢の強化の一環とのことで――」

「各警察署間の協力・連携態勢の強化を言い訳にするのはやめたまえ、巡査部長。仕事の進め方が杜撰なだけだろう？　あの連中がどうしていまだにわが署に居坐っているんだね？　わが署の役目は連中の身柄を一時的に拘束し、フェンウィック署に引き渡すことにある。ひと晩じゅう当方で預かり、お守りをすることではない。ましてや署長専用の駐車スペースを占拠させるなどもってのほかだ。さっさと追い出したまえ！」

「おことばですが、署長、事はそれほど簡単にはいかんのです」ウェルズは抗議の声をあげた。「フェンウィック署のほうには、引き取りを急ぐ気持ちがないようなので」そこで一縷の希望にすがって、ウェルズは笑顔をこしらえてみた。「どうでしょう、デントン署の代表ということで署長のほうから、フェンウィック署にひと言伝えていただくわけには……」

マレットはうっすらと笑みを浮かべた。立場の違いを見せつけるための笑みだった。「それでは、きみがきみ自身の力量不足を自ら認めたことになってしまうぞ。いいのかね、巡査部長？　目の色を変えて昇進を狙っている者にとって、それは最も好ましくないことではないのかね」

「おっしゃるとおりです、署長」憤懣やるかたなく、ウェルズ巡査部長はドアのほうに向かった。「ほかにご用は？」

「ああ、あとひとつだけ」とマレットはにこやかに言った。「急いでコーヒーを一杯、淹れてきてもらえないだろうか？　咽喉がからからなのだよ」マレットの晴れやかな笑みが渋面に取って代わった。退出の際、巡査部長がわずかとはいえ、必要以上の勢いをつけてドアを閉めたような気がしたからだった。それから内線電話の受話器に手を伸ばした。犯罪統計用の報告資料が未提出になっている件について、フロスト警部はどんなお粗末な言い訳をひねり出すつもりなのか、とっくりと聞いてやるつもりだった。

「今やってるとこですよ、警視《スーパー》」フロストはそう言うなり、そそくさと受話器を置き、ウェルズのほうに注意を戻した。マレットがいかにこうるさく、つまらないことに異様にこだわり、嫌味でいけ好かない野郎であるかということについて、ウェルズ巡査部長の報告を聞いている途中だったのだ。「ところで、その嫌味でいけ好かない野郎が、数字がどうのこうのと言ってきたんだが、いったいなんのことだ？」

「犯罪統計用の未解決事件の報告資料のことだよ」とウェルズは言った。「午前中の会議に、署長がじきじきに持参するよう、州警察本部から言われてるんだと。署長から確認のメモが届いてるはずだぞ」

「署長もご存じなのさ、おれがメモなんて吹けば飛ぶような代物は読まない主義だってことを」とフロストは言った。それからデスク越しに向かいのモーガンに声をかけた。「どうだ、芋《タ》にいちゃん《フィ》、今夜じゅうに仕上がりそうか？」

「ええ、まあ、なんとかなると思いますよ、親父《おやっ》さん。正確さってとこに眼をつむってもらえるなら」

「正確さ？　そんなもん、統計用の資料に誰が求める？」とフロストは言った。「いいから、ちゃちゃっとこしらえてくれ。あの眼鏡猿にこれ以上きいきいわめきたてられたくないんだよ」

そこでまた内線電話が鳴りだした。「ああ、警視《スーパー》、あと十分だけ待ってもらえないかな」受話器に向かって、フロストは言った。「今、検算ってやつをやってるとこなんだ、正確を期して。えっ、なんですって……ああ、なるほど。そう伝えりゃいいんですね」送話口を手でふさぐと、顔をあげてウェルズの視線をとらえた。「マレット署長がコーヒーはまだか、とお尋ねだぞ。ついでに、カスタードクリームのビスケットを一緒に持ってくるように、とのことだ」

ウェルズ巡査部長の癇癪玉が破裂した。「ふざけるな、何がビスケットだ、気取りやがって。くそくらえってんだよ。そもそも、内勤の責任者の職務をなんだと思ってやがる？　おれはカフェの給仕じゃない」

フロストは受話器を覆っていた手を離して言った。「署長、巡査部長が申すには、ビスケットよりもご自身の排泄物を召しあがってはどうか、とのことですが」

ウェルズの顔から血の気が引いた。だが、電話はとうに切れていて、フロストの最後の台詞《せりふ》は相手のいない送話口に向かって言われたものだった。一瞬ののち、ウェルズもそのことに気づいた。「ひどいやつだな、ジャック。寿命が縮んだぞ」

フロストは満面に笑みを浮かべると、モーガンに眼を遣り、芋にいちゃん《タフィ》を急き立てにかかった。「ほら、ぐずぐずするな。そいつを渡してやりゃ、眼鏡猿もご帰館あそばす。早けりゃ早いほうがいい。だろう？　煙ったいのがいなくなったら、下々は電話の受話器をはずしちまって、休憩室にしけ込み、ヴィデオでサッカー観戦さ。例の世紀の一戦、おまえさんが録画しといてくれてるんだったよな」

デスクのうえの電話が鳴った。今度は外線電話だった。フェンウィック署からデントン署の内勤の責任者、ウェルズ巡査部長にかかってきたものだった。受話器を耳に当てたウェルズの顔が、みるみるうちに真っ赤になった。「明日だと？」耳を疑うと言わんばかりに、ウェルズは甲高い声を張りあげた。「冗談じゃない――駄目だね、今夜じゅうに引き取りに来てくれ。こっちだって余裕なんてないね、トラ箱どころか留置場が満杯で……だから、無理だって……わかったよ。いずこも同じってことだろうが、ふんっ！」ウェルズは受話器を架台に叩きつけるようにして戻した。そのあまりの激しさに、デスクのうえのペーパークリップを入れたトレイが跳ねあがり、中身が盛大に散らばった。

「無事に片づいたか、あちらさんの用件は？」何食わぬ顔で、フロストは尋ねた。

「いや、片づくどころか、手のほどこしようもないぐらいとっ散らかっちまってるよ。フェンウィック署の抜け作ども、人員が確保できないと言ってきやがった。要するに、あの野獣《けだもの》どもを今夜じゅうに引き取りに出向くのは無理だから、明朝まで引き続きうちで預かってほしいってことで――」玄関ロビーのほうで、どすっという鈍い音がした。何かが何かにぶつかった音と思われた。続いて、ガラスの割れる音がして酔漢どもの騒々しい歓声があがった。耐えがたきを耐えるため、ウェルズ巡査部長は歯を食いしばった。「あの馬鹿野郎ども、調子に乗りやがって。どうすりゃいい？　放っておいたら、どこもかしこもめちゃくちゃにされちまうぞ」

「バスに戻して、そのまま閉じ込めとくってのはどうだ？」とフロストは提案した。「そうすりゃ、心置きなく小便を垂れたり、ゲロを吐いたりしてもらえるじゃないか。後始末の愉しみは、明朝引き取りに来るフェンウィック署の抜け作どものために、取っておいてやればいい」

ウェルズの表情が、一瞬にして明るくなった。「そいつは名案だよ、ジャック。あんたは天才だな……ああ、正真正銘の大天才だ」すぐさまその準備に取りかかるべく、ウェルズ巡査部長がオフィスを飛び出していったとき、デスクのうえの電話が鳴った。マレット署長がコーヒーを催促してきたのだった。

リズ・モードはステアリングを切って、ハイ・ストリートに車を入れながら、頭のなかでビル・ウェルズ巡査部長を八つ裂きにして、内臓《はらわた》を引きずり出した。強姦を申し立ててきた女に虚言癖があることを故意に伝えなかったのは、上位の者に対する不服従に該当する。断じて許すつもりはなかった。フロントガラスの先に、赤く輝く《営業中》の表示が見えた。そこのドラッグストアは終夜営業をしているということだった。速度を落とし、店の向かい側に車を停めた。誰にも見られていないことを念入りに確認してから、小走りで通りを渡り、店内に駆け込んだ。妊娠判定のための検査キットは十一ポンド九十ペンスで、思っていたより小さく、バッグに入れてしまうことができた。車に戻るため、通りを渡ろうとしたとき、一台の車が蛇行しながら猛スピードで突っ走ってきた。リズ・モードは慌ててとびのいた。その直後、明滅する青い光と鳴り響くサイレンを先触れに、パトロール・カーが現れた。蛇行運転の車を猛追中のジョーダン&シムズ組だった。リズは後ずさって通りの暗がりに身を隠し、パトロール・カーをやり過ごした。それから人目を忍んで車に戻ると、改めて武装強盗の現場に向かった。

ウェルズ巡査部長は、信じられない思いで口をあんぐりと開け、玄関ロビーに入ってきたジョーダンとシムズをことばもなく見つめた。ふたりが連行してきたのは、酩酊状態で車を運転していたにもかかわらず、身柄の拘束に猛然と抵抗している男だった。フェンウィック署に押しつけられたフーリガンどもは、その大半をどうにかバスに収容したものの、断固として協力を拒む筋金入りの抵抗勢力が、ロビーの床に寝そべるという暴挙に出たため、署員一同汗みずくになりながら、ひとりずつ個別に、いささか手荒な手法になりながらも抱えあげてはロビーから運び出しているところだった。連中にしてみればおふざけの延長なのだろうが、ウェルズ巡査部長にしてみれば、まさに堪忍袋の緒が切れる寸前といった状況だった。それなのに、そこにまたしてもへべれけの大トラが連れてこられたのだ。

「飲酒運転の現行犯で逮捕しました、巡査部長」ふたりを代表して、ジョーダンが報告した。

「そうかい、そうかい。そりゃ、どうも、ご苦労さん」ウェルズは恨みがましさのにじむ口調で言った。「くそいまいましい酔っ払いがまた一匹、増えやがった。ああ、ありがたくて泣けてくるね——なんともすてきな客人を連れてきてくれて」床に寝そべって抵抗中のフーリガンが、手を伸ばして巡査部長のズボンの裾を思い切り引っ張った。巡査部長を転倒させようという魂胆だった。ウェルズは返礼に代えて、強烈な蹴りを見舞った。

「しかし、巡査部長、こいつは道路を目いっぱい使って、あっちによろよろ、こっちによろよろ、そりゃもう盛大に蛇行運転してたんです——明らかに危険運転行為に該当します。そのうえ、呼気検査を拒否しやがった」

男は焦点の定まらない酔眼を細くすがめるようにして、ウェルズをじっと見つめた。「いいんだ、お巡りさん、どのみち警察には行かなくちゃならなかったんだから。被害届を出したいんだ。おれ、重大な犯罪に巻き込まれちまったんだよ」

ウェルズは留置場の管理記録簿を取り出し、ページをめくった。「そりゃ、あいにくだったな。今夜は間にあってる。うちの署は目下、ほかの犯罪で手いっぱいだから——で、おたくさんの氏名は？」

「氏名？ おれの氏名なんてどうだっていい」と男は言った。だいぶ呂律が怪しかった。「金《かね》を盗《と》られちまったんだよ……四百ポンド……うにゃ、四百じゃきかない、もっとだ、もっと。言っとくけど、おれはちゃんと税金を払ってるんだぜ。ああ、おれさまは払う人さ。だったら、あんたらは——そうだよ、捜査する人だろうが」

「そうだ、そうだ——ちゃんと捜査してやれ」ロビーの床に寝転がっていた男が、おぼつかない足取りで立ちあがろうとしながら、どら声を張りあげた。「おれたち全員が証人になってやる。こちらの紳士はたった今、正式に被害を届け出た。この人には正義を実践してもらう権利がある。正義を実践しろ」

「うるさい、黙れ。正義、正義って、そんなに実践してほしいんなら、あんたのその腐った耳に一発、正義の鉄拳をぶち込んでやるぞ」ウェルズはぴしゃりと言い放つと、男が再び床に寝そべってしまうまえに、バスまで引っ立てていくよう、コリアーに身振りで伝えた。それから酩酊状態のドライヴァーのほうに向きなおった。「いいだろう。まずはおたくの氏名からだ」

「ヒューズだ。ヘンリー・ヒューズ」

「で、被害届を出したいってのは？」

「女に財布を盗まれた。四百ポンド……どころじゃない、もっとだ。しこたま現金を入れてたのに、財布ごと全部盗られた。財布に入れてたクレジットカードも全部持ってかれた」

「どこのどいつなんだね、その女ってのは？」

「あの娼婦だよ……あのくそいまいましい、腐れ淫売のことだよ」

そのとき、フロストはちょうど玄関ロビーを突っ切って食堂に向かおうとしていたところだったが、はたとその足を止め、受付デスクのほうに向きなおった。腹を抱えて大笑いできそうなネタを小耳に挟んだ気がしたからだった。「つまりは夜の姫君のことかな？」とへべれけ状態の男に尋ねた。

ヒューズと名乗った男は勢いよく頷いた。「ああ、あのおっぱいおばけ、おれの財布をくすねやがった」

「詳しい話をうかがいましょう」

「キング・ストリートの角で客引きしてたんだよ、ハンドバッグを振ってみせて。四十ポンドだって言うから、それで商談成立ってことにしたのさ。でもって、女を乗せて、女の部屋まで行ったわけだよ」

「どこでした、その女の部屋ってのは？」

「クレイトン・ストリートだ」

フロストは頷いた。クレイトン・ストリートには短期滞在者向けの賃貸アパートメントが何軒もあって、その道のプロのご婦人方が夜ごと商売に励んでいらっしゃる。「番地は?」

「んなもの、知るわけないだろうが。女に言われるまま、運転してっただけなんだから。住所表示を確認する? 馬鹿言え、誰がそんなことをするかって。あとからお手紙を出すわけじゃあるまいし」

「で、それから?」ウェルズは先を促した。内勤の責任者としては、この件を可及的速やかに処理してしまいたかった。

「そりゃ、もちろん、やることをやったさ。しかし、あれで四十ポンドとはね。こう言っちゃなんだが、ありゃ、四十ペンスの価値もないよ。空気で膨らませるゴム人形のほうが、よっぽど感度がいい。冗談じゃないよ、四十ポンドなんて。でも、二十ポンドも払ってやったんだぜ。おれは気前がいいほうだから」

「そりゃ、女も泣いて歓ぶよ」フロストは小声でぼそりと言った。

男はフロストに眼を遣り、その眼をぱちくりさせた。「いや、あのおっぱいおばけは、わめきだしやがったよ。金切り声を張りあげて、ぴいちくぱあちく言いやがった。おれに向かって悪態をつきやがるし……でも、まあ、一発殴りつけるのも面倒くさかったから、無視して部屋を出たわけさ」

「それで?」とフロストは問いかけた。

「車に戻った。車を出して、ちょうど角を曲がったところで気がついたんだよ、おれの大事な大事なお財布ちゃんがなくなってることに。あのおっぱいおばけが盗りやがったのさ」

「間違いないのか、その女が盗んだっていうのは？」とウェルズが尋《と》ねた。

「だって、あの狭っ苦しい部屋には、おれとあのくそ女しかいなかったんだぞ。おれが靴を履いてるときに、ジャケットのポケットから抜き取ったに決まってる」

「財布がないことに気づいて、それからどうしたんだね、あんたは？」

「そりゃ、もちろん、すっ飛んで戻ったさ、女の部屋に。あのおっぱいおばけ、おれが戻ってくることを見越してやがったんだな、ドアに鍵が掛かってたとこを見ると。だから、思い切り蹴ってやった。ばんばん叩いて、大声張りあげて悪態をつきまくってやった。それでも、ドアを開けやがらないんだぜ。ったく、いい根性してやがる」

「たぶん、警戒されたんでしょう、『ご一緒に聖書を読みませんか』と勧誘されやしないかって」フロストは真面目くさって茶々を入れた。

「ふん、くそ面白くもねえ」へべれけドライヴァーのヒューズは不機嫌に言った。「それより、おれとしてはともかく、あのくそ女を逮捕してもらいたいんだよ。でもって、おれの財布を取り返してもらいたいんだよ」

「逮捕してもらいたい？」声を裏返らせて、ウェルズが言った。「女の住所もわからないのに？」

「行けばわかるって。おれも一緒に連れてってくれ」

ウェルズは、その場で待機していた制服組のジョーダンとシムズに向かって親指で指図した。

「このおっさんを、このおっさんの言うところにお連れしろ」

その指示に従い、ジョーダンとシムズとへべれけドライヴァーのヒューズが行動を起こそうとしたとき、廊下のほうで人の揉みあう音がした。続いて廊下を駆けてくる、どすどすどすという騒々しい足音が聞こえたかと思うと、先ほどコリアー巡査が奮闘の末、ようやく駐車場のバスまで引きずっていった男が、突如また玄関ロビーに舞い戻ってきた。男はロビーに飛び込むなり、床に坐り込み、腕組みをした。息も絶え絶えになったコリアー巡査があとを追ってきたものの、タッチの差で、男の坐り込みを阻止することはできなかった。床に寝転がっていた酔っ払いどもから次々に、喝采と称賛の声があがった。ウェルズ巡査部長は顔をしかめ、天井を仰いだ。受付デスクで内線電話が鳴りだした。ウェルズは引ったくるようにして受話器を取った。「なんの用だ？」と刺々しく言い放ち、次の瞬間、電話をかけてきたのが署長だと気づいて、慌てて口調を切り換えた。「これは、どうも、署長、失礼しました。はい、署長、それはもう。……全力で取り組みます、もちろん。……そうですね、署長、よくわかります。……はい、署長、それではそのように」電話を切るとき、ウェルズ巡査部長は力任せに受話器を架台に叩きつけた。「くそっ、面倒見きれん、どこまで勝手なやつなんだ。もとはと言えば全部、てめえの蒔いた種だってのに、今さらでかい音を出すなもないもんだ。うるさいと、あのすっからかんのおつむが痛くなるんだと。ふざけんじゃないよ。そんなに痛けりゃ、頭抱えてうなってろ」ウェルズはそう言うと、ジョーダンとシムズを大声で呼び止め、ヒューズを連れて戻ってくるよう命じた。「そのおっさんは、ひとまずここに置いといていい。先にあの酔っ払いどもをバスに押し込むのを手伝ってやってくれ」それからフロストに顔を向けて言った。「それから、ジャック、マレットの馬鹿野郎が報告をよこせとわめいてる、犯罪統計用の資料はどうなってるのかって」

まるでそのことばが登場の合図になったかのように、モーガンがドアのところから顔だけのぞかせ、紙の束を振ってみせた。「親父《おやつ》さん、例の報告資料、完成です。あとは親父《おやつ》さんのサインを貰うだけです」

フロストはぞんざいにサインを書き入れた。数字を確認する手間は、もちろん省いた。見たところで、どうせ何がなんだかわかりはしないからだった。「大儀であったぞ、芋にいちゃん《タフィ》。褒美として、娼婦のお宅を訪問してきてよろしい。こちらの殿方と一緒に。こちらさんの財布を取り戻してやってくれ」事の次第を、フロストはモーガンに手短に説明した。「で、その女を署に連行してきてくれ——寄り道はするな。途中で無料体験コースを試すのもなしだからな」「それと、その殿方も一緒に連れて帰ってこい」ヒューズを指さしながら、ウェルズが声を張りあげて言った。「そちらさんには飲酒運転の容疑がかかってる」ジョーダンとシムズがまたひとり、床に寝転がっていたフーリガンを引き起こし、優しいとは言えない扱いで玄関のそとに運び出した。ウェルズ巡査部長はその一部始終を見守った。当初の予想に反して今夜が、くそをつけずにはいられないほど長閑《のどか》で、同じくくそをつけずにはいられないほど平穏な一夜となったことを、胸のうちで激しく罵りながら。だが、夜はまだ終わっていなかった。

ガソリンスタンドに併設されたコンビニエンス・ストアのレジ係の女は、ぶるぶると震え、すすり泣くばかりだし、話すことも一向に要領を得なかった。リズ・モード警部代行はやむなく、ランバート巡査が聴取した供述の内容をもとに、ことの顚末を推察するしかなかった。レジ係の女の供述を総合すると、どうやら黒い眼出し帽をかぶった男が突然店に入ってきて、ショットガンを天井に向けてぶっぱなし、レジのなかの有り金を残らず店の買い物袋に詰めろと命じたらしい。そこに、それまで日曜大工《DIY》用品売り場をぶらぶらしていた老人が、雄叫びをあげ、何やら大声でわめき散らして通路を突進してきた。両脇の棚から手当たり次第に商品をつかんでは、強盗めがけて投げつけながら。缶入りの塗料を放り投げたところ、その勢いで蓋がはずれ、中身が強盗のコート一面に跳ねかかった。その機に乗じて、ご老体は強盗に体当たりを喰らわせ、力ずくでショットガンを奪おうと試みた。そうして揉みあううちに銃声が響き、次の瞬間、老人が苦悶の叫びをあげた。見ると、床のうえでのたうちまわっている。その間に強盗は現金を詰め込んだ買い物袋を引っつかんで逃走した。レジ係の女はそれから、犯人の乗った車と思われる車輛がエンジンの轟音を残して走り去る直前、何かにぶつかったような鈍い衝撃音を聞いたと言っている。

件《くだん》の老人は、ちょうど救急隊のストレッチャーに慎重に寝かされたところだった。土気色の顔をして、ひと目でショック状態にあるとわかった。「怪我の程度はそれほど重篤ではなさそうです」と救急隊員はリズ・モードに伝えた。「一時間ほどしたら病院のほうに電話をください。そのころには散弾の摘出も終わってるでしょうし、この人も話ができるようになってるでしょうから」

科学捜査研究所から派遣されてきている鑑識チームの責任者、トニー・ハーディングは、老人が倒れていた場所を示すチョークの線のすぐそばに膝をついていた。床の血溜まりに触れてしまわないよう、慎重に場所を選んだようだった。血溜まりは、床に拡がった白い塗料と混じりあって塗料を薄紅色に染めはじめている。ハーディングは顔をあげ、リズに向かって上機嫌そのものといった笑顔を見せた。「豊漁だよ、手がかりがどっさり残ってる。犯人は白い塗料を浴びたわけだから、着衣に大量に付着してる――容疑者を捕まえてさえもらえりゃ、その着衣に付着してる塗料とこの塗料とを照合することができるだろう？　それに、見たところ、犯人のほうも自分の撃った散弾の一部を浴びてる」

「どうして、わかるの？」とリズは尋ね、ハーディングが指さしたいちばん大きな血溜まりに顔を近づけた。

「被害者はここで散弾を浴びて倒れた――こいつは、被害者の血だよ。でも、この先にも血痕が残ってるんだ」ハーディングは店の、もっと出口に近いほうに点々と散った血痕を、青いチョークで丸く囲みながら説明した。「これは犯人の残したものと見て、まず間違いない。というわけで、われわれにとっては、これまた幸運だったわけさ。容疑者を捕まえてさえもらえれば、DNA鑑定にかけられるわけだから――容疑者から採取した試料《サンプル》とこの血痕から採取した試料《サンプル》とを照合することができるじゃないか。まあ、犯人にとっちゃ、運がなかったってことになるね。こりゃ、かなり出血してる。素人に手当てできる域を超えてるよ。ってことは、しかるべき医療機関のお世話になることは、まず確実なんじゃないかな」

リズ・モード警部代行は、すぐさま無線で署を呼び出した。応答したビル・ウェルズ巡査部長は聞こえよがしに大きな溜め息をひとつつき、今はけちな武装強盗ごとき事件よりもよっぽど重要な案件を抱えていて、その処理の邪魔をされるのは迷惑千万なのだとの意を暗にほのめかしてから、ようやく——それも、いかにも恩着せがましい口調で、市内の全病院とすべての開業医に連絡を入れ、確認を取ることを承知した。

その間に一般車輛の進入を防ぐため、ガソリンスタンドの出入口に鎖を張り渡しにいっていたランバート巡査が、作業を終えて戻ってきた。〈フィナ石油〉の看板の支柱に傷がついているが、おそらく逃走車輛が衝突した際の傷だと思われる、との報告を聞くと、トニー・ハーディングは自分の眼で確認するため、いそいそと店外に出ていった。そして確認を終えて戻ってくると、上機嫌そのものといった笑顔で、看板の支柱には逃走車輛から剝落したと思われるダークブルーの塗装片が嬉しくなるほどたっぷりと付着している、と言った。「ってことは、そう、逃走車輛を見つけてさえもらえれば、車体の塗料と照合できるってことさ」リズ・モードは今度もまた、すぐさま無線で署を呼び出した。

「今度はなんだ?」応答したビル・ウェルズ巡査部長は怒鳴るように言った。声を張りあげたのは、背後から聞こえてくる叫び声やら物の壊れる音やらに掻き消されないようにするためだろう。

「全パトロールに流してほしいの。左側フェンダー部分に損傷のあるダークブルーの車輛を緊急手配。武装強盗事件への関与が疑われる。接近に際しては注意を怠らないこと。運転者はショットガンにて武装しているものと思われる」周囲の騒音のせいで、ウェルズ巡査部長は一度では聞き取れず、リズ・モードは同じことを再度繰り返して伝えなくてはならなかった。「あの酔っ払いたち、まだうちの署に居坐ってるわけ？」

「ああ、そうだよ。まだ居坐ってやがるんだよ」ウェルズ巡査部長はつっけんどんに言った。無線がいきなり途絶えたのは、向こうが腹立ちまぎれに必要以上の力を込めて無線機のスウィッチを切ったからだと思われた。

救急隊員の判断で、負傷した老人を病院に搬送するついでに、いまだにショック状態から抜け出せないレジ係の女も救急車に同乗していくことになった。走り去る救急車を見送っていたとき、リズは給油スペースに監視カメラが設置されていることに気づいた。勇みたつ心を抑えて、監視カメラを指さし、ランバート巡査に命じた。「録画を見たいの。ヴィデオテープを回収してきて」

ランバートは首を横に振った。「残念ですが、警部、先ほど確認したところ、録画はされてませんでした。なかでテープがこんがらがっちゃってるんです。修理の手配をしなくちゃいけなかったのに、レジ係がうっかり忘れてたんだそうで」

「ずいぶん都合がいいのね、強盗にとっては」含みを持たせた言い方で、リズは言った。署に戻り次第、モーガン刑事に命じてレジ係の経歴を洗わせること、と頭の片隅にメモを残した。不意に眼のまえの通路がぼやけて見えた。陳列棚を睨み、焦点を合わせようとすると、通路がぐっと片側に傾いて見え、輪郭がぼやけ、耳の奥でごおっという音が聞こえた。思わずランバート巡査の腕をつかみ、かろうじて身を支えた。

「大丈夫ですか？」ランバート巡査が気遣わしげに尋ねてきた。

「当たり前でしょ」リズ・モードはぴしゃりと言うと、足をしっかりと踏ん張り、気を引き締めた。「ちょっと胃がすっきりしないだけだもの、大騒ぎするようなことじゃないわよ。……ええ、きっと、何かよくないものでも食べたんだわ」


リズ・モード警部代行は、署の駐車場に車を乗り入れた。騒々しい酔っ払いの群れが目下、軟禁されているバスからは充分な距離を置き、安全圏と思われる場所に駐車した。リズの存在に気づくと、バスの酔っ払いどもからいっせいに卑猥な身振りと共に、いい女を見た際の反応とされる、前半は上昇調で後半は下降調に変化する口笛が鳴らされた。リズはバッグをしっかりと握り締めると、下司野郎どもには眼もくれず、自分のオフィスに向かった。レジ係の経歴を洗わせるため、モーガン刑事を捜した。フロスト警部のオフィスをのぞいたが、誰もいなかった。フロスト警部のほうは、玄関ロビーで見つかった。受付デスクのところでビル・ウェルズ巡査部長と何やら話し込んでいる。挨拶代わりに渋面を作ってみせたウェルズ巡査部長に、敢えて声をかけた。「巡査部長、モーガン刑事はどこかしら？」

「お出かけしてるよ、娼婦のお宅まで」とフロストが代わって答えた。「助平なおっさんが財布を盗《と》られたってことで、その財布を取り返しにいったんだ。じきに戻ると思う。長居はしない約束だから」

駐車場で、いきなり爆音に似た音が炸裂した。突如、息を吹き返したバスのエンジンの音だった。それから立て続けに、ただならぬ調子の叫び声があがり、甲高い悲鳴のようなものも聞こえた。フロストもウェルズもリズ・モードも裏口めがけて駆けだした。廊下を駆け抜けている途中で、今度は金属同士がぶつかり、擦れあう、歯の浮きあがりそうな音が聞こえた。裏口から駐車場に飛び出したときには、バスはわれ勝ちに手の甲をこちらに向けて侮辱のVサインをしてみせる男どもを満載したまま、コリアーとシムズとジョーダンの追跡を振りきって、右に左に大きく蛇行しながら駐車場から出ていくところだった。

ウェルズはあんぐりと口を開けた。「あいつら……バスごととんずらこきやがった」うわずった声で叫ぶと、フーリガンどもをバスに押し込むことを提言したそもその発案者を凝視した。その眼差しは〝どうしてくれるんだよ〟と言っていた。

フロスト警部は睨まれたときにはとりあえず睨み返す主義だった。「車にはキーってもんがあるだろうが。誰が持ってるか、確認しようとは思わなかったのか、ええ?」しばしのあいだ、ふたりは睨みあった。

駆け足での追跡を断念したジョーダンとシムズは、酷使した肺に忙しなく空気を取り込みながら、パトロール・カーのほうに向かった。「ただちに追いかけます、巡査部長。先まわりして逃走を阻止しますよ」

「いや、余計なことはするんじゃない」ウェルズは大声を張りあげ、ふたりに追加の指示を与えた。「脱走した大トラは隣の署で捕まえてもらえ。そういう愉しみは、各署で平等に分けあうべきだ。追跡するのはうちの管内を走ってるあいだだけでいい。隣との境に出たら無線を入れろ――パトカーのタイアがパンクしたんでバスを見失ったってな」望外の結末にひとり悦に入って、ウェルズは満面の笑みを浮かべた。一瞬ののち、その笑みが凍りついた。「おい、見ろ」としゃがれ声で言いながら、マレット署長のブルーのローヴァーを指さした。さした指が小刻みに震えていた。先ほど聞こえた、金属同士がぶつかり、擦れあう音の原因が、ここにきて明らかになった。デントン警察署署長の自慢の種にして歓びの源泉、ブルーのローヴァーは後部のフェンダーが潰れ、助手席側の後部のドアに大きなへこみができていた。ウェルズは口を開けかけ、何も言えずにまた閉じた。それからようやく、ことばを絞り出すようにして言った。「おい、見ろよ、あの連中のしたこと」

フロストはウェルズの言うものを見て、とりあえず顔をしかめた。「気づかないよ、たぶん」「気づかないだと？」ウェルズは声を裏返らせて叫んだ。「あそこまで派手に潰されて、しかもあんなどでかいへこみまでできてるんだぞ。修理に出したら最低でも千ポンドはかかろうかって損害だぞ――気づかないはずがないだろうが！」

受付デスクで鳴る内線電話の音は、ふたりがまだ廊下を歩いているうちから聞こえた。怒り狂ったように甲高い音を発する代物を、ウェルズ巡査部長はひとしきりじっと見つめた。「きっと、マレット小言百貨店からだ。なんて言えばいい？」

「攻撃は最大の防御って言うだろう？」フロストは知恵を授ける口調で言った。「強気で押して、こっちから訊いてやったらどうだ？　不肖ビル・ウェルズはどうして警部に昇進できないのでしょうかって」

冬場の寒い夜で、しかも時刻は午前一時をまわっているというのに、裏通りには人目を避けるように足早に行き交う者たちの姿が見られた。ビールの缶を握り締めた酔いどれが一匹、なんの前触れもなく車のまえにふらりと姿を現した。泡を食ったモーガンはクラクションを思い切り鳴らし、乱暴にステアリングを切って、かろうじて酔いどれを撥ね飛ばすという惨事を免れた。それに対して感謝の意を表明するべく、件《くだん》の酔いどれは己を撥ねそこなった車に向かって指を二本立て、ビールの缶を投げつけ、そのうえ奔流のように悪罵を浴びせかけ、しかるのち、のっそりと暗闇の奥に姿を消した。「あんなろくでなし、あのまま轢いちまえばよかったんだよ」とヒューズは文句を垂れる口調で言った。ほかの酔漢に対して、相身互いの精神は持ちあわせていないようだった。目的地に向かう途中、デントン市内の〝紅灯の巷《フェイク・ファー》〟――その筋の女たちの出没エリアに差しかかった。単独で客引きをしている娼婦が、模造毛皮のコートに包んだ身体を寒さに震わせながら、こわばった口元に営業用の笑みらしきものを浮かべ、一歩まえに進み出てきた。車が近づいてきたので商機到来と見たようだったが、あいにくモーガンに車を停める気はなかった。女はまた建物の壁にしどけなく背中を預けた。

「あれは駄目だな、薹《とう》が立ってる」とモーガンは感想を述べた。

「ああ、皇太后《クイーンマム》（現英国女王エリザベス二世の母。長寿で知られた）ばあちゃん陛下かと思ったよ」ヒューズはそう言うと、フロントガラス越しにじっと前方に眼を凝らしはじめた。「そこ、そこ。そこの脇道をまっすぐ」指示を受けて、モーガンは両側に駐車車輛の並ぶ通りに車を進めた。「ああ、あそこだ」ヒューズが指さしたのは、三階建ての建物で、正面玄関の横には呼び鈴の押しボタンが行列し、玄関のドアは半開きになっていた。上階のほうで二カ所ほど、弱々しい明かりが洩れてきている部屋があった。モーガンは運転してきた車を、ダークブラウンの車のうしろに駐めた。その車輛は、タイアが切り裂かれ、フロントガラスも両側のドアウィンドウのガラスも粉々に割れていた。「ずいぶんと品のいい界隈だな」とモーガンはぼそりと言った。ヒューズは車から飛び出し、一目散に建物に駆け込んでいった。モーガンは慌てず騒がず慎重にあとを追った。面倒な事態が発生したら、その対処はヒューズというおっさんに任せてしまうつもりだった。春を鬻《ひさ》ぐ女たちのなかには、爪をべらぼうに長く伸ばした、べらぼうに短気な者もいるのである。

絨毯の敷かれていない踏み板が剝き出しの階段を、ヒューズのあとから二階まで登った。登りきった先の通路に面して、ドアがみっつ並んでいた。それぞれのドアに、そこの居住者の名前を記したカードが画鋲で留めつけられている。ヒューズは通路のいちばん奥の部屋のまえで足を止めた。カードに書かれた名前は――《ロリータ》。ヒューズは握り拳をこしらえ、ドアを思い切り叩いた。その勢いでドアが内側に開いた。ヒューズは室内に突進した。だが、ベッドに横になった女は顔もあげなかった。「おい、おっぱいおばけ、財布は？　おれの財布をどこにやった？」それでも、女は動かなかった。ヒューズはベッドに近づき、女の身体を揺さぶった。次の瞬間、ひと声鋭く悲鳴をあげ、嫌悪と恐怖の入り混じった眼差しで自分の両手を凝視した。両の手のひらは血糊で赤く染まっていた。「……嘘だろっ」ヒューズは後ずさり、ベッドの枕元を離れると、ジャケットの前身頃に手のひらをこすりつけるようにして拭った。

「こんなことって……嘘だろっ」

呆然と立ち尽くすヒューズを、モーガンは肘で小突いて脇に押しやった。女はベッドの上掛けのうえに、仰向けに寝ていた。眼をかっと見開き、唇の端からひと筋の血を滴《したた》らせて。血は顎のほうまで伝っていた。身につけているのは、白いブラジャーと白いショーツのみ。後者は腹部の傷から湧きだした鮮血をたっぷりと吸い、元の色がわからないぐらい変色している。年齢《とし》のころは……それほどいっているようには見えなかった。せいぜい二十代半ばといったところだろう。そっといたわるような手つきで、モーガンは女の首筋に指先をあてがい、脈を探った。生きている徴候は確認できなかった。それでも、身体にはまだぬくもりが残っている。死んでから、あまり時間は経っていないということだ。

署に連絡を入れるべく、携帯無線機を取り出そうとして手間取っているあいだに、背後で勢いよくドアの閉まる音がした。次いで、ばたばたばたっという切羽詰まった駆け足の音が聞こえた。モーガンは慌てて身を翻《ひるがえ》し、階段まで走った。へべれけドライヴァーのヒューズは姿を消していた。

第三章

あまりにも狭い室内に、あまりにも大勢の人間がひしめいていた。そのうえ壁に据えつけられた発熱体が一本きりの電気ヒーターが、硬貨投入口つきの電気メーターの目盛盤の針を猛烈な速さで進ませながら、低いうなりと共に一キロワットの熱を放出しているものだから、室内は汗臭いオーヴンに変わりつつあった。

「おい、そのくそいまいましい代物のスウィッチを切ってくれ。このままじゃ、おれたち全員、蒸し焼きだ」とフロストは命じ、窓を開けた。冷たい夜風が勢いよく吹き込んできて、室内は瞬時にして冷蔵庫と化した。フロストは慌てて窓を閉め、ベッドにひっそりと横たわる亡骸《なきがら》に眼を戻した。

正式な死亡確認は、先ほど終了していた。明らかに働きすぎで、明らかに疲労困憊した様子のマッケンジー医師が終末期を迎えた患者宅に往診に行く途中で立ち寄り、正式な死亡宣告を行い、死亡推定時刻はおそらく一時間ほどまえだろうとの診立てを告げてそそくさと引きあげていったのだ。警察医というのは、死亡確認の分の報酬しか支払われない。であるなら、死因の特定は、あのドライズデールとかいう鼻持ちならないお山の大将にして内務省登録のお偉い病理学者殿に任せるべきだ、というのである――検屍官というのは、警察医とは比べものにならないぐらい働きが少ないくせに、報酬だけは十倍も貰える身分なんだから。マッケンジー医師と検屍官のドライズデールとは、互いに反目しあう間柄にある。

現場はアパートメントというより、狭苦しいブースのような空間だった。短期の入居者を詰められるだけ詰め込むべく、もともとの間取りを無視して石膏ボードの仕切り壁で再分割して造ったアパートメントなので、必要最低限の家具を入れるだけのスペースしかない。シングル幅のソファ・ベッド、その横に表面がプラスティック加工された合板のキャビネット。キャビネットのうえにこれまた硬貨投入口つきの電話機が載っている。あとは松材もどきで粗製濫造された、衣類収納用のクロゼットだけ。

モーガンは恥じ入った顔つきで詫びと釈明のことばをもごもごとつぶやきだしたところを、フロストにぴしゃりと口を封じられ、制服警官二名と共にヒューズの行方を追うべく寒空のもとに送り出された。

ところが、入れ替わりに、それでなくとも混雑している室内に、なんとまあ、リズ・モード警部代行まで乗り込んできたのである。フロストとしては笑顔で迎えるしかなかったが、正直言ってありがた迷惑というやつだった。

リズ・モードのほうも笑みを浮かべてみせたが、内心は穏やかではなかった。売春婦が殺害されたというのに、そのことを誰ひとり知らせてよこさなかったのだ。自分以外の捜査員が揃って出払っていることにたまたま気づいたからいいようなものの、そうでなければ事件が起こったことすら、知らずじまいだったかもしれない。アレン警部が担当していた事件はすべて、リズ・モード警部代行が引き継ぐことになっていたはずである。例のあのリンダ・ロバーツという売春婦が、すさまじい暴行を受けたあげくに殺害された事件も含めて。今回のこの殺人も、同じ職業、境遇にある者が被害者となっている以上、同一人物の犯行である可能性は充分にある。それならば捜査の指揮を執るのは、フロスト警部ではなく、このリズ・モード警部代行であるべきだろう。リズとしては、機会があり次第、フロスト警部を脇に呼び寄せて、指揮権を譲渡するよう迫るつもりだった。それにしても――モーガン刑事のなんという体たらく。「信じられないわ。選りに選って最重要証人ですよ。それも被疑者の可能性が最も濃厚な人物ですよ。そんな相手をみすみす逃がしてしまうなんて」

その件についてはあまり気を揉んでいない、とフロストは言った。「ヒューズは紐つきだ。逃げるったって知れてるよ。車は署で預かってるわけだし、住んでるとこの住所だって押さえられてんだから。おおかた通りの角を曲がったとこで、ゲロでも吐いてるさ」

「そういうことじゃありません、わたしが言いたいのは！」リズは語気鋭く切り返した。「あの人がいかに役に立たないか、ということなんです」

「だとしても、猫の手を借りるよりはましだろう？」フロストは、ふと、自分でも意外なことに、あのウェールズ産の芋にいちゃん《タフィ》を憎からず思っていることに気づいた。モーガン刑事は、なんと言っても、フロスト警部が長いこと放ったらかしにしておいた、あの犯罪統計用の提出資料という無精者泣かせの難物を、警部に代わって仕上げた男だ。今後も書類仕事をひとつ残らず引き受けてくれるなら、フロストとしては、好きなだけ役立たずでいてくれてもかまわない心境だった。

そのとき、いきなり脇に押しのけられた。科学捜査研究所のハーディングだった。フロストはとりあえずひと声うなり、不満の意を表明した。ハーディングはベッド脇のキャビネットの周囲に飛び散った血痕を、チョークで囲っているところだった。ハーディングに場所を譲ったとたん、今度は機材を抱えた写真係に押しのけられた。そう、そもそも、あまりにも狭い室内に、あまりにも大勢の人間がひしめいているのだ。そのうえさらにリズ・モードにまとわりつかれるのは、どう考えてもありがた迷惑以外の何ものでもない。

壁にへばりつくようにして場所を空け、ベッド脇のキャビネットに戻しておいた赤と黒の二色遣いのビニールのハンドバッグを取りあげて、もう一度中身を検めた。現金――皺くちゃの五ポンド紙幣と十ポンド紙幣とで三百ポンド近く、口紅、コンパクト、コンドームが三箱。身元を示すものが見つかることを期待して、内ポケットやら仕切りやらの内側に指を突っ込んでみたが、得るところはなかった。殺害された若い女がどこの誰かを知る手がかりは、ひとつもない。作業中のハーディングの脇をぎごちなく擦り抜けると、フロストはベッドのうえに屈み込み、生気を失った蒼白い顔をじっと見おろした。「どこの誰なんだい、お嬢ちゃんは？」とつぶやいた。女の鼻も唇も腫れあがり、血にまみれていた。剥き出しの腹部に眼を向け、べったりと付着した血糊となめくじの這い跡のような血痕で描かれた模様を眺め、さらに血に染まった白いショーツに視線を移動した。

それから被害者の両手を再度検めた。女の肌はぬくもりを失いはじめていた。どちらの手にも、襲撃者の刃から身を守ろうとしたことを示す、いわゆる防御創の類《たぐい》は認められない。真紅に塗られた長い爪も、欠けたり割れたりしているものはなかったが、両の手首に痣《あざ》ができていた。襲撃者にきつくつかまれた痕跡と思われた。凶器のナイフを見つける必要がある、なんとしても。そのために送り出した連中が、今ごろ、付近一帯のゴミ箱やら排水溝やら側溝やら生け垣やらを引っかきまわしているはずだった。殺人犯の心理として、血のついた刃物を所持したまま身柄を押さえられることを恐れるあまり、犯行後は可能な限り速やかに凶器を始末しようとするものだからである。ついでに署に無線を入れて、ヒューズの車を徹底的に調べるよう指示してあった。ダッシュボードの小物入れから血のついたナイフでも出てきてくれれば、容疑者を劇的に絞り込めるのだが……。

ジョーダンとシムズが戻ってきたので、フロストは目顔で成果を尋ねた。ふたりにはこの建物内の聞き込みを割り当て、各アパートメントを一戸ずつまわって、不審な物音を聞いたり、不審なものや人を見かけたりした者はいないか、殺害された女の名前を知っている者はいないか、確認してくるよう指示してあった。「収穫ゼロです」とシムズが報告した。「この時刻ですからね、たいていのおねえさん方は本日の営業を終えてるし、しぶとく居残って荒稼ぎを目論んでた連中も、たぶん、パトカーのサイレンを聞きつけて泡食って逃げ出したものと思われます」

「これだけ大騒ぎになれば、女どもはさっさとここを引き払って当分は戻ってきませんよ」とジョーダンが補足した。「部屋は週極めで借りてるだけだし、お巡りがうようよしているところでは、商売もあがったりでしょうからね」

「だが、こういうとこの家主ってのは、せこく記録をつけてるもんだ」とフロストは言った。「この建物の入居者全員の氏名と連絡先の住所を知りたい。この気の毒な嬢ちゃんがどこの誰なのか、早いとこ調べをつけてやらないとな」フロストが携帯していた無線機が呼び出しをかけてきた。

「こちら、ウェルズ。フロスト警部、応答願います」

「はいよ、なんだい?」

「あのへべれけ親爺、ヘンリー・ヒューズのことだ。本人が申告していった住所にパトカーを差し向けたんだ。ヘンリー・ヒューズなんてやつ、名前も聞いたことないとさ」

フロストは押しころした声で悪態をついた。「とんだ食わせ者だな、おい。だったら、車だ。野郎の車の車輛登録情報を当たれ」

「もうやった。登録されてる所有者は先週、当該車輛を売却してる。支払いは現金で受けたそうだ。もちろん、買手の氏名なんか控えちゃいないし、これまたもちろん、新しい所有者による車輛登録もなされてない」

「くそっ!」フロストは、今度もまた押しころした声で悪態をついた。「となると、やっぱり当人の身柄を押さえるしかないってことだな、野郎がねぐらに帰り着いちまうまえに」通話を終えて携帯無線機をポケットに突っ込みながら、フロストは先ほど〝腐れ芋〟・役立たず・モーガン刑事に与えた高評価に大幅な下方修正を加えた。

次の瞬間、ベッド脇のキャビネットの電話が鳴りだした。居合わせた全員が一瞬、その場に凍りついた。ハーディングが受話器に手を伸ばしかけたが、フロストはそれを制し、人差し指のひと曲げでリズ・モードを呼び寄せた。「おまえさんが出てくれ。ロリータのふりをするんだよ。相手が客だったら、ここに来るように仕向けろ。被害者《ガイシャ》の本名を知ってるかもしれない」リズ・モードは受話器を取りあげた。「はい、ロリータ」セクシーな声に聞こえることを願って、言われたとおりに名乗った。「ええ、今なら空いてるわ。どう、今からこっちに来て……大丈夫、愉しむための時間だったら、たっぷりあるもの。……そうね、そうして。それじゃ、待ってる」受話器を架台に戻すと、リズは頷いた。「常連客でした。こちらに五分ほどで来るそうです」

せっかくその気になった男が怖気づいて、回れ右をして帰ってしまうことのないよう、フロストの指示で、通りに停車中の警察車輛は、すべて眼につかないところに移動させられた。それから、一同は待った。フロストはベッド脇のキャビネットにだらしのない恰好で尻を預けると、唇の端にくわえた煙草に火をつけないまま、ベッドに眼を遣り、生命の徴候を失ってただ仰臥するだけになった若い女の姿をじっと見つめた。「何歳ぐらいだろうな？」と誰にともなく問いかけた。「二十歳《はたち》か——二十一ってとこか？　ハンドバッグには現金で三百ポンド入っていた。今夜の収入《あがり》だろうな。若い身空でひと晩に三百ポンド。こっちは車輛維持経費の精算にうんうんうなって三時間も精魂傾けたって、せいぜい五ポンドちょろまかすのがやっとだってのに。やっぱり、おれは職業の選択を誤ったよ」

リズ・モードは窓辺に立ち、木枯らしの吹きすさぶ通りに眼を凝らしているところだった。もうそろそろ、電話をかけてきた男が姿を見せてもいいころだった。「ちゃんと騙されてくれたかしら。なんだか自信がなくなってきました」

「心配するな、騙されたに決まってる」とフロストは請けあった。「あんな艶っぽい声を聞かされてみろ、大事なムスコを引っ張り出すのも間にあわなくなっちまう。おれだって、うっかりその気になりかけたぐらいだからな」

上位の者に対する礼儀として、リズはこわばった口元をわずかに緩めて、笑みらしきものを浮かべた。朱に染まった亡骸がまだベッドから運び出されてもいないような現場は、悪趣味な冗談を言うべき場所ではないはずだ。通りは往来が途絶え、静まり返っていた。人の足音も、車のエンジンの音も聞こえない……と思ったとたん、リズは不意に身を硬くした。通りの角を曲がって、こちらに近づいてくる人影が認められた。男のようだった。足早に歩を進め、この建物の正面玄関に近づこうとしている。「来たわ、来ました！」リズの声にフロストも窓からしたの通りを見おろした。「ほらみろ、だから心配するなと言っただろう……おお、ありゃ、相当の好き者だな。股ぐら押さえて小走りになってやがる。……嘘だろ、よくよく見たら、ありゃ、マレットだよ。全員、即時退避――急いで隠れたほうがいい」

真に受けたのは、コリアー巡査ひとりだった。残りの者たちは全員、フロスト警部は他人には理解不能なユーモアのセンスの持ち主だということを心得ていた。そういう場面では、ただ黙ってにやりと笑えばいいものだということも。

階段を駆けあがる軽快な足音が聞こえた。男がドアを開けたときに死体がすぐに眼に入らないよう、リズはベッドの脇に移動した。ジョーダンとシムズは、それぞれ戸口の左右に待機し、いつでも男を取り押さえられる態勢を取った。ためらいがちにドアを叩く音がした。

「どうぞ、入って」ハスキーな声で、リズ・モードが応えた。

軋みをあげてドアが開き、黒っぽいスーツと同じく黒っぽいオーヴァーコートをりゅうと着こなした男が、期待満々の弾むような足取りで部屋に入ってきた。リズを見たとたん、その足がぴたりと止まった。「きみは……」男は何事か言いかけ、背後のドアの閉まるばたんという音に弾かれたように振り返った。男の退路はジョーダンとシムズにふさがれていた。「なんだよ？　なんなんだよ、これは……？」

フロストは一歩まえに進み出て、端の折れ曲がった身分証明書をほんの一瞬だけ呈示して、すぐにまたしまい込んだ。「警察です。みだらなひと時を期待しておいでになったんだろうけど、残念ながら、期待はずれってことになりそうだよ」だが、顔面蒼白になった男の耳には、フロストのことばは届いていないようだった。男はフロストの肩越しに一点を凝視していた。男はちょうど、ベッドに寝ている者が眼に入る位置に立っていた。「嘘だろっ、こんなことって……嘘だろっ……」

室内には身動きする余地もなかった。室外《そと》の共用階段のところまで連れ出すつもりで、フロストは男の腕を取り、戸口のほうに導いた。男は死体から眼を逸らすことができない様子で、食い入るようにベッドのうえを凝視したまま、後ずさりで戸口を抜けた。「あの娘は……あの娘は……」〝死んでいる〟ということばが、男にはどうしても口にできないようだった。

フロストは頷いた。「ああ、そういうことだ。見てのとおり。あちらさんとは、どの程度のつきあいで？」

「どの程度もなにも――」男は慌てて両手を振って否定した。「知りもしない娘ですよ。部屋を間違えたんです。ええ、そうなんです、お巡りさん。別の部屋を訪ねるつもりが、間違ってこの部屋に来てしまったんだ」そう言いながら、男はじりじりと階段に近づいた。フロストのほうは、それに合わせて男の腕をつかむ手に力を加えた。つかまれた相手が痛みを感じるぐらいまで。

「困ったお人だ。われわれを甘く見てると、ためにならないのに。おたくは事前に電話をかけてきた。ってことは常連だったってことでしょう？　あの娘の本名は？」

「本名？　本名なんて名乗るわけないじゃないですか？　こっちだって名乗りませんからね」男はぎごちない手つきでポケットをまさぐった。「これを、これを貰っただけですよ」

男が差し出してよこしたのは、安っぽい印刷を施された名刺だった。灰色の厚紙に緑のインクで、こんな文句が刷り込まれていた――《いつまでも忘れられない、危ないひと時をあなたに。ロリータはあなたの秘密を守ります。ご連絡は、デントン局二二四四三五まで》。

フロストは名刺を受け取った。「〝いつまでも忘れられない、危ないひと時〟ってのは……ひょっとして、縛ったり、ひっぱたいたり、そういうことも受けつけますってことかな？」

男の顔が真っ赤になった。「違いますよ。そんなんじゃありませんって。ただの……」両手を意味もなく動かし、意味のない仕種をしてみせた。「ただのお愉しみですよ」

「お愉しみねえ」とフロストは言った。「今夜はあの気の毒な娘にとって、あまり愉しい夜だったとは思えないけどね。あんなことしたやつに心当たりは？」

「ありませんよ、あるわけないでしょう」男は唾を飛ばさんばかりの勢いで否定した。「そんなこと、なんだってわたしに訊くんです？」

「なぜって、そりゃ、今の時点でわれわれには、おたくしかいないからだよ。ほかの客に悩まされてるというような話を聞いた覚えは？」

「刑事さん、わたしは人生相談に乗るためにあの娘のところに通ってたわけじゃありませんよ。申し訳ないけれど、お役には立てません。もう帰らせてもらえませんか」

フロストは、男の腕をつかんだ手を緩めなかった。「いや、もらえない。世の中ってのは、そうそう思いどおりにはならないもんなんだよ。こっちとしちゃ、いろいろ教えてほしいことがあるんでね。まずは、あの娘とのなれそめから聞かせてもらいましょうか」

「たまたま見かけたんですよ、キング・ストリートを車で通りかかったときに。女たちに交じって、みんなと同じように客引きをしてたんです。見たことのない顔だったし、ほかの女どもに比べれば、それほど擦れてるようにも見えなかった。だから、試しにつきあってみることにしたわけです。それでこの部屋に連れてこられて、ことが終わったあと、その名刺をくれたんです。次からは電話して、と言われました」

「で、何回ぐらいあったんです、その〝次〟とやらは？」

「五回か……いや、六回だったか……わかりませんよ、数えてたわけじゃないし」

　フロストは空いているほうの手で右頬の傷跡を軽くつまんで血行を促した。階段のうえは凍えるほど寒かった。建物の共用玄関のドアが、開けっぱなしになっているせいだった。フロストは睨むようにして男をじっと見据えた。男はその視線をなんとかかわそうとしているようだった。フロストはそれを見逃さなかった。「おや、おや、おや。どうやら、まだ話してくれてないことがありそうだな」

「そんな、いい加減なことを言わないでくださいよ。わたしは何も知りません」

「そういうことなら、こちらにも考えがある。署までご同行願いましょう。腰を据えてじっくりつきあいますよ。時間をかければ、大事なことを思い出してもらえるかもしれない」

「勘弁してくださいよ、刑事さん……困るんです、巻き込まれるのは。わたしは所帯持ちなんです。こんなことが家内の耳に入りでもしたら……」

　フロストは口元を大きくほころばせた。「ほう、それはいいことを聞いた。だったら、これから車でお宅までお送りするから、ぐっすり眠ってる奥方を叩き起こして、奥方の眼のまえで話を聞かせてもらうってのはどうかな？　それなら、記憶が揺さぶられて、何か思い出すかもしれないからね」

　男の表情が一変した。恐怖と怒りがありありと浮かんでいた。「あんたって人は……ずいぶん、こすっからい手を使うんだな」

　フロストは、さも嬉しそうな笑みを浮かべた。「そう、不思議なことに、よくそう言われます。どうしてなんだか、当人としてはとんと心当たりがないんだけどね。おや、何か思い出したことでもあるんですか？」

「いわゆる供述ってやつとは違いますからね。あくまでも個人的にお話しするだけですから。一昨日の晩、ここに来たときのことです。もう帰り際で、ちょうど服を着ていたときに電話がかかってきて、彼女が電話に出たんです。最初のうちは、それこそセクシーな声ってやつでやりとりしてましたよ。ところが、急に顔から血の気が引いて、真っ蒼になっちゃいましてね。電話をかけてきたやつが、恐がらせるようなことを言ったんでしょう。そのうち、まるで木の葉みたいにぶるぶる震えだしたりもして。それから『ほっといてよ』――だったかな？　なんか、そういうようなことを言って、受話器をがちゃんと叩きつけて彼女のほうから電話を切ったんです。どうしたんだって訊きましたよ、もちろん。でも、なんでもないって言うだけで」

「で、おたくとしては、誰がかけてきたのか見当もつかない？」

「ええ、そういうことです。もういいでしょう、これで帰してもらえますね？」

これ以上、この男を引き留めておいても、得るところはなさそうだった。念のため、氏名と連絡先の住所を控えたうえで、フロストは男を解放した。見るからに安堵した顔で、まっしぐらに階段を駆け降りておもての通りに飛び出していった男と入れ違いに、一点の曇りもなく磨きあげられた黒塗りのロールス・ロイスが建物のまえに停まった。降りてきたのは、内務省登録の病理学者であり検屍官の任にあるサミュエル・ドライズデールだった。贅肉とは無縁の痩せた身体を、丈の長い黒いオーヴァーコートに包んだその姿は、葬儀屋を思わせなくもなかった。例によって例のごとく、忠実なる秘書兼助手を伴っていた。かつては美しかったことを思わせるブロンドの女で、常に検屍官の傍らに控え、せっせとメモを取ることを職務と心得ていて、ボスが何を引っかきまわそうと顔色ひとつ変えずにいられるにもかかわらず、あの傍若無人なフロスト警部が頻繁に投げかけてよこす不埒なウィンクやら好色な流し目には警戒心を剝き出しにしてしまうところがあった。秘書兼助手の女としては、懲りていたのである。床に落ちたものを拾おうとして身を屈めたとき、尻に指を突き立てられたことと、あの耳障りな馬鹿笑いと、「浣腸は好きかい？」という台詞《せりふ》は、忘れようにも忘れられるわけがない。その記憶に顔を赤らめながら、彼女はボスのあとを追って小走りになり、階段を駆けあがった。「こんなところまでわたしを引っ張り出すとは、今回はいったいどのような案件なんだね？」迷惑千万だという思いを隠そうともしないで、ドライズデールは居丈高に尋ねた。

「死にたてほやほやの娼婦を一人前、見つくろっておいたよ」フロストはそう言うと、ドアを開け、人いきれでむっとする室内に、検屍官と秘書兼助手のふたりを通した。

ドライズデールは鼻の頭に皺を寄せた。「こんな状況では仕事にならん。全員、室外《そと》に出してくれたまえ」

フロストはそのとおり伝えた。リズ・モードはどちらにしろ、梃子でもその場を動かない顔つきだったので、指示の対象からは除外した。ドライズデールはベッドに横たわった亡骸を見据えたまま、オーヴァーコートを脱ぎ、そちらに眼も向けずに秘書兼助手の女のほうに突き出すと、いきなり手を離した。それでも、検屍官のオーヴァーコートがそのまま床に落ちる確率は限りなくゼロに近い。秘書兼助手の女がすかさずまえに進み出てコートを受け止め、きちんと畳んでおくに決まっているからだ。それを見越したうえでの振る舞いだった。

ドライズデールの場合、現場での予備的な検視はごく手短なものだった。まずは身を屈め、血に染まった腹部に今にも鼻先が触れそうになるぐらいまで顔を近づけ、ナイフによるものと思われる刺創を観察した。次いで被害者の顔と頸部に視線を移した。「発見時には、すでに今の体勢に?」

フロストは頷いた。

「だが、殺害場所はベッドではない。被害者は直立した状態で刺されている」とドライズデールは指摘した。「血の流れた跡を見てみたまえ。ほら、このあたりはしたに向かって流れているのに……その後、向きが変わっているのがわかるだろう? 仰向けになったときに変わったのだよ」

フロストは短く頷いた。その程度のことは大先生にご教示いただくまでもなく、しがない警部でも導き出せる推論だった。

ドライズデールは次に鞄から脱脂綿を取り出し、腹部の傷口周辺の血液をほんの少しだけ、慎重な手つきで拭い取った。「大量の出血が認められる。傷はいずれも見たところは深手だが、損傷は皮下組織までに限局される」続いて被害者の手に注意を向け、先ほどフロストが検めた部分を検めた。「防御創の類はなし。身を守ろうと抗った痕跡は認められない。ただ、両手首周縁部に、人の手によるものと思われる圧迫痕が皮下出血として認められる」最後に枕から頭を持ちあげ、首筋にまとわりついていた長い黒髪を肩のほうに払いのけた。頸部を左右から挟む恰好で、大きな痣ができていた。被害者の口を開け、ペンライトで口腔内を検めたのち、ドライズデールは得心がいったように頷いて言った。「扼殺だ」背後に控えた秘書兼助手のブロンドの女が、速記帳に猛然とペンを走らせ、ボスの所見をひと言も洩らさず書き留めていっている。

「おっ、今夜は冴えてるね、先生《ドク》、絶好調だ」フロストは賛辞を呈した。「マッケンジー医師が気づいた点はひとつも見落としてないよ」

ドライズデールは唇をきつく引き結んだ。一介の町医者風情でありながら、あのマッケンジーは以前、死因審問の場で、内務省登録の病理学者であるサミュエル・ドライズデールの証言に異議を唱え、そのため最終的に証拠の一部が無効とされてしまったのである。その一件以来、両者は互いを不倶戴天の敵と見なしている。「ほう、あの大先生が気づいたのなら、それはつまり誰の眼にも明らかだったということだろう」ドライズデールは被害者の顔面の観察に取りかかった。「片側の眼球周辺部に皮下出血。おそらくは拳で殴打されてできたものと思われる」それから再度、被害者の頭を枕から持ちあげ、片手を差し入れて後頭部をまさぐった。「軽微な打撲」と秘書兼助手の女に向かって小声で告げた。「及び――」引っ込めた手の指先を確認して「――微量の出血も認められる」とつけ加えた。それから顔をあげて、フロストに眼を向けた。「マッケンジー大先生は、この後頭部の打撲痕にも気づいていたんだろうね？」

「いや、気づいてない」とフロストは言った。だが、ドライズデールのしたり顔は、次のひと言で渋面へと変わった。「もっとも、おれが気づいたけど」フロストは、壁に点々と散った小さな赤茶色のしみを示した。それぞれのしみは、科学捜査研究所のハーディングによって青いチョークで丸く囲まれていた。壁のしみから視線をまっすぐにおろすと、床に敷かれた薄っぺらい絨毯に大きな血痕が認められた。「被害者《ガイシャ》のおねえちゃんは、ここに立ってたんだと思うんだ。で、犯人に首を絞められたとき、とっさに仰け反って、そのはずみで頭を思い切り壁にぶつけちまったんじゃないだろうか。それで……」

ドライズデールは低く鼻を鳴らし、不承不承ではあったが、賛同の意を表した。本来、理の通った解説を披露するのは、ドライズデールの得意とする役所《やくどころ》だったはずである。お株を奪われるとはこのことだった。「被害者の氏名は？」

「それが、まだわかんなくてね」フロストは、緑の文字が並んだロリータの営業用の名刺を取り出して、ドライズデールにちらっと見せた。「ひょっとして、先生《ドク》、いつまでも忘れられない、危ないひと時に夢中になってるなんてことは？」

ドライズデールの顔面が赤くなったのは、どうやら怒りのためだと思われた。「断じてない。あるわけないだろう」憤然たる面持ちで指をぱちんと鳴らすと、秘書兼助手の女が心得たように差し出した水銀温度計を受け取り、室温を測った。再び指を鳴らすと、今度は体温計が差し出された。ドライズデールは被害者の腋のしたで検温し、引き抜いた体温計の目盛りを読み取り、素早く暗算を行った。「死後およそ一時間が経過しているものと思われる。長く見積もっても、せいぜい一時間半といったところだろう」

フロストは頷いて同意を示した。「たぶん、その診立てどおりだと思うよ、先生《ドク》。一時間ほどまえに、こちらさんが提供する快楽に溺れた野郎がいるんだけど、そいつが言うには、そのときこのおねえちゃんがぴんぴんしてたのは間違いないそうだから」

ドライズデールは秘書兼助手の女に背中を向け、両腕をうしろに伸ばした。オーヴァーコートを所望しているという合図だった。秘書兼助手の手を借りて、ドライズデールはオーヴァーコートを着込んだ。「この場でできることは、もうない。ああ、遺体はもう運び出してもよろしい。検視解剖は明朝、行う。午前八時きっかりに開始するから、そのつもりで」言外の意味を込めて、ドライズデールはフロストをじっと見つめた。検視解剖に関して、フロスト警部は遅刻の常習犯であり、あろうことか、刻限に三十分も遅れて現れるのである。それも、いけしゃあしゃあと、何食わぬ顔で。「たまには時間を守ってみたらどうだね？　誰も文句は言わんよ」リズ・モードに短く頷き、挨拶に代えると、ドライズデールは部屋を出た。

入れ替わりに、室外《そと》で待機させられていた者たちが、ぞろぞろと部屋に入ってきた。電話が鳴った。フロストは片手を挙げて一同に静粛を求めてから、今度もリズ・モードに、電話に出るよう身振りで命じた。「今度も客からだったら、ここに来させろ。このおねえちゃんがどこの誰なのか、なんとしても突き止めないと」

リズ・モードは受話器を取りあげ、「ロリータよ」と言った。それから黙って相手のことばに聞き入った。途中で表情が変わった。フロストの視線をとらえて激しく手招きすると、耳から受話器を少しだけ離した。相手の言っていることをフロスト警部にも聞いてほしいということだった。だが、フロストが耳を寄せたちょうどそのとき、相手は電話を切った。受話器から聞こえてくる、電話が切れたあとの信号音にリズは思い切り顔をしかめた。「……もうっ」舌打ちをして、架台のフックを軽く叩き、いったん通話を終了させてから、一四一七の番号を打ち込んだ。最後にかけてきた相手の電話番号は、着信番号案内サーヴィスの一四一七で調べることができるはずだ。

「客からだったかい？」とフロストが尋ねた。

リズは首を横に振った。「いいえ。男ではあったけど、客じゃなさそうでした。それっぽくないんです、言ってることが──『あんなのは、ほんの小手調べだからな。覚悟しとけよ、ロリータ……次は本気だからな……』っていう調子で」硬貨投入口つきの電話機は硬貨を投入しない限り、通じないことになっている。リズは一ポンド硬貨を投入口に押し込み、それでようやく一四一七に繋がった。着信番号案内サーヴィスで電話をかけてきた相手の電話番号を入手し、続いて電話局に問い合わせて、その電話の所在地を突き止めた。「……もうっ」今度もまた舌打ちをして電話を切ることになった。通話に使用されたのは、キング・ストリートに設置されている電話ボックスの公衆電話だった。

電話をかけてきた男がまだいるとも思えなかったが、フロストは念のため、問題の電話ボックスに警察車輛を差し向けた。「それと、ここの電話に〝紐〟をつけてもらいたい。かかってきた電話は残らず監視《モニター》して、録音してくれ」それからリズのほうに向きなおって尋ねた。「電話をかけてきたやつだが、もう一度声を聞いたら、そいつだとわかるかい？」

リズは唇をすぼめて、考え込む顔つきになった。「たぶん、わかると思いますが……でも、自信はありません。いかにも性質《たち》の悪そうなやつだという印象を受けましたけど」この事件の捜査を担当するつもりなら、そろそろ指揮権をこちらに引き渡してもらわねばならない、とリズは思った。そう、フロスト警部が本件にどっぷりと入れ込んでしまうまえに。「実は、警部、ちょっとご相談したいことがあるんですが……できれば、ふたりきりで」

「いいとも」とフロストは言った。ふたりは部屋を出た。ちょうど、葬儀社の社員がふたりがかりで黒塗りの棺を担いで階段を登ってきたところだった。検視解剖に備えて死体保管所に搬送するため、被害者の亡骸を引き取りにきたのだった。フロスト警部もリズも共用廊下の壁にへばりつくようにして道を空け、葬儀社の社員二名を室内《なか》に通した。「さて、お嬢ちゃん、このフロスト小父さんに何をしてほしいんだい？」

室内から厚手の丈夫なビニール袋を拡げる、しゃかしゃかという乾いた音が聞こえた。続いて、遺体収容袋の長いファスナーを開ける音。リズはドアを閉めた。「この事件ですが……売春婦が客に殺害された線が濃厚です。となると、リンダ・ロバーツの事件と同一犯の可能性が浮上してきます。リンダ・ロバーツの件はわたしの担当です。である以上、この事件も、わたしが捜査の指揮を執るのが筋だと思うんですが」

フロストには、そのふたつの事件に関連性があるとは思えなかった――今夜、殺害された娼婦には暴行を受けた痕跡が見られない。だが、ここで張り切り嬢ちゃんに担当を引き継いでおけば、明朝の検視解剖に立ち会うのは捜査責任者であるリズ・モード警部代行ということになり、フロスト警部は晴れて数時間の寝坊が愉しめることになる。「だったら、嬢ちゃん、あんたに任せるよ」とフロストは言った。「争ってまで仕事を背負い込むなんてのは、おれの柄じゃない――」

「すみません、うしろ、通してください！」葬儀社の社員だった。赤ら顔の大柄な男で、やけに陽気な言いようだった。フロストはリズ共々壁際に身を寄せ、葬儀社の社員がふたりがかりで棺を抱え、階段を降りて共用玄関から戸外《そと》に出ていくのを、見送るともなく見送った。現場保存のため玄関脇で立哨に就いていた制服警官のひとりが、階段のしたからふたりに向かって声を張りあげてきた。「モード警部に連絡が入ってます。至急、署に連絡を入れてください。例のコンビニが襲われた武装強盗事件に関することだと聞いてます」

通報を受けたのは、司令室に詰めていたランバート巡査だった。電話をかけてきた女はひどく取り乱していて、電話口でただただすすり泣くばかりだった。言っていることも、さっぱり要領を得なかった。ランバート巡査は根気強く対応した。支離滅裂な訴えから、ひと言ひと言絞り出すようにして、詳しい情報を引き出すしかなかった。「大丈夫ですよ、奥さん、どんな問題でもわれわれが力になります。まずは、お名前を聞かせてください」

「名前？　名前って、あたしの？　そんなもの、どうでもいいんです。撃たれたのよ、あの人。あいつらに撃たれたの。車を盗まれたの。あの人、死んじゃうわ、出血多量で死んじゃう」

「撃たれた？　どなたです、撃たれたのは？」通報者に対応しながら、ランバート巡査は忙しなく指を鳴らし、内勤の責任者であるウェルズ巡査部長の注意を惹こうとした。

「だから、主人ですって。血だらけなんです。そこらじゅう、もう、血の海なんです」

「今、どちらに?」ランバート巡査は、ようやく気がついたウェルズ巡査部長に、今度は手振りで、ヘッドセットがもうひと組あるから、それで一緒に通話を聞いてほしいと頼んだ。

「あいつら、主人を撃って……あたしたちの乗っていた車を奪って、それで……」電話をかけてきた女は、そこでまた泣き崩れた。抑えようのないすすり泣きが、いつまでも続いた。

ランバート巡査は、なんとか相手を落ち着かせようと言った。「大丈夫ですよ、奥さん、われわれが必ず助けます。でも、そのためには、まず、今どちらにいらっしゃるかを教えていただきたいんです」

「電話ボックスです……フォレスト・ロードの角の……」

「ご主人もご一緒に?」

「いいえ――でも、来てください。主人のとこまでお連れします」

ウェルズ巡査部長はヘッドセットをはずし、電話の受話器を取りあげて救急車の出動を要請した。

「わかりました、奥さん、そこでじっとしていてください」とランバート巡査は言った。「電話ボックスから離れないように。いいですね? すぐに救急車を行かせますから」ランバート巡査は電話を切ると、無線を使って、リズ・モード警部代行を至急呼び出してほしいと伝えた。

リズ・モード〝警部〟は、車をデントン・ウッドの森に向けて走らせていた。逆方向からサイレンを響かせながら疾走してきたパトロール・カーとすれ違った。パトロール・カーは、後続の救急車を先導する役目を担っていた。ということは、救急車には銃で撃たれた男とその妻が乗せられているということだ。リズ・モードは思わず小声で悪態をついた。もし、ここですれ違っていなければ、通報者の姿を捜してデントン・ウッドの森をあてどなくさまよい、貴重な時間を無駄にしていたことだろう。タイアを軋ませ、強引にステアリングを切って窮屈なUターンをすると、リズは救急車のあとからパトロール・カーを追いはじめた。ああ、もう、ほんと……ほんと、ついてないったらない、と声に出さずに毒づいた。この事件では後手にまわってばかり。そもそも、コンビニエンス・ストアの武装強盗事件は、捜査の担当をフロスト警部に引き継ぐべきだったのだ。売春婦虐殺事件に集中して取り組むことができるように。署に戻り次第、その件をフロスト警部に掛けあってみることにした。

行く手に、デントン総合病院が、そのヴィクトリア朝様式の陰気臭い姿を現した。救急車は《救急車専用》と表示の出ている車線に滑り込み、パトロール・カーは、うしろにぴったりと張りついたリズの車を引き連れたまま、病院の正面玄関脇の駐車場に入った。リズ・モードは乱暴にブレーキを踏み込み、その勢いでタイアを滑らせながら、パトロール・カーのまうしろに車を駐めた。そして、急いで車を降りると、パトロール・カーのまえに立ちはだかり、険しい眼で乗員の巡査二名を睨みつけ、ふたりが降りてくるのを待ち構えた。「次回からは、被害者、もしくは通報者を連れて現場を離れる場合は事前に連絡をよこすこと。わかったわね？」

とぴしゃりと言った。

パトロール・カーに乗っていたのは、ベイカー巡査とハウ巡査だった。ふたりは、困惑の面持ちで互いに顔を見あわせた。「署に連絡しましたけど」とハウ巡査が言った。「モード警部には、ウェルズ巡査部長が伝えておくってことだったので」

ウェルズ巡査部長！　リズは激怒した。またしても、あの腹黒狸のビル・ウェルズが、陰険な嫌がらせを仕掛けようとしたのだ。携帯していた無線機が鳴りだした。呼び出しをかけてきたのは、ウェルズのくそ狸に決まっている。ベイカー巡査とハウ巡査からの連絡を、今になって伝えてよこそうという魂胆なのだ、リズ・モード警部がデントン・ウッドの森で通報者を捜して右往左往していることを期待して。「はい？」嚙みつくような口調で、リズは無線の呼び出しに応えた。

「ああ、モード警部代行、実は――」

ウェルズ巡査部長のことばを遮って、リズは鋭く言った。「あいにくだったわね、巡査部長。がっかりさせて申し訳ないけれど、悪巧みは失敗に終わったから」それだけ言って一方的に通話を終了したが、その程度のことで怒りが収まるわけがなかった。

「被害者も、通報してきた奥さんのほうも、救急病棟のほうにいるはずです」ハウ巡査はそう言うと、先に立って病院の建物に入り、長い廊下を進んだ。がらんとした廊下に、声と足音が響いた。

「詳しい経緯を説明して」とリズは言った。

「被害に遭ったのはレッドウッドというご夫婦です。年齢は、ふたりとも七十歳を超えてます。友人宅を訪問して、その帰り道、フォレスト・レーンを通りかかったところ、道端に男が倒れていて、そばに付き添っていたもうひとりの男が手を挙げて、停まってくれと合図してきたそうなんです。夫妻は、倒れている男が怪我をしているのだと思って車を停めました。エンジンを切って、レッドウッド氏が車から降りて、おや、おかしいなと思ったときにはもう手遅れで、鼻先にショットガンを突きつけられていたそうです。で、車のキーをよこせと言われた。だが、レッドウッド氏は――はっきり言って年寄りの冷や水としか言いようがないんですが、とっさに逃げようとしたんだそうです。すると、ショットガンを持っていた男は、平然とレッドウッド氏の脚を撃ち、車のキーを引ったくった。そして、相棒とふたりがかりで奥方を車外《そと》に引きずり出して車を乗っ取り、現場から逃げ去った。で、あとには血を流してる爺さんと悲鳴をあげてる婆さんが残された、というわけで」

「それは、ガソリンスタンドのコンビニで、武装強盗事件が発生するまえ？　それとも、あとのこと？」

「発生まえです。犯人のふたりは、強盗を働くために車を強奪したものと思われます」

リズ・モードは眉根を寄せた。「わざわざ、どうして？　自分たちの車は？」

ハウ巡査は肩をすくめた。「さあ、なぜかな。故障でもしちまったんですかね」

「だったら、犯人たちの車はデントン・ウッドの森にあるはずね。老夫婦が襲われて車が奪われたところの、比較的そばに。捜索はしてみたの？」

「いや、そんな。自分たちとしては、怪我をしている老人が気がかりで。まずは病院に搬送することを最優先に考えたんです」

「それはそうね。でも、もう被害者は無事に病院に送り届けられたわけだから……今から現場に戻って、捜索してちょうだい。被害者と通報者の事情聴取は、わたしが引き受けるから」

二人組の制服警官は正面玄関のほうに引き返し、リズは院内の案内表示を頼りに《救急救命科》に向かった。すでに日付も変わっているというのに、救急救命科の待合室は無人ではなかった。診察を待つ者たちのうちの何人かは、その外見から明らかに、パブの乱闘で怪我をした連中だと思われた。なかのふたりには、見覚えがあった。先刻、署の受付エリアを占拠していた、バス一台分のゲロ吐きフーリガンどものなかに、交じっていた顔だった。

「レッドウッドさんなら、まっすぐ処置室に運ばれましたよ」救急科の主任看護師がリズに伝えた。「奥さんのほうは、そとで待ってもらってますけど。あそこです」主任看護師はそう言うと、灰色の厚手のコートを着込んだ老女のほうを顎でしゃくった。老女は手袋をはめた手で、すがりつくようにハンカチを握り締めていた。リズはそちらに足を向けた。老女は顔をあげ、不安そうな眼を向けてきた。看護師が夫の容態を伝えにきたと思ったのかもしれなかった。ベンチに腰掛けている老女の隣に、リズは並んで腰をおろした。

「何があったのか、お話しいただけませんか?」

老女は何度も口ごもった。ただ思いついた単語を脈絡なく並べるような話しぶりで、ハウとベイカーの両巡査から受けた報告に補足すべき情報は、ほとんどなさそうだった。「あいつら、撃ったんです……顔色ひとつ変えないで……撃ったの、うちの主人を――」

　同情の色を浮かべて、リズは短くひとつ頷いた。「犯人の二人組ですけど、人相や特徴は覚えていらっしゃいますか？」

「それが、あっという間の出来事だったから……ふたりとも背の高さは……中ぐらいで、年齢《とし》は、二十四、五ぐらいかしら。黒っぽい服を着てて……ええと、チャックのついたジャンパーみたいなの。それから、銃を持ってたほうは、黒いマスクを……あの、スキーをするときにかぶる毛糸のマスクみたいなのをかぶってて、もうひとりのほうは、青い野球帽をかぶってたわ。つばをぐっと引きおろして、顔がわからないぐらい目深にかぶってた。でも、顎鬚が見えた……まばらで、ちょぼちょぼした頼りない顎鬚。それと、ピアス。右の耳たぶに銀の飾り鋲みたいなピアスをしてて。マスクの男が主人を撃ったら、そのピアスの男、笑ったのよ……声を立てて笑ったの――面白がってるみたいに。ちょっと悪戯かなんかでもしてるみたいに」

「犯人のしゃべり方に何か特徴は？」

「普通よ、普通にしゃべってたわ。たぶん地元の人間じゃないかと……でも、あまりしゃべらなかったから。ただ『キーをよこしな』って言われただけだし……」

　リズは根気強く事情聴取を続けたが、それ以上の収穫は得られなかった。最後の最後に引き出せた情報は、その二人組を次に見る機会があったとしても、レッドウッド夫人としてはたぶんそいつらだということはわからないだろう、ということだった。疲れた顔をした医師が待合室に出てきて、レッドウッド夫人とリズのところに近づいてきた。懸命に欠伸を嚙みころしているのが、傍目にも見て取れた。「ご主人は病棟のほうに移しました」医師はレッドウッド夫人に言った。「ひと晩様子を見ることにしたんです。外傷そのものは大したことはありませんが、一種のショック症状が見られるので。念のため、ということです。問題がなければ、明日には退院できますよ」

「主人の脚は……？」

「散弾は残らず摘出できたし、傷口もきれいにしました。今後の生活に支障が出るような障害は残りません」医師は救急科の主任看護師を指さした。「彼女に言えば、病棟に案内してくれますから」

「質問に答えられる状態かしら？」とリズは尋ねた。

医師は首を横に振った。「まだ麻酔から醒めてないので、朦朧としてるし……朝まで待ったほうがいいと思います」

医師の助言に礼を言うとき、リズは思わず笑顔になっていた。朝まで待たなくてはならないのなら、却って好都合というものだった。これで売春婦虐殺事件の捜査に専念できる。より重要な事件の捜査に。ついでに本件の捜査はフロスト警部に引き継ぎ、明朝のレッドウッド氏の事情聴取も任せてしまうという手もある。携帯無線機で司令室を呼び出し、車を強奪した二人組の人相特徴を伝えると、リズは病院の駐車場に向かった。正面玄関から戸外《そと》に出ようとしたとき、背後から駆けてきた若い看護師に呼び止められた。頬を紅潮させて、息を切らしながら、看護師は言った。「すみません、警部さん、ガソリンスタンドのコンビニで撃たれたご老人が……その方が、警部さんにお話ししたいことがあると言ってるんです。大事なことだから、どうしても聞いていただきたいとおっしゃっていて」

ったく、もう……ほんとに、もう――リズ・モードは、声に出さずに思い切り毒づいた。老人の呼び出しをなんとか回避する手立てはないものか、その場に突っ立ったまま、しばし懸命に考えをめぐらした。売春婦虐殺事件の捜査に戻るのが遅れるということは、その分だけあのフロスト警部が事件への関与を深めることを意味する。そのまま、がっちり抱え込まれてしまうかもしれない、ということである。あれはリズ・モード警部の担当すべき事件なのに。殺人事件を見事解決に導くことは、出世の階段を登る者には必要不可欠な、〝強力なひと押し〟になる。その機をみすみす――

「警部さん……？」看護師の声がした。返答を催促している声だった。

リズは溜め息をつき、無理やり笑みらしきものを浮かべた。「わかりました。では、その方のところに案内してください」

死体が運び出されてリズ・モードが立ち去ったことで、室内には家具を動かして徹底的な現場検証を行うだけのスペースが生まれた。その結果、ふたつほど大きな収穫があった。ひとつはソファ・ベッドのしたから血の付着した飛び出しナイフが発見されたこと。おそらく被害者が犯人と揉みあううちに、どちらかに蹴飛ばされてそこに滑り込んだものと思われた。「指紋が採れるか、調べてみてくれ」とフロストは言った。それからポケットに突っ込んでおいた、ロリータの緑色のインクで刷られた名刺のことを思い出した。名刺を取り出し、ハンロン部長刑事に手渡して言った。「アーサー、おまえさんに頼みたいことがある。被害者《ガイシャ》の身元が朝までに割れなかったときには、そいつを持って市内の印刷屋をまわってくれ。客の名前を控えてるかもしれないだろ?」

アーサー・ハンロンは、あまり期待できないと思ったようだった。「今日び、こんな名刺ぐらい、自分ん家《ち》のパソコンであっという間に作っちまえるぞ。被害者《ガイシャ》も自分で印刷したんじゃないかね」

「だとしても、当たってみるだけ当たってみてくれや」とフロストは命じた。

そのとき、壁際に置いてあった衣類収納用のクロゼットを移動させていたシムズ巡査が、興奮した声を張りあげた。「何かありますよ、警部」クロゼットと壁の隙間に財布が挟まれていた。フロストは財布の角の部分だけを慎重につまんで持ち、中身をざっと検めた。締めて四百ポンドほどの紙幣、何枚かのクレジットカードとカードの利用控えの類、電話番号がぎっしり書き込まれたスケジュール帳。フロストはたちまち晴れやかな笑顔になった。「出てきたよ、われらがへべれけドライヴァー氏が失くしたと言ってた財布が」と声高らかに告げた。「おや、まあ、あのおっさん、偽名を使っていやがった。本名は……グラッドストンと言うんだと。ロバート・グラッドストン。デントン在住」モーガン刑事を無線で呼び出し、グラッドストンの自宅住所を伝え、このロバート・グラッドストンなる人物をしょっぴいてくるよう指示した。

凶器のナイフを捜しにいかせた連中のひとグループから、残念ながら今のところ収穫はないという無線連絡が入った。「いかん、そうだった」フロストは声をあげた。「ナイフが見つかったこと、あいつらにも知らせてやらないと」これ以上現場に長居しても、できることはなさそうだった。あとは皆の衆に任せて、フロスト警部はひとまず車で署に引きあげることにした。

グラッドストンは不安げにフロストを見つめた。酔いはすっかり醒めていた。着ていたものは検査にまわすため、すべて脱がされて科学捜査研究所に送られ、当人は目下、警察から支給された白いつなぎの作業服を着せられていた。「いいか、ひとつはっきりさせておきたい。面倒事に巻き込まれるのは願い下げなんだよ。そもそも、あんたらには、こんなことをする権利なんて――」

「黙れ！」フロストは嬉々として一喝すると、テーブルを挟んでグラッドストンの向かい側の椅子に腰をおろし、煙草をくわえた。「あんたには選択肢がふたつある。今この場で素直に自白するか、お巡りさんに余計な手間をかけさせて、寄ってたかってさんざっぱら殴られてから自白するか。ちなみに後者の場合、おたくは酔っ払ってるあいだにどうやら階段を踏みはずして落ちたらしいってことになるけど」

グラッドストンは警戒心を剝き出しにして、フロストを見つめ返した。相手のことばを真に受けるべきかどうか、判断がつきかねているようだった。「こんな目に遭わされる筋合いはない。この件についちゃ、こっちが被害者なんだから」

フロストはくわえていた煙草に火をつけてひとふかしすると、眼を丸くしてさも驚いたという顔をしてみせた。「おたくが被害者？　これは異なことを。被害者はてっきり、ベッドで死んでた、あの気の毒なおっぱいおばけのほうだとばかり思ってたよ」フロストはモーガンに向かって頷き、テープレコーダーのスウィッチを入れて録音を開始するよう、目顔で伝えた。

「言っただろ？　おれは犯罪に巻き込まれたんだって。警察には被害届を出しにきたんだって」

「でも、届けるべき内容を間違えた、だろう？　夜の姫君を手にかけて殺しちまったことを、うっかり言いそびれたようだし」

「殺した？　何を言ってんだ、あんた、馬鹿か？　おれが殺したんなら、なんでわざわざ、そこの脳みそが居眠りこいてるようなウェールズのにいちゃんを連れて、あの女の部屋にもう一度押しかけるような真似をしなきゃならない？」

「あんたはあの夜の姫君を殺した。殺しちまったことで気が動転して、泡を食って逃げ出した。ところが車を走らせてる途中で財布を盗られたことに気づいた。でも、肝っ玉が人一倍ちっこいもんだから、取りに戻る気になれなかった。誰かに目撃されるかもしれないし、もしかしたら次の客が死体を発見して警察に通報してるかもしれない」

「ふざけるな。言いがかりもいいとこだ！」

「死体とおたくの財布がセットで発見されりゃ、おれたちとしても、ほかに容疑者を捜してそいつに罪をおっかぶせる手間なんかかけるまでもない。知ってのとおり、おれたちお巡りってのは、手っ取り早く結論に飛びついちまう人種だからな」

「ああ、今もそうだもんな。何があったかは、さっきちゃんと話しただろう？」

「それじゃ、もう一度、話してもらおうか。二回めはそれほど嘘っぽく聞こえないかもしれない」フロストは煙草の煙を吐き出し、ふたりのあいだのテーブルのうえに弾幕射撃のような煙幕を張ると、その煙幕越しに相手をじっと見つめた。たとえ何を聞かされようとただのひと言も信じるつもりはない、と通告している眼つきだった。

「キング・ストリートを車で流しながら、いい子はいないか、物色してたんだよ。そしたら、あの女が眼にとまった。電話ボックスにもたれてたんだ。見たことのない顔だったし、こっちはぴちぴちの活きのいいのを試食してみたい気分だったし、それで声をかけたのさ。『いくらだい?』って訊いたら『四十ポンド』って言うから、『そんだけ取るんだったら、さぞかしい思いをさせてくれるんだろうな、おねえちゃん』って言ったんだよ。そしたら『試乗してみれば?』って言うのさ。で、こっちの車に乗り込んできて、女の道案内であの部屋に向かったんだよ。そのときは、今夜は大当たりをつかんだぜって思ったよ。車のなかじゃ、こっちのあんなとこやこんなとこを撫でくりまわしたり、ぎゅっと握ったりして、そりゃもう、手練手管の限りを尽くしてサーヴィスしてくれちゃって。なのに、あのぼろアパートメントのまえで車を停めたとたん、がらりと態度が変わっちまった」

「どういう意味だ?」

グラッドストンは肩をすくめた。「なんか、よくわからないけど、いきなり機嫌が悪くなったんだよ。おれのことなんか、もう、どうでもよくなっちまったみたいっていうか」

「そりゃ、たぶん、撫でくりまわしたり、ぎゅっと握ったりしてるうちに、おたくの持ち物のサイズがわかったからじゃないかな?」フロストは思ったところを述べた。

「もしかして冗談のつもりか、お寒いもんだな。まあ、いい。ともかく、おれは女にくっついて階段を登って部屋に行って、女が着ていたもんを脱いで裸になって、で、おれはすることをしたってわけさ」

「で……?」

「最低だった。ひどかったなんてもんじゃないよ。あの女、釣りあげられた魚じゃあるまいに、ごろんと横になったまま、天井のひび割れをただじいっと見てるんだぜ」

「だから、おたくは文句を言った?」

「あったりまえだろうが。言ってやったさ、おまえは淫売として最低だって。どてっと寝てるだけの女に払う金《かね》はないって。だけど、二十ポンドなら払ってやるって言ったんだよ、それでも払いすぎだろうって気はしたけど。そしたら、あの馬鹿女、なんて言ったと思う? そんなはした金、あんたのばっちいけつの穴に突っ込んどきな、だぞ。あくまでも最初に決めた金額を払えって言い張りやがるのさ」

「なるほど、寝物語に睦言を交わしたわけだな。そのときかい、ナイフを突き立てたのは?」

グラッドストンはフロストを睨みつけた。「いいか、言っとくけど、おれがあの女に突き立てたのは、くそナイフじゃない。もっと別のもんだ」

取調室のドアを遠慮がちにノックする音がした。フロストはうんざりした気分で椅子から立ちあがった。何人《なんぴと》たりとも殺人事件の被疑者の取調べを邪魔してはならない。よほどの重大事でない限りは。ドアを開けると、ビル・ウェルズが手招きしていた。話があるから室外《そと》に出てこいということだった。「科研から報告があったぞ、ジャック。例のナイフの指紋の件だ。出ることは出たけど、どれも殺害された娼婦の指紋だったそうだ」

「なんだ、ついてないな」フロストは顎を掻きながら、考え込む顔つきになった。「被害者《ガイシャ》の指紋だけ……ってことは、ナイフはあのおねえちゃんのものだったんだな、きっと。犯人と揉みあってるうちに、自分で自分を刺しちまったのか。グラッドストンの服についてた血痕の鑑定結果は？」

「いや、そっちはまだ何も言ってきてない。連絡があったら、すぐに知らせるよ。ああ、そうだ、マレット署長がお呼びだ。あんたに話があるんだと」

「おいおい、勘弁してくれよ。あの眼鏡猿、まだ居残ってやがったのか。もうとっくにねぐらに帰ったと思ってたのに。駐車場の車の件は？　何か言われたか？」

「ああ、ここで改めて繰り返す気にはなれないようなことを」

それは充分に頷ける成り行きだった。フロストは取調室に戻った。「さてと、それじゃ……さっきの続きからいこう。女がナイフを持って向かってきたってとこから。それで、どうしたんだい？」

「ナイフだと？　馬鹿言え、ナイフを持って向かってきたりなんてしてない。とんでもなく長い爪を振り立てて、飛びかかってきたんだよ。背中に立てられる分にはどうってことないけど、こっちの眼ん玉を狙ってきたんだぜ。あんときは——」

「そのときか、女の首を絞めたのは？」

「首を絞めた？　まさか。こっちは手を出してない。断じて出してない」

フロストはテーブルに身を乗り出して言った。「手を見せてみろ」

グラッドストンは顔をしかめ、手のひらをうえにして両手を差し出した。フロストは右手を取って甲のほうに返すと、眼のまえに現れた関節を指先で軽く叩いた。グラッドストンの右手の指の付け根の関節には、擦り剝いた痕があった。乾いた血がこびりつき、わずかに節も腫れていた。「殴ったんだな……道理で、眼のまわりに痣ができてたわけだよ。ああ、わざわざ否定するには及ばない。科研に皮膚の試料《サンプル》を照合させりゃ、一発でわかる」

「わかったよ、確かに殴った。一発だけだけど、女を殴った。正当防衛だよ。あんなマニキュアを塗りたくった真っ赤っかな爪で、眼ん玉をえぐり出されちゃたまんないだろ？　あとは服を着て、とっとと退散したよ」

「こら、待て。そう先を急ぐもんじゃない」フロストは注文をつけた。「話を端折ってるだろう？　おたくのその右の手と左の手を女の首にまわして、思い切り絞めあげて殺しちまったってくだりだよ」

「おれが部屋を出たときには、女はぴんぴんしてたよ。公序良俗ってやつに反するような、大きな声じゃ言えないことばで、おれのことをめちゃくちゃこきおろしてたよ。でも、おれはさっさと車に戻って帰ることにした。けど、少し走ったところで、あの腐れ淫売に財布をくすねられてたことに気づいたんだよ。だから……取って返して女の部屋に……」

「そうか、そのときか、女の首を絞めたのは？」

「何度言わせりゃ気がすむんだよ。おれは部屋に入ってもいないんだって。あの馬鹿女が内側《なか》から鍵を掛けてやがったもんだから、入れなかったんだよ」

「でも、自分が同行したときには、ドアには鍵は掛かっていませんでしたよ」とモーガンが言った。

「そりゃそうさ、ウェールズ生まれのとろいにいちゃん。当たり前だろ？　ドアを閉めたままだったら、犯人は屋内《なか》に入れないだろ？　犯人が訪ねてきたときに、あの女が開けたんだよ。さもなきゃ、おれが引き返したときには、もう犯人は部屋のなかに居たのかもしれないぜ。そう言えば、男の声が聞こえたような気もするよ」

「ほう、それを今になって都合よく思い出したってわけだな」フロストが話に割って入った。

「ほんとにまあ、駄法螺の達者なお人だ」

グラッドストンは椅子の背にもたれ、胸のまえで腕を組み、徹底抗戦の構えを見せた。「いいだろう。何を言っても信じないってんなら、おれはもうひと言もしゃべらない。弁護士の同席を求める」

「よし、あんたには特別にその権利を認めてやろう」とフロストは言った。留置場に戻されるグラッドストンを見送ると、欠伸をしながらひとつ大きく伸びをした。当番弁護士が署に到着するまで、休憩室にしけ込み、サッカーの試合中継の録画ヴィデオを鑑賞する時間はあるだろうかと考えた。できることなら、リズ・モードに一刻も早く、捜査を引き継いでしまいたかった。取調べもろとも。張り切り嬢ちゃんの帰還が待たれてならなかった。

「忘れないでくださいよ、親父《おやっ》さん。マレット署長に呼ばれてること」とモーガンが言った。

「おや、まあ。嬉しいことが目白押しだな」とフロストは言った。疲れた身体に鞭打って立ちあがろうとしたところに、ビル・ウェルズが入ってきた。「いい知らせだぞ、ジャック」

「マレットが家に帰ったのか？」

「いや、そこまでよくはないけどな。科研から電話があったんだ。グラッドストンの上着についてた血痕は、ナイフで刺された被害者の血液と一致するそうだ」

フロストは満足の溜め息と共に、煙草の煙を長々と吐き出した。「よし、これでとりあえずパクれるな。締めあげてやろうにも、どうも決め手に事欠いてたんだよ。嘘をつくのも、しらばっくれるのも、あの野郎の自由だが、上着に被害者《ガイシャ》の血液がついてたとなると、その理由は――」フロストは中途半端なところでことばを止めた。隣の椅子に坐っているモーガンが、何やら居心地悪そうに身をよじっていることに気づいたからだった。「どうした、芋《タ》にいちゃん《フイ》、小便でも我慢してるのか？」

「いや、親父《おやっ》さん、違います……」モーガンは両手を揉み絞るように握り締め、ばつが悪そうにじっと床に視線を落としていた。ビル・ウェルズが取調室から出ていくことを願っているのかもしれなかった。「実は、先に報告しておくべきだったことがあるんです」とモーガンは口のなかでもごもご言った。

噂話のネタを拾うことにかけて、ビル・ウェルズは実に聡い耳の持ち主だった。開けかけていたドアを素早いひと蹴りで閉めると、興味津々といった面持ちで身を乗り出した。

「ほら、芋《タ》に《フ》いちゃ《ィ》ん、もじもじしてないで言っちまえって」フロストはけしかけるように言った。「大丈夫だって、ここには身内しかいないんだから。今度は何をやらかした？ ついにマレット夫人と男女の仲になっちまったか？」

「いや、親父《おやっ》さん、違うんです。そういう話じゃないんです。グラッドストンのことなんです。女の部屋に同行したときに……」

「ああ、そのときに？」フロストは先を促した。

「グラッドストンに同行して女の部屋に行ったとき、あいつは先に階段を駆けあがっていって部屋に飛び込んじまったんです。止める間もなくて。こっちが部屋に踏み込んだときには、女の身体を揺さぶって、財布をどこにやったと問い詰めてたんです」

フロストは口をあんぐりと開けた。「それじゃ、つまり、なにか――あの野郎に死体を触らせちまったってことか、おまえさんがついていながら？」

「しかしですね、親父《おやっ》さん、言わせてもらえば、こっちはまさか死体が転がってるなんて思ってもいなかったもんで」

「だったら、グラッドストンの上着に被害者《ガイシャ》の血液がついてたとしても、そのときについた可能性が充分にあるってことだな？」

モーガンは悄気《しょげ》返って頷いた。「報告すべきだとは思ったんですが……」

「いやはや、なんとも」ウェルズはそう言うと、空いていた椅子に坐り込んだ。「馬鹿げた失敗についちゃ、おれもこれまでにずいぶんいろんな話を聞いてきたけど――」

「ああ、そうだろうとも」フロストはウェルズを遮って言った。「そのほとんどは、このおれがしでかしたもんだ。おや、ビル、受付デスクで電話が鳴ってるぞ」

ウェルズは耳をそばだてた。「いや、何も聞こえない」

「聞こえなくてもいい。とっとと受付に戻って電話に出ろ」

ウェルズは、いかにも気が進まないといった様子で腰をあげると、たかが部屋から出るだけのことにたっぷりと時間をかけた。帰りがけに、追加のネタを仕込んでいこうという魂胆だった。だが、フロストは、取調室を出たウェルズ巡査部長が、ここで何を話しても聞こえないところまで行ってしまうまで、辛抱強く待った。

「どじを踏んだな、芋にいちゃん《タフイ》」とフロストは言った。「どこからどう見ても立派などじだ」

モーガンは意気消沈の面持ちで、力なく頷き、自分の失敗を認めた。

「誰だってどじのひとつやふたつは踏むもんだよ、にいちゃん。へまをぶっこくことにかけちゃ、おれなんか署内きっての有名人だしな。だがな、殺人事件を捜査してるときは、そいつを隠しちゃいけない」

「わかってます、親父《おやっ》さん……反省してます、親父《おやっ》さん……」

モーガン刑事は、みじめさの泥沼に、頭のてっぺんから爪先までどっぷりと沈んでいた。そんな相手にこれ以上説教をしたところで、しでかしてしまったどじがチャラになるわけではない。フロストにはそれがよくわかっていた。握り拳の指の関節に歯を立てながら、打開策を求めて考えをめぐらした。「よし、芋《タフィ》にいちゃん、こういうのはどうだ？　おれたちが相手にしてるのは、くそがつくほど頭の切れる野郎で、上着に血がついている理由をでっちあげるために、わざと先に部屋に飛び込んで、死体にすがりついたのさ。おれが見た限りじゃ、どこをどう取っても、そんなに頭の切れそうなやつには見えなかったけど、まあ、人は見かけによらないもんだから。マレットだって、見かけはそれほど嫌なやつには見えないけど、実際は骨の髄までとことんいけ好かない野郎だろ？」フロストは天井を睨み、またしばし考えをめぐらした。

「グラッドストンの野郎は釈放するしかないな」

「釈放するしかない……？」モーガンが鸚鵡返しに言った。

「身柄を押さえておくしかるべき理由がないだろう？　やっこさんを担当する弁護士の先生が乗り込んできたら、おれたちの主張してることなんて、木っ端微塵の粉微塵に叩き潰されちまうよ」

「悪いと思ってます、親父《おやっ》さん。自分が悪いです、何もかも」

「いや、そうでもないさ。ある意味じゃ、おまえさんは立派に役に立ってるよ。おかげで事件を別の角度から見てみることができた。グラッドストンの野郎がそれほど切れるやつなら、どうして現場から逃げたりなんかしたんだい？　偽名を名乗って住所も嘘を言ったりしたんだい？」フロストは椅子から立ちあがった。「あいつは真犯人《ホンボシ》じゃない。釈放しちまおう。なに、紐はしっかりついてるんだ。容疑者日照りに見舞われて困ったときには、いつだってまた引っ張れる」そこでまたひとつ大きな欠伸が出た。「しかし、まあ、実になんとも冴えない夜だな。

行方不明の子どもがらみのガセネタ騒ぎ、怪盗枕カヴァー再び現る、武装強盗事件に娼婦の死体が一丁。まさにいいとこなしの一夜じゃないか。せめてもの救いは、マレットの車が派手にへこんじまったことぐらいだな」そう言うと、フロストはぱちんと音高く指を鳴らした。「そうだった、マレットに呼ばれてたんだったよ。仕方ない、なんのご用かうかがいにいってみるとするかな」

マレットは署の駐車場で愛車のローヴァーをまえに、酒に酔った件《くだん》のフーリガンどもが与えた損害の程度を入念に調べているところだった。フェンダーは見るも無惨に潰され、テールランプは片方が割れてしまっている。明日、州警察本部に出かけるのに、とてもじゃないが乗っていかれる状態ではない。物笑いの種になってしまうだろう。家内のホンダを借りねばなるまい、とマレットは思った。そのとき、ようやく、フロストが署の裏口から姿を見せ、こちらに近づいてくるのが見えた。そのいかにも怠惰で、覇気に欠けた足取りには呆れ返るしかなかった。おまけに、例によって例のごとく、あの薄汚れたレインコートに、あの不潔ったらしいえび茶色のマフラーといういでたちだった。あの男、ほかに着るものはないのか？　一瞬、そんな思いが頭をよぎったが、マレットにとってそれは目下、最大の関心事ではなかった。売春婦虐殺事件の情報を得ることのほうが優先すべき課題だった。州警察本部からの帰途、遊興地区を通り抜けようとして信号に引っかかり一時停止を余儀なくされたが、そのときに声をかけてよこした商売女、あの大年増が事件の被害者である可能性もゼロではない。それは考えるのもおぞましいことだった。ブルーのローヴァーはデントン市内に、そう何台もある車ではない。あの大年増がこの車に近づくところを目撃した者がいたとしたら？　マレットの脳裏には早くも、新聞紙面を飾る派手派手しい見出しが浮かんでは消え、消えては浮かんでいた——《デントン警察署の頭目《トップ》、車でお買い物：徐行運転で品定めに余念なし》。

「こりゃ、ひどいな」フロストの声がした。見ると、ローヴァーのへこみのできた車体に向かって顎をしゃくっていた。

「ああ、いかにも」マレットは頷き、思わず歯を食いしばった。この損害はそもそも、ウェルズ巡査部長の不適切な判断が招いたものである。思い出すだけで、腹が立った。どいつもこいつも、役に立たないやつばかり。そんな署を指揮していかねばならぬのだ、署長とはなんと難儀な立場であることか。

「無理もない。本部の会合ともなれば、署長といえども勧められた酒を断るわけにはいかないでしょうからね」損害の程度をじっくり眺めようというのか、身を屈めて車体に顔を近づけながら、フロストは言った。「そうだなあ、これなら……ああ、駐車しといたあいだにどこぞの酔っ払いに当てられたってのが、いちばん無難でしょうね」

「事実、そうだったのだ」マレットは語気を強めて言った。

「そう、そう、それでいいんです」合格を告げる試験官の面持ちで、フロストは頷いてみせた。「おれでも、へえ、そうだったのかって思いそうになったもの。嘘を見抜くことにかけちゃ右に出る者はいないと言われる、このおれでも」フロストは身体を起こすと、ポケットに突っ込んできた車輛維持経費の申請書をまさぐりながら、そいつをポケットから引っ張り出してマレットに署名を求めるタイミングを計った。「ええと、警視《スーパー》、おれに用があるって聞いてきたんだけど……？」

「ああ、まあ、用と言うほどでもないんだが……」個人的な関心と受け取られないよう、さり気ない口調に聞こえることを願って、マレットは言った。「今夜発生した、売春婦殺害事件のことなんだが、被害者の年齢は……まだ若かったのかね？　ある程度の年齢であれば……」

「二十歳《はたち》を何歳《いくつ》か出たぐらい、かな」とフロストは答えた。「髪の色は黒で、背丈は高からず低からず。なんでまた――ひょっとして、署長、まんざら知らない仲じゃなかったとか？　実は目下、捜査の一環として、常連客を突き止めようとしてるとこでね」

「いや、まさか、何を言うんだね」慌てて否定しながらも、マレットは安堵の胸を撫でおろした。フロストの話を聞く限り、事件の被害者はどうやら、あの大年増とは別人らしい。「知り合いのわけがないだろう。しかしながら、フロスト警部、この事件は早急に解決してもらいたい。売春婦が殺される事件は、これで二件めだ。連続殺人犯が野放しになっていると思われれば、人心は不安に色めき立つ。そんな事態は断じて望ましくない」

「でも、まだ同一犯の仕業と決まったわけじゃない」とフロストは言った。「確かに被害者は娼婦だけど、共通点って言ったらそのぐらいだからね」

「それはそうと、警部、きみはその事件の捜査をモード警部代行に引き継いだと聞いている。そういう判断は、まず、署長であるわたしの許可を得てからすべきものではないのかね？」

「そんなご大層なものが必要だなんて、思ってもいなかったんでね。娼婦が殺された最初の事件はアレン警部の担当だったし、その捜査を引き継いだのが彼女だったもんだから」

マレットは手のひと振りで、フロストの反論を退けた。「そのぐらいのことは、わたしも承知している。だが、この事件は連続殺人の様相を呈してきているのだ。そうなれば事情も自ずと変わってくるものだろう？　明日、州警察本部に顔を出したときに、この件がほかの署長連中の耳に入りでもしたら……。デントン署はそんな重大事件の捜査の指揮を女ごときに──いや、警部代行ごときに──任せているのかと言われてしまう。いや、駄目だ、引き継ぎは認められない。この事件は、フロスト警部、きみに捜査の指揮を執ってもらいたい」

「任せても大丈夫ですよ、彼女なら」フロストは譲らずに主張した。

「判断するのは、わたしの仕事だ」マレットは鋭く切り返した。「モード警部代行は、警部代行といっても経験の浅い婦人警察官ではないか」

「ってことは、つまり、経験を積む必要があるってことだ」

「だが、そのためにデントン警察署の評判に傷がつくようなことにでもなれば、本末転倒というものではないかね？　考えてもみたまえ。この事件の捜査をモード警部代行に任せて、しかるべき結果が出せなかった場合、断頭台に首を差し出さなくてはならないのは、このわたしなのだよ。きみのたっての希望というなら、モード警部代行を捜査陣に加えることは認めよう。だが、指揮を執るのはきみだ。きみでなくては困る」

フロストは顔をあげた。ちょうどグレイの車体のニッサンが署の駐車場に入ってきたところだった。「ああ、帰ってきましたよ、警視《スーパー》。モード警部代行です。こっちに呼びましょう。今の差配、署長からの指示ってことでじきじきに伝えたらどうです？」

「いや、それには及ばんよ」とマレットは慌てて制した。「むしろ、きみの口から説明したほうがいい。そうすることで、きみが捜査の指揮を執ることも明確に伝わるだろうし……」言い終わらないうちに、そそくさとローヴァーの運転席のドアを開けていた。「では、申し訳ないが、これで失礼するよ。明日は朝が早いもんでね」

「ああ、警視《スーパー》、ちょっと待った」運転席に乗り込んだマレットにそのまま逃げられてしまわないよう、フロストは素早くドアに手をかけた。「ご帰還あそばすまえに、ひとつだけ。車輛維持経費の申請書にサインを貰えないかな？」

　フロストが突き出した書面には、ガソリン代の領収書がひと束分、ぞんざいに留めてあった。マレットは眉間に皺を寄せ、書類をじっと見つめた。どういうわけか、フロスト警部は、領収書をキャッシュレジスターに印字させるのではなく、手書きで発行するガソリンスタンドばかりを贔屓にしているようだった。そのあたりが、どうも釈然としなかった。疑わしい思いのままに、マレットは添付されていた領収書の束をぱらぱらとめくった。

「おい、リズ、ちょっといいか？」フロストは大声を張りあげ、リズ・モードに向かって手招きをした。マレットは、フロストの差し出したペンを引ったくるようにして受け取り、手早く署名をしたためると、「進展があったら、その都度報告するように」と押しころした声でフロストに囁き、ぴしゃりと車のドアを閉めた。そして、あっという間に走り去った。

リズ・モードはその知らせに激怒した。唇をきつく引き結び、眼光鋭く、フロストを睨みつけた。そんなことになったのも、すべてはフロスト警部の責任だと言いたいのかもしれなかった。「では、明朝の検視解剖には警部が立ち会われるということですね？」と冷ややかに言い残すと、リズはくるりと背を向け、大股で自分のオフィスに向かった。

「いや、おまえさんが行きたいんなら――」フロストのことばを断ち切るように、デントン警察署の裏口のドアが音高く閉められた。「なんだ、行きたくないってことか」フロストはひとり小声でつぶやいた。思わず、くそっということばが口をついた。今夜は、ついていなかった。ままならないことの連続だった。腕時計に眼を遣った――午前三時十五分過ぎ。五時間後には、ドライズデールが娼婦の死体を切り刻むところを、特等席で見物しなくてはならないということだ。だが、それがどうした？　とフロストは思いなおした。それは明日の予定であって、まだ明日は来ていない。マレットは巣穴に戻り、今や署内はフロスト警部の一人天下ではないか。今宵その短い人生を終えた娼婦のために何かしようにも、今この段階でできることは何もない。少なくとも、明日の朝になるまでは。であるならば……テイクアウトのインド料理を注文し、署長執務室の〝お宝箱〟から来客用の煙草をひとつかみ失敬してきて、休憩室のテレビでサッカーの試合中継をヴィデオ録画で鑑賞したところで罰は当たらない。とことん、つきに恵まれない夜は、それすら許されないこともあるのだから。

第四章

「すみません、親父《おやっ》さん」モーガンは謝罪のことばをもごもごと口のなかでつぶやいた。「ほんと、すみません。でも、ほんと、不思議です。どうしてこんなことになっちまったのか」

「不思議もくそもあるか、ウェールズのうすのろ芋頭」フロストは一喝した。「理由なんてひとつしかないだろうが。おまえさんが録画すべきチャンネルを間違えたからだ。おれたち一同打ち揃い、休憩室のテレビのまえに陣取って、待ちに待った例の世紀の一戦を、ヴィデオ録画ではあるものの、いよいよ観戦しようかって意気込んでたんだぞ。なのに、あほ面さげてテレビを見つめてたおれたちの眼のまえに何が飛び出してきたと思う？　おつむのネジがはずれたように歌いまくる尼さん軍団だぞ、『サウンド・オブ・くそったれ・ミュージック』だぞ」

「すみません、親父《おやっ》さん」モーガンは詫びのことばを繰り返した。

「なんだ、その〝すみません、親父《おやっ》さん〟ってのは、おまえさんの謳い文句か？　昨夜、あのへべれけドライヴァーに死体を触らせてしまったことは、まあ、仕方ない。大目に見てやろう。だが、大事なサッカーの試合を録画しそこなった件は……」

　わが身を恥じて、モーガンはうなだれた。

「よし、名誉挽回のチャンスをやろう。食堂に行ってお茶とベーコンのサンドウィッチを貰って、捜査本部の部屋まで持ってこい。いいか、お茶とベーコンのサンドウィッチだぞ。ココアとちっちゃなスポンジケーキなんぞ持ってきたら、馘首《くび》にしてやるからな」フロストは説教を大欠伸《あくび》で締めくくった。昨夜はつきに見放された、さんざんな一夜だった。世紀の一戦がヴィデオですら観戦できないと判明したあと、しばしの睡眠を求めて午前四時過ぎによたよたと署をあとにしたのだが、寝床にもぐり込んでも、安らかな眠りは一向に訪れてこなかった。仕方なく横になったまま、ただ煙草をふかした。ときどき吸い口を強く吸って煙草の灰を赤々と燃えあがらせ、その火明かりに腕時計を近づけて、時間《とき》が蝸牛《カタツムリ》の速度で進んでいることを確認した。ようやくうつらうつらしかけたかと思ったら、検視解剖の夢を見た。ドライズデールが切り刻んでいるのは、あの身元不明の娼婦ではなく、ヴィッキー・スチュアートだった。行方がわからなくなってもう二ヶ月以上になる、前歯に隙間のあいたまだ幼い少女が、解剖台からむくりと身を起こして、耳をつんざくような悲鳴をあげ……フロストは冷たい汗をびっしょりかいて眼を覚ました。再び眠りに落ちかけたところで、今度はくそいまいましい目覚まし時計が鳴りだした。午前七時四十五分だった。慌ててベッドから転がり出て、冷たい水で顔だけ洗い、細部を省略してごくおおまかに髭を剃り、朝食を取る間もなく空きっ腹を抱えて死体保管所に駆けつけ、ドライズデールが娼婦の死体の腹をかっ捌く場に立ち会うのに、どうにかこうにか間にあわせた。

ドライズデールは例によって例のごとく、きわめて几帳面に、きわめて気難しく、にこりともしないで事に当たり、その過程でもたらされた情報はフロストがすでに知り得ていることにほぼ終始した。死因は扼頸による窒息。腹部に確認される刃物による刺傷は、襲撃者に刃物を奪われそうになり、抵抗した際に負った自傷と思われる。

ならば、なぜ、被害者の爪のあいだに襲撃者の皮膚組織が残っていないのか――長く伸ばした爪は折れても割れてもいないのに。フロストにはその点が解せなかった。「だって、先生《ドク》、そういうとき女ってのは、自慢の爪で犯人の野郎の眼ん玉をえぐり出してやろうとするもんじゃないかい？」

ドライズデールは女の頭部を持ちあげ、後頭部に腫脹が認められることを示した。「頭部を壁に叩きつけられたものと思われる。数度にわたり、それもかなりの力で。その衝撃によって脳震盪を起こしたことは充分に考えられる。となると、その時点で被害者が自己防衛能力を失ったという説明が成り立つ」さらにドライズデールは女の左眼の際の、黄色く変色しかけた痣《あざ》を指さした。「おまけに殴打痕もあるのだ」

「ああ、その痣をこしらえたやつはわかってるんだ、先生《ドク》。だけど、おれたちの診立てじゃ、そいつが犯人ってわけじゃなさそうなんだよ」空腹に耐えかねたフロストの胃袋が、盛大に不平を鳴らした。「おや、おれも胃袋に内容物ってやつを入れないといかんらしい。ふむ、ベーコンのサンドウィッチあたりにしておくか……というわけだから、先生《ドク》、ほかに何か言っておくことがないようなら……」

ほかに言っておくことは、ドライズデールにはなかった。「しかし、被害者の氏名がわからないのは、何かと不便でこちらとしては実に困る」

「それじゃ、どこの誰かってことがわかったら、誰をおいても真っ先に先生《ドク》に知らせるようにするから」とフロストは請けあった。俗に言う、その場しのぎの安請合いというやつだった。そもそも殺人事件の捜査に振り向けられる人員が絶望的に不足しているのだ。被害者の氏名を突き止めるための人員が果たして確保できるものやら。

「昨夜の世紀の一戦、テレビで観たかい？」死体保管所を出ようとしたとき、受付の係員が訊いてきた。

「そういうことは——」とフロストは言った。「観てないやつに訊くんじゃない！」


フロストは殺人事件の捜査本部が置かれた部屋のデスクの角に腰を掛け、モーガンが運んできた紅茶のマグカップを両手で包み、そのぬくもりを貪っているところだった。ベーコンのサンドウィッチの最後のひと口を頬張り、サンドウィッチを持っていたほうの手をジャケットの前身頃で拭うと、総員六名からなる捜査班の面々に頷きかけた。人員がここまで不足しているのは、マレット署長が州警察本部からの要請にまたしても実に気前よく応じ、麻薬摘発のための合同捜査にデントン署から制服警官九名に犯罪捜査部の刑事一名を貸し出してしまったことに起因する。「誰かモード警部を見かけなかったか？」とフロストは尋ねた。全員が首を横に振った。「そうか。それじゃ、とりあえず張り切り嬢ちゃんは抜きで始めよう」フロストはそう言うと、まずは煙草に火をつけた。「さて、われわれは昨夜、死んだ娼婦とお近づきになった。ところが、肝心の身元がわからない。今朝までに身元を突き止めた者はいないか？」期待を込めて捜査班の面々を見まわしたが、またしても全員がきっぱりと首を横に振った。

「昨夜、同業の女にふたりばかり話を聞いてみたんですが」とジョーダンが言った。「片方が被害者と同じ建物に部屋を借りてたんです。その女によると、被害者はまだ新顔で、あのあたりで商売を始めるようになってせいぜい数週間ってとこだとか。顔を知ってるってだけで直接ことばを交わしたことはないから、被害者のことは何も知らないそうです」

「そうかい、そりゃ、くそがつくほど有益な情報だな。家主に確認は取れたか？」

ハンロン部長刑事が手を挙げた。「家主は有限会社になってたよ。おまけに会社の登記はケイマン諸島ってやつだ。建物の管理自体は、クレイトン・ストリートのあの建物丸ごと、地元の不動産業者が任されてるんだが、そこの営業時間が午前十時からなんだ。捜査会議が終わったら、話を聞きにいってみようと思ってる」

フロストは頷いた。「不動産屋なら、店子の身元は確認してるだろう――被害者の氏名と住所がわからんことにはな」

「いや、それはどうかな」とハンロンは言った。「そんな面倒な手間は省略しちまってるかもしれないよ。家賃は一ヶ月分まとめて前払いって条件が呑めて、ついでにたんまりと保証金を入れてくれる相手なら、不動産屋にとっちゃなんの文句もないだろう？」

「その場合は、家賃の支払い方法を聞き出してきてくれ。小切手か、クレジットカードか、はたまた客の汗ばんだ手のぬくもりが残ってる、妙にべたべたした五ポンド札か」

「わかった、確認してこよう」ハンロンは請けあった。

「よし、それじゃ——」フロストはデスクの角から腰をあげ、立ちあがった。「これまでにわかってることを、ざっとおさらいしておこう。被害者はへべれけ親爺のグラッドストンと口論になり、眼のあたりに一発、拳骨を喰らった。へべれけ親爺のグラッドストンは被害者の部屋を出たあと、財布を抜かれたことに気づいて、われわれに泣きついてきた。その間に、つまりグラッドストンが被害者の部屋を離れていたあいだに、何者かが被害者を訪ねてきて殺害した」

「グラッドストン自身が殺《や》った可能性も捨てきれないんじゃないですか」ジョーダンが意見を述べた。「あの男を釈放したのは、ちと判断を早まったんじゃないかって気もしますよ」

「確かに、その可能性もなくはない。だが、おれにはあいつが殺ったとは思えないんだよ。いずれにしても、あいつのねぐらはわかってるんだ、容疑者日照りになっちまったら引っ張りゃいい。差し当たっては、あのへべれけ親爺は犯人じゃないと仮定して、考えてみようじゃないか。で、その何者かはグラッドストンが被害者の部屋を出たすぐあとに訪ねてきた。被害者は服を着てなかっただろ？　その時間がなかったからさ」

「あるいは、こういう線はないかな」とハンロンが言った。「グラッドストンが立ち去ったあと、被害者は服を着て、もうひと商売するために街に出た。で、新たに拾った客のために服を脱いだところで、そいつに殺されたってことは？」

「被害者はグラッドストンに殴られて、眼のまわりに青痣《あおたん》をこしらえてた」とフロストは言った。「もう一度街に出てって客を拾うつもりなら、青痣を隠すために何か塗るなりしたはずだろう？　だが、そういうことはしてなかった。ってことは、街で拾ってきたやつに殺されたわけじゃない。犯人のほうから訪ねてきたんだよ。犯人はあのロリータって子があの部屋で〝お仕事〟してることを知ってた……以前《まえ》にも来たことがあるってことさ」

「指紋は？」とシムズが尋ねた。

「出るには出たけど、昔々の指紋ばかりだ」フロストは言った。「どうせ被害者がこれまでに枕を交わしてきた選りすぐりの助平どもの指紋だろうが、念のためにひとつ残らず照合にまわす……ってマレットに報告したら、あの角縁眼鏡のマネキン野郎、顔面蒼白になってたよ」

「今回の被害者とアレン警部が担当していた事件の被害者とのあいだに、なんらかの繫がりは？」ジョーダンが質問を投げかけた。

フロストはデスクに載っていたファイルを軽く叩いた。「リンダ・ロバーツのことか？　リンダ・ロバーツの場合は、手首と足首をベッドに縛りつけられ、猿轡《さるぐつわ》を嚙まされたうえに、さんざっぱら暴力を振るわれ、腹には煙草の火を押しつけられたと思われる火傷《やけど》の痕まであっただろう？」それで思い出したように、くわえていた煙草を最後に一服吸い込んでから、マグカップに投げ入れ、じゅっという断末魔のつぶやきをあげさせた。「でもって強姦されたあげくに窒息死させられた。昨夜のロリータって子のほうは立ったまま、頭を壁に叩きつけられてる。確かに首を絞められちゃいるけど、殴る蹴るの暴行を受けた様子はない。犯人が案外と好みのうるさい野郎で、血まみれの腹に煙草を押しつけるのは気が進まなかった、なんてことでもない限り、ふたつの事件に関連があるとは思えない。だけど、捜査に当たっては、その可能性もいちおう考慮に入れるってことにしておくか」フロストは壁に貼りだした、顔写真のほうに向きなおった。昨夜の被害者の顔を、正面から撮影したものだった。「それじゃ、今度はこのおねえちゃんについて、わかってることを整理してみよう。誰もが言うのは、この子が新顔で、あの場所で商売をするようになってまだ日が浅いってことだ。この市《まち》の人間なのかどうか、そのあたりはまだわかってない。で、顔写真を解禁にして、新聞やテレビで流してもらおうと思ってる。写真を見て、どこの誰だかわかる人間が出てくるかもしれない。それともうひとつ、この子はどこに住んでいるのか？　行方がわからなくなったと届け出てくる者がいないのは、なぜだと思う？」

「あの部屋に住んでたってことは、ありえませんかね、親父《おやっ》さん」とモーガンが言った。「ベッドもあるし、電話も、暖房設備もあるし……」

「おまけに流しと便所もある」フロストはあとを引き取って言った。「尿意を催した客には、贅沢にも二カ所の選択肢が用意されてるわけだな。しかし、冷蔵庫もなけりゃ、オーヴンもない。食料品の買い置きもなかったし、皿もカップも見当たらなかった。娼婦だってめしは食う。ねぐらはどっか別なとこにあったんだよ。となると、あの部屋で夜遅くまでせっせとお仕事に励み、そのあと家までどうやって帰ってたのか、だな」

「歩いて帰れる距離のとこに住んでた、とか？」ジョーダンが推理を披露した。

「だったら、なんのために部屋を借りたんだい？　客をうちに連れ込めばいいじゃないか」

「家族の眼があるから？」

「それを言うなら、家族が住んでるとこに、夜の夜中、十ポンド札がどっさり詰まったハンドバッグを抱えてご帰宅あそばしたりするか。何をしてるか、一発でばれちまうだろうが。徒歩圏内に住んでいた可能性も、まあ、捨てきれなくはないけど、歩いて帰れない距離に住んでたとしたら？」

「車を持ってた？」とモーガンが言った。

フロストは発言者を指さした。「そう、それだよ、芋にいちゃん《タフィ》、おれも同じことを考えた。じゃあ、その車は今どこにあるか？　普通に考えりゃ、仕事してたあの部屋のすぐそばに駐めてあるはずだわな。昨夜、あの通りには車がびっしり駐まってた。朝になりゃ、たいていの車は持ち主が職場に乗っていっちまう。誰かあの通りまでひとっ走りして、今朝になっても居残ってる車のナンバーを片っ端から控えてこい。登録所有者を割り出すんだ」そこで新たな考えが閃き、フロストは勢いよく指を鳴らした。「そうか、タクシーを移動手段《あし》にしてたって線もあるな。地元のタクシー会社に問い合わせてくれ。ミニキャブの送迎サーヴィスも含めて一社残らず（イギリスの都市部では厳しい試験に合格した運転手による正規のタクシーのほかに、試験を通過していない運転手によるミニキャブという送迎サーヴィスが存在する。料金は正規のタクシーに比べて安め）。昨夜、あの界隈で被害者を降ろした車はないか？　もしそういう車が見つかったら、どこでこの子を乗せたか――」

ビル・ウェルズ巡査部長が捜査本部の部屋に顔を出した。「警部にお客さんだ。ロビーに女が来てる」

「仕方ないな」フロストは鼻にかかった声で言った。「待つように言ってくれないか。ベーコンのサンドウィッチを食った直後は、その手の交渉は持たないことにしてるんだ」

ウェルズは口元をにんまりと緩めた。「でも、この女には会わずにはいられないと思う。娼婦だってことなんだが、ルームメイトが行方不明なんだとさ」

フロストはたちまち眼を輝かせた。「諸君、このまま待機しているように。ロリータの本名がわかるかもしれない」


女は鼻孔を心地よく刺激する香水をふんだんにつけていたが、そのせっかくの妙《たえ》なる香りも、昨夜のフーリガンどもの乱暴狼藉の置き土産を一掃すべく、床に消毒剤を塗りたくられた取調室にあっては、松の精油の臭いに呑まれて、大敗を喫しつつあった。当人は、年齢《とし》のころは四十手前といったところだと思われたが、化粧をしていないものだから、実際の年齢よりもだいぶ老け込んで見えた。赤みがかったブロンドの髪、よく陽灼けした肌。指先にニコチンの染みついているところがフロスト警部との共通点だった。フロストが入室したときも、女はちょうど煙草を深々と肺いっぱいに吸い込んだところだった。フロストはテーブルを挟んで女の向かい側に腰をおろし、前夜の被害者の写真を挟んだファイルを眼のまえに置いて、笑みを浮かべた。「ルームメイトが行方不明だそうですね。いつから?」

「それがわかんないのよ」女はくわえていた煙草をぞんざいな手つきで口から離し、あたり一面に灰を降らせた。「この二週間ばかり、ボーイフレンドとスペインに行ってたから。そう、バカンスってやつ。でね、昨夜帰ってきたわけなんだけど、そしたら彼女がいないのよ。一緒に借りてるアパートメントにいるものだとばかり思ってたのに。まさに影も形もないって感じでね」

「ルームメイトの方のご職業は？」

女はフロストを睨みつけると、怒れる龍のごとく鼻孔から勢いよく紫煙の筋を立ち昇らせた。

「ご職業？　知ってるくせに。あたしと同じよ。同業者よ。身体を張ってお金を稼いでるの。彼女、これまでに何度か、ほんともう、理解に苦しむような趣味のお客の相手をしたこともあるのよ。お客は選ばないって人だから、なんかまずいことになっちゃってるんじゃないかって心配なの」

「お友だちはどこで商売を？」

「部屋を借りてるのよ、クレイトン・ストリートにあるその手のアパートメントのひとつに。あたしと共同で」

「なるほど」フロストは無表情を装い、ファイルフォルダーを開いて写真を抜き取った。「あなたのルームメイトというのは、この人かな？」と優しい口調で尋ねた。

女は差し出された写真をじっと見つめ、それから首を横に振った。「ううん、違う」

フロストの眉間に縦皺が寄った。「おや、本当に？」

「あのね、ルームメイトの顔ぐらい見ればわかるに決まってると思わない？　その写真の子、たぶん……あたしたちのしたの階に仕事部屋を借りてる子じゃないかな」

「それじゃ、知ってる顔なんだね？」思わず身を乗り出し、勢い込んでフロストは訊いた。

「この子の名前は？」

「名前？　そんなもん、知るわけないじゃない。階段で二度か三度すれ違ったことがあるってだけだもの。古株じゃないし。そうそう、最近になって見るようになった子だわ。でもさ、あのね、そんな子のことははっきり言ってどうでもいいの。あたしが心配なのは、あたしのルームメイトのことなの」女はそう言うと、ハンドバッグを開けて、なかから写真を一枚取り出した。大柄で太り肉《じし》の女の写真だった。赤毛で、どことなくだらしのない印象で、年齢《とし》のころは……どう見ても五十歳は超えている。

「なんとまあ、まいったね」フロストは思わず声を張りあげた。ひと目でわかる相手だった。「こいつは〝でかぶつ〟・バーサじゃないか、あの十トンおっぱいと、舌遣いは舌遣いでも、あっちじゃなくて毒舌のほうで名の知られた、でかぶつ・くそったれ・バーサだろう？」バーサはまた少なからぬ逮捕歴の持ち主でもある。容疑は客引き行為、並びに酩酊状態による治安紊《びん》乱《らん》、及び警察官への暴行。

「ちょっとは敬意ってもんを払ったらどうなの？」女は語気を強めて言った。「彼女だって納税者なんだからね。あんたの給料を払ってるんだからね。そういうありがたい人が行方不明だって言ってるの。事件とか事故とかに巻き込まれたのよ、きっと」

「何日か出かけて留守にしてるだけってこともあるだろう？　バーサもバカンス気分を味わいたかったとか」

「ありえないわよ、そんなこと。あたしたち、ふたりで犬を飼ってるの。チャミちゃんっていうんだけど。バーサはチャミちゃんを、べろべろに可愛がってるのよ。だけど、昨夜アパートメントに帰ってきたときには、床はチャミちゃんのうんちだらけで、当のチャミちゃんは可哀想に、飢え死に寸前だったんだから。お水も餌もなんにも貰ってなかったの。バーサがそのつもりで出かけたんだとしたら、餌も用意しないで出かけちゃうなんてありえない。チャミちゃんはバーサにとってわが子も同然なんだから」

フロストは顎を掻きながら考えをめぐらした。女の言うとおりだとしたら、それはあまりい徴候とは言えなかった。「さっき、バーサには、理解に苦しむような趣味の客もついてたと言ってたけど？」

「そうよ、ほんとだもの。あの人、ほら、とびきりゴージャスで美人ってタイプじゃないでしょ？　お客の選り好みなんてしてられないのよ。それにしても、よくもこんなろくでもないのをって思うようなのを連れてくるのよね。あたしだって、そんな選り好みなんかできる身分じゃないけど、でも、あたしなら半径一マイル以内には死んでも近づきたくないって思っちゃうような男どもよ。だって、ベッドに入っても絶対にブーツを脱がないやつとか、どうぞいつまでもご自由にって感じで果てしなく自分でしこしこやってるやつとか」

「身のまわりのものは残ってるんだね？」

「そう、全部ちゃんと部屋にあるの。着るものも、銀行の通帳も……」

「クレジットカードとか現金は？」

「そういうのはいつも持ち歩いてるから。ハンドバッグに入れて」

「どんな恰好をして出かけたか、心当たりはないかな？」

「たぶん赤いワンピースに黒い毛皮のロングコートだと思う」

「クレイトン・ストリートに借りてる部屋のほうは？」

「ううん、まだ行ってみてないけど」

「だったら、それはおれたちのほうで引き受けましょう」フロストはそう言って、クレイトン・ストリートにふたりが共同で借りている仕事用の部屋について詳しい情報を聞き取ると、立ちあがった。「警察として、できるだけのことはします。もしお友だちがひょっこり帰ってきたりしたら、そのときは知らせてください」

女は帰り支度に新しい煙草をくわえて火をつけ、気遣わしげな顔で首を横に振った。「あたし、本気なのよ。あの人のこと、本気で心配してるのよ」

フロストは黙って頷いた。フロスト自身も本気で心配していた。

女をそとまで見送ってから、受付デスクのビル・ウェルズのところまで戻り、女から預かった写真をウェルズに見せた。「こちらのご婦人の行方がわからなくなってるってことだった」

ウェルズは写真をまじまじと見つめた。「そうか。こちらのご婦人にとっちゃ、それは人生でいちばん嬉しい出来事だったような気がしてならんよ」

フロストはにやりと笑った。「だが、こちらさんのルームメイトは、こちらさんは殺されちまったんじゃないかと気を揉んでる。おれのほうもいつものあのいやな予感ってやつがするんだよ、ルームメイトのねえちゃんの心配してるとおりなんじゃないかってな。とりあえず全パトロールに〝でかぶつ〟・バーサの人相特徴、それから着衣について、情報を流してくれ。でもって、クレイトン・ストリートの例の建物に〝仕事部屋〟を借りてるそうだから、そこにも誰か遣ってくれ。ひょっとすると、おれたちが見つけそこなった死体が転がってるかもしれない」それから壁の時計を見あげた。時間ばかりが飛ぶように過ぎていき、するべきことはまだどっさりと残っている。「ああ、そうだ、リズ・モードの居場所はわかるか？」

「こっそり遅刻してきやがったと思ったら、そのまま署長執務室に直行したよ」とウェルズはフロストに伝えた。「マレット署長にお話ししたいことがあるんだと」

マレットは、デスクに積みあげた書類の束をこれ見よがしに片側に寄せた。こうしてきみの相手をすることで重要な案件を処理すべき貴重な時間が奪われているのだということを、眼のまえの人物にしかと印象づけるためのちょっとした所作だった。そのうえで、このところすっかり板についてきた〝働きすぎて疲労困憊しているが、部下の訴えには最優先で耳を貸す上司〟の表情を浮かべた。「わたしに話したいことがあるそうだね、巡査部長……いや、警部？」用件なら、敢えて聞くまでもなくわかっていた。女どもの言い種ときたら、いつも同じと決まっている。事あるごとに、いや、事などないときでさえ、男女差別だと言い立てるのだ。もちろん、婦人警察官の必要性はマレットも認識していた。たとえば身柄を拘束した相手が女だった場合、ボディチェックをするのに婦人警察官はなくてはならない存在だ。だが、女どもを昇進させて多少なりとも権限を与えたとたん、何か気に食わない事態に遭遇するたびに、これは男女差別だとぎゃあぎゃあわめき立てるようになるのである。

「殺害された売春婦の件ですが……」リズ・モードは切り出した。

マレットは眉間に皺を寄せ、デスクのうえのメモに気を取られているふうを装った。「ええと……ああ、これは失敬。クレイトン・ストリートで発生した事件のことだね。確かフロスト警部が捜査の指揮を執っていると聞いているが」今度はロレックスの腕時計に眼を遣った。「できれば手短に頼むよ。警部の捜査会議に顔を出したいと思っているのでね」

「あれはわたしが担当すべき事件だと考えます」リズは強い口調で訴えた。「アレン警部が担当していた売春婦虐殺事件と同一犯人の可能性があるのです。アレン警部が不在のあいだ、あの事件の捜査はわたしが引き継いでいますから」

マレットは驚きの表情をこしらえた。「フロスト警部は、ふたつの事件のあいだに関連はないと見ているようだがね」

「そうですか。でも、わたしはあると見ています」

今度は眼鏡をはずし、ことさら丁寧な手つきでレンズを磨きながら、リズ・モードに向かって笑みを浮かべた。親しげで温かみのこもった、含むところのない笑みというやつだった。

「警部、チームワークということばを知っているかね？　チームワークこそキーワードだよ。拠って立つべき基盤だよ。誰がカウボーイでも誰がインディアンでもない。誰が将軍でも誰が兵卒でもない。立場や階級の違いを超越して、全員がひとつの大きなチームとして動くことだよ」それは昨日、州警察本部で行われた会議の席上、警察長が口にしたことばであり、マレットがせっせと頷き、おもねり含みで賛同の意を表明したことばでもあった。ところが、驚いたことに、リズ・モードからは同様の反応を示す気配がうかがえなかった。「きみとフロスト警部なら、すばらしいチームができあがる」

「ですが、それではあの事件はフロスト警部の担当になってしまいます。わたしの担当ではなく」

「しかし、殺人事件の捜査というものは誰かが指揮を執らねばならんわけだし、フロスト警部は、その……」

「男だから、でしょうか？」

「警察官として経験が豊富だからだよ、きみと比べた場合に」

「では、フロスト警部が将軍で、わたしは一兵卒ということですね。なるほど、わかりました」リズ・モードはそう言うと、いきなり立ちあがった。「よくわかりました」

「理解してもらえたようで何よりだ」とマレットは言った。「きみならきっと理解してくれるものと信じていたのだ」

「ええ、もちろん」リズ・モードは低く押しころした声で言った。なんだか、こちらに向かって火でも吐きそうな、やけに息の混じった声だった。「もちろん理解しました、完璧に。一点の曇りもなく」

　リズ・モードが退出し、署長執務室のドアが閉まると、マレットは椅子の背にもたれかかり、天を仰いで助けを求めた。「まったく女というものは……」これだから困る、と天井に向かってこぼした。

ルームメイトから預かったバーサの写真を引き伸ばしたものを、フロストは昨夜、クレイトン・ストリートで死体で発見された女の写真の隣にピンで留めた。「よし、皆の衆、ちょいと見てくれ。諸君のうちの何人かは、こちらさんに見覚えがあるかもしれない。〝でかぶつ〟・バーサことバーサ・ジェンキンズ。現在、行方がわからなくなってる。昨夜のロリータ殺害事件とは関係なさそうだが、ふたりともクレイトン・ストリートのあの建物に〝仕事部屋〟を借りて、そこを拠点に商売をしてた」フロストはバーサ・ジェンキンズのルームメイトから聞き出した詳しい情報を、捜査班の面々に伝えた。「娼婦がふたり殺されて、今度は行方がわからないってのが出てきたわけだろ？　おれとしちゃ、どうにも気がかりで……」フロストのことばが尻すぼみに小さくなった。そこでドアが開いたからだった。捜査本部の部屋にいた全員の頭がいっせいに戸口のほうに向けられた。マレットが州警察本部への〝お出かけ〟時に着用する、いちばん上等な制服に身を包み、磨けるところは磨き、光沢《つや》を出せるところはつややかに光らせ、一分の隙もない身ごしらえで乗り込んできたのである。敬意を表するため、誰もが素早く起立した。マレットは手振りで着席を促した。一名だけデスクの角に尻を載せたまま、横着にも立ちあがろうとしなかった者がいることは、もちろん見逃さなかった。フロスト警部のそうした態度たるや、不愉快なこと限りなし。

「わたしからひと言、捜査班の諸君に言っておきたいことがあるのだが、かまわないかね、警部？」

「どうぞ、どうぞ、遠慮なく」フロストは声を張りあげて言った。「諸君、警視《スーパー》からひと言あるそうだ。ちゃんと聞いてるふりをするように」

マレットはこわばった笑みを浮かべた。「わたしから言いたいことはひとつ、可及的速やかに本件を解決に導いてもらいたい、ということだ。街娼が関与する事件となると、マスコミは興味本位でこぞってかまびすしく騒ぎ立て、付帯的に、それによって不安を煽られたこの市《まち》の、地域社会の柱とも言うべき模範的な住民たちから、警察は遊興地区の浄化にもっと本腰を入れて取り組むべきとの強い要望が寄せられることとなる。現にわたしのところには、まだ早朝であるにもかかわらず、歩道沿いを徐行運転する車のことで苦情の電話が何本もかかってきている。そうしたドライヴァーたちは、街角に立つ女を物色するのに夢中で、ろくにまえを見ていないため、交通事故の原因になりかねないと言うのだよ」

フロストは顔をあげた。「そう言えば、警視《スーパー》も昨夜、車をぶつけたんじゃなかったかな」

「あれはぶつけられたのだ、署の駐車場で」マレットはぴしゃりと言った。どこからともなく湧き起こった忍び笑いは、聞こえなかったふりをすることにした。

「へえ、そうだったのか。いや、詳しいことは聞いてなかったもんでね」

マレットの怒気を含んだひと睨みも、フロストの悪気の片鱗もうかがえない無邪気そのものといった表情に対しては、なんの効力も発揮できず、ただ虚しく跳ね返されただけだった。

「さらに忘れてならないのは、デントン警察署は目下、州警察本部が提唱するチームワークの実践に全署を挙げて取り組んでいるわけだから、わたしとしてはそれが現状の改善に繋がることを期待したい。わが署が抱える未解決事件の件数たるや、眼を覆いたくなるような数字に達している。まずはそれを引き下げるように。未解決事件の件数が少なくなればなるほど、犯罪統計の見場がよくなるということを肝に銘じたまえ。州警察本部に赴く際には、朗報という手土産を携えていけることを期待している。それは諸君の頑張り如何にかかっている、ということを忘れないでもらいたい」フロストに向かって素っ気なく頷き、話が終わったことを伝えると、マレットはきびきびとした足取りで引きあげていった。

捜査本部の部屋のドアが閉まり、署長の姿が見えなくなったところで、フロストは立ちあがった。「例によって例のごとく、警視《スーパー》のおっしゃることはお説ごもっともだ。未解決事件の件数が増えれば増えるほど、犯罪統計の見場は悪くなる――しからば、われわれの採るべき道やいかに？」

「犯罪統計用の資料の数字を改竄するってのは？」とモーガンが提案した。

「その手はもう使っちまった」とフロストは言った。「それでもまだ見場がよくないってんだから、仕方ない、ここは地道にいくしかなさそうだな。みんな、各自がするべきことは心得てると思う。そいつに取り組んでくれ。以上、解散。ほら、行った行った」

フロストは飲み残しの冷めた紅茶を最後にもうひと口飲んでから、吸いかけの煙草をマグカップに投げ込み、火を消した。それから、特段慌てるでもなくのんびりとオフィスに戻って、《未決》のトレイにうずたかく積みあげられた書類を、まるで乗り気になれないまま、それでもいちおうあさるだけあさった。マレットからの〝伝達メモ〟が何枚も出てきた。ありとあらゆる問題について返答を求めるものだった。全部まとめて書類の山の底のほうに突っ込んだ。その途中で、緑色のインクで書かれた手紙が眼にとまった。書類の束のあいだから引き抜き、厭わしいものを扱う要領で親指と人差し指でつまみ、腕を目いっぱい伸ばして内容に眼を通した。

「なんなんです、そいつは？」フロストのあとを追って、オフィスに戻ってきていたモーガンが尋ねた。

「この市《まち》に住んでる、おつむのネジが緩んだ連中のなかには、自分には〝透視能力〟があると公言してはばからない輩がいるんだよ。その御仁から送られてきた自筆のお手紙だ。ヴィッキー・スチュアートの居場所がわかったそうだよ」フロストは壁に貼りだした《行方不明：この少女を見かけませんでしたか？》のポスターのほうに顎をしゃくった。「聞いてくれ――《行方不明の少女は、青空のもと、木立のそばの草叢《くさむら》にて発見されるはずです》だとさ。これでだいぶ捜索範囲が絞れる。だろ？」手紙をくしゃくしゃに丸めると、フロストはおおよそ屑籠があると思われるあたりに向かって放り投げた。ヴィッキー・スチュアートの捜索は今や完全に手詰まりだった。捜索できるところは現時点までに残らず捜索していた。運河も川も浚《さら》った。各報道機関を通じて情報提供を呼びかけ、それに応じて寄せられた何百という目撃情報を記録し、選別し、裏づけ調査を行った。通報によれば、ヴィッキー・スチュアートは長距離トラックの運転手と一緒にいるところを目撃されていた。また、フランスで黒い顎鬚の男と一緒にいるところを、さらには放浪生活を送るニューエイジ信奉者の一団《キャラバン》に加わっているところを目撃されていた。追跡調査の結果、いずれも誤報だと判明した。そこにもってきて今度は、駄法螺をぶっこくしか能のない自称超能力者まで、しゃしゃり出てきやがったのである。フロストは向かいのデスクについたモーガンに眼を向けた。モーガンはせっせと電話帳をめくっていた。

「どうして坐り込んでるんだ？　おまえさんにも分担すべき捜査があるはずだろうが」

モーガンは顎に手を当てた。「すみません、親父《おやっ》さん、歯が……。歯が痛くて痛くて死にそうなんです。いい歯医者、知りませんか？」

「いい歯医者？　この市《まち》にいると思うか？」フロストは言った。「変態趣味のサディストばかりだよ。歯が痛いときは、その歯を糸でくくるんだよ。でもって、反対の端を煉瓦にくくりつけといて、その煉瓦を窓からそとに落とすのさ」

オフィスのドアが手荒に開けられ、戸枠に叩きつける、すさまじい音と共に閉められた。リズ・モードだった。鼻から火焔を噴きあげんばかりの勢いで入室してくると、フロストに向かって人差し指を突きつけた。「マレット署長におっしゃったそうですね。二件の売春婦殺害事件のあいだに関係性は認められないって」

「ああ、そうなんだ」悔悟の念をにじませて、フロストは頷いた。「あの眼鏡猿のマネキン野郎の肚《はら》が読めなかったもんだから。おれに捜査を押しつける気だってわかってりゃ、嘘のひとつもついたんだけどな。夜明けに起きて、ドライズデールがあの気の毒なおねえちゃんを切り刻むとこなんか見物したくないもの」

「わたしが捜査の担当を希望していたことはご存じだったはずです。本来なら、この件はわたしが担当していたはずなんです」

「だったら共同で担当するってのはどうだい?」とフロストは言った。「おれがへまをぶっこいた場合は、もちろんけつはちゃんとおれが拭く。うまいこと事件が解決したときは、嬢ちゃんのお手柄ってことにすりゃいい」

リズ・モードとしては不本意なことではあったが、頷くしかなかった。リズ自身とは違ってフロスト警部には野心というものがない。これ以上の出世を望んでもいない。その点はリズも承知していた。

電話を終えたモーガンが、フロストに声をかけた。「すみません、親父《おやっ》さん、ちょっとだけ抜け出して歯医者に行ってきてもいいですか?」

「ああ、もちろん、いいとも」フロストは頷いた。「時間ならたっぷり遣え。なんなら全部遣ってもいいぞ、おまえさんの昼休みを」それからリズのほうに顔を戻して言った。「ところで、嬢ちゃん、武装強盗のほうはどうなってる?」

リズは不意に、胃袋のあたりからじわりと吐き気がこみあげてくるのを感じた。そばにあった空いている椅子に、慌てて倒れ込むように坐った。

「どうした、大丈夫か?」とフロストが尋ねた。

「ちょっと胃の調子が悪くて」リズは口のなかでつぶやいた。結果を知りたくなくて先延ばしにしてきたが、いい加減、覚悟を決めなくてはならないようだった。今日こそ絶対に調べよう、とリズは自分に誓った。帰宅したらすぐに検査キットを使ってはっきりさせなくては。「武装強盗の件ですね？　現時点ではあまりはかばかしくありません。車を強奪した二人組の人相特徴は聞き出しましたが、肝心の車の所在がいまだに不明です。コンビニエンス・ストアで銃を持った犯人に体当たりをしたご老人に昨夜、面会を求められたので、会って話を聞いてきましたが、結局、新しい情報は何も得られませんでした。これから、もう一度病院に行って、車を強奪されたご夫婦のご主人のほうに話を聞いてこようと思っています」リズは非難を込めてモーガン刑事を一瞥した。「そう言えば、あなたにはコンビニのレジ係の経歴を調べるように頼んであったと思ったけれど？」

「ちょうど取りかかろうとしてたんです。そこに警部が入ってきたもんだから……」モーガンはそう言うと、逃げるようにしてオフィスを出ていった。

フロストはひとりにんまりと笑みを浮かべた。モーガン刑事もどうやら、処世術というものを身につけつつあるようだった。

デントン警察署の内勤の責任者であるビル・ウェルズ巡査部長は、眼をすがめるようにして壁の時計を見あげると、上階の食堂に繋がる階段のドアを開け、空気の匂いをそっとひと嗅ぎしてみた。次の瞬間、ウェルズは渋面になった。ベーコンの焼ける匂いがしなかった。ひょっとして、またしても〝朝食セット〟は品切れということだろうか。もうじきコリアー巡査が戻ってきて受付当番を引き継ぐはずだが、気が気ではなかった。そもそも巡査を待たせておいて、巡査部長が先に食堂に行くべきだったのだ。それなのに、マレットのくそったれがひっきりなしに電話をしてきては、州警察本部で開かれるくそ会議のためと称して、ありとあらゆるくそくだらない情報を催促してきやがるもんだから、こんなことになるのだ。ウェルズは声に出さずに思い切り毒づいた。こうなったら強行突破で朝めしを食いにいってやるまでだった。コリアーが戻ってきても、来なくても。受付がほんの一時《いっとき》無人になったところで、誰も困りはしないだろう。

咳払いがして、受付デスクを控えめにこつこつと叩く音がした。その音は、対応を催促する者の存在を意味した。苛立ちのあまり、ウェルズのしかめっ面はさらに険悪の度合いを強めた。見ると、格子柄のスーツを着た、背は低いのにでっぷりとした男がビニールの手提げ袋を握り締めて受付デスクのまえに立っていた。ウェルズ巡査部長としては、実にありがたくない事態が予想された。またしても猫の死骸が持ち込まれるようなことは、頼むから勘弁してほしかった。人は猫の死骸を見つけると、どういうわけかそれを警察署に持ち込むのである。「ああ、お巡りさん、こんなものが見つかったんです、うちの裏庭で」

「ほう、そうですか？」ウェルズは面倒くさそうに応えると、男がビニール袋を突き出してきたら、そいつをさっさと奪い取り、受付デスクのしたに放り込み、すぐさま上階に駆けあがれる体勢を取った。

「できれば誰か相談できる人を呼んでもらいたいんだけど」と男は言った。

ああ、そうかい、おれはその相談できる人じゃないってことだな――ウェルズは押しころした声でひとり胸につぶやいた。「相談とおっしゃると具体的にはどういった？」

男はウェルズの鼻先に手提げ袋を突き出した。「うちの庭でこれを見つけたものでね」

用心に用心を重ねて、ウェルズは手提げ袋のなかをのぞいた。以前、侵入窃盗の被害に遭った女が、現場の絨毯のうえに犯人がひり出していった遺留品をＤＮＡ鑑定のため、これと似たようなビニール袋に入れて持ち込んできたことがあったのだ。今回も同様の事案であれば、是が非でもリズ・モード警部代行に処理に当たっていただくつもりだった。だが、今回は同様の事案ではなかった。ビニール袋のなかからこちらを見あげ、にんまりと笑いかけてきたのは、人間のものと思われる頭蓋骨だった。


フロストはフォルダーから顔をあげた。ビル・ウェルズが息せき切って駆け込んできて、〝ワンダー・ウーマン〟はいったい全体どこに行方をくらましやがったのかと、詰問口調で訊いてきたからだった。

「病院に行ってる」とフロストは言った。「昼休みが終わるまでには戻ってくるんじゃないかな」

「だったら、ジャック、貧乏籤はあんたに引いてもらう」ウェルズはそう言うと、ビニールの手提げ袋を突き出した。「自宅の裏庭でこいつを見つけたって男が来てる」

フロストは袋のなかをのぞき込んだ。「なんとまあ」のひと言と共に袋を押しやった。「そいつに伝えてくれ。三週間以内に持ち主が現れなかった場合は、自分のものにしていいって」それから悠然とフォルダーに眼を戻した。「モーガンに担当させてやるってのはどうだ？　芋《タ》にいちゃん《フィ》にはいい経験になる」

「あんたのとこの芋にいちゃん《タフィ》は目下、〝ワンダー・ウーマン〟にお遣いを命じられて出払ってる。ってことで、担当は自動的にジャック・フロスト警部だ。ほかに誰もいないんだから」

「くそっ」フロストは不満の意を表明した。「どうして、いつもおれなんだ？　骸骨が出てくると、いつだっておれの担当ってことになりやがる」ウェルズ巡査部長についてロビーに赴き、でっぷりとした小男に向かって短く頷きかけた。「おたくの庭で見つかったものだとか？」

　小男は頷き返してよこした。「物置小屋を壊してたんですよ。今度、家を売ることになりましてね。で、家内が言うんです、裏庭の小屋は見苦しい、あんなもんがあると家の価格がさがりそうって。まずは上物をどけて、でもってコンクリートの基礎の部分を壊したところ、そんなもんが出てきたってわけなんです」

「その小屋はどのぐらいまえから？」

「そりゃ、もう、ものすごく昔からってことになるでしょうね。わたしどもが引っ越してきたときには、もうあったんですから。でもって、それが、なんせ三十年もまえのことですからね」

　フロストはビニール袋に手を突っ込み、頭蓋骨を取り出してじっと見つめた。見つめるうちに、何か名案が閃くことを期待した。このころころしたちびでぶ親爺を追い払い、ついでに本件をきれいさっぱり、なかったことにしてしまえる手立てはないものか、なけなしの知恵を絞ってみた。「おたくが今住んでる家ってのは、おそらくその昔、墓地だったところに建てられたんでしょう。そういうこともないわけじゃないと聞きますからな」

小男は首を横に振った。「あのあたりは湿地だったと聞いてます。宅地にするまえに水抜きをしなくちゃならなかったって話ですから。湿地に墓地は造りません」

なんとも小賢しい男だった。なまじ小知恵がまわると、人間、幸せにはなれんぞ、とフロストは声に出さずに忠告した。それから声に出して尋ねた。「これだけですか、出てきたのは？　髑髏《しゃれこうべ》だけ？」

「いや、持ってきたのはそれだけ、ということです。まだあります。そいつが出たところに人骨というか白骨というか、たんまり埋まってます。手を触れないほうがいいだろうと思って、とりあえずそのままにしてあるんです」

なんとも気の滅入る話だった。フロストは頷いた。「では、うちの者をおたくに遣って調べさせましょう」小男が立ち去るのを待って、フロストはウェルズのほうに向きなおった。「制服組からつきあってくれそうなのをふたりばかり選んでくれ。シャベル持参で来てくれって」巡査部長が手筈を調《ととの》えるあいだ、フロストは受付デスクに頭蓋骨を置き、黄ばんだ歯のあいだに火のついた煙草をくわえさせた。

「面白いよ、ああ、面白い」ウェルズは鼻を鳴らした。「わかったから、そいつをさっさとどけてくれ」

フロストは頭蓋骨にくわえさせた煙草を回収して自分でくわえた。「死体が発見されたとき、わざわざ捜査しなくてすむには、死後何年経ってりゃいいんだ？」

「七十年だ」とウェルズは言った。その時点で巡査部長の関心は、コリアー巡査が所定の刻限に遅れて今ごろのこのこ食堂から戻ってきたことに向けられていた。「〝朝食セット〟はまだあったか？」

コリアー巡査は首を横に振った。「急げば、ベーコンのサンドウィッチにはありつけるかもしれませんけど」

ウェルズは急いだ。食堂から戻り次第、コリアー巡査を思い切りとっちめてやるつもりだった。

ビニールの手提げ袋に戻すまえに、フロストは小男の持ち込んだ頭蓋骨をもう一度とっくりと眺めた。「おまえさん、七十以下だったら承知しないからな」と頭蓋骨に向かって言って聞かせた。「でないと、おれのただでさえ冴えない一日がもっと冴えない一日になっちまうんだから」

パトロール・カーは、指定された二軒一棟建てのテラスハウスのまえで停まった。門扉の横の芝生に《売家》の看板が、がっちりと突き刺してあった。コリアーとジョーダンの両巡査は車を降りると、それぞれつるはしとシャベルを担ぎあげた。その姿は、ダイアモンドの鉱山でひと仕事終えて家に帰り着いた七人のこびとを連想させなくもなかった。ふたりのあとから、フロストは苦虫を嚙みつぶしたような顔で庭先の小道を歩き、家の玄関に向かった。小道を半分ほど進んだところで玄関のドアが開き、署に頭蓋骨を持ち込んできた太った小男が顔を突き出し、おどおどした様子でおもての通りに目を配り、急いで屋内《なか》に入るよう一同を急き立てた。

小男の背後で腕組みをして突っ立っている女は、小男の細君だと思われた。見るからに気の強そうな女だった。髪を薄紫《ラヴェンダー》色に染めていた。家具の光沢《つや》出し剤の香りに合わせたのかもしれなかった。すさまじい香りだった。鼻孔に野球のバットの直撃を喰らったほどの衝撃だった。おまけに女主人のご機嫌はあまり麗しくはなさそうだった。「ええ、いいわよ、いいじゃないの」女は小男に吼えかかった。「うちに警察が来たってこと、ご近所じゅうに知らせてやりましょうよ。どうせ、人のうちをのぞくのが大大大好きってろくでもない連中なんだから」

「だって、おれにわかるわけないだろ？　パトカーに乗ってくるなんて」太った小男は必死の弁明を試みた。

「相手は警察よ。何に乗ってくると思ってたわけ？　清掃局のゴミ収集車？」そこで女の関心はフロストと二名の巡査に向けられた。「靴をきれいに拭いてドアを閉めてちょうだい――ぐずぐずしないで早く！」

フロストと二名の巡査が廊下を進むあいだ、その足元を女の険しい眼差しが執念深く追いかけてきた。廊下には古新聞が敷き詰めてあった。警察官の履くどた靴から絨毯を保護するための応急措置のようだった。廊下の突き当たりがキッチンで、キッチンを抜けた先が裏庭だった。

木材の山ができていた。問題の物置小屋を解体したものだった。基礎に使われていたコンクリートを砕いたかけらも、その隣にきちんと積みあげられていた。土台で小さく囲まれた地面から、何やら人間の肩胛骨によく似たものが突き出していた。「よし、仕方ないな」フロストは溜め息混じりにつぶやくと、作業の邪魔にならない場所にそそくさと移動した。「いいぞ、掘ってくれ」

　裏庭を見おろせる位置にある各住居のあちこちの窓で、レースのカーテンが忙しなく揺れた。裏庭を掘り返す制服警官というのは、いやがうえにも好奇の念を掻きたて、人の眼を惹かずにはおかない光景なのだ。

「あなたとしては、さぞかしご満足でしょうよ」女は刺々しく小男を責めた。「これでご近所じゅう知らない家はないもの。それでなくとも、物見高くていやらしい連中ばかりだってのに」

「だったら、どうすりゃよかったんだよ？」小男は細君に泣きついた。

「あたしが言ったとおりにすればよかったのよ。穴をもひとつ掘って、全部埋めちゃえばよかったの」

　そう、そのとおりだよ、奥さん――フロストは声に出さずに言った。これ以上はないというほど、役に立つアドヴァイスだったのに。

「だけど、ひょっとしたら、ほかにも埋まってるかもしれないじゃないか……つまり、その、骸骨が」夫も負けじと己の正当性を訴えた。

「ひょっとしたら？　あたしたち、こんだけ運がいいんだもの、ひょっとしたら、なんて甘いもんですむわけないでしょ。どうせ、たんまり埋まってるわよ。こんなことになって、いったい全体、どうやってここを売りゃいいのよ、ええ？」女は反り身になると、周囲の家々を見渡し、開け放たれた窓や落ち着きなく揺れるカーテンをさも憎々しげに睨みつけた。「どう、みなさん、お腹《なか》いっぱい覗き見できたでしょ？」

女が張りあげた大声は、それまで窓辺にへばりついていなかった者たちの関心を惹き、なんの騒ぎか見届けようとする心理を誘発し、見物人をさらに増やす結果を呼び込んだ。フロストのほうは、身体が冷えてきたことに気づいた。ただ突っ立って傍観しているだけというのも、それはそれで辛いものがあるのである。「お茶を一杯、ご馳走になるなんてのは、無理なお願いというやつかな」とこの家の女主人に言ってみた。女は憤然と向きを変え、家の裏口に向かいかけたところだった。
「ええ、おっしゃるとおりよ。無理なお願いもいいとこ」女は語気鋭くそう言うと、裏口のドアをぴしゃりと閉めた。太った小男は申し訳なさそうな笑みを浮かべると、細君のあとを追ってあたふたと屋内《なか》に引っ込んだ。それから、裏庭にいるフロストたちのところまで、夫を責め立てる女の、ノンストップでわめきたてる声が聞こえてきた。「ありゃ、あのかみさん流の〝ご苦労さま、あなた〟なのさ」とフロストは言った。

病院から戻る途中、リズ・モードは自分のアパートメントに立ち寄った。車を強奪され、脚を撃たれた老人から得られた情報は、前日に夫人から聞き出した、わずかばかりの情報を裏づけるのみで、それ以外に得るところはほとんどなかった。病院の厨房の煮炊きの臭いで、また吐き気を催し、我慢しきれずに駐車場で嘔吐した。もうこれ以上、先延ばしにするわけにはいかなかった。リズは妊娠検査薬の箱を開け、添付されていた説明書に眼を通した。

人骨を覆っていた土の大部分は取りのけられ、コリアーとジョーダンは目下、地面に膝をついた恰好で、骨に付着した泥をブラシで払い落としているところだった。骨の位置を動かしてしまわないよう、ふたりとも手元に細心の注意を払っていた。「警部」ジョーダンが声を張りあげた。「これで全部、出たと思います」

　フロストは急ぐでもなく発掘場所に近づき、まるで興味を持てないまま渋い顔でのぞき込んだ。頭蓋骨を除いた人骨がひと揃い、身体を長く伸ばした恰好で大地に横たわっていた。フロストは預かっていた頭蓋骨をジョーダンに放り投げ、本来の位置に戻すよう命じた。「こいつは〝ロンドンの大疫病（一六六五～六六に起こったペストの大流行のこと。人口四十六万人のうち死者七万から十万とされている）〟でおっ死《ち》んだやつだ」フロストはきっぱりと断言した。

「いや、もうちょっと新しいものだと思いますよ」コリアーは異議を唱えた。

「だったら、ツェッペリン飛行船（二十世紀初頭に開発されたもの）から転げ落ちたんだ。それなら……よし、八十年は経ってるな」

　裏口のドアが開き、その日の当番である警察医のマッケンジー医師がおぼつかない足取りで裏庭に出てきた。フロストは相好を崩すと、陽気に手を振って医師を呼び寄せながら、声をひそめてコリアーに以下の指示を伝えた——大至急、おもてに駐めた警察車輌のところまで戻り、マッケンジー医師が警察車輌のまえに車を駐めたことが確認された場合は、警察車輌を別の場所に移動すべし。マッケンジー医師には、車を発進させる際に、誤ってバックさせてしまう癖がある。とりわけ往診に行く先々で、感謝の気持ちにあふれる患者や家族から、いわゆる〝寒さ避け〟をたっぷりと振る舞われた場合には、その癖はかなりの高頻度で出現する。ほんのり桜色に染まった頬といささか心許ない足取りとウィスキーの強烈な臭いから察するに、今朝もマッケンジー医師は寒さ知らずと見て間違いなさそうだった。「今日は何を用意してくれたんだね、警部?」とマッケンジーは尋ね、フロストが差し出した煙草のパックから一本抜き取った。

「石器時代の骸骨一式だよ」フロストは人骨が発見された場所を身振りで示した。「ほんとのことを言えば、ほとんどもう化石みたいなもんだから、わざわざ先生の手をわずらわせるのも申し訳ないような気もするんだ。しかし、まあ、規則は規則だからね」

　マッケンジー医師はしゃがみ込んで人骨をじっと見つめた。そして独り言でも言うように「石器時代?」とつぶやいた。

「そう、控えめに見積もっても、そのぐらい古いと思うんだ」フロストは自信満々に言った。「こいつが男の人骨で、死後かなりの年月が経過してるってことは間違いない」

　フロストは頷き、マッケンジー医師の診立てに同意した。「たぶん、恐竜に踏み殺されたんだと思うんだ。ってことは、先生《ドク》、少なくとも死んでから百年は経ってるってことになるだろう?」

　マッケンジーは首を横に振った。「いや、そこまで古くはないな」

「でも、最低でも七十一年は経ってる?」

「そういうことは見ただけではわからないよ。デントン総合病院に持ち込んで調べてもらいなさい。あそこには骨を専門にしてる医局長がいたはずだ。その人ならわかるよ」

「そこまでしなくちゃ駄目かな?」フロストは切々と訴える口調で言った。「今この場で一件落着ってわけにはいかないもんかね?」

マッケンジー医師は何も言わなかった。ずんぐりとした太い指で頭蓋骨の後頭部をそっとまさぐっていたからだった。「頭蓋骨に骨折の痕が認められる」

「じゃあ、そいつが致命傷だったってことかい?」

医師は頭蓋骨を元の位置に戻して、指先についた泥を擦り落とした。「答えようがないよ、ジャック、知る術《すべ》がないんだから。頭蓋骨をかち割られるまえに腹をかっ捌かれて、そこから砒素をたっぷり注入されてたのかもしれん。可能性だけなら、なんとでも言えるがね。こういうときに頼りになるのは専門家だよ。デントン総合病院の医局長を訪ねていくんだね」

フロストは顔をしかめた。「ここは、先生《ドク》、ひとつ現実ってもんを見つめちゃもらえないかな。おれは目下、手いっぱいなんだよ。子どもは行方不明になったままだし、娼婦は殺されるし。つまり、ピルトダウン人(一九〇八年、イングランドのピルトダウンで発見され有史以前のものとされた人類の頭蓋骨の化石。一九五三年に現在の年代測定法による鑑定の結果、偽物と判明)と泥遊びしてる暇はないってことさ。無理を言うつもりはないけど、先生は今、おれの煙草を吸ってるんだってことを重々念頭に置いたうえで、警察医としての率直な意見ってやつを聞かせてほしい。あの骸骨はあそこに埋められてから、最低でも七十年は経ってるって。ああ、そうだ、ついでに言っとくと、車に戻ればウィスキーの一本ぐらい見つかるかもしれない……」

マッケンジー医師は考え込む顔つきになって顎を掻いた。それからいきなりまたしゃがみ込むと、人骨の手首のあたりにこびりついていた泥を爪で引っかいた。そして眉間に皺を寄せ、さらにもう少し泥を掻き落としたところで立ちあがった。それでフロストにもそれが見えるようになった。「どうかね、フロスト警部、わたしの記憶が間違っていなければ、石器時代の人間は太陽の位置で時刻を判断していたのではなかったかな」

「嘘だろ、おい」とフロストは言った。

茶色に変色した腕の骨には、ステンレス製のベルトのついた腕時計がはまっていた。

「ウィスキーをご馳走してくれる約束はまだ有効かね？」とマッケンジー医師が言った。

「いや、とっくのとんまに無効だよ」フロストはぴしゃりと言った。「咽喉が乾いたんなら、屋内《なか》に入って、ここの奥方にお茶の一杯でも所望するこった」携帯無線機で署に連絡を入れ、科学捜査研究所の鑑識チームの出動を要請してから、吸いかけの煙草を人骨の発掘現場めがけて投げ捨てると、フロスト警部は署に引きあげるべく車に戻った。


「嘘でしょ、ちょっと」とリズは言った。妊娠検査キットのプラスティックの棒に青い線が現れていた。説明文を読み間違えたことを考えて、添付文書をもう一度読み返してみた。読み間違えていたわけではなかった。リズ・モード警部代行は妊娠している、ということだった。

第五章

捜査本部の置かれた部屋に戻り、デスクの角に尻を載せると、フロストは捜査班から次々とあがってくる実りの少ない報告に浮かない顔で耳を傾けた。各自が一日がかりで一軒ずつ個別訪問して丹念な聞き込みを行ったというのに、前夜死体で発見された女の氏名をいまだに特定できていなかった。クレイトン・ストリートのあの部屋を借りたとき、女は三ヶ月分の家賃を現金で前払いしていたため、管理を請け負っている不動産業者も敢えて身元照会の必要があるとは思わなかったらしい。賃貸契約の際にはジェイン・スミスと名乗っていたが、書類に残されていた住所にはジェイン・スミスなる人物は居住していなかったし、その住所には新聞販売店が入っていた。クレイトン・ストリートに駐車されたままになっている車輛のナンバーからも、有益な情報は出てこなかった。車輛の所有者として登録されている女は、いずれも年齢が六十の大台に乗っていた。戸別訪問にしても、玄関のドアを激しく叩きに叩いて、ようやくベッドからよろよろと這いだしてくる女自体がそもそも何人もいるわけでなく、さらに被害者について情報らしい情報を持っている者となると、いないも同然だった。ようやく得られた情報は、被害者はこのあたりでは新顔で、商売を始めてまた日が浅いようだったこと、特定のヒモがついているでもなく、誰かの〝後ろ盾〟があって仕事をしているわけでもなさそうだったこと、ほかの女の子たちの縄張りを着々と侵略しつつあったこと……。

最後の情報に、フロストは眼を輝かせた。「その線を追ってみてくれ」とハンロン部長刑事に言った。「ほかのお姫さまたちの〝畑〟でつまみ食いをしてたんなら、お姫さまについてるおっかないあんちゃんが、そういうのは行儀の悪いことだと教えようとして、ついついやりすぎちまったってことも考えられる」フロストは捜査本部の部屋に集まった者たちをひとわたり見まわした。誰もが疲れた顔をしていた。必死になって脚を棒にして動きまわったあげくに収穫ゼロ、その結果もたらされる疲労は深く重く、ずしりと身にこたえる。「悪いけど、みんな、今夜もうひと働きしてもらわなくちゃならない。夜の姫君がお仕事を始めたころにもう一度、話を聞きにまわってほしいんだ。今朝、訪ねていったときに無精して玄関に出てこなかったお姫さまもいるだろうから、そういう連中から何か聞き出せるかもしれない」そこまで言ったところで、思わず大きな欠伸《あくび》が出た。「よし、それまでいったん解散とする。各自うちに帰って仮眠でもとっといてくれ」

もうひとつ出かかった欠伸を嚙みころしつつ、フロストは部屋を出ていく捜査班の面々を見送った。できることならフロスト自身も、ひと眠りしておきたかった。捜査本部の部屋に設置された電話が鳴った。部屋の隅にいた婦人警官が電話を取った。「科研からです、警部」と婦人警官は言った。「例の人骨について新しくわかったことがあるので、警部に伝えたいと言ってきています」

「あとまわしにできないかな?」フロストはマフラーを首に巻き、そろそろと戸口のほうに歩を進めた。
「できないと言っています」
「それじゃ、おれが『くそくらえ、血も涙もない冷血漢ども』と言っていたと伝えていいぞ。でもって、これから帰宅するところだから、その途中で立ち寄ってやるって」署の建物を出て、震えるほどの寒さのなか、フロストは車まで歩いた。それにしても、リズ・モードはどこに行ってしまったのか。捜査を進めるに当たって、リズ・モード警部代行はフロスト警部の相棒ということになっているのに。

リズ・モードは下宿先のアパートメントで電話を終えたところだった。電話をかけた先はロンドンにあるクリニックだった。デントン警察署の穿鑿《せんさく》好きな連中の眼や耳を以てしても、追いかけてこられない遠く離れた医療施設を選んだのだ。電話でやりとりした担当者の話では、明日の午後に入院して、明後日には処置を行うとのことだった。術後の回復が順調なら、一週間以内に職場復帰も可能だと担当者は請けあった。リズはクレジットカードの番号を伝え、その日程で予約を入れると伝えた。

科学捜査研究所の検査室は、どこもかしこも白いタイルとステンレス・スチールでできている。その空間にフロストはのっそりと足を踏み入れた。鑑識チームの技術責任者、トニー・ハーディングが顔をしかめた。フロスト警部がだらしなくくわえている煙草に難色を示すためだったが、相手のしかめっ面程度のことを意に介するフロストではなかった。低く鼻を鳴らしたのは、眼のまえの作業台に、件《くだん》の人骨がきちんと人体の恰好に復元されて置かれていたからだった。

「完璧だよ」トニー・ハーディングは誇らしげに言った。「一本残らず揃ってる」

「ありがたいねえ、フルセットとは」熱意のかけらも感じられない口調で、フロストは言った。付着していた泥を落として素顔をさらす頭蓋骨は、黄ばんだ犬歯を剝き出しにしてなんだかにたりと笑っているように見えた。かつて鼻があったところにぽっかりと空いている空洞に、フロストは煙草の煙を吹き込み、その煙が渦を巻きながら眼窩から這いだしてくる様子を観察した。

「そういうことは遠慮してほしいんだけどね」ハーディングはめざとく気づいて言った。

フロストは煙草の先をつまんで火を消すと、その吸いさしを後生大事にレインコートのポケットにしまった。「よし、それじゃ、さっそく教えてもらおう。こちらさんの氏名と住所と股下の寸法、ついでに誰に殺されたかも。そしたら、おれは晴れて家に帰れる」

ハーディングは義理堅く笑みを浮かべてみせた。「そいつは無理だよ、警部。われわれにはそういうことはわからない。でも、わかったことはけっこうたくさんあるんだ」ハーディングはそう言うと、腕の骨の一部を手に取り、鋸で切断された断面をフロストに見せた。「デントン総合病院の専門医が検査に必要だってことで切断したんだけどね。その人の所見では、この人骨は男性のもので、年齢はおそらく三十前後ぐらいだろうってことだ」フロストは肩をすくめた。だからどうした、という意味だった。ハーディングは腕の骨を元あった場所に慎重に戻し、今度は茶色に変色した脚の骨の、踝《くるぶし》のあたりを指さし、ひびが入っていることを示した。

「ほら、こいつを見てくれ。死亡する何週間かまえに足首を骨折したんだな」

「ちょっと待ってくれ」フロストは人骨に顔を近づけ、眼を細くすがめるようにして脚の骨のひびの入った部分をじっと見つめた。「どうしてわかるんだ、そんなことまで?」

ハーディングにとっては、待ってましたと言うべき質問だった。満面に笑みを浮かべると、得々と説明に取りかかった。「折れた骨ってのは、自力で再生しようとするものなんだ。だから折れたとこは、放っておいても徐々にくっついていくんだけど、当人が死んでしまうとその再生の過程はそこでストップしちまう。この人骨を診てもらった専門医の話では、治癒の程度から見て骨折して数週間ってとこらしい」

フロストは頭蓋骨を指さした。「そっちの骨折のほうは?」

「死亡時と同時と考えて間違いないし、ことによると、それが死因かもしれないってさ。しかし、この骨折だけなら、あるいはしかるべき医療機関でしかるべき治療を受けていれば、一命を取り留めてた可能性もあるそうだ」

「事故ってことはないかな——たとえば、足を骨折してたもんだから、階段を踏みはずして転がり落ちて頭を打っちまったとか?」

「これまた専門医の受け売りだけど、この手の陥没骨折の原因としては、毎度お馴染みの鈍器による殴打ってのがいちばん可能性が高いそうだよ。それ以外はちょっと考えにくいってことだった」

「で、こちらさんが死後どのぐらい経過しているかって話は出なかったのか？　もちろん、正確に割り出せないことは承知してる。一分や二分の誤差で、ごちゃごちゃ文句をつけようなんて思っちゃいないよ」

「おたくとしちゃ、七十年以上がご希望だってことだったけど、どうやらご期待には添えないな。悪いけど、七十年は経ってないよ、警部。専門医の所見では死後三十年から五十年。それを裏づける具体的な証拠もある」ハーディングは小さなビニール袋を持ちあげてみせた。なかに腕時計が入っていた。「なんとか製造元を突き止めることができたんだ。この型の腕時計を最初に製造したのが今から四十五年まえだそうだ」

フロストは頭蓋骨をもうひとしきり眺めた。「歯は調べたかい？」

「すべて自前だったよ。二本ほど詰め物がしてあるのを除けば、状態もきわめて良好。歯はあまり役に立たないんじゃないかな。だって、そんな何十年も昔のカルテを保管してる歯医者なんているいると思うか？」

フロストは眉根を寄せ、不機嫌そうな顔になって頭蓋骨を睨みつけた。「簡単に身元を明かす気はないってか？　世話を焼かせやがって」

「そうそう、実に非協力的でいらっしゃる」フロストのぼやきに、ハーディングも同調した。「あの裏庭の人骨が出た周囲を徹底的に掘り返してみたんだが、何も出ないのさ。木綿の生地みたいな植物性の物質は、長いこと地中に埋まってると、腐食して跡形もなくなっちまうけど、衣類の痕跡ってのは残る。ボタンとか、留め金とか、ファスナーとか、金属でできた鳩目とか、何か残るものなんだ。なのに、なんにも残ってないんだよ。まったく、ただのひとつも」

「ってことは?」

「死後、着衣を脱がされたか、あるいは殺害された時点で素っ裸だったか――といっても、腕時計ははめてたわけだけど」

フロストは頬の傷跡をつまみ、血行を促した。科学捜査研究所の検査室は季節を問わず、凍りつきそうに寒い。その点は病院の死体保管所とよく似ている。天啓を求めて、天井を仰ぎ見た。「素っ裸で、腕時計ははめていた? 腕時計ははめたまま、すっぽんぽんになるってのは、おれの場合、ご婦人とことに及びつつ、サッカーの試合結果も気になるときだな。時間《とき》を忘れて、テレビのニュースを見逃しちまわないように」ハーディングが腕時計の入ったビニール袋を抽斗にしまうのを見届け、フロストは言った。「いや、いろいろありがとさん。くその役にも立たないご託を並べてくれて」

ハーディングはおつに澄ました笑みを浮かべた。手の内にまだ何かを隠し持っている者の笑みだった。「実を言うと、警部、見せたいものがほかにもあるんだよ」ハーディングはそう言うと、作業台のしたをまさぐり、何やら錆だらけの物体を入れたビニール袋を引っ張り出してきた。フロストは袋を受け取り、なかをのぞいた。かなり腐食が進んでいるが、どうやら調理用の包丁と思われた。持ち手の部分はぼろぼろに砕けてとっくになくなってしまっていたが、持ち手の芯に通してあった金属の棒は残っていた。棒の端のところに金属の輪がついているのは、キッチンのフックに掛けるための工夫だろう。「人骨のしたから出てきた」とハーディングは言った。

フロストは包丁の刃を眺めた。刃渡りは長く、なかなか物騒な代物だった。新品なら凶器の役目も充分に果たせそうだった。「それじゃ、なにかい、こちらさんはこいつで刺されたってことかい？」

ハーディングは首を横に振った。「残念ながら、発見された人骨とこの刃物との関連性を示すものは何も見つかってない。はっきり言えるのは、こいつが人骨のしたから出てきたってことと、かなり長いこと地中に埋まってたようだってことだけだ」

フロストは盛大に鼻を鳴らした。「なんだ、くその役にも立たないどころか屁の突っ張りにもならないじゃないか。ほんと、科研ってのはしみじみありがたいとこだな。大いに参考になったよ」戸口に向かいかけたところで、フロストははたと足を止めた。「ひとつ確認させてくれ。そちらさんが死亡してるってことは確かだろうな？」

ハーディングは眉根を寄せて怪訝そうな顔になった。「それは、どういう意味だね？」

「いや、なにね。そこに寝てるおっさんがどうやらおれの煙草をくすねたみたいだから」フロストは作業台のうえの頭蓋骨を指さした。頭蓋骨は黄ばんだ歯で火のついた煙草をくわえていた。

「何度言われても、面白くないものは面白くないよ」ハーディングは冷たく一蹴した。

だが、フロスト警部はその程度のことでめげるような男ではなかった。自分の冗談に声をあげて笑いながら、車に向かった。

午後十時十五分過ぎ、フロストは署に戻った。今夜も長く過酷な夜になりそうな予感がしていた。捜査班の面々を集めて、発掘された人骨に関して科学捜査研究所で聞き込んできた情報をひととおり伝えたが、併せてこの件に時間を割く必要はないことを強調した。「優先すべきは、もっと活きのいい死体のほうだ。当面はそっちの事件に専念してくれ」ドアが軋みながら開いた。フロストは顔をあげ、戸口のほうに眼を遣った。モーガンだった。誰にも気づかれないうちに空いている席に着席するべく、抜き足差し足で部屋に忍び込んできたところだった。「これは、これは、モーガン刑事。おれとしたことが申し訳ない」とフロストは言った。「われわれ下々の捜査会議にお越しくださるまでの、たかだか十五分ぽっちが待ちきれなくてな。先に始めちまったよ」

モーガンは、いかにもばつが悪そうににたっと笑った。「すみません、親父《おやっ》さん……役立たずの目覚まし時計のせいなんで……」

「そうだよな、目覚ましが鳴っても、そいつを止めてまた寝入っちまえば、目覚まし時計なんてミミズの鼻くそほども役に立ちゃしないわな」モーガンはしきりに顎をさすっていた。「歯医者にはなんて言われた？」

モーガンは小さな白い箱を取り出して振ってみせた。「とりあえず痛み止めを処方されました。腫れが引くまではいじれないってことで」

「おれも同じことを言われたよ、看護婦に」とフロストは言った。「おれの場合は腫れてた場所がもうちょっと微妙な場所だったけど」疲れた重い身体を引きずるようにして、フロストはデスクの角から立ちあがった。「さて、諸君、各自するべきことは心得てるものと思う。夜の姫君たちと睦まじくおしゃべりしてきてくれ。魅力的なお誘いがあった場合はきっぱりと断れ。殺された娼婦のことを知ってるかどうか、そのぐらいのことは口頭でも充分確認できるんだから」

オフィスに戻ると、驚いたことにリズ・モードが待っていた。

「警部、ちょっとお話があります。少しだけ時間をいただけますか?」

「ああ、いいとも」フロストは手振りで椅子を勧めた。「武装強盗の捜査はどんな按配だ?」

「進展はありません。それで……申し訳ありませんが、わたしの担当している事件の捜査を、しばらく警部に引き継いでいただかなくてはならないんです」

フロストの両の眉毛が吊りあがった。「おや、そりゃ、また……」

「ロンドンの医療施設に入院することになったもので」

フロストは気遣わしげな顔になった。「まさか、重病ってわけじゃないんだろ?」

リズはフロストの心配を打ち消した。「ええ、大したことじゃありません。簡単な手術ですむことです。翌日には退院できる予定です」

「そうか、それならよかったよ」とフロストは言った。本音を言えば、少しもよくなかった。それでなくとも人手が足りないところに、リズ・モードが担当していた事件をごっそり全部、背負い込むことになるのである。フロストは待った。リズのほうには事情を説明する気はなさそうだったが、足の巻き爪を治療してもらう程度の話ではなさそうなことぐらい、フロスト警部にも察しはついた。

「明日の午後から休みを取ります。たぶん、来週の金曜日には復帰できると思います」

「そうか、わかった。すっかりよくなるまで戻ってこなくていいぞ。心配するなって。嬢ちゃんから預かる事件については、なるべくしくじらないよう、せいぜい気をつけるから」

リズは笑みを浮かべた。「はい、お願いします」

「で、武装強盗の件は、何をそんなに手間取ってるんだい？」

「車が見つからないんです。デントン・ウッドの森で老夫婦を襲撃して車を強奪したということは、そこまで乗ってきた車があるはずです。その車も見つかっていないし、老夫婦から奪った車もいまだに発見されていないんです」

フロストは顎を掻いた。「車は使わなかったのかもしれないな。襲撃現場まで歩いていったとか。となると、デントン・ウッドの界隈に住んでることも考えられる」

「それは、そうかもしれませんけど」リズは肩をすくめた。「犯人が地元の人間だとしたら、老人から強奪した車を市内のどこかで乗り捨てるのではないでしょうか？　その車がいまだに見つかっていないというのが、どうにも不可解で……なぜだとお考えですか？」

「そりゃ、おれたちが揃いも揃って、ぼんくらで役に立たないお巡りだからさ」とフロストはリズに言った。「おまけに、マレットの調子こきのすっとこどっこいが州警察本部にいい顔したくて、予備の人員を気前よく貸し出しちまったもんで、かつかつの人員でやりくりを強いられてるからさ。市内の裏路地を一本一本のぞいて歩きたくたって、それだけの人手がどこにある?」

リズは頷いた。「そうですね。同感です」

フロストはちびた鉛筆を見つけ、マレットがよこした伝達メモの一枚を裏返しにして、そこに必要なことを手控えることにした。「よし、いいぞ、嬢ちゃんが抱えてる事件について詳しいことを教えてくれ」

受付デスクについていたビル・ウェルズ巡査部長は、その男をひと目で嫌いになった。そもそもスウィング・ドアの乱暴な開け方と言い、ロビーに入ってくるときの横柄な態度といい、何もかも気に食わなかった。とはいえ、ウェルズ巡査部長の場合、署に駆け込んでくる一般市民の大半に対して同様の感情を抱く。そういう手合いはおおむね、取るに足りない不平不満をさも一大事のように言い立て、ただちに対応してもらえて当然と思い込んでいるからだった。今回の輩は、見るからに乱暴者といった風情だった。年齢は三十手前といったところ、髪の毛を短く刈り込み、やけに機嫌の悪そうな顔をしている。おまけにあろうことか、あるまいことか、指を鳴らして注意を惹こうとしやがった。「はい、なんでしょう?」ウェルズはつっけんどんに言った。くそ小生意気な若造に〝サー〟と呼びかけるのは、ことばの無駄遣いというものだった。

「車が盗まれた」

「車輛の盗難ですね」ウェルズは届出用紙を一枚引き抜いて、受付デスクに置き、男のほうに突き出した。「それじゃ、こちらにご記入を」

「ご記入するのはあんたの仕事だ。誰が盗んだか、わかってるんだから。とっととあの女を逮捕してくれりゃいいんだよ」男は用紙を突き返した。

「では、誰が盗んだと思ってるんです？」とウェルズは尋ねた。

「思ってるなんて言ってないだろ。わかってるんだよ、おれにはちゃんと。おれのガールフレンド……いや、今となっちゃ、くそったれの元ガールフレンドだ。おれの車を盗んでとんずらこきやがったんだからな」

「つまり、その女性があなたの許可を得ずに、あなたの車に乗っていってしまった、ということですね？」

男は眼玉をぎょろりと剝いて天井を見あげた。あきれたと言いたいようだった。「〝盗まれた〟ってのはそういう意味だろ。違うかい？　おれが使っていいぞって言って使わせたんだったら、誰がこんな制服着たでくの坊を相手に時間の無駄遣いなんかするかって」

ウェルズは奥歯を食いしばり、癇癪をこらえた。それでは、そのくそったれの元ガールフレンドとやらが今ごろ、車ごと崖から転がり落ちていることを共に祈りましょう、と声に出さずにつぶやいた。男は煙草のパックを取り出し、一本抜き取ってくわえた。男が煙草に火をつけるのを待って、ウェルズは《禁煙》の表示を指さし、「申し訳ありませんが、ご協力を」と言ってやった。こんなときに、フロストがくわえ煙草で、もうもうと紫煙を棚引かせながら現れたりしないことを願った。男は思い切り不機嫌そうな顔になると、床に煙草を投げ捨てて踏みつぶした。ウェルズは愛想のいい笑みを浮かべた。「盗まれたときの状況をうかがいましょう——できれば、手短に。警察ってとこはなにぶん、多忙を極めているもんでね」

「おれもあいつも夜勤でね。いつもはおれが仕事に行くときにあいつも車に乗せて、あいつの仕事場まで送ってやって、でもって朝、帰りがけにまた拾ってやるのさ。昨夜はおれが仕事を休んだ。ロンドンでサッカーの試合があったからさ。あの世紀の一戦を見逃すわけにはいかない、だろ?」

ウェルズは人差し指で男を指さした。「わかった、思い出したぞ。あんた、昨夜ここにいただろ? あのバスにぎゅう詰めになって大暴れしてたフーリガンどもの仲間だろ? あんたじゃないのか、ロビーのあそこの隅にゲロを吐きやがったのは?」

「いや、ゲロを吐いたのはおれじゃない。だけど、ああ、そうだよ、昨夜は確かにここにいた。それはともかく、まあ、いずれにしても昨夜は試合観戦に行くわけだから、あいつを送ってやれない。だから、言ったんだよ、気分が悪いとかなんとか適当に言って仕事はサボっちまえって」

「どうして自分で運転しないんです?」

「そりゃ、試験に受からなくて免許が取れないからさ。無免許で運転して事故でも起こされてみろって、冗談じゃすまねえよ。保険もおりやしないんだから。今朝になってうちに戻ってみたら、あのくそ女、どこにもいやがらねえ。でもって、もっと焦ったのは、おれの車もなくなってたのさ」

「それで？」

「それでって、おれに何ができる？　とりあえず寝たよ。夕方の四時ぐらいに眼が覚めた。でも、あいつはまだ戻ってきてなかった。夜の十時まで待って病院に電話した。もういるはずだと思って」

「病院？」ウェルズは訊き返した。

「看護婦なんだよ。デントン総合病院で夜勤専門の看護婦をしてる――少なくとも、あいつから聞いた話じゃ、そういうことになってた。でも、さっき電話をしてみたら、そんな名前の看護婦はいないって言われた」

ウェルズは手でつるりと顔を撫でた。これはどうやら内勤の巡査部長風情の手に負える事態ではなさそうだった。「そんな名前の看護婦はいない？　病院所属の看護師ではなくて派遣されて働いてた、ということは？」

「知るわけないだろ、そんなこと。だったら何か違うのか？」

「病院の正規の職員ではなく、派遣されて看護師として働いてる場合、偽名で登録していることがあるんです。税金対策ってやつですよ。所得税を払わなくてもすむように。あなたが知っているのとは別の名前で登録してたのかもしれない」

「デントン総合病院に問い合わせたら、あいつが働いてるって言ってた病棟には、夜勤専門の看護婦が三名いるけど、ふたりは西インド諸島出身の女でもうひとりは尼さんだと言われてさ……」男はポケットから写真を引っ張り出し、ウェルズの鼻先に突きつけた。「見てくれよ。こいつが尼さんに見えるか？」

ウェルズは眼を細くすがめるようにして写真を眺めた。なかなか魅力的な女だった。襟ぐりが深くくれたワンピースを着て、いくらか前屈みになり、胸の谷間を惜しげもなくさらしていた。そのあまりに見事な谷間の光景に見とれていて、顔を確認するのがやや遅れた。顔のほうに視線を移動させたとたん、ウェルズは眼を剝いた。「すみません、サー、このまま少々お待ちください」男に聞こえないよう、司令室の電話を使ってフロスト警部を呼び出した。「ジャック、すぐに来てくれ。いや、急いだほうがいいと思う」男に渡された写真を、ウェルズはもう一度検めた。どこからどう見ても、明らかに尼僧ではなかった。この女は……間違いない。前夜、クレイトン・ストリートのアパートメントで死体で発見された娼婦だった。

フロストは煙草を一本抜き取ると、パックにとんとんと軽く打ちつけてから、くわえて火をつけた。リズが事情を聴取している男のことを、取調室の壁にもたれてじっくりと観察しているところだった。

「どういうことなんだよ、いったい？」と男は言っていた。「受付にいたあの制服のでくの坊は、多忙を極めてるなんて偉そうに言ってたのに、たかが車の盗難事件ごときに警部さんがふたりがかりでやってきて、詳しくお話をうかがいましょうってか？」

リズは、相手の気持ちを落ち着かせる笑みというものを浮かべるべく努めた。「いくつか確認させていただきたいことがあるんです」テーブルに載せた届出用紙に眼を遣った。「お名前は、ええと……ヴィクター・ジョン・ルイスとおっしゃるんですね。お住まいはデントン市フレミング・ストリート二番地のA。間違いないですね？」

「どんぴしゃりの大正解だ。すごいねえ、おねえさん。実はおれ、五分まえにその用紙に記入してから、お名前もお住まいも変えてないんだよ」

リズは写真を指さした。「そして、こちらの方は、メアリー・ジェイン・アダムズとおっしゃる。あなたのガールフレンドですね？」

「ああ、そうだよ」

「一緒に住んでるんですね？」

「ああ、そうだよ」

「どのぐらいになります、一緒に住むようになって？」

「半年だよ。だけど、おれは車を取り戻してくれって言ってるんだぜ。なんの関係があるんだよ？」

「もうちょっとだけ辛抱しておつきあいください。あなたの勤務先は？」

「フェルトンにある、二十四時間営業のガソリンスタンドだけど」

「ガールフレンドのメアリーさんに最後に会ったのは？」

「昨日の夕方の……五時ちょっと過ぎぐらいだな。バスでロンドンに行くんで、家を出たときだから」

「今日の夕方、眼が覚めて彼女がいないことに気づいたとおっしゃいましたね。心配にはなりませんでしたか？」

「そりゃ、なったさ。もちろん心配になった。出ていっちまったことは以前《まえ》にもあったけど、今度はこともあろうに、おれの大事な車を盗んでいきやがったんだぜ。あのくそ女、見つけたら、パクってくれ。ぜひとも頼むよ」

リズはフロストにちらりと眼を向けた。警部のほうでほかに訊いておきたいことはないでしょうか、という問いかけのつもりだった。質問がなければ、この男にガールフレンドの行方について伝えるつもりだった。フロストは壁から身を離すと、テーブルに近づき、リズの隣の椅子に腰をおろした。「気の毒だけど、ルイスさん、よくない知らせを伝えなくちゃならない」

死体保管所の係員は、噛んでいたガムをひとまず、受付デスクの天板の裏側に〝一時預け〟にしてから、定番の愁いに沈んだ表情を浮かべて来訪者一行を冷蔵保管室に案内した。そして、金属製の抽斗が並ぶ保管棚に歩み寄り、抽斗のひとつに手をかけて手前に引き出した。シーツの端をつまんで素早く折り返すと、礼儀正しく一歩退き、慎ましやかにうしろに控えた。化粧を落とした女の顔は、やけに幼く、まだ学校に通っている学生のように見えた。ルイスはその顔をじっと見つめ、一瞬ののち、苦しげに表情を歪めて眼を逸らし、フロストに向かって頷いた。「ああ、間違いない。メアリーだ」

署に戻るまでの道中、ルイスは何度も何度も、握り拳で涙を拭った。フロストは最初にひと言ふた言慰めのことばめいたものを口のなかでつぶやいたきり、あとは何も言わず、頭に浮かぶよしなしごとを追いかけるともなく追いかけた。何も感じないわけではなかった。だが、身元確認のため死体保管所に案内した関係者が悲嘆に暮れ、泣き崩れるのを、無理やり急き立てるようにして連れ帰るのは、あまりにも何度も繰り返すうちに日常業務のひとつのようになってしまっていた。被害者の身内の嘆きからは距離を置く必要がある。さもないと、自分自身が嘆きの底に引きずり込まれ、毎日が悲しみに塗り込められてしまうだろう。刑事というのは、それでなくとも因果な仕事なのだ。そんなことになったら一発で、耐えきれなくなるだけだ。

署に戻ると、第一取調室にルイスを通し、マグカップに注いだ濃い紅茶を勧めた。それから、いったん中座してオフィスに戻った。モーガンに聞き込みの報告書をまとめておくよう指示しておいたのだ。それを受け取り、内容にざっと眼を通した。「よし、お芋くん、きみに新しい任務を与える。ルイスはメアリーを病院まで送っていき、勤務明けには病院のまえでまた拾ってやってたと言ってる。だけど、メアリーことロリータがクレイトン・ストリートでせっせと商売に励んでいたとすると、病院からあの部屋までの移動手段《あし》はどうしてたのか――歩ける距離じゃないだろ？　ってことで、市内のタクシー会社と送迎サーヴィスを当たってくれ」

「え、タクシー会社ですか、親父《おやっ》さん？　なんのために？」

「あのルイスって野郎が嘘をぶっこいてる可能性があるからさ。ひょっとしたらメアリーが春を鬻《ひさ》いでたのを知ってて、クレイトン・ストリートのあの部屋まで送り迎えしてたのかもしれないだろ？　だけど、ルイスが当人の言うとおり、病院のまえでメアリーを降ろしてやってたんなら、メアリーはそこからタクシーか送迎サーヴィスを使ってたはずで、その裏づけが取れりゃ、ルイスはメアリーが娼婦だと知らなかったことになる。すると、おれの仮説はめでたくぱあになる、という流れだよ」

取調室に戻る途中でリズ・モードを見つけて同席を求めた。「昨夜、おまえさんが出た電話だけど、あのルイスって野郎がかけてきたってことはないかい？」

リズ・モードは首を横に振った。「いいえ、声が違います。似てもいません」それから、怪訝そうな顔になって言った。「まさか、警部、ヴィクター・ジョン・ルイスを本気で疑っていらっしゃるわけじゃありませんよね？」

フロストは肩をすくめた。「疑わしきがいないと捜査にならんだろう？　目下のところ、容疑をかけられそうなのは、あいつしかいないんだよ」

当のルイスはテーブルについて背中を丸め、煙草を吸っていた。マグカップの紅茶には手をつけなかったようだった。冷めた紅茶の表面に茶かすが浮いていた。人が入ってきた気配に顔をあげ、フロストとリズのほうに眼を向けた。「あいつが……あいつが商売女だったなんて。信じられないんだ、どうしても」

「そりゃ、そうでしょう。無理もない」とフロストは言った。まんざら心がこもっていなくもない口調だった。「そういうときに気の毒だとは思うけど、われわれとしてはおたくからも詳しい話を聞かなくちゃならなくてね」

ルイスは洟をすすりあげ、涙を呑み込むと、短く頷いた。「なんでも訊いてくれ。あんなことをしたくそ野郎をパクるのに役に立つんだったら、おれはいくらでも協力する」

フロストはオフィスから持参した報告書をテーブルのうえに拡げた。「警察ではアダムズさんに関して聞き込みを行いましてね。看護婦ってわけじゃないんだけど、病院とはまんざら無縁でもなかったようですね、ルイスさん。デントン総合病院の食堂で働いてたらしい」

ルイスは眼のまえの空間をじっと見据えていた。聞いたことがよく呑み込めていないのかもしれなかった。

「で、四ヶ月まえに馘首《くび》になった。売上げをレジじゃなくて、自分のポケットに入れてたことがばれちまったんでね」

ルイスは両手に顔を埋めた。「自分が知ってるつもりだった人間が、実は商売女で、嘘つきで、おまけに泥棒だった……」ルイスは顔をあげた。「結婚するはずだったんだ、おれたち」

ルイスが新しい煙草に火をつけるのを待って、フロストは続けた。「ああ、おたくの気持ちは察するに余りある。そりゃ、ショックだと思うよ。胸が悪くなりそうだと思う。そんな人にこういうことを訊くのもなんなんだけど、われわれとしてもおたくを捜査対象からはずせるもんなら、とっととはずしちまいたいと思ってましてね。で、昨夜、どこで何をしたかってことを詳しく話してもらえませんか？」

ルイスは片手で顔をつるりと撫でた。涙を拭ったのかもしれなかった。「さっきも言ったけど、五時ちょっと過ぎにうちを出て、ウェンブリーに向かった。世紀の一戦だろ？　おれたちのチームを現地《なま》で応援しようぜってことになって、サポーター仲間でバスを借りたんだよ。試合を観戦してるうちに、みんな、すっかりできあがっちまった。帰り道、フェンウィックの市《まち》はずれの、終夜営業の酒屋に立ち寄って、で、ちょっとした乱闘になった。金《かね》を払わないで売り物《もん》を持ち出したやつらがいたもんだから。バスが動きだすなり、おれたちはせっせと呑んだ。万引きの証拠をなくしちまおうってわけさ。このあたりから、どうも記憶が怪しくてね。お巡りが何人かやってきて署に引っ張っていかれたことは覚えてる。そのあとしばらくして、またバスに乗せられて……それから、誰かが配線をいじくってショートさせてエンジンをかけたんだ。で、おれたちはバスごととんずらをこいた。最後に行き着いたのは、パブだ。高速道路のすぐそばにあるパブに押しかけたんだった」

「店の屋号は？」とフロストは尋ねた。

ルイスは首を横に振った。「わからない……ってか、思い出せないよ。何もかもぼんやりとしてて」

「パブでどのぐらい粘ったかは？」

「二時間ぐらいかな、たぶん」

「パブからおたくのアパートメントまではどうやって？」

「一緒にいた連中のなかに、自分の車をそこのパブに駐めてきたやつがいたんだよ。そいつがおれたちみんなを車で送り届けてくれたんだ。名前は訊かないでくれ。覚えてない」

「で、部屋に戻ってみたら、アダムズさんはいなかった？」

「そう、そのとおり。おまけにおれの大事な車も消えてた。あの女、ぶっ殺してやる、と思ったよ」言ってしまってから、ことばの意味に気づいたようだった。ルイスははっと息を呑み、顔を歪めた。「くそっ、なんてこと言ってるんだ、おれは」

「大丈夫、気にするほどのこっちゃない」フロストはとりあえずなだめた。「で、それから?」

「ベッドに倒れ込んで寝ちまったんだ、服も脱がずに。だけど、頭が割れるように痛くなって眼が覚めた。それが、午後の四時ぐらいだった。そんときも、あいつはいなかった。いつもなら隣に寝てるのに」

「それで?」

「だけど、そんときはまだ、心配なんてしてなかったよ。どうせ、おれに対する当てつけで、どっかにしけ込んでるんだろう、ぐらいにしか思ってなかった。おれが仕事に出かけるのに車が要るってことはわかってる。だったら、それまでには戻ってくるだろうってな。それから椅子に坐ったまま、また眠り込んじまったらしいんだ。眼が覚めたら、夜の十時ちょっとまえでさ。あいつも戻ってきてなけりゃ、車も見当たらない。それで病院に電話をしてみたら、そんな名前の看護婦はいない、なんて言いやがる。まあ、そう言われた理由は、今になってわかったけどさ」

「アダムズさんが借りてたクレイトン・ストリートの部屋にわれわれがいたとき、実は脅迫電話がかかってきましてね」とフロストは言った。「そういう電話をかけてきそうな相手に心当たりは?」

「いや、だけど、妙な電話ならうちのほうにもかかってきたよ。二度だか三度だか。それであいつ、しばらくぴりぴりしちゃってさ。電話が鳴るたびに、びくっとして跳びあがるんだ。で、おれを出させないように電話に猛ダッシュするのさ。だから、ほかに男ができたんじゃないかって、おれとしても疑心暗鬼になりかけてたんだ」

「ご当人は誰からの電話だと？」

「職場の人間の悪戯だって。面白がっているふりをしてたけど、説得力ゼロだね。ぜんぜんそんなふうには見えなかった」

「でも、それ以上のことは訊かなかった？」

「あいつに話す気がないときは、こっちは放っておくしかない。怒鳴りあいにならないようにするには、そうするしかないんだよ」

「アダムズさんは感情的になるタイプだった、ということですか？」

「あいつが、というよりも、おれたちふたりともだな。ふたりとも、すぐにかっとなる性質《たち》だから、言い合いになったらすさまじかったよ。でも、そのあとで仲直りできると嬉しくてさ」

何か特定の記憶でも手繰っているかのように、ルイスは眼のまえの一点をひとしきりじっと見つめた。それから、ふっと口元を緩めて、やるせなさそうな笑みを浮かべ、首を横に振った。

「愉しいときもあったんだよ。そういうときだって、たくさんあったんだよ」

「でしょうね」フロストは頷いた。それは、フロスト自身の結婚生活にも当てはまることだった。その後、苦い日々がどれほど積み重なろうと、愉しかった日々の記憶をすべて消し去ってしまうことはできない。「最後に、ルイスさん、昨夜着ていた服をお借りしたい。心配には及びませんよ、おたくを捜査対象から完全に除外するためですから」

ルイスは怪訝そうな顔になった。「おれが着てた服？」

「犯人の着ていた服にはアダムズさんの血がついてるはずだ。徹底的な捜査ってやつをご希望だと思うんでね」

「うちにある。取ってくるよ」

フロストは立ちあがった。「そこまでしてもらっちゃ、申し訳ないからね。おたくまで同行して預かりますよ」そこでまた、どすんという音がするほど勢いよく椅子に腰をおろした。声に出さずに、己のうかつさを罵った。重要な情報を訊きそびれていたことに気づいたのだが、その情報はテーブルのすぐ眼のまえに鎮座ましましていたのである。ルイスが提出した車輛盗難届に書き込まれていた当該車輛の特徴。車種は一九八八年型のトヨタ・カローラ、車体の色はダークブラウン。クレイトン・ストリートの例のアパートメントのまえで、タイアを切り裂かれて荒らされていた車も、確かカローラだったはずである。放置車輛のナンバーを素早く確認し、登録情報を当たった。車輛の所有者の氏名は、ヴィクター・ジョン・ルイスとなっていた。フロストは胸の内で自分を叱り飛ばした。フロスト警部は超弩級の抜け作だった。いったいなぜ、今の今になるまで、この二台が同じ車だということに思い至らなかったのか？　ドアをノックする音がした。見るとモーガンが手招きをしていた。

「親父《おやつ》さんに言われたように、タクシー会社と送迎サーヴィスに当たってみました。〈デントン送迎サーヴィス〉ってとこが、かなり頻繁にクレイトン・ストリート十番地に呼ばれて、アパートメントのまえからデントン総合病院まで客を乗せてましたよ。定期利用に近い状態だったとか。客は女で、自分が聞いた限りでは、どうもあのロリータって娼婦のようですね」

「だと思ったよ」フロストは落胆の色をにじませながら言った。「どうやら、これで、おれのたったひとりの犯人候補者もいなくなっちまいそうだよ」


小さな浴室とキッチンのついた、ひと間きりの狭苦しいアパートメント。上げ下げ窓のしたにぴたりと寄せて、黒にオレンジ色を配したスタジオカウチが見るからに窮屈そうに置かれている。座面のしたに格納されている簡易ベッドを引き出して、ふたり分のベッドとしても使用しているようだった。その向かい側の壁に造りつけにした棚に、安っぽいハイファイのオーディオ装置一式と十四インチ画面のリモコン式カラーテレビが置かれている。スタジオカウチの隣に色味の濃い木材でこしらえた小型キャビネットが押し込められていて、そのうえに電話と陶器の灰皿が載っていた。灰皿からあふれそうになっている吸い殻のなかには、半分しか吸わずに無造作に押し潰してあるものが何本か交じっていた。「ふたりとも煙草を？」とフロストは尋ねた。

「いや、吸うのはおれだけだ」ルイスは灰皿の吸い殻をゴミ箱に空け、キャビネットの天板にこぼれていた灰をふっと吹き飛ばした。「あいつは吸い殻を目の敵にしてるんだ。この臭いで頭が痛くなるって」ルイスはそう言うと、新しい煙草に火をつけて、空けたばかりの灰皿をまた灰で満たす作業に取りかかった。

　フロストは浴室のドアの左右にひとつずつ据えられた、松材もどきの片開きのクロゼットに近づき、一方の扉を開けた。そちらには女物の衣類が収められていた。コートにワンピース、そのしたに靴が何足か。フックのひとつにハンドバッグが掛かっている。バッグの口金を開けてみた。中身は化粧道具とティッシュペーパー。ハンドバッグを元どおりフックに戻して、クロゼットの扉を閉めた。「アダムズさんは普段外出するときに財布は？」

「ああ、持ってたよ。赤いやつだ。鍵やらクレジットカードやらをあれこれ詰め込んでぱんぱんになってたよ」

　だが、その財布はクレイトン・ストリートのアパートメントからは発見されていない。だとしたら、どこにあるのか――フロストは今度もまた己のうかつさを呪った。アパートメントのまえでタイアを切り裂かれていた車。あるとすれば、あの車のなか以外に考えられない。ここが片づいたら、その足でクレイトン・ストリートにまわり、車内を徹底的に捜索してみることにした。

「昨夜、着ていたものを預からせてもらえますかね」フロストはここまで同行してきた目的を、相手に思い出させた。

「ああ、もちろん――ちょっと待ってくれ。すぐに持ってくる」ルイスがキッチンに姿を消し、洗濯物の籠をあさっているあいだ、フロストは室内を物色して歩いた。眼についたものを突《つつ》き、抽斗を開けては閉め、あちこちをのぞき込み、閃きが訪れるのを待った。閃きは訪れなかった。

ルイスが戻ってきて衣類を入れたビニール袋を渡してよこした。「ご協力に感謝しますよ」とフロストは言った。「ああ、それから、捜査の参考になりそうなことを思い出したら、連絡してください。どんなことでもかまわないから」

ルイスは頷くと、ベッド代わりのスタジオカウチに力なく坐り込み、洟をすすりあげ、涙を呑み込んだ。「信じられない……どうしても信じられないんだ。あいつがもう戻ってこないなんて」

「わかりますよ、よくわかる」優しくなだめるような口調で、フロストは言った。その裏に隠された本音は——よく言うよ、自分で殺しておいて、白々しいったらありゃしない。しかし、それをいかにして証明したものか？　それが問題だった。

「あのルイスってやつのこと、まだ疑ってるんですか、親父《おやっ》さん？」車に戻ってきたフロストに、モーガンは尋ねた。

「容疑をかけられそうなやつがたったひとりしかいないんだぞ」フロストは不機嫌な声で言った。「そういうときは、水も漏らさぬ鉄壁のアリバイなんてのは些細な障害に過ぎない。そんなものに、いちいち恐れ入ってちゃいかんのだよ。昨夜、あのバスに乗ってた山猿どもから裏を取れ。あのおねえちゃんの死亡推定時刻にルイスが一緒にいたかどうか、確認するんだ」

ダークブラウンのトヨタ・カローラは、見るも無惨なありさまだった。ヘッドライトはどちらも粉々に砕け、タイアはすべて切り裂かれ、車体そのものも巨大なハンマーで叩き潰されたように、ひしゃげていた。運転席側のウィンドウは叩き割られていた。フロストは窓ガラスにできた割れ目から腕を差し入れ、内側からドアを開けて懐中電灯で車内を照らした。なんと、座席まで切り裂かれていた。飛び散ったガラスの破片を払いのけ、運転席に乗り込んだ。ダッシュボードの物入れを開けて、奥深くまで手を突っ込み、なかを探った。「さあて、これなるをご覧《ろう》じろ！」フロストが引っ張り出した財布には、小銭と何枚かのクレジットカードが入っていた。さらに、ネイションワイド住宅金融共済組合の預金口座の通帳も。口座は三ヶ月ほどまえに開設されたもので、ほぼ毎日のように入金があって口座残高が着実に増えていく過程が記録されていた。現時点での口座残高は六千ポンドを超えていた。「〝それ罪の拂《はら》ふ價《あたひ》（新約聖書ロマ人への書第六章二十三節にちなむ。本来は「それ罪の拂ふ價は死なり」）〟ってやつだな」フロストはモーガンに言った。「被害者《ガイシャ》が遺言状を作ってなかったか、でもってあのルイス君が唯一の相続人に指定されてなかったか、調べてみたほうがいいな」

「でも、親父《おやっ》さん、あのぐらいの年齢《とし》の女は遺言状なんて作りませんよ」とモーガンは言った。「自分が死ぬなんて思っちゃいませんから」

「いいから、調べてみろ」フロストは、握り拳の節の部分で額を軽く連打した。何か見落としていることがあるような……キーだった。車のキー。いったい全体、この車のキーはどこにあるのか？「ウェールズ産の芋《タフィ》にいちゃん、明日の朝、いちばんにするべき仕事が見つかったぞ。あの部屋の徹底捜索だ。部屋のどこかにこの車のキーがあるはずだ。あのおねえちゃんには配線をいじくってエンジンをかけるなんて芸当はできやしない」それから携帯無線機で署を呼び出し、クレイトン・ストリートの路上に放置してあったダークブラウンのトヨタ・カローラを回収し、科学捜査にまわすよう手配した。無線機をポケットに戻したとたん、ポケットのなかからフロスト警部の応答を求める甲高い声が聞こえてきた。「こちら司令室、フロスト警部、応答願います」

「はいよ、どうした？」

「ただちにデントン総合病院に向かい、向こうでモード警部と合流してもらえませんか？」

「そりゃまた、なぜに？」

「たった今、若い女が収容されたんです。だいぶひどく殴られている、ということで……それが、どうも売春婦ではないかという報告がありまして」

「わかった。これから向かう」とフロストは言った。


デントン総合病院の正面玄関のところで、リズ・モードが待ち受けていた。リズは到着したフロストとモーガンを率いて入院病棟に向かった。「昨夜の殺人事件と関連があるかもしれないんです。収容された女性は、かなり激しい殴打を受けています――打撲傷のほか、肋骨数本にひびが入っているとのことです」

「で、その傷だらけの姫君はどういうわけで病院に？」

「デントン・ウッドの森付近の道路を走行していたトラックの運転手が、道路脇に倒れているところを発見したんです。轢き逃げ事故に遭ったものと判断して、運転手は電話で救急車を呼びました。診察に当たった医師は、殴る蹴るの暴行を受けたのではないかと言っています」

「担ぎ込まれた姫君だけど、身元は？」

「それが、わたしにはひと言も口をきいてくれません。バッグの中身を確認したところ、コンドームが山ほど出てきました。クレジットカードの名義はチェリー・ホールとなってます。えええと……こっちです」

フロストとモーガンはリズのあとに続いて、明かりの消された大部屋を通り抜け、奥の個室に入った。ベッドにはたっぷりと包帯を巻かれた人物が寝かされていた。首からうえも包帯でぐるぐる巻きにされていて、顔の造作で確認できるのは、包帯の隙間からさも憎々しげにこちらを鋭く見据えている灰色の眼だけ。

フロストは枕元に置かれた椅子に腰をおろした。「似てるなあ、そっくりだよ」とベッドに寝かされた包帯だらけの女に向かって言った。「神代の昔のエジプトの女王さまに、ネフェルティティって絶世の美女がいたんだけど、きみの包帯姿はその女王さまに瓜ふたつだ」女は無言だった。フロストはベッドの裾にさげてあるクリップボードのカルテをはずして、記載事項に眼を走らせると、ことさら気遣わしげな顔になって首を横に振った。「おや、おや、明日をも知れぬ重態だと書いてあるよ。ただし、警察に協力した場合は生きながらえる目あり、だとさ」

「痛くて苦しいの」ベッドに寝かされた若い女は怒気を含んだ小声で鋭く言った。「ひとりになりたいの」

「その〝ひとりになりたいの〟って台詞《せりふ》、グレタ・ガルボも言ってたな（主演映画『グランド・ホテル』（一九三二）のなかの台詞）。だからだぞ、ガルボが今この世にいないのは」そばに看護婦がいないことを確認して、フロストは煙草をくわえた。「頼むよ、お嬢さん。何があったのか話してくれ。聞くこと聞いたら、とっとと退散するよ。なんなら、カブ・スカウトの誇りにかけて誓ってもいい」

「なんにもないわよ、話すことなんて。デントン・テラスの通りに出てたんだけど、凍えるほど寒いし、お客はいないし……そしたら、男が車を停めたのよ。見た目は気に食わなかったけど、そういう男ならほかの女の子たちと取りあいになって揉めるなんてこともなさそうだったから。値段の折り合いもついたんで、その男の車に乗ったのよ。それでデントン・ウッドの森のあたりまで行って、適当な場所で車を停めて、こっちはとりあえず着ているものを脱ごうとしたわけ。そしたら、あの豚ゴリラ、いきなり殴りかかってきて……以上。それだけ。あとはなんにも覚えてない」

「いきなり殴りかかってきたのか？　なんの理由もなく？」

「そうよ」

「そりゃ、あんまり穏やかじゃないな。ついうっかり口を滑らせて、そいつの持ち物をけなすようなことを言っちまったなんてことは？」

「持ち物なんて見てないもの。見えたのは、あいつのくそいまいましい拳骨だけよ。ちなみに、拳骨はごく普通サイズだったけど」

「人相は？」

包帯でぐるぐる巻きにされた顔が、そろそろと横に振られた。「覚えてない」

「これこれ、世話を焼かせるでない」フロストは返答を促した。「見た目は気に食わなかったって言ったじゃないか。そう言えるぐらいなんだから、なんにも覚えてないわけがないだろう？」

「中年で中肉中背で、着てたのは黒っぽい服」

「髭は？」

「なし」

「なるほど、それなら捕まえられそうだ」とフロストは言った。「そういう男はせいぜい二千万人ぐらいしかいないだろうから」煙草の煙を天井めがけて吐き出すと、次の質問に移った。「そいつが運転してた車ってのは？」

「車ってことしかわかんない。あたし、車にはまるで詳しくないから」

「何かあるだろう？　古いとか新しいとか、でかいとかちっこいとか、ディーゼル・エンジンだとかガソリン・エンジンだとか蒸気で走ってたとか？」

「中ぐらいの大きさで……だいぶ古そうだった、かな」

「車体の色は？」

「黒っぽかった……ような気がする」

フロストは煙草を軽く叩き、灰を床に落とした。「お嬢さん、大人をあしらおうなんて百年早いよ。あんたは相手の男のことをちゃんと覚えてる。その気になれば、人相だろうが特徴だろうが、そこそこ詳しく言えるはずだ」

「覚えてることは話した。全部、話したって」

「お嬢さん、年齢《とし》は？」

「十七だけど？」

「仕事を始めて長いのかい？」

「ちょうど二ヶ月ぐらい」

「ちゃんとついてるのか、面倒を見てくれる強面のにいさんは？」

「ううん、ついてない」

「だろうと思ったよ。デントン・テラスの通りで客に拾われたんだったよな？　あの界隈は、ハリー・グラフトンお抱えの小母ちゃん軍団がズロースをちらっと見せて客引きするとこだ。お嬢さんみたいなぴちぴちの若い娘っ子にのさばられたんじゃ、そりゃ、小母ちゃんたちは立つ瀬がない。だろ？」

「あたしの勝手でしょ、自由の国なんだから」

「小母ちゃん軍団は、あんたに警告した。若い娘っ子なんだから、小母ちゃん帝国の領土《シマ》から出ていけってな。だけど、あんたは小母ちゃん軍団に向かって、手の甲を向けて中指と人差し指を押っ立ててみせた。で、小母ちゃん軍団の元締めであるハリーが若い娘っ子に世の中の道理を説いて聞かせるべく、その手の威嚇を専門とする類人猿を一匹、あんたのとこに差し向けた——違うかい？」

「あたし、何も言ってないわよ」

「お嬢さん、あんた、殴られたんだろ？　そんな包帯だらけになるほど痛めつけられたんだろ？　なのに、そういうことをした野郎をこのままのさばらせておくのかい？　殺されてたかもしれないのに」

女は身をこわばらせ、ただじっと天井を見つめていた。さっさと帰ってほしいという意思表示のようだった。

フロストは溜め息をついた。「そうか、そういう卑劣な野郎をのさばらせておいてもかまわないってんなら、好きにすればいい。あんたが言ったとおり、ここは自由の国なんだから」吸っていた煙草の先をつまんで火を消し、吸いさしをポケットにしまうと、フロストは椅子から立ちあがった。個室を出ていくフロストに、リズ・モードとモーガンが続いた。

看護師詰め所のデスクに配達されたばかりの大きな花束が置いてあった。デスクについていた夜勤の看護師が顔をあげた。「警部さん、チェリーから聞き出せました？　誰にあんな目に遭わされたのか」

「いや、突発性の記憶喪失を発症しちまった」とフロストは言った。

「あんなことをした人は、必ず刑務所に叩き込んでください。だって、あの子、ここに運び込まれてきたときは、あの子だってわからなかったのよ、あまりにもひどく殴られてたもんだから」

フロストははたと足を止め、看護師詰め所のデスクのところまで引き返した。「あの個室のお嬢さんとは知り合いってことかい？」

夜勤の看護師は頷いた。「以前、この病院で働いてましたから……ここの職員食堂で」

フロストはリズ・モードと顔を見あわせた。「以前と言うと、具体的には？」

「四ヶ月かそのぐらいまえだったかしら。長くは勤めてなかったんだけど」看護師は椅子から立ちあがり、デスクの花束を抱えあげた。「お花が届いたってわかれば、少しは元気が出るかしらね」

フロストは片手を挙げて、個室に向かいかけた看護師を呼び止めた。「ちょっと待った。その花束はあの個室のお嬢さん宛に届いたものなんだね？」花束はピンクと赤のカーネーションを取り混ぜたものでカードが添えてあった——《特別看護病棟気付　ミス・チェリー・ホール宛　新たな門出を祝して　新天地にてますますのご活躍を　旅路の安らかならんことを》。「こいつを送ってよこしたやつは、あのチェリーって子がここに入院してることを、どうして知ってるんだ？　おまけに入院してる病棟まで正確に」

「病院の代表番号に電話をして訊けばいいんです」夜勤の看護師が説明した。「電話の案内係の手元には入院中の患者さんのリストがあるし、変動があればその都度連絡が行くようになってますから」

フロストは眼を輝かせた。「外部《そと》から問い合わせの電話がかかってきた場合、通話を録音することになってないかい？」

「ええ、もちろん。間違った情報を教えられたってことで病院に文句を言ってくる人もいますから、その対策として録音はしてますよ」

電話交換台に詰めている案内係のところには、リズ・モードを派遣することにして、フロストは看護師から花束を受け取り、廊下に出て待った。二本めの煙草を吸いはじめたところで、廊下を突き進む、かつかつという歯切れのいい靴音が聞こえてきた。戻ってきたリズ・モードは息を切らしていた。呼吸が整ってしゃべれるようになるまで、しばらく時間がかかった。

「この病院の階段って、まったく……」

フロストは頷いた。デントン総合病院の階段を登ると、登った者の呼吸器にどのような影響が出るか、フロスト自身知りすぎるほどよく知っている。フロスト夫人が入院していたのは、病棟の五階だったから。「その顔は、耳寄りな情報を聞き込んできたって顔だな」

最後にもうひとつ大きく深呼吸して、それでようやく話ができるようになった。「ええ、だと思いますよ。三十分ほどまえに、電話をかけてきてチェリー・ホールの容態を尋ねた男がいたんです。どこの病棟に入院しているのかと訊かれたので教えて、相手は電話を切った、やりとり自体はそれだけだったそうです」

「それで？　顔に書いてあるよ、張り切り嬢ちゃん、それだけじゃないって」

リズは片手をひと振りした。そんなふうに急き立てないでくれ、という意味のようだった。

「通話を録音したテープを聴かせてもらったんですが……例の男でした。わたしが昨夜、被害者のアパートメントで受けた電話の男でした」

フロストは口いっぱいに溜めていた煙草の煙を勢いよく吐き出し、花束を抱えなおした。

「よろしい。では、改めて包帯だらけのお嬢さんのお見舞いに……」

包帯だらけのお嬢さんは、今度もまた身じろぎひとつしなかった。眼を固くつむり、ぐっすりと眠っているので人が入ってきた物音も聞こえていない、というふりをしているようだった。

フロストは枕元の椅子を、ことさら脚を床にこすりつけるようにして派手な音を立てて引いた。それから、これまたことさら音を立てて、どすんと地響きがするほどの勢いで、座面に尻を落とした。「お嬢さん、あんたをさんざっぱら殴った男から花束が届いてるよ。案外、思いやりのある野郎なんだな?」

ベッドに寝ている女は何も答えなかった。

フロストは女の肩をつかむと、いささか手荒に揺さぶった。「おい、夜の姫君見習い、おふざけはそろそろおしまいにしてくれ」

〝夜の姫君見習い〟は身をよじり、フロストの手を払いのけた。「言ったでしょ、話すことなんか、何もないって。だから、もう出てって」

「メアリー・アダムズって女の子を知らないか?」

ベッドに寝ている女は、びくっとしたように身を硬くした。「以前にここで一緒に働いてたことがあるけど……だから、なんだって言うわけ?」

「あんたには、こうして花束を贈ってよこすお友だちがいる。そのお友だちのことなんだがね。昨夜、メアリーの部屋を訪ねたんじゃないかと思うんだ」

「ふうん、あ、そう」関心がないという口ぶりで、女は言った。

「だが、こんなふうにあとから花束を贈るつもりはなかったみたいだな。仮に贈ったとしても、メアリーには花の匂いは届かないよ。可哀想に、死んじまってるんだから」

チェリー・ホールは眼を剝いた。「死んだ? メアリーが死んだ?」

「あんたのお友だちが絞め殺したんだ。あんたに鉄拳を見舞ったのと同じ男が。というわけなんで、話してもらわないと困るんだよ。あんたをこんな目に遭わせたのは、どこのどいつか」

「服を返して。あたし、帰らなくちゃ」チェリー・ホールは身を起こそうとしてもがいた。フロストは包帯だらけの身体をベッドに押し戻した。

「そりゃ、駄目だよ、お嬢さん。ここを離れてもらっちゃ困る。あんたは大事な大事な目撃者なんだから。どこぞに姿をくらまされないように、今後、この枕元には可愛い可愛いお巡りさんがべったりへばりつくことになる。一日二十四時間態勢で」そうなると、その分また超過勤務手当が嵩《かさ》み、マレットの悩みの種がまたひとまわり大きくなるわけだ。

チェリー・ホールは枕に頭を戻した。落ち着きを失った視線が、忙しなく宙を泳いでいた。

「でも、あの豚ゴリラに言われたのよ、警察に通報したらぶっ殺すって」

「だったら、ぶっ殺されないようにしようじゃないか。豚ゴリラを刑務所《ムショ》にぶち込んじまえばいいんだよ。話してくれ、あんたとメアリー・アダムズのことを」

「ふたりともこの病院の食堂で働いてたんだ。それがさ、死ぬほど長い時間、死ぬほどこき使われて、死ぬほど安い給料なの。あれじゃ暮らしていけないって。そのうち、あたしたちがレジから売上げをちょろまかしてる、なんて言いがかりをつけられて、で、ふたりとも馘首《くび》よ。

でも、メアリーは馘首《くび》になったことをボーイフレンドに知られたくなかった——家を借りるために、ふたりでせっせとお金を貯めてるとこだったから。そんなこんなで、だったら身体を売るしかないってメアリーが言いだしたわけ。手っ取り早く稼げるし、いいお金になるからって。とりあえず、ふたりで試してみることにしたのよ。最初のうちはクレイトン・ストリートに共同で部屋を借りて、もっぱらそこで商売してたんだけど、ちっとも稼ぎにならなくて家賃も払えないもんだから、街に出ることにしたの。女目当てにデントン・ロウの界隈を車で流してる助平どもを一本釣りしてやろうってことになったの。でも、ほかの女の子たちにしてみれば、腹が立つわけよ、そういうのって。で、じきに脅迫電話がかかってくるようになった。それで、あたしは二週間ばかりデントン・ロウには近づかないで様子を見たわけ。でも、それじゃ、ちっとも稼げなくて。結局、戻ったの。そしたら、これ……」チェリー・ホールは包帯の巻かれた手で、包帯の巻かれた顔を指さした。「こんな目に遭いましたってわけ。豚ゴリラにデントンから出ていけって言われたわ。警察に泣きついたりしたら運河の底に沈めてやるから、そこでアナゴでも客に取れって」

「で、誰だったんだい、あんたを殴りつけた豚ゴリラってのは？」

「ハリー・グラフトンのとこの用心棒よ。名前は知らない」

「どんなやつだ？」

「でかくて……がっちりしてて……鼻が曲がってる。鼻の骨を折ったことがあるような感じ」

フロストはとたんに活気を取り戻し、リズ・モードのほうに向きなおった。「おれの知ってるやつだ。ミッキー・ハリスっていうハリーの飼ってる闘犬だよ。その昔はレスラーだったそうな」勢いよく立ちあがったひょうしに、椅子がうしろの壁にぶつかった。

「あたしから聞いたって言わないでくれる?」大人になりきっていない女の子の声に戻って、チェリー・ホールは懇願するように言った。

「お嬢さん、安心したまえ、きみの出る幕はない」フロストは笑みを浮かべた。「あんたをこんな目に遭わせた件は、言ってみりゃ、付録みたいなものなんだ。豚ゴリラは殺人の容疑でパクろうと思ってるから」

第六章

ミッキー・ハリスのお宅訪問には、モーガンが同行することになった。リズ・モードは、ロンドンに出発するまでに片づけてしまわなくてはならない書類仕事を、山と抱えていたからだった。署の玄関ロビーのスウィング・ドアを抜けてオフィスに向かうリズ・モードの後ろ姿を、モーガンは物欲しげな眼で見送った。「いやあ、警察官なんかにしとくのがもったいないなあ。あのおけつ……きゅっと締まってて、あれはかなりのもんですよ、親父《おやっ》さん」車を出しながら、モーガンは感想を述べた。

「おまえさん、下半身のこと以外に考えることはないのか?」とフロストは言った。いちおう小言を垂れる体裁は取ったが、心のなかではモーガン刑事とほぼ同じ感想を抱いていた。「おっと、そこを左折だ……」

ミッキー・ハリスの家は、点いているはずの明かりが点いていなかった。家のまえの、車が駐まっているはずのスペースも空いていた。フロストは玄関のドアを力いっぱい連打し、次いで蹴りも見舞ってみたが、その音が家のなかに虚しく響いただけだった。誰も在宅していないのは明らかだった。フロストは車に戻った。「仕方ない、明日の朝いちばんにお迎えに来てやろう」そう言ったとたん、思わず大きな欠伸《あくび》が洩れた。「署に戻るぞ、芋《タ》に《フ》い《イ》ちゃん」

ところが、そうは問屋が卸さなかった。マーケット・スクエアの通りに入ったところで車載無線機が鳴りだした。ビル・ウェルズからだった。「たった今、自家用車を運転中の男から司令室に通報があった。高速道路からデントン市内に降りるランプのそばで、女の死体らしきものを発見したそうだ」

「世の中には余計なことをするやつがいるもんだな、まったく」フロストはうめいた。「それでなくとも、こっちは目いっぱいの手いっぱいだってのに。どこなんだ、現場は？」

「旧道のほうのデントン・ロード沿いの繁みの陰だそうだ。高速道路のデントン出口のランプを降りてきたあたりってことだ」

「そりゃ、つい昨日の晩に行方不明の女の子を捜した、あの廃業しちまったガソリンスタンドのそばってことだな。その通報してきたおっさんは、そんなとこで何してたんだ？」

「小便がしたくなって車を降りたんだと。もうちょっとで死体に小便を引っかけちまうとこだったとかで……あの口ぶりだと、相当びびってる感じだったな。なんでも女は全裸で、全身血まみれだったんだそうだ」

「全裸って聞いたときには俄然、期待とやる気が膨らんだけど——」フロストは鼻を鳴らした。「血まみれってとこで一気に萎えちまったよ。で、通報してきたおっさんは、現地でおれたちが行くのを待ってるのかい？」

「いや、巻き込まれたくないとさ。通報するだけして、とっとと電話を切っちまった。とりあえずジョーダンとシムズを差し向けた。現地で落ち合ってくれ。ああ、それと〝ワンダー・ウーマン〟も飛び出していった」

「ほう、そりゃまた多士済々だな。頼もしい限りだよ」とフロストは言った。「おれたちも現場に向かう」それから運転席のモーガンのほうに顔を向けた。「歓べ、芋にいちゃん《タフィ》、おまえさんの大好きなおけつを拝めるチャンス到来だ。おっと、そこの突き当たりを右だ、右……」

廃業したガソリンスタンドの出入口に渡された鎖と《閉店》の看板は、今夜もまた給油スペースを吹き抜けてくる夜風に激しく煽られ、虚ろな悲鳴をあげていた。ジョーダンとシムズはパトロール・カーから降りると、肌を刺す寒さを少しでも軽減すべくトップコートの襟を立て、路肩に停まった車からフロスト警部とモーガン刑事が降りてくるのを待った。

フロストは車外に出るなり、ぶるっと身を震わせ、マフラーをきつく巻きなおして、人気《ひとけ》のない寒々とした一帯に眼を走らせた。雑木林のところどころで、葉を落として骸骨となった低木が風に打たれ、か細い幹を撓《たわ》めている。「こりゃ、早いとこ死体を見つけて、早いとこテントを建ててもらわんと、こっちの身がもたんな」首を伸ばして、旧デントン・ロードの先のほうまで眼を遣った。捜索すべき範囲は、かなり広そうだった。だが、何事においても近道というものはある。「通報してきたおっさんは、小便をしたくなって車を降りて死体を見つけた……ってことは、降りてから大した距離は歩いてない。膀胱がぱんぱんのときに長いこと歩きたいとは誰も思わない、だろう？　道路っ端の手近な繁みを利用しようと思ったはずだ。ジョーダン、シムズ、おまえさんたちは道路の向こう側を頼むよ。おれはこのウェールズのウサ公《ウェルッシュ・ラビット》

（ウェールズの伝統料理でチーズトーストの一種。肉が食べられないほど貧しい者はウサギを食べ、ウサギも食べられないほど貧しいウェールズでは代わりにチーズを食べたとされる）と一緒に、こっち側を調べてみるから。足元にはくれぐれも気をつけろ。通りがかりのドライヴァーが繁みの陰に残していくのは、小便だけじゃないからな」

　夜風は容赦なく皮膚を嚙み、錆びついたなまくらな鋸で身を挽かれているようだった。こんな紙のようなぺらぺらのレインコートではなく、もっと厚手のものを着込んでこなかったことが悔やまれた。くわえた煙草を両手で包み込むようにして、煙草の火でなけなしの暖を取った。「おまえさんはあっちを頼むよ」とモーガンに指示した。「おれは、こっちのガソリンスタンドのほうから見てみる」

　フロストは道路脇の背の高い草叢《くさむら》に分け入った。草は濡れていた。いくらも進まないうちに、ズボンの裾が冷たく湿ってきた。遠くのほうからかすかに、新道のほうのデントン・ロードを行き交う車の音が、絶え間ない脈動のように聞こえてきていた。眼を凝らすと、木の間隠れに街灯のナトリウム灯の明かりも見える。だが、旧道のこのあたりには街灯は一本もなかった。捜索には懐中電灯が必要だった。フロストの取り出した懐中電灯は、頻繁に瞬きを繰り返しては、もう間もなく消えてしまう運命だと訴えていた。電池の取り替えを長らく忘れていた結果だった。灌木《かんぼく》に手を突っ込み、懐中電灯をその奥に向けようとして、陰に隠れていた茨の棘に指先を引っかかれた。強烈な悪態が思わず口を突いて出た。冷たくなった指先に血がにじんでいた。ふと、縁起でもない考えが頭をかすめた——これが警察相手に仕組まれた悪ふざけだったら？　駐車違反の切符を切られたドライヴァーが、その腹癒せにひとつお巡りどもにひと汗かかせてやろうぜ、と思いついたのだとしたら……？

「来てください、警部！　こっちです」道路の向こう側を捜索していたジョーダンが、こわばった声をあげた。居場所を示すため、ジョーダンの懐中電灯の光は探照灯のように空に向けられていた。濡れたズボンの裾にまとわりつかれながら、フロストは道路を渡った。モーガンもあとに続いた。

ジョーダンは懐中電灯をしたに向け、死体を照らした。月明かりを浴びて、血の気の失せた白い肌がかすかに銀色に光っているように見えた。灌木の陰に、背の高い草叢の濡れた草葉に半ば隠された恰好で、若い女が横たわっていた。年齢は二十歳を何歳か過ぎたあたり。視力を失った眼が夜空の彼方をじっと見つめていた。マスカラがにじみ、黒い筋となって頬を伝っている。女は通報どおり全裸だった。腹部には、見るも無惨な火傷《やけど》の痕。赤くただれているものもあれば、黒く焦げているものもあった。

女の顔を凝視していたシムズが言った。「この女、見覚えがあります、警部。名前まではわかりませんが、テンウッドの界隈で商売していた女です」

フロストは懐中電灯を持ったジョーダンの手をつかんで、光の輪をまずは女の腕に、それから足に向けさせた。左右の手首にも足首にもぐるりと、深くえぐれた溝のような痕がついていた。ところどころ血がにじんでいる。手足を縛られた被害者が、なんとか自由になろうと必死にもがいた痕だった。手を伸ばして死体に触れてみた。硬くこわばった身体は石のように冷たかった。死んでからしばらく時間が経過しているということだ。携帯無線機で署を呼び出し、鑑識の現場捜査チームと検屍官の臨場を要請している間に、車がもう一台やってきて停まった。リズ・モードだった。車を降りるなり、リズ・モードは猛然と駆け寄ってきた。

「わたしも見せていただいてよろしいでしょうか？」

フロストは一歩退いて場所を空けた。リズは死体の傍らに膝をついて腹部の火傷の痕を観察し、以前の被害者であるリンダ・ロバーツの発見時の写真と見比べた。「まったく同じだわ」独り言のようにつぶやいた。

フロストは頷いた。写真を参照するまでもなかった。

「今回は議論の余地はありません」とリズは言った。断じて譲るつもりはなかった。「リンダ・ロバーツを殺害したのと同一犯の仕業です。ということは、この事件はわたしが担当すべきものと考えます」そしてフロストをじっと見つめた。渇望と懇願の眼差しで。

「おれに異存はないよ」とフロストは言った。「引き受けてくれるってんなら、ほいほいお任せしちまうよ。だが、いちおうマレットの諒解を取りつけといたほうがいいと思う。明日の朝にでも話を通しておくといい」

「でしたら、今すぐ電話をしてみます」リズは急いで車に戻り、携帯電話からマレット署長の自宅に電話をかけた。署長にしてみれば午前三時に叩き起こされるわけだから、上機嫌で電話に応じてくれることは期待できそうにないが、この事件はリズ・モード警部代行にとっては大きな意味を持つものだった。殺人事件を見事、解決に導くことができれば、今の職位にくっついている〝代行〟のいまいましい二文字が取れる日が近づくということだった。クリニックの予約はキャンセルするつもりだった。予約をしたときに請求された保証金は馬鹿にならない金額だったが、それを無駄にしてもかまわない覚悟だった。「もう、何してるのよ？　早く出てよ……早く」焦れったくなって、リズは小声でつぶやいた。それでも、耳にあてがった携帯電話からは、ひたすら呼び出し音が聞こえてくるばかり。

しばらくして、ようやく眠そうな声で応答があった。「もしもし、マレットだが？」

「デントン署犯罪捜査部のモードです。お休みのところ、申し訳ありませんが、署長、お知らせしておくべきことだと考えまして……」これまでの経緯を、リズは手短に説明した。売春婦が被害者となる殺人事件が発生し、発見時の死体の様子がリンダ・ロバーツの事件に酷似しており……従って本件もわたしが担当すべきと考え……捜査の指揮を執るのも同様にわたしが……今回はそう主張するだけの根拠があるので……。

自説を展開しながら、リズは足元の氷に亀裂が入るのを感じた。電話越しに伝わってくる気配で、マレットの苛立ちが次第に膨れあがってきているのが手に取るようにわかった。

「明日の朝まで待てない話ではあるまい。それをきみは敢えて待とうとしなかった」マレットは癇癪玉を破裂させた。

「申し訳ありません、署長。ですが、本件は非常に重要な事案だと考え、これはやはり署長にお知らせしておくべきかと――」

だが、マレットには、リズ・モードの言い分を最後まで聞く気はなかった。「いや、夜の夜中に人を叩き起こすほどの重要事案ではない。ついでに、そうした配慮と礼儀に欠けるきみの要望に対する返答はノーだ。許可できない」

今度はリズ・モードが、相手の足元の氷に亀裂を入れてやる番だった。「では、理由をうかがってもよろしいでしょうか、署長?」

「明朝にでも伝えようと思っていたことだが、まあ、よかろう。アレン警部が再来週、デントン署に復帰することになった。従ってきみはその時点で、本来の職位に戻ってもらうことになる。今の段階で捜査の指揮権をフロスト警部から引き継いだとしても、十日後には今度はきみから本来の指揮官であるアレン警部に再び引き継がなくてはならないということだ。そのような手間は無駄以外の何ものでもない、違うかね? それなら、今のままフロスト警部が捜査を担当するほうが合理的だろう?」

「ですが、署長——」

マレットは今度もリズ・モードの言い分に耳を貸す気はなかった。この者は察するということを知らない。マレットとしてはその点が勘弁ならなかった。まったく、これだから女というのは厄介なのだ。「いい加減にしたまえ、警部。それから、ひとつ忠告しておこう。警察という組織で職位の階段を順調に登っていきたいと考えているなら、このような非常識な時刻に、それも通常の手続き程度のことでわたしのところに電話をかけてくるものではない」受話器を叩きつける音がして、電話が切れたあとの信号音に変わった。リズはボタンを押して通話を終了させ、手のひらのうえで沈黙している携帯電話をじっと見つめた。かなうことなら、小癪に触るこの物体を、フロントガラスめがけて思い切り投げつけてやりたかった。多少は胸が空くにちがいない。あの気取り屋の権威主義者の米搗飛蝗《コメツキバッタ》の能なし野郎。アレン警部が復帰するまで、残された日数はあと十日。その間にこの事件を解決するには、超がつくほどの好運に恵まれる必要がありそうだった。思わず、泣きたくなった。だが、そんな醜態をさらしてまわりのろくでなしどもを歓ばしてやるつもりはない。リズ・モードは乱暴な手つきで煙草をくわえると、これまた乱暴な手つきでステアリングを切って車首をめぐらし、デントン市内に戻る道を走りだした。

死体を保護するために張られた色鮮やかなブルーのテントは、夜風にはためき、鞭を鳴らすような音を立てた。フロストはレインコートのポケットに深々と手を突っ込み、煙草をくわえたまま、ハーディングと鑑識の現場捜査チームの面々があちこちの草叢を突《つつ》きまわす様子を漫然と眺めていた。鑑識の現場捜査が行われている場に立ち会うと、フロスト警部としてはなんだか自分が邪魔者になったような気がするのである。検屍官の到着が待たれてならなかった。死神博士には一刻も早く死体の移送を許可してほしかった。さもないと、いつまでたっても署に帰投することができない。暖房の効いた署内の空気が切実に恋しかった。

「警部！」シムズ巡査だった。被害者の身元確認のため、死体の顔写真を持って、客引きの前科のある女たちの自宅を戸別訪問して聞き込みにまわっていたのだ。「被害者《ガイシャ》と面識のある女がいて、名前がわかりました――アンジェラ・マスターズというそうです。新顔だと言ってました」

「生きてる姿が最後に目撃されたのは？」

「一昨日の晩になります。昨夜は、いつも商売してる場所に姿を現さなかったんで、ほかの女たちと、どうしたんだろうと言ってたんだとか。そのときは、きっと身体の具合でも悪いんだろうってことで、とりあえずみんな納得したそうです」

「そりゃ、確かに、身体の具合は悪かったと思うよ。可哀想に、こんな目に遭ってたんだから」

フロストはぼそりと小声で言った。それにしても寒かった。震えながら、両手をせっせと擦りあわせた。あの気難し屋のドライズデールは何をぐずぐずしているのか？　さしもの検屍官も、この場では、フロスト警部がすでに見て取った以上のことがわかるとは思えないし、ただちに死体を移送して検視解剖に取りかかるという展開も考えられない。どのみち明日に持ち越されるものなら、前回のような夜も明けやらぬ早朝というスケジュールはできることなら勘弁してもらいたかった。

鋭い風音に混じって、高級車特有の軽快なエンジンの音が聞こえ、テントの側面がヘッドライトの光でオレンジ色に染まった。検屍官が到着したようだった。

テントの垂れ幕が持ちあがり、ドライズデールが姿を見せた。背後には例によって、忠実なる秘書兼助手役のブロンドの女が控えていた。その場にフロスト警部がいることに気づいたとたん、ドライズデールは苦りきった表情になった。だが、考えてみれば、当然予測できたことだった。極悪の気象条件下、夜の夜中に検屍官に呼び出しがかかった場合、その事件の捜査担当者はジャック・フロスト警部と相場が決まっている。挨拶代わりに、ドライズデールは素っ気なく頷いた。フロストは地面に投げ捨てた煙草を踏みつぶし、手振りで死体のほうを示した。

「どうぞ、先生《ドク》、存分に」

〝先生《ドク》〟という不見識にして無礼千万な呼びかけに、ドライズデールは口元をこわばらせた。

「今回もまた売春婦なのかね？」

「ああ、そうなんだよ。でも、先生《ドク》、今回は早々と名前がわかったから、足の親指にちゃんと名札をぶら下げてやれるよ」

ドライズデールは死体のうえに屈み込み、納得のいった表情でひとり頷いた。「たしか、ふた月ほどまえだったたと思うが、これと酷似した死体が発見されている。わたしの記憶が正しければ、アレン警部が担当していた事件だったはずだが……」草叢に拡げたビニールシートに膝をつき、死体の腹部に顔を近づけ、火傷の痕と傷の状態を検めた。「似ている、非常によく似ている。瓜ふたつと言ってもいいぐらいだ」続いて死体の顔をじっくりと検めた。「口元に索状のものが食い込んでいた痕がある。猿轡《さるぐつわ》を噛まされていたのだな」

「ああ、そうみたいだな」フロストはドライズデールの所見に同意を示した。「こんなことをしやがった人でなしのくそ野郎も、悲鳴は聞きたくなかったのさ。せっかく煙草の火を押しつけて愉しんでるときに、萎えちまうのが嫌だったんだよ」

ドライズデールは、指をぱちんと音高く鳴らした。手術用のゴム手袋をよこしなさい、という意味だった。秘書兼助手のブロンドの女が差し出した手袋をはめて、ドライズデールは簡略版で内診を行った。「死亡直前に性交渉を持っている……大腿部に挫創が認められるところから、当人の意に反するものだったと推測される。抵抗したということだ」

「そりゃ、そうだよ」とフロストは言った。「こんな目に遭わせるほどの人でなしに進んでお股を開く女がどこにいる？　ＤＮＡの試料《サンプル》ってやつは採れそうかい？」

ドライズデールは首を横に振った。「おそらく無理だろう。避妊具を使用していたようだから」いったん身を起こし、誰にともなく声をかけた。「背面を確認したい。うつぶせにしてもらえるだろうか？」

フロストはそばにいた制服警官ふたりを目顔で呼び寄せ、その任に徴用した。女の色白な背中は文字どおり傷だらけだった。背中から臀部にかけて、血のにじんだみみず腫れと切り傷の十文字が数えきれないほど刻まれ、そこに重なりあうように黄色く変色しかけた痣《あざ》が点々と散っている。

「臀部並びに背部は、細い杖のようなもので繰り返し打擲《ちょうちゃく》されている……その点も以前の被害者と同様だ。今回もそのときと同じことを言わせてもらおう、きみたちが追うべきは一般の性習慣から逸脱した性行動に満足を求める、ある種の倒錯者だよ」

「だったら、容疑者リストから牧師ははずせるな」フロストはつまらない冗談を、いかにもつまらなそうにつぶやいた。「死因と死亡推定時刻は？」

「死因も前回の被害者と同様、窒息だよ。気道口閉塞による窒息、おそらく枕のようなものを顔面にあてがわれ、呼吸を奪われたものと考えられる。死亡推定時刻については――」ドライズデールは肩をすくめた。「現段階で言えるのは、死後二十四時間から四十八時間が経過している、ということだ」ゴム手袋を剝ぎ取り、つまみあげ、秘書兼助手の女が口を拡げて差し出したビニール袋のうえでその手を離した。「明朝、検視解剖を執り行う。開始時刻は午前十一時とする。ああ、死体はもう動かしてもかまわんよ」秘書兼助手の女に頭のひと反らしで撤収の合図を送ると、ドライズデールは威風堂々と大股でロールス・ロイスに引きあげていった。

フロストは煙草をくわえ、葬儀社の社員がふたりがかりで死体の移送準備に取りかかるのを眺めた。安物の棺に収めるため、死体を持ちあげながら、社員の片方がぶるっと身を震わせた。

「徹底的にお仕置きされちまったんだな」

「死体は答えちゃくれないよ」フロストは不機嫌につぶやいた。

モーガンがのっそりと近づいてきた。「女をこんな目に遭わせるって、いったい全体どういうやつなんですかね、親父《おやっ》さん」

「女を痛めつけるのが好きで好きでたまらないっていう変態くそ野郎だよ」とフロストは言った。「ある時点までは、女のほうも言われるままになってたのかもしれない——手足を縛らせるところぐらいまでは。まさか、ここまで痛めつけられるとは思ってなかったのさ。変態くそ野郎には、ほどほどのとこでやめとくなんて気の利いた真似はできない。だから変態くそ野郎なんだよ」フロストは腕時計に眼を遣った。午前三時三十分だった。「さて、それじゃ署に戻るか」

殺人事件の捜査本部が置かれた部屋に戻ると、フロストは掲示板に貼り出してあるこれまでの被害者の写真の列に、アンジェラ・マスターズの顔写真を加え、モーガンが捜査班一同に資料を配付するのを待って口を開いた。「悪いな、みんな。こんなとんでもない時間に招集をかけちまって。通報者が自分の膀胱の具合をしっかり管理できてりゃ、こちらの夜の姫君も、もうちっと常識的な時間に発見されてたはずなんだがな。わざわざ集まってもらったのは、今この場で捜査会議ってやつをやっちまおうと思ったからだ。会議が終わったら、諸君は帰宅して、しばしの睡眠を取り、明朝は自宅から聞き込みに直行してくれ。署に顔を出すには及ばない。夜の姫君たちを訪ねてまわって、緊縛プレイと鞭打ちが大好きって変態野郎を客に取ったことがないか、訊いてほしいんだ。そういう客に心当たりがある場合は、その客について根掘り葉掘り詳しく情報を聞き出してくれ。それから、アンジェラ・マスターズのことも。生きてる姿を最後に見かけたのはいつだったたか、客と一緒のところを目撃した者はいないか、そういったことも聞き込みの確認項目に加えておいてくれ」フロストは掲示板のほうに顔を向けた。「アンジェラ・マスターズは激しい暴行を受け、煙草の火を押しつけられて、最終的に殺害された。八週間まえに殺害されたリンダ・ロバーツとそっくり同じ目に遭ってる。リンダ・ロバーツの事件の際に捜査担当のアレン警部が市内の娼婦連中に片っ端から話を聞いたが、空振りだった。今回の聞き込みも空振りで終わっちまうんじゃないかって気がしなくもないけど、だからといって端折《はしよ》るわけにはいかない。話を聞くついでに、夜の姫君たちに馴染みのない客にはついていくなと警告してくれ。犯人は最初の犯行で味をしめ、再度の犯行に及んだんだ。並はずれて助平なおっさんが興奮の度が過ぎて、たまたまこんなことになっちまったってのとはわけが違う。おれたちが追ってるのは、歴《れっき》とした連続殺人犯だよ」アーサー・ハンロンが手を挙げて発言を求めていた。「なんだ、アーサー？　まさか、犯行を自供したいってわけじゃないよな？」

アーサー・ハンロンはにやりと笑った。「娼婦といえば、クレイトン・ストリートで殺害されてた女も娼婦だっただろう？　今回の件と関連があると考えるべきかな？」

フロストは首を横に振った。「いや、アーサー、あの件はミッキー・ハリスの仕業ってことにしちまおうと思ってるんだ。ミッキーには女をサンドバッグ代わりにする趣味があるから。おまけに、あいつの場合、女に暴力を振るうときには自前の拳骨で殴るだけだ。事前に縛りつけるような手間をかけたりはしない」そこでもう一度掲示板のほうを向き、〝でかぶつ〟・バーサの写真を指さした。「そろそろ、こちらさんの心配もしておこう。バーサもいちおう、夜の姫君だからな。行方不明ってことなら、時節柄、最悪の事態も想定しといたほうがいい。聞き込みのついでに、バーサのことも訊いてくれ。最後に姿を見かけたのはいつだったか、そのときどんなやつと一緒にいたのか――訊くべきことは、諸君のほうがよく心得てると思うので任せるよ」掲示板にはほかにもう二枚、写真が貼りだされている。物置小屋のしたから発掘された白骨死体の頭部を写したものと、前歯の隙間をのぞかせて笑みを浮かべているヴィッキー・スチュアートの捜索用の写真だった。その二枚をフロストは見つめた。どちらの事件も当面はあとまわしにせざるを得なくなりそうだった。残虐きわまりない手口で娼婦を殺してまわっている変態野郎が野放しになっているのだ、今はそちらの捜査を優先すべきだろう。「よし、これにて解散。さあ、帰った、帰った」

捜査班の面々が引きあげていくなか、フロストはモーガンに人差し指を突きつけた。「明日は九時までに来い。ミッキー・ハリスをお迎えにいかなくちゃならないんだから。ミッキーはお巡りに身柄を拘束されそうになると、反撃を喰らわして使いものにならなくしちまうんだよ。使いものにならなくなっても困らない人材と言えば、おまえさんをおいてほかにいないからな」

翌朝、午前九時十分過ぎ、モーガン刑事はまだ署に顔を出していなかった。フロストは、脂身たっぷりのベーコンのサンドウィッチにかぶりつき、さしてうまいとも思わず咀嚼し、『デントン・エコー』紙の一面のトップ記事をパン屑だらけにしながら、その内容にざっと眼を通しているところだった。トップ記事にはいかにも大袈裟な派手派手しい見出しが冠されていた――《恐怖の館、おぞましき秘密が暴かれるとき》。殺害された売春婦の死体がデントン・ロード沿いで発見された件の第一報は、紙面が印刷にまわされたあとに入ってきたため、編集部としては、ほんのちっぽけなネタをさも大事件のように盛大に水増しして、トップにまわすしかなかったものと思われた。内線電話が鳴った。受付デスクに詰めている内勤の巡査部長、ビル・ウェルズからだった。「うら若きご婦人がフロスト警部にお会いしたいと言ってきてる。第一取調室にお通ししてある」うら若きご婦人とは誰のことかと尋ねようとしたときには、電話はもう切れていた。フロストは声に出さずに毒づいた。ご婦人の相手に手間取らないことを願うしかなかった。それでなくとも、片づけなくてはならないことが山積していて手いっぱいの目いっぱい、許容量はとっくのとんまに超えている。

玄関ロビーの受付にウェルズ巡査部長の姿はなかったが、スウィング・ドアが勢いよく開き、モーガンが飛び込んでくるところに行き合わせた。ネクタイをちょうど結び終えたところで、フロストの姿に気づいたとたん、恥じ入った顔つきになった。「すみません、親父《おやっ》さん、ちょっと遅刻しちまいました。実は、その、ついうっかり――」

「見え透いた言い訳はあとだ、芋にいちゃん《タフィ》。これからうら若きご婦人にお目にかかるんだから」取調室のドアを開け、室内《なか》に入るフロストを、モーガンは慌てて追いかけた。室内に入るまえに、起き抜けのままだった髪を手早く櫛で撫でつけるのを忘れなかった。

第一取調室でフロスト警部を待っていたのは、胸元に大きなハンドバッグを抱え込み、堅苦しく背筋を伸ばし、険しい顔をした女――フロスト警部とは古馴染みのビーティ小母さんことドリーン・ビーティだった。くそっ、勘弁してくれ、フロストは声に出さずにつぶやいた。

「男につきまとわれてます」とドリーン・ビーティは申し立てた。

「おや、まあ」とフロストは言った。気遣わしげな声に聞こえることを願って。「それじゃ、ロビーの受付デスクに陣取ってる巡査部長に被害届を出してもらえるかな。詳しいことは巡査部長にしっかり伝えておいてくれ。それをもとにおれたちが捜査できるように」そして、ドアのほうにそろそろと後ずさった。

「駄目よ」ドリーン・ビーティはぴしゃりと言った。「その受付デスクにいた巡査部長に言われたんですもの、フロスト警部に話をしてもらわないとならないって」

フロストは溜め息をつき、観念して、テーブルを挟んで向かい側の椅子に腰をおろした。

「それじゃ、男の人相特徴から教えてもらおうか」

ドリーン・ビーティは、いきなりテーブルに身を乗り出すと、「そこなんです、問題は」と勢い込んで言った。「見るたびに違う恰好をしてるんです。あるときは痩せていて髭をきれいに当たってるかと思えば、次に見かけたときには肥満体で口髭を蓄えてるって具合に」

「そんなふうに言われると、ローレルとハーディ（一九二〇年代から四〇年代にかけてアメリカで活躍した喜劇俳優コンビ。痩せたローレルと太ったハーディという組み合わせだった）が思い浮かぶけど」

ドリーンはフロストを睨みつけた。「ふざけないでください、フロスト警部。昨夜はうちのまえの通りを行ったり来たりしてたんですよ。通りからわたしの部屋の窓をじっと見あげてたんです。たぶん、わたしが着替えるところを見ようとしてたんだわ。それだけではありません。買い物に出かけると、視線を感じるんです。でも振り向いてみても誰もいないのよ。尻尾をつかまれるようなへまはしないということね。そのぐらい悪賢い相手なんです」

「なるほど、よくわかった」フロストは表情を引き締め、真剣な顔で頷いてみせた。「そういうことをしそうなやつなら、心当たりがある」そして椅子から腰をあげて言った。「あとはおれたちが引き受けるよ。これ以上おたくに迷惑をかけないよう、きっちり話をつけるから」

ドリーン・ビーティはそれでもまだ納得できないという顔をしていたが、委細かまわず取調室から送り出した。「ウェルズの野郎、ふざけた真似をしやがって」ドアを閉めるなり、フロストは怒鳴った。

「そういうことをしそうなやつに心当たりがある、とおっしゃってましたけど？」モーガンが言った。

「ああ、ある。そういうことをしそうなやつってのは、ビーティ小母さんの妄想の産物だ。あの萎びた鶏ガラが着替えるところを見ようとしてる？ 冗談じゃない、誰が見るか。百ポンド貰ったってお断りだ」取調室のドアを少しだけ開けて、ドリーン・ビーティが立ち去ったことを確認した。「よし、出かけるぞ。ミッキー・ハリスをしょっぴいてこなくちゃならない」


今回も家のまえの駐車スペースに車はなく、玄関まえの階段には配達された牛乳が置きっぱなしになっていた。念のため、フロストは玄関のドアを連打し、ついでに二度ばかり蹴りも入れてみた。さらに念には念を入れて屈み込み、ドアの郵便受けの隙間から屋内《なか》をのぞいた。玄関の敷物のうえにその日の朝刊が、《恐怖の館》の見出しの躍る一面をうえにして載っているのが確認できたが、人の気配はしなかった。

「どうしますか、親父《おやっ》さん？」とモーガンは言った。フロスト警部の口から「仕方ない、署に戻るか」のひと言が出ることを期待しての発言だった。署に戻れば、食堂で朝食にありつくことができるので、目下、盛大に不満を訴えている空っぽの胃袋をなんとかなだめてやれるはずである。だが、フロスト警部には別の考えがあった。

「せっかくだから、この機会にポン引き界の輝けるスーパースターのご尊顔を拝しとこう。ハリー・グラフトンのお宅訪問だ。ミッキーにあの子を殴れ、この子を痛めつけろって指示してるのはハリーのだんなだからな」

ハリー・グラフトンの手元に、〝罪の拂《はら》ふ價《あたひ》〟が潤沢にもたらされていることは、その住まいを見れば一目瞭然だった。〝デントン館《グレインジ》〟と呼ばれる、チューダー様式を模した、切妻造りの煉瓦の大邸宅で、ちょっとした雑木林のかなり奥まったところに建っているので、幹線道路を行き来する車のドライヴァーたちが通りしなに——ことによるとハリー・グラフトンが後ろ盾になっている女たちのもとに向かう車中から、投げてよこす物見高い視線にわずらわされることもなさそうだった。フロストはモーガンの運転する車で《猛犬注意》の表示板のまえを通過し、雑木林を抜けて、屋敷の正面玄関に乗りつけた。屋敷のまえに、ひと目で高級車とわかる車が四台、駐まっていた。その奥が車庫で、なんと車庫もチューダー様式を模した造りになっていた。車庫の扉が開いていて、がっちりとした体格の男が、シルヴァーグレイの車体を鈍く光らせたロールス・ロイスを、もう磨くところなど残っていそうにないのに、慎重な手つきで磨きあげているのが見えた。フロスト警部を乗せてきたフォードは、車体を震わせ、咳き込むような音を立て、排気ガスを盛大に吐き出して停まった。男が顔をあげ、車を磨くのに使っていたセーム革の切れ端を置いて、フォードのほうに近づいてきた。「面会の約束があるのか？　ないんなら、とっとと失せな」

「悪いけど、ジーヴス君（P・G・ウッドハウスのユーモア小説シリーズに登場する有能で忠実な執事）、おれには面会の約束なんかよりも心強いものがあるんだよ。ほら、こいつだ——」フロストはそう言うと、身分証明書をちらりと見せた。「手数をかけてなんだけど、ご主人さまに取り次いでもらえないかな、サツのだんな方がお見えだって」

警察官の身分証明書には、一瞬の呈示だけで相手を渋面に変えてしまう威力があった。屋敷の玄関の扉を開けさせる威力も。フロストとモーガンはオークの化粧板を張った玄関ホールに通された。「ここで待ってろ」男は不機嫌そうに言い残し、廊下の先に姿を消した。

「今、あのにいちゃんは『勝手に好きなとこ見てまわれ』って言ったのか?」誰にともなくフロストは問いかけた。「そうか。だったら、大金持ちのポン引きさまの暮らしぶりってやつを拝見いたそう」眼についたドアを開けると、広い部屋になっていた。張り出し窓から芝生とシートに覆われたプールが見えた。室内には、高価な皮革と高価な毛織物と高価な葉巻の匂いが、これでもかというほど濃密に漂っていた。そこに踏むと踝《くるぶし》まで沈むほど毛足の長い絨毯が敷き詰められ、淡いブルーの革張りの五人掛けのソファにそれと揃いの革張りの肘掛け椅子四脚がほどよい位置に配されている。フロストは室内の匂いを深々と吸い込んだ。頭がくらくらしてきそうだった。「これが豊かさの匂いってやつだよ、芋にいちゃん《タフィ》」と感想を述べると、近くの肘掛け椅子に歩み寄り、腰をおろした。眼のまえに、デジタル放送対応の四十二インチ型大画面テレビが鎮座ましましていた。よく見ると、音声サラウンド・システムとやらが搭載されているらしい。しばし眺め入ったのち、その視線を部屋の隅に設けられたバー・コーナーへと移動させた。どっしりとしたカウンターにはビール・サーバーまで完備されていた。次いで頭上を見あげた。真夜中の空を思わせるダークブルーに塗られた天井に、銀の星がちりばめてあった。「惜しむらくは、おまると痰壺がないことだな」と思うところを述べた。「そのふたつがないと、こういうとこでは、どうもくつろげない性質《たち》なんだ。これだけのお屋敷を手に入れるために、いったいどれほどの数のちんぽこが過酷な残業を強いられたのかと思うと、実に感慨深いものがある」

かちっという密やかな音と共にドアが開き、ハリー・グラフトンが入ってきた。年齢《とし》のころは四十代半ばといったところ。陽灼けした浅黒い肌、生え際が後退しはじめている黒い髪、きれいに生え揃っているとは言いがたいまばらな口髭。何やらおもねるような、やけに愛想のいい笑みを浮かべてはいるのに、いかにも冷酷そうな眼は笑っていない。緋色のドレッシング・ガウンをはおり、口を閉じるのもやっとというほど太い葉巻をくわえ、傍らに先ほどの洗車係をはべらせていた。

「これは、これは、フロスト警部。突然ご訪問いただくとは、嬉しい驚きというやつだね」グラフトンはそう言うと、指をぱちんと鳴らし、サイドテーブルに置いてあったカセットテープレコーダーを指さした。その意を汲《く》んで、傍らに控えている洗車係がサイドテーブルに歩み寄り、録音スウィッチを入れた。「ご異存はないでしょうな、おふたりとも。ここで交わされる会話はひと言残らず録音させていただきたい。あとあと言った言わないで揉めたくはないもんでね」

「そう、用心するに越したことはない」フロストは頷いた。「賢明な判断だよ、ハリー。おかげで、こっちも嘘をつきまくる気がしなくなった。ミッキー・ハリスに会いたい」

グラフトンはくわえていた葉巻を口から離し、赤々と燃えている先端に見入った。「うちのミッキーに？　そりゃ、また、なんのために？」

「重傷害について、ちょいと話を聞かせてもらいたいんだ。昨夜、夜の姫君をさんざっぱら殴りつけたようなんでね」

グラフトンは笑みを浮かべた。事実無根のとんだ因縁をつけられたものだとでも言いたげに。

「で、うちのミッキーが犯人だという根拠は？」

「殴られた当人のご指名なんだ」

ハリー・グラフトンの表情が、一瞬、険しくなったように見えたが、しかと見定める間もなく、それまでの、あのやたらと愛想のいい笑顔に戻っていた。「人違いだよ、警部。ミッキーなら昨夜はずっとここにいた。どこにも出かけちゃいない」

フロストは首を横に振り、ちっちっと舌を鳴らして相手の不見識をたしなめた。「嘘はいかんよ、ハリー。神さまはちゃんとお見通しだぞ」

グラフトンはサイドテーブルに近づき、カセットテープレコーダーの一時停止ボタンを押した。「ここからはオフレコということで。警部、当方では確かに、数人の女の子の面倒を見てる。彼女らの仕事で暮らしを立てていくのは、景気のいいときでも決して楽なことじゃない。そんなところに、若い素人娘に割り込んでこられたんじゃ、ますます商売が難しくなる。そもそも毎晩、全員に行き渡るだけの客が確保できるわけじゃなし。そういう事情を素人さんにもわかっていただきたくて、たまにはちょいと忠告させてもらうことはある。商売を始めるつもりなら、河岸《かし》を変えてもらいたいと提案をすることもある」

「ところが、ハリー、今回は忠告やら提案やらじゃすまなかった。ミッキーは十七歳の少女を病院送りにしたんだよ。鼻の骨を折り、肋骨にひびまで入れて。おれが訪ねていったときなんか、げほげほやってると思ったら、いきなりおれの眼のまえで吐いたよ、血やら歯のかけらやらを。あんなものを見ちまうと、当分、朝めしに豚の血入りのソーセージ《ブラック・プディング》は食えないよ」

今度はハリー・グラフトンのほうが首を横に振り、ちっちっと舌を鳴らす番だった。グラフトンはカセットテープレコーダーのボタンを押し、録音の一時停止を解除した。「世の中、恥を知らないやつがいるもんだ。女の子を病院送りにするような野獣《けだもの》は、逮捕して刑務所にぶち込んでやるべきだよ、警部。けど、そいつはうちのミッキーじゃない。さっきも言ったように、ミッキーは昨夜はひと晩じゅう、ここにいた。なんなら証人だっている」

「証人?」

「ぼく自身とうちの従業員が六名ほど」

「人数に不足はないけど、人品に問題ありだな、ハリー。うなるほど金を持ってるポン引きの帝王とその子飼いのごろつき六頭だろ?」

「対する相手は、商売女たったひとり」グラフトンはおつに澄ました笑みを浮かべた。「裁判ってことになれば、どちらの証言がより説得力を持つか、それは警部もおわかりなんじゃないかな。しかし、ぼくは誠実な男だからね。その誠意の証として、それから警部のおっしゃるその暴行事件とはいっさいなんの関わりも持っちゃいないけれど、ぼくにも守らねばならない評判というものがあるから、そのためにも、その気の毒な女の子が辛い思いをした見返りを充分に受け取れるよう、個人的に取りはからおうじゃないか」

「ああ、あの子なら簡単に買収できると思うよ、ハリー。だが、おたくのミッキーが手を出した女の子は、実はもうひとりいるんだよ」

「ほう？」

「メアリー・アダムズって子でね。クレイトン・ストリートに部屋を借りてた」

今度もほんの一瞬だけ、ハリー・グラフトンの表情が揺らいだ。聞き覚えのある名前だったのかもしれなかった。が、しかと見定める間もなく、その眼は葉巻の赤々と燃える先端に向けられた。葉巻の先を見つめたまま、グラフトンはかすかに首を横に振った。「名前を言われても、一向にぴんとこないな。そっちの事件はいつのことで？」

「一昨日の晩だ」

グラフトンは晴れやかな笑みを浮かべた。「ああ、だったらそれも、うちのミッキーの仕業じゃない。一昨日の晩も、ひと晩じゅうここにいたんだから」そこで思いついたように洗車係の男のほうに顔を向けた。「だよな、リチャード？」

リチャードと呼ばれた男は勢い込んで頷き、力強く同意した。「そうです、おっしゃるとおりです、グラフトンさん」

「一昨日の晩、おたくのミッキーは忠告やら提案やらの段階で踏みとどまれなくてね。相手の女の子を殺しちまったんだ」

グラフトンは口をあんぐりと開けた。くわえていた葉巻が唇の端でうなだれ、今にも落ちそうになるのもかまわず。「殺した……？」

「そうだよ、ハリー、これは殺人事件の捜査だってことだよ。容疑は固まってる、犯人はおたくのミッキーだ。これまでの話の流れでいくと、ここで偽証罪と司法妨害をおたくに適用すべきかどうかの検討に入るんだが、そのまえにいちおう訊いてやる。それでもおたくはミッキーにアリバイを提供するつもりかい？」

グラフトンは慌ててカセットレコーダーの停止ボタンを押した。テープを巻き戻し、録音されていた会話をすべて消去してから、改めてフロストのほうに向きなおった。「殺しについては、ぼくは何も知らない。いっさい関わっていないし、関わりになるのもご免こうむりたい」

「それじゃ、おたくのミッキーは昨夜も一昨日の晩もここにいたわけじゃない。そういうことだな？」

「ああ、そうだ、そういうことだ」

「いるんだろ、今、ここに？　ミッキーだよ」

グラフトンは、洗車係のリチャードに向かって顎をしゃくった。「連れてこい」

リチャードがひっそりと部屋を出ていくと、グラフトンは吸いかけの葉巻をいささか手荒に灰皿に押しつけ、葉巻の先が潰れてばらばらになるほどの勢いで揉み消した。見ると、灰皿は横臥する裸婦をかたどったものだった。フロストは思わず顔をしかめた。昨夜、死体で発見されたアンジェラ・マスターズの腹部にも、煙草の火を押しつけられた痕が残っていた。こちらに近づいてくる足音に続いて、洗車係のリチャードがミッキー・ハリスを連れて戻ってきた。

ミッキー・ハリスは血も涙もない筋肉の塊といった風貌の男で、年齢は四十歳をいくつか出たぐらい。ボクサーを思わせる潰れた鼻と分厚く膨らんだ耳殻の持ち主でもある。フロストをひと睨みしてから、雇い主のほうに眼を向けた。「お呼びだそうで、グラフトンさん」

「サツのだんながおまえに訊きたいことがあるとおっしゃってる」グラフトンは不機嫌そのものの口調で言うと、ミッキー・ハリスに人差し指を向け、強く言い含めておきたいところでその指を振り立てながら、今後について指図を与えた。「その口をしっかり閉じてろ。いいな？　うちの弁護士を差し向けるから、そいつが到着するまではひと言もしゃべるんじゃない。ただのひと言も。世間話も四方山話も天気の話も禁止する。いいな、わかったな？」一気にまくしたてると、グラフトンはハリスの返事を待たずに背中を向け、足音も荒く部屋から出ていった。

フロストはミッキー・ハリスの腕を取った。「さて、それじゃ行こうか、ミッキー君。お巡りさんと一緒にちょいとドライヴしよう」

《未決》トレイに積まれた書類を漫然とめくりながら、フロストは刻々と苛立ちを募らせつつ、ミッキー・ハリスの弁護士が到着するのを待っているところだった。ミッキーは弁護士の立ち会いがなければひと言たりともしゃべらないことにしたようだった。《未決》トレイに積まれた書類のなかに、科学捜査研究所がよこした報告書が交じっていた。フロストはそれを引き抜いた。報告書の内容を煎じ詰めると、メアリー・アダムズのボーイフレンド、ヴィクター・ジョン・ルイスが提出した衣類と靴から、血痕は検出できなかったということになる。となると、メアリー・アダムズ殺害事件に関して、現時点ではミッキー・ハリスが唯一無二の最有力容疑者ということだった。どういうわけか、人を絞め殺すタイプには見えなかったが、それでも手持ちの札が一枚しかない以上、それを切り札にするしかないではないか。モーガンがうめき声を洩らした。フロストは顔をあげた。「どうした、芋にいちゃん《タフィ》？　むらむらしてきたのか、性懲りもなく？」

「やだな、親父《おやっ》さん、違いますよ。歯茎ですよ、このくそいまいましい歯茎が膿んで腫れち《アブ》まって《セス》疼くんです」モーガンは頰をさすりながら顔をしかめた。

「そうか、そりゃ難儀なこった。まあ、昔から言うからな——会わねば疼く《アブセンス》恋心って」フロストは自分の言った駄洒落に自分で笑い転げた。笑いすぎてしまいにはむせ返り、咳き込む始末だった。何がそれほどおかしいのか、モーガンにはさっぱり解せなかった。それでもいちおう痛む頰を引き攣らせながら、うっすらと笑みらしきものを浮かべておいた。

　ドアをノックする軽やかな音がした。リズ・モードだった。捜査資料を綴じ込んだファイルを二冊抱えていた。

「おや、休暇を取るんじゃなかったのかい？」とフロストは尋ねた。

「マレット署長に諒解を戴いてからと思ったもので。でも、まだ出署していらしていないんです」リズは抱えてきたファイルをフロストのデスクに置いた。「では、わたしが戻ってくるまで、この二件をお預けしていきます。よろしくお願いいたします。現時点で捜査に進捗が見られるのは、武装強盗の事案のみですけど」

フロストはリズが持参した二冊のうち、武装強盗のファイルを開いた。「それじゃ、逃走に使われた車は見つかったんだな？」

リズは空いていた椅子に腰をおろした。「見つけたのはうちではなく、ウェズリー署でしたけど。ウェズリーの繁華街の裏通りに乗り捨てられていたんです。運転席の床にべったり血がついていて、検査にまわしたところ、ガソリンスタンドのコンビニエンス・ストアの店内で採取された血液と同一人物のものと判明しています。それから車内のいたるところに白い塗料が付着していたとの報告も」

フロストは考え込む表情になって顎を掻いた。「ウェズリーってことは……端数を切り捨てたって、二十マイルは離れてるじゃないか」

「ええ、そうなんです。とりあえずウェズリー署のほうで目下、管轄内に居住している武装強盗の前科者の所在を確認してもらってます」

「しかし、なんだってまた、ウェズリーからはるばるデントンくんだりまで遠征してくるんだい、あんなしけたコンビニごときを襲うために？　強盗《たたき》に入るんなら、もっと近場で、もっと実入りのよさそうな獲物がいくらだってあるだろうに」

リズは眼をぱちくりさせた。フロスト警部に指摘されて初めて、そういう見方があることに気づいたのだ。「もしかすると、あのレジ係も一味で、だから狙いやすいと考えたのかもしれません」

「レジ係の身元は洗ったんだろう？」

リズは頷いた。「ええ、何も出ませんでした。でも、だからといって潔白《シロ》とは決めつけられないと思うんです」

ビル・ウェルズが戸口のところから顔だけのぞかせて言った。「ジャック、来たぞ、ミッキー・ハリスの弁護士」それからリズに向かって、素っ気なく頷いた。「それとマレット署長もつい今しがた、お見えになったぞ、部長刑事——おっと、すまん、十日ばかり先走っちまった。まだモード警部だったな」

フロストは取調室の坐り慣れた椅子に無造作に腰をおろした。椅子のほうがそこに頻繁に坐る者の臀部の曲線に合わせて自らの形態を変えたのではないかと思うほど、ジャック・フロスト警部の尻はすぐにしっくりと収まった。対するカークストンのほうは、勧められた椅子の座面に大枚六百ポンドを投じたスーツの尻を接触させるまえに、まずはハンカチで念入りに埃を払い、しかるのちにそろそろと腰をおろした。ミッキー・ハリスの弁護士のカークストンは小太りで血色のいい洒落者だった。取調べに先立つ所定の手続きとして、フロストが被疑者の権利その他を通告するのを、小馬鹿にしたような鼻のひと鳴らしで受け流し、モーガンがカセットテープレコーダーの録音ボタンを押す手元に、さも退屈そうな視線を向けてよこした。フロストはチェリー・ホールの写真をテーブルに載せ、ハリスの眼のまえに突き出した。「ミッキー、このお嬢ちゃんに見覚えがあるだろう?」

ミッキー・ハリスはちらりと写真を一瞥するなり、首を横に振った。「いや、ない」

「おや、おや、誰だかわからないのか？　名前も知らないってことかね？」ハリスは弁護士に眼を遣った。弁護士は短く頷いた。答えてよろしい、という意味のようだった。「ああ、そういうことさ」とハリスは言った。「このお嬢ちゃんは、ハリー・グラフトン大帝閣下の神聖なる縄張り《シマ》で、せっせと客商売に励んでた夜の姫君だ。ハリー閣下に言われたんだろう、このお嬢ちゃんを追っ払えって？」

そこでまた目顔で弁護士に助言が求められた。「いや、そんなことはない」

「恰好つけることないぞ、ミッキー。ハリー閣下には追っ払えって言われたのに、十七歳の娘っ子を殴るのが愉しくて愉しくてやめられなくなっちまったんだろう？　相手の肋骨《あばら》が折れようが、前歯がおっ欠けようが、殴りだしたら止まらないってやつさ——だろう、ミッキー？　そういうことだったんじゃないのかい？」

カークストンが小さくひとつ咳払いをして、笑みを浮かべた。どことなく追従の色の混じった笑みだった。「依頼人はその写真の若い女性とは面識がなく、会ったこともないと主張しています。よって殴打することは不可能です」

「なるほど、鋭い指摘だ」フロストは感心したように言った。「だが、面識がなくて会ったこともなくて殴ってもいないってことなら、なぜ病院に電話をして容態を訊いたりなんかしたんだい？」口を開けかけたハリスを、フロストは片手を挙げて制した。「そんなことしてないって言いたいんだろうが、そのまえにひとつ、いいことを教えてやろう、ミッキー君。デントン総合病院は外部からかかってきた電話はすべて、通話を録音してるんだ。テープにはあんたのそのだみ声がばっちり録音されてたよ」

「警部、依頼人と少し話がしたいんだが」とカークストンが言った。ハリスとカークストンが額を寄せ合い、声をひそめて話をしているあいだ、フロストは椅子の背にもたれて煙草をふかしながら待った。しばらくしてカークストンが、依頼人は質問に答える用意ができたと言った。

「わかったよ、警部。本当のことを言わなかったのは、きまりが悪かったからだ。実を言うと、一昨日の晩、その子に相手をしてもらったんだよ。客として。だから、殴られたって聞いて病院に電話で容態を問い合わせた。まんざら知らない仲じゃないわけだし。花束まで贈ったんだぜ」

「思いやりを行動で示したということです」カークストンは得意げな笑みを浮かべた。

「そうか、そんなあんたのことを疑ったのかと思うと、おれは自分が恥ずかしい。品性下劣な豚野郎に成りさがっちまった気がするよ」フロストはチェリー・ホールの写真を引っ込め、代わりにメアリー・アダムズの写真をハリスの眼のまえに差し出した。「この女に見覚えは?」

ミッキー・ハリスは写真をじっと見つめ、それからカークストンのほうをちらりとうかがった。カークストンはそれとわからないほど、かすかに首を横に振った。否定しろ、という合図のようだった。

「いや、知らない」

「本名はメアリー・アダムズっていうんだが、商売するときにはロリータと名乗ってた。クレイトン・ストリートのアパートメントに部屋を借りて、そこで商売してたんだが、行ったことは？」

「ないな」

「客足がつかないときには、デントン・パレードとかキング・ストリートのあたりまで出張って、女をあさりに来てる助平なおっさんどもを釣りあげてたんだが、その界隈はハリー・グラフトン大帝閣下が独占営業権を握ってると思い込んでる界隈でもある。ハリー閣下に言われたんじゃないのかい——あのロリータって素人娘を追っ払え、話が通じないようなら、多少手荒な真似をしてもかまわないって？」

「いや、覚えがない。その女がおれにやられたって言ってるんなら、そりゃ寝言だよ。その女が嘘をついてるのさ」

「そりゃ、まあ、確かにこの子は寝てるからな。死体保管所ってとこで。今回ばかりはやりすぎたんだよ、ミッキー。この子を殺しちまったんだから」

「殺した？」ミッキー・ハリスは憤然として、眼を細くすがめた。「でたらめもたいがいにしてくれ。そいつには指一本触れちゃいない。そばに近づいたこともないんだから」助言を求めて、ハリスはカークストンに眼を遣ったが、弁護士はA４判の紙におびただしいメモを書きつける作業に没頭していて、ほかのことに気をまわす余裕はなさそうだった。ミッキー・ハリスは独力で殺人容疑に立ち向かわねばならない、ということだった。

「ミッキー、あんたは女を追っ払うとき、訪ねていったあとで駄目押しに電話をかける手を使うだろ、違うか？　あんたは電話でロリータとおしゃべりしたと思ってるかもしれないけど、あんたが電話をかけてきたとき、ロリータは電話には出られなかった。そりゃ、そうさ、死んでたんだから。あんたがしゃべった相手は、うちの女刑事だ。ロリータをぶん殴ったことをずいぶん自慢げにしゃべってたそうだな」

ハリスは猛然と首を横に振った。「まさか。冗談じゃない、そんなのは嘘だ」

「いや、ミッキー、あんたはロリータのとこに電話をしてきた。テープにあんたの声が残ってるんだよ」今後、事情聴取の合法性を問われるようなしち面倒くさい状況が発生した場合を考え、フロストは慎重にことばを選んだ。ミッキー・ハリスの声は確かにテープに残っているが、それはハリスが病院にかけてきた電話のやりとりを録音したものである。「あともう何枚か、写真を見てもらおうか。ひょっとして見覚えのある顔が写ってるかもしれないからな」そう言って見せたのは、これまでに二件発生している売春婦虐殺事件——手足を縛られ、暴行を受けた末に殺害された被害者それぞれの写真だった。カークストンは椅子から伸びあがるようにして写真をのぞき込んだが、ひと目見るなりぶるっと身震いして椅子をわずかに横に移動させ、依頼人とのあいだの距離を物理的にも拡げた。ハリスは愕然とした面持ちで、ただ写真を見つめている。「おい、よしてくれ、冗談じゃない。未解決事件をまとめておれに押しつけようって魂胆かよ。そりゃ、あんまりだよ。ああ、わかったよ、病院に入院してる小便垂れの素人娘を殴ったのは、確かにおれだ。そいつは認める。だが、メアリー・アダムズとかいう女には、おれは指一本触れてない」

「だが、電話はかけた。だろう、ミッキー？　でもって、あれはほんの小手調べだ、次はあんなもんじゃすまないと言ったんだよな」

ハリスはフロストを見つめ、忙しない瞬きを繰り返した。反論のことばを探しあぐねている間に、カークストンが横から口を挟んだ。「警部、わたしの依頼人がその女性を殺害したとおっしゃるなら、殺害後わざわざ電話をかける理由がわかりませんな。なぜそんなことを?」

「それは……」フロストは言った。「死んでるかどうか、確かめるためだよ」

「違う!」ハリスは大声をあげた。「電話をかけたのは、あのポンコツくそ車を教訓にしろと言ってやろうと思ったからさ」

「車?」フロストは鸚鵡返しに言った。なんのことやら、まるで見当もつかなかった。

「それまでにも何度か、電話で脅しをかけたんだよ。ハリーのだんなのシマには近寄るんじゃないって。なのに、あの女はまるっと無視しやがった。言ってわからないようなら、痛い目に遭って学んでもらうまでさ。そのつもりで部屋に訪ねていったら、留守だった。だから、とりあえず車をやっちまうことにしたんだよ。タイアを裂いて、どでかいハンマーを振りまわして、めちゃくちゃになるまでぶっ叩いてやった。そいつを見りゃ、びびるだろうと思ってな。警告になると思ったんだよ。それでもわからないようなら、次は本人を痛めつけるしかない——電話で言ったのは、そういう意味だったんだよ」

「当然のことながら——」カークストンが卑屈なほど下手に出て言った。「当該車輛に対して期せずして与えてしまった損害につきましては、依頼人には金銭的に補償をする用意があります」

「そうか、あんたは車を叩き壊したのか」とフロストは言った。「で、それからロリータの部屋に押しかけて、車をどんな目に遭わせたのかを伝えた。すると、包丁を振りかざして襲ってきたもんだから、やむなく殺しちまった、というわけだな」

「だから、言ったじゃないか、留守だったんだよ。どうせ、グラフトンさんのシマで客を引いてたのさ。おれはひとまず退散して、二時間ばかりしてから電話をかけた。本当だ、本当にそうしたんだって。嘘じゃない」

カークストンは椅子の背にもたれると、フロスト警部に顔を向け、必要以上に愛想のいい笑みを浮かべた。「ひとつお尋ねしてもよろしいですかな？　その若い女性ですが、いかなる方法で殺害されたのでしょう？　その点を伝え忘れていらっしゃるようなので。もちろん、ただ単にうっかりしていらしただけのことと思いますが」

フロストは心のなかでうめき声をあげた。もちろん、うっかり忘れていたわけではない。ミッキー・ハリスを犯人とするに当たって、そこがいちばん触れてほしくない部分ゆえ故意に割愛したまでのことだった。「扼殺ってやつだよ。手で首を絞められたんだ」

「おや、扼殺ですか？」カークストンは、いかにも意外なことを聞かされたという口調で、大仰に驚いてみせた。「撲殺ではないんですね？」

「ああ、違う」フロストはうなるように言った。

「ついでにもう一点、あの無惨な殺され方をした女性ふたりに関してですが、あのふたりの遺体に殴打の痕跡は……つまり握り拳で殴られた痕はあったのでしょうか？」

「いや、なかったよ」フロストは渋々ながら認めた。

「つまり、あのふたりの女性が受けた肉体的な損傷と、現在デントン総合病院に入院中のお嬢さんが負っている怪我とではその内容が異なるということですね?」

「ああ、おっしゃるとおりだ」フロストはぼそりと言った。

「それでは、依頼人とあのふたりの女性が亡くなったこととは無関係である、ということになるのではないかと考えますが」

フロストはむっつりと頷いた。この口の減らない揉み手野郎にロープ際まで追い詰められてしまったとは、なんとも業腹なことだった。

「そうなると、そちらの主張していらっしゃる犯罪事実は完全に否定できますね。クレイトン・ストリートで発覚した死亡事件と依頼人を結びつける唯一の根拠は、依頼人が電話をかけたということだけであり、その点については依頼人も事実として認めておりますし、また電話をかけるという行為に至った理由についても、充分に納得のいく説明をしているわけでしょう」

「ああ、説明はしてもらったけど、それが本当のことだとは限らない」とフロストは言った。藁の切れっ端にもすがる思いで。「科研の鑑定にまわすから、事件当夜に着ていた衣類を提出してもらいたい」

「今着てるのが、あの晩に着てた服だ」ハリスはジャケットを脱ぎはじめた。「下着と靴下まで調べるわけじゃないだろう」

「当たり前だ、おっさんの猿股なんか誰が見たがる?」フロストはぴしゃりと言った。ミッキー・ハリスを締めあげるのは時間の無駄以外の何ものでもない。それはフロスト自身、よくわかっていた。ハリスは殺人とは無関係だ。ロリータの件についても、それ以外の娼婦虐殺事件についても。それでも、科学捜査研究所の連中に、空振り覚悟でハリスの着衣を調べさせるぐらいしてみても罰は当たらない。ことによると、思わぬ埃が出てくるということも、なくはないだろうし。写真をフォルダーに戻して、フロストは立ちあがった。「ここにいるおれの同僚が供述調書を作成するから、事の次第を詳しく話せ。着ているものを提出したら帰っていいぞ。ただし、警察からの呼び出しがあった場合はすぐに出頭するように」

カークストンは書類を揃えて皮革《かわ》のブリーフケースに丁寧にしまい込むと、ハリスに向かって最後の忠告を与えた。「のちほど着替えのスーツを届けさせます。それから供述調書ですが、できあがってきたら、わたしに電話をください。電話口で読みあげてもらい、内容を確認します。それまでは絶対に署名をしないように。いいですね」

フロストに続いて廊下に出ると、カークストンは言った。「要するに、証拠は影も形もないということですね、警部」

「だが、おたくの依頼人はうら若き乙女を病院送りにしてる」フロストは言った。「その件はばっちり訴追請求させてもらうから、そのつもりで」

カークストンは笑みを浮かべた。「しかし、警部、そのお嬢さんが訴えを取り下げるということも、大いにあり得るんじゃないでしょうか？」

「チェリー・ホールの沈黙を買うのに、ハリー・グラフトンはいくら出す気なんだい？」

カークストンはそこでまた笑みを見せた。「今の発言は聞かなかったことにいたしましょう」そう言って軽く頭をさげると、意気揚々と引きあげていった。何やらやけに愉しげなメロディをハミングなんぞしながら。
「これだから癪に障るんだよ、口の減らない揉み手野郎は！」遠ざかる背中に向かって、フロストは盛大に悪態をついた。

デントン警察署を預かるマレット警視は思わず出かかった欠伸《あくび》を嚙みころし、州警察本部から届いていた辛辣なことばの並んだ連絡メモをじっと見据えた。フロスト警部から提出された犯罪統計用の資料に異常に突出した数値が記されていたことに関するもので、書類の該当箇所には赤インクで下線が施され、曰く、これらの部分の数値が訂正されない限り、州警察本部が四半期ごとに出している州内全域における犯罪の動態統計が出せない状況にあり、遅滞がこれ以上長引くようであれば警察長もその理由を知りたいと思われるにちがいない、と書き添えられていた。マレットは唇をきつく引き結んだ。各警察署の実績は作成した書類によって評価される。デントン警察署は、フロスト警部に足を引っ張られたということだった。そう、またしても。ドアを叩く音がした。マレットは溜め息をついた。あの男は、ノックの仕方までだらしがない。「入りたまえ」と声をかけるまえにドアが開き、フロストが背中を丸めたいかにも大儀そうな歩き方でのそのそと入室してきたかと思うと、勧められてもいない来客用の椅子に勝手にどかりと腰をおろした。あきれたことにくわえ煙草で。それも、今にも落ちそうなほど長い灰をつけたままで。「おれに用があるって聞いてきたんだけど、警視《スーパー》？」

「いかにも」マレットはデスクのうえの灰皿を急いで押しやったが、タッチの差で間にあわなかった。フロストの煙草の筒状に伸びていた灰は、署長執務室の絨毯に落下した。マレットは盛大に顔をしかめた。なんと、あろうことかあるまいことか、その灰をフロストは靴で踏みつけ、絨毯になすりつけたのである。「州警察本部から、こういうものが届いた」マレットは突き返されてきた提出書類とそれに添付されていたメモを、フロストの眼のまえに押し出した。

フロストはちらりと眼を遣ると、鼻を鳴らし、関心がないことを示した。「本部の石頭どもには、実際に事件を解決することよりも、こういうミミズの鼻くそみたいな数字のほうが大事なんですかね」

「州警察本部は各署から提出される書類でその署の業績を判断するのだよ、フロスト警部。いずれにしても、きみの事件解決件数は決して自慢できるような数値ではない」

フロストは肩をすくめた。「別に自慢しようと思ったことなんてないけど。で、本部の石頭どもは何が気に食わないと言ってきてるんです？」

「きみが担当した事件の内訳だよ、フロスト警部。きみが抱えているはずの未解決事件のうち、少なからぬ件数が計上されていないうえに、モード警部の担当分としてすでに集計されている事件がきみの事件としてカウントされているそうだ」

くそっ――フロストは声に出さずに毒づいた。書類を作成させたとき、芋《タ》にいちゃん《フィ》・モーガンは、リズ・モード警部が担当している事件のファイルとフロスト警部の担当している事件のファイルを、ごっちゃにしてしまったものと思われた。フロストはマレットのデスクから提出資料を引き取り、席を立った。「それじゃ、あとでやっときますよ。時間があったら」

「今日じゅうに処理したまえ」マレットはぴしゃりと言った。「それから、話はまだ終わっていない」フロストは当てつけがましく腕時計に眼を遣り、眉を思い切り吊りあげてみせた。その仕種がマレットの神経を逆撫でした。先ほどはどうにか嚙みころすことのできた欠伸が、今度はこらえきれなかったのも、そのせいかもしれなかった。

「おや、警視《スーパー》、昨夜はだいぶご乱行だったようだね」

「そういうことではない。あの常識というもののわきまえがないモード警部が未明にかけてよこした電話に叩き起こされて、その後寝つけなくなってしまったのだよ。何事かと思えば、売春婦連続虐殺事件の捜査の指揮を執りたいなどと。その程度のことで人の安眠を妨害したかと思いきや、今朝は今朝で、わたしのところにやってきて、小生意気にも何日か休ませてほしいと言ってきた。いやはや、なんと厚かましい。目下、署内が圧倒的な戦力不足にあえいでいて、誰もが猛烈に多忙だということを知りながら、休暇をよこせと言うんだからな。緊急に手術をする必要があるのである個人病院に入院することになったということだったが、手術内容に関して詳しいことは言おうとしないのだ。個人的なことだし、女性特有の問題だと言うだけでね。きみは聞いているのか、どういう手術を受けるのか？」

フロストは首を横に振った。「豊胸手術とか？」と思いついたことを言ってみた。

マレットは椅子の背に寄りかかり、顔をしかめた。「まさか。今のままで不足はあるまい」

「詳しいですね、警視《スーパー》。おれよりもずっと情報通でいらっしゃる」フロストはつぶやくように言った。「おれなんか警視《スーパー》ほど度胸がないから、そんなに詳しく観察できないよ」

マレットは顔を赤らめた。「詳しく観察したわけではない。人間には、その意図がなくとも眼に入るということがあるだろうが。ともかく、モード警部は今日より数日間、休暇に入る。彼女が抜ける分、さらに戦力が不足することは否めん」

「だったら、州警察本部に貸し出してる連中を引きあげりゃいい」

「それは考えられんね。州警察本部には、デントン署はたとえ戦力が不足している状況でも、やりくりをつけ、なんとか切り抜ける才覚があるところを見せたいではないか。それが可能になるよう、職務遂行においてはひとりひとりが今まで以上に効率ということを意識しなくてはならない、ということだよ。モード警部は来週には職場復帰がかなうそうだし、その数日後にはアレン警部も戻ってくる。それまでは、われわれだけでなんとか踏ん張るしかあるまい」

フロストは立ちあがり、戸口のほうに向かった。「そりゃ、まあ、なんとか踏ん張ることはできると思いますよ。超過勤務手当が跳ねあがってもかまわないってことなら」

「それは認めない」マレットはきっぱりと言った。州警察本部で開かれた会議の席上、警察長が言っていたことばを借用することにした。「それは安易な逃げ道というものだ」

そう言ったときには、フロスト警部の姿はすでになく、執務室のドアは閉じられていた。

第七章

モーガン刑事が合計した数字に間違いがないかどうか確認するため、フロストは縦一列にずらりと並んだ数字をもう一度足しあげた。合計の値はまたしても先ほど出た数字と異なっていた。あっさりと敗北を認め、フロストは犯罪統計用の提出資料にサインをしたためた。「今度は間違ってないだろうな?」とモーガンに声をかけ、書類を無造作に投げて返した。

「ばっちりです、親父《おやっ》さん、間違いありませんって」モーガンは請けあった。過去にしでかした、いくつものへまやしくじりやミスの記録にめげず、いついかなるときにもきわめて前向きに、間違いないと請けあうのがモーガンの身上である。モーガンは顎をさすりながら顔をしかめた。「いやあ、まいっちゃいますよ、この歯。もう痛いの痛くないのって」

「サディストの歯医者に引っこ抜かれるときには、もっと痛いぞ」歯科医に対していわれなき敵愾心を持つ男、フロストは言った。その日は幕開けからつきに見放されていた。検視解剖の結果、目新しい情報がもたらされるということもなく、所在がわからなくなっているヴィクター・ジョン・ルイスの車のキーを捜すため、モーガンをクレイトン・ストリートのアパートメントに派遣したもののこれまた収穫はなく、空手《からて》で戻ってきたのである。

アーサー・ハンロン部長刑事がオフィスに顔を出した。空いている椅子を見つけると、精も根も尽き果てた様子でぐったりと腰をおろした。「あんたに頼まれてた、ルイスの服装のことだけど——サッカー観戦に行った日にやっこさんが何を着てたかって件だよ。あの日、バスでロンドンまで往復したフーリガン連中の何人かを訪ねて訊いてみたんだが、どいつもこいつも、あの晩はもうへべれけもいいとこで、話を聞きにいった連中の半分ぐらいは試合のスコアさえ覚えちゃいなかった。他人が着てた服なんて覚えているわけもないよ。ルイスの言ってた、酔っ払いどもを車でそれぞれの自宅まで送り届けてやったやつってのも見つけ出して話を聞いた。ルイスをアパートメントのまえで降ろしたことは間違いないけど、それが何時だったかは覚えてないとさ」

「すばらしい」とフロストは言った。「みなさん、実に協力的で役に立つことくそのごとしだよ」

「だったら、こいつもお気に召さないと思うよ」ハンロンはそう言うと、科学捜査研究所から送られてきたファックスをフロストに手渡した。「ミッキー・ハリスの着衣に付着していた血痕は、あの野郎が病院送りにした女の子の血痕だけだったそうだ。ミッキーの野郎をメアリー・アダムズ殺しに結びつける赤い糸は、これで切れちまったことになる」

「ふん、科研ってとこは、どうしてこうも頭でっかちで気の利かない野郎ばかりなんだかな」一事が万事膠着状態にあるのは、すべて科学捜査研究所のせいである、と暗にほのめかす口調で、フロストはぼやいた。それから灰皿をあさって、比較的長めの吸い殻を見つけ、火を点けた。ふた口ばかり、しけた煙を味わってから言った。「もっとも、こっちもハリスには、それほど期待してたわけじゃないんだ。あの手口はハリスらしくない。ありゃ、ボーイフレンドの仕業だよ、アーサー。ああ、間違いない」

「だが、ルイスの供述は裏が取れてる」ハンロンは異議を唱えた。「それに科研の鑑定でも、ルイスの着衣からは何も出なかったじゃないか」

「そりゃ、あいつが空惚けて別の服を提出したからさ」とフロストは言った。その論拠とすべく、書類の山をかきまわし、科学捜査研究所から届いた報告書を見つけてハンロンに示した。「ほらな、ジーンズに潤滑油と車の部品に使うグリースが付着してたってあるだろ？」

「そりゃ、当然だよ、ジャック。ルイスはガソリンスタンドで働いてるんだから」

「だがな、アーサー、あの晩はお仲間とお出かけしたんだぞ。そういうときには、仕事のときに着てたものじゃなくて、洗濯してあってきれいなジーンズを穿いて出かけるもんじゃないのか」煙草はまずかった。吸いかけを揉み消し、新しい吸い殻を選り出して火をつけた。科学捜査研究所がよこした報告書をぱらぱらとめくるうちに、最初に見たときに見落としていたものに気づいた――《本報告書添付の封筒に、ジーンズのポケットより回収した物品在中》とのメモだった。封筒とはこれいかに？　フロストは慌てて《未決》のトレイを引っかきまわし、なかで迷子になっていた封筒を見つけて開封した。これぞというものが見つかることを期待して。映画館の入場券の半券二枚、ハイ・ストリートのベニントン銀行の現金自動支払機で十ポンドの現金を引き出したことを示す利用明細票、スーパーマーケットで買った煙草一カートン分のレシート。これぞというものは見つからなかった。〝物品〟を封筒に戻したところで、フロストはふとあることを思い出した。「そう言えば、煙草の本数がやけに多かった」

「煙草の本数?」ハンロンが訊き返した。

「ルイスのアパートメントに置いてあった灰皿のことだよ。ベッドの枕元に置いてあったんだ。吸い殻が山盛りになって……ありゃ、四十本じゃきかないな。もっと吸ってたかもしれない」

「ってことは……?」

「ってことは、いつ吸ったんだい?」

ハンロンは眼をぱちくりさせた。フロストが何を言わんとしているのか、まるで読めなかったからだった。「それは……ひょっとして、重要なことか?」

「ああ、それはそれはとんでもなく重要なことだ。いつ吸ったと思う?」

ハンロンは肩をすくめた。「サッカー観戦に出かけるまえじゃないのかい?」

「いや、それはない。ルイスのほうが先に家を出てるんだから。メアリー・アダムズのほうは、それから何時間か、自分が出かけなくちゃならなくなるまで家で過ごしてる。だとしたら、そのあいだに吸い殻を始末したはずだ。ルイスが言ってるとおりなら」

「ってことは……?」

「あのな、アーサー、メアリー・アダムズは煙草を吸わないんだよ」フロストは諄々と説いて聞かせる口調で言った。「煙草の吸い殻の臭いが大嫌いだったんだそうだ。だとしたら、あんな山盛りの吸い殻をそのままにしてたとは思えない。家にいたあいだに灰皿を空けるぐらいのことはしたはずだ」

「だったら、帰ってきてから吸ったんじゃないのかい？　朝早くにへべれけで帰り着いたあとで」

「だが、当人が言うには、帰ってきたときはもうへろへろで、ベッドに倒れ込むなりぐうすか寝ちまったそうだ。あれだけの本数を吸うには、普通なら二時間……いや、鼻の穴も動員したって三時間はかかる」

ハンロンはきょとんとした顔で言った。「おれには話の行き着く先がさっぱり見えんよ」

「それじゃ、アーサー、こんなふうに考えてみてくれ。ルイスがガールフレンドを殺しちまったんだとしたら？　アパートメントに戻ってきたときには、気が動転してて、頭のなかもごちゃごちゃだよ――なんてことしちまったんだ、ってな。もちろん眠れやしない。だからベッドに横になって煙草をふかすんだ。次から次へと、吸いすぎて気持ちが悪くなるまで。灰皿に山になってた吸い殻のなかには、ろくに吸ってないものもあった。一度か二度、ふかしただけで消したやつだよ」

「しかし、ベッドに横になって煙草を吸ってたってだけじゃ、ガールフレンドを殺したことにはならないだろう？」

「そりゃ、まあ、筋を通して論理的に考えりゃな。だが、おれはそういう考え方はしない。殺《や》ったのはルイスだよ。おれにはわかるんだ」そこでまたあることを思い出した。フロストは勢いよく指を鳴らした。「そうだ、ちょっと待ってくれ」先ほどの封筒からスーパーマーケットのレシートを取り出し、デスクの卓上カレンダーで日付を確認した。フロストの顔に勝ち誇ったような笑みが浮かんだ。「昨日の午前十時には、ルイス坊やはアパートメントのちっちゃなベッドでぐっすり眠っていたはずなのに、スーパーマーケットで煙草を一カートン仕入れてる。当人の弁では、正午《ひる》過ぎまで眼を覚まさなかったってことなのに」

「そうか、なるほど……つまり、寝つけなかったもんだから、煙草が欲しくなったってことだな」

「アーサー、あんたはくそがつくほど肝心な点を見逃してる。午前十時に眼が覚めていたんなら、ルイスはその時点で、ガールフレンドが病院から戻ってきていないことに気づいたはずだろうが。煙草を買いに出かけたんなら、その時点で大事な大事な車がなくなってることにも気づいたはずだろうが。つまり、あいつがおれたちに話して聞かせたのは、でたらめの大嘘だったってことだ」

「いや、ガールフレンドがいなくても、たとえば買い物に行ってるんだろうと思ったのかもしれないじゃないか。仕事から戻ってくるなりベッドに入らなくちゃならないってもんでもないだろう?」

「アーサー、あんたはどっちの味方なんだ、ええ? おれとしてはこの件を、とっとと片づけちまいたいんだよ。この件はほかの娼婦殺しとは無関係だ。いつまでもかかずらって、これ以上時間を無駄にするわけにはいかないじゃないか。よし、これからルイスのとこに押しかけて、しょっぴいてきてくれ。いや、逮捕するには及ばない。そうだな、おれが話を聞きたがってるって口実で引っ張ってきてくれ。なんの用件かは言わずに……そう、気を揉ませてやるんだよ。

先が読めないと、人間、どうしてもけつが落ち着かなくなる。だろう、アーサー？　ベイクド・ビーンズを食いすぎたときみたいに。ああ、効果満点だよ」フロストはひとり納得した顔でにんまりと笑みを浮かべた。今日という日は、もしかすると、それほどつきに見放されているわけでもないのかもしれない。

ところが、取調室に足を踏み入れたとたん、いやな予感が頭をもたげた。何かとんでもなく大きなものを見落としているような気がした。それも、すぐ眼のまえにあるものを。それなのに、いくら考えても、それがなんだかわからないのだ。耳の奥で、しきりに警鐘が鳴り響いているというのに。何を警告されているのかわからない警鐘は、実になんとも腹立たしく、またいやな予感を著しく増大させるものでもあった。

フロストは椅子に腰をおろし、例のスーパーマーケットのレシートを挟んだフォルダーをテーブルに置くと、モーガンがカセットテープレコーダーの操作に手間取っている間を利用して忙しなく考えをめぐらした。ルイスをパクり、有罪を認めさせるのに足る証拠は……必要最低限の材料にも事欠いている。手持ちはフロスト警部の直感とスーパーマーケットで煙草を買った際に発行されたレシートという名の紙切れ一枚のみ。自白が得られないまま訴追請求できたとしても、裁判の場で、事件発生時の翌朝、ルイスが煙草を買いに出かけたことを証明する手段は実は皆無である。スーパーマーケットのレシートは相手を特定して発行されるものではない。ルイス以外の誰かに発行されたものかもしれないからだ。そうなると……何がなんでも自白が必要だった。自白が得られなければ、勝ち目はない。ルイスが事件当夜、仕事用のジーンズを穿いたままサッカー観戦に出かけたと言い張れば、それを覆せる根拠もない。おまけに車のキーはいまだ発見されていない。ダークブラウンのトヨタ・カローラのキーは、いったい全体なぜ見つからないのか？

ノックの音に続いてドアが開き、ハンロン部長刑事がルイスを伴って入室してきた。フロスト警部の期待に反して、ルイスにはことさら神経過敏になっている様子も、ことさらびくついている様子もうかがえなかった。

「犯人のくそ野郎をパクってくれたのか？」ルイスは、テーブルを挟んでフロストの向かい側の椅子に腰をおろすなり訊いてきた。

「いや、まだです」とフロストは言った。「だけど、目星はついてる。おたくの協力が得られれば、追い詰めて、ふん捕まえてやれそうでね」

「協力なら惜しまない。なんでもするから言ってくれ」ルイスはポケットに手を入れて煙草を取り出そうとしたが、フロストのほうが先にパックを差し出し、自分もそこから一本抜き取ってくわえた。ルイスは「ああ、悪いね」と言って一本受け取り、マッチを擦って自分の煙草に火をつけてから、フロストにもそのマッチの火を差し出した。フロストはくわえた煙草をわざとゆっくりと火に近づけた。マッチを持つルイスの手はかすかに震えていた。いい徴候だった。震える手に自分の手を添えて安定させ、煙草に火をつけながらフロストは声に出さずにつぶやいた――これからじっくり追い詰めてやる。逃げ場はないと思え、この人でなし。

テーブルに置いたファイルから、フロストは昨日、ルイスに事情聴取を行った際に作成したタイプ打ちの供述調書を取り出した。「一度訊かれたことをまた訊かれるってのは、おたくにしてみりゃ気持ちのいいことじゃない。それは重々承知のうえで、敢えてもう一度、事実関係を整理させてもらいたくてね」そう言って、供述調書の最初のページにちらりと眼を遣った。「ガールフレンドのメアリー・アダムズさんの姿を最後に見たのが、午後五時ごろ。サッカー観戦に出かけるためにアパートメントを出たときだったたってことだけど？」

ルイスは頷いた。

「翌日、朝帰りしたときには、何もおかしなところはなかったし、心配するべき理由もなかった？」

「ああ、何もかもいつもどおりだったんだ」

「まえの晩は盛りだくさんで疲れていたので、ばたんきゅうだった、ベッドに倒れ込むなり熟睡しちまった？」

「そう、間違いない」

「眼を覚ましたのは、夕方近くなってからで、そのとき初めて、アダムズさんがいないことに気づいた？」

「ああ、そうだ」

フロストは、納得がいったという顔で頷いた。実際のところ、大いに納得できる展開だった。ことは目論見どおりに進行している。ルイスはせっせと墓穴を掘っていた。「なるほど、よくわかりましたよ。何もかも、前回話してもらったとおりってわけだ」フロストはそう言って笑みを浮かべた。「まあ、世の人々はわれわれお巡りには嘘をつきますからね。でも、嘘ってのはたいてい見破られるもんなんだ」ルイスは口元を引き攣らせて、こわばった笑みらしきものを返した。フロスト警部のことばをどう解釈したものか、困惑しているようだった。今こそ、この人でなしにレシートを突きつけてやるには絶好のタイミングに思われた。ゆっくりとフォルダーを開けながら、フロストはルイスの顔から眼を離さなかった。証拠を突きつけられ、嘘を暴かれたときの反応をとっくりと観察してやるつもりだった。

だが、レシートを突きつける瞬間は訪れなかった。気がついたときには、ルイスの背後の壁に掛けられたカレンダーを食い入るように見つめていた。今日の日付を。くそいまいましい八という数字を。なんとまあ、今日は八日だよ——フロストは眼を剝いた。耳の奥で鳴り響く警鐘は、日付を確認しろと訴えていたのだ。取調室の壁掛けカレンダーの今日の日付は八日、オフィスの卓上カレンダーでは七日。芋助《タフィ》モーガンの大馬鹿野郎が替え忘れやがったのである。従って、スーパーマーケットのレシートはメアリー・アダムズが殺害された翌日の午前中ではなく、殺害された日の午前中に発行されたことになり、つまりは事件とはなんの関連もないということになる。詰まるところ、なけなしの手札の最後の一枚を以てしても、フロスト警部の推理の根幹にぽっかりと穿《あ》く巨大な穴をふさぐのは、いかに頑張ろうと、いかに踏ん張ろうと、たとえ逆立ちしようと無理だということになる。フロスト警部は完敗を喫したのだった。

それでも泡を食っていることはおくびにも出さず、顔色ひとつ変えずに態勢の立てなおしを図るべく知恵を絞った。とりあえず手元のレシートをじっくりと検め、その結果きわめて重要なことが判明したとでもいうような納得の表情を浮かべ、アカデミー賞受賞も夢ではないほどの演技力を発揮して短く頷き、レシートをテーブルに伏せた。そしてもう一度ファイルを開け、科学捜査研究所から送られてきた益体もない報告書を含めて書類をひとつかみ取りだし、同じく表を伏せてレシートの隣に並べて置いた。こちらの手札は、最強のペアと最強のスリーカードからなる充実の妙手《フルハウス》だと思わせるために。すかばかりで役の揃わない、いんちきフラッシュだと見破られないために。だが、これもまた所詮ははったりに過ぎない。最後の手札が無効になったのだ、勝負しようにも得物がなかった。フロストの一挙一動を、ルイスの眼は油断なく追いかけている。フロストはひとつ大きく深呼吸をした。

「目下の状況を説明しましょう。目撃者が何人かいて、それぞれの証言から矛盾する点が導き出され、それを包括的に説明し得る法医学的証拠ってやつが得られたんですよ。あと一点だけ、どうしても確認が取れないことがあって、そこのとこでおたくに協力をお願いできないものかと思ってね」

「ああ、協力ならいくらでもするよ」ルイスは熱っぽく言った。「言ってくれ、遠慮なく」

フロストは煙草のパックから一本抜き取り、テーブルの天板にゆっくりと打ちつけ、慎重にタイミングを計った。伸るか反るかはこの一瞬にかかっている。煙草をくわえ、火をつけると、フロストは笑みを浮かべた。愛想がよくて人好きがして、たっぷりと含みを持たせた笑みだった。そして、同情に満ちた声音で、聞く人が聞いたら思わずすがりつきたくなるような頼りがいに満ちた口調で、言うべきことを言い放った。

「どうして、あんなことをしちまったんだい？」

それから固唾を呑んで、相手の反応を待った。ルイスは睨みつけてきた。両眼にあふれんばかりの敵意をみなぎらせ、何事か言いかけて、途中でまた口をつぐんだ。怒りがあまりに激しくて、ことばを失ったようだった。フロストの意気は一気に消沈した。やっちまったよ、と声に出さずにつぶやいた。ものの見事にはずしちまった。テーブルに視線を落とし、うなだれたまま懸命に打開策を探った。そのとき、奇妙な音が聞こえてきた。最初はどこから聞こえてくるのか、よくわからなかった。フロストは顔をあげた。見ると、ルイスが肩を小刻みに震わせていた。笑っているのだ。自分だけしか知らないとっておきの冗談を思い出したとでもいうように、ひとり咽喉の奥でくぐもった声をあげながら笑い続けていた。たぶん、あまりにも的はずれで、あまりにもばかばかしい言いがかりをつけられたことが、おかしくてたまらないものと思われた。フロストは眼を瞬いた。笑っているのではない、ルイスは泣いているのだ。苦しげに顔を歪め、涙をとめどなく流しながら身体を震わせて泣きじゃくっているのだ。ルイスは両手に顔を埋め、しゃくりあげながら、泣き続けた。聞いている者の胸が苦しくなるような泣き方だった。同席していたハンロンもモーガンもあっけに取られ、眼のまえで泣きじゃくる男をただ凝然と見つめた。

フロストはこの機を逃さなかった。「あんたが殺したんだな、坊や。そうなんだろう？」穏やかな口調で、すかさず確認を取った。

「殺すつもりはなかった」ようやく聞こえるほどのか細い声で、そのことばは発せられた。

「それじゃ、そのことについて話を聞かせてもらおうか。その胸に溜まってることを洗いざらい。話せば少しは楽になる」その言い種は、スペインの宗教裁判の異端審問官が異端者に自白を迫り、自白をすれば拷問を終わりにしてやる、と言っているようなものだった。拷問が終わったあと、異端者は柱に縛りつけられて火刑に処せられる定めである。だが、目下のルイスにはどんな催促も必要なさそうだった。涙が抑えられないように、ことばのほうも、あとからあとからあふれてくるようだった。

「しばらくまえから、あいつとはどうもうまくいってなかった。なんだか、ぎくしゃくしちまって。ほかに男ができたんだろうと思ったよ。昨日も話しただろ？　なんだかわけのわからない電話もかかってくるし、自分の持ち物を抽斗にしまい込んで鍵なんか掛けやがって、おれには絶対に見せないし。あの夜、ロンドンでサッカーの試合を観戦したあと、終夜営業の酒屋に立ち寄ったときに、一緒に行った連中が店の親爺にちょっかいをかけて乱闘になっただろ？で、おれたちは警察にしょっぴかれた。署まで引っ張っていかれる途中、ちょっと大回りになるけど、キング・ストリートを通っていこうってことになったんだよ。確かに、立ちんぼのおねえちゃんたちが何人も出てた。そのうちにバスに乗ってた連中がみんなして騒ぎだしたのさ。素っ頓狂な声を張りあげたり、口笛を吹いたり、助平なことばを投げつけたり。そとを見てみたら、こんな股のところまでスリットの入ったスカートを穿いた女が、でかいおっぱいを見せつけながら、酔っ払いに声をかけてるとこだった。おれは……自分の見たものが信じられなかった。あいつだったんだ……メアリーだったんだよ。おれのガールフレンドのくせに、看護婦だって言ってやがったくせに……」

ルイスは両手で顔をこすった。涙と一緒に記憶も、拭い去ってしまいたいのかもしれなかった。

「それで？」フロストは先を促した。

「それで腑に落ちたんだ。何もかも。二週間ほどまえだったかな、小銭を借りようとしてあいつの財布を開けたら、《クレイトン・ストリート十番地》って札のついた鍵が入ってたんだ。で、あいつに訊くと、通りで拾ったんだけど届けにいく暇がなくてそのままになってるって言うんだよ。だから、あのあたりは商売女ばかりだぞって言ったんだ。そしたら、あいつは眼をまん丸くして『へえ、そうなの。ちっとも知らなかった』なんてうぶな娘みたいなことを抜かしやがった。かまととぶるにもほどがあるじゃないか。そういう女だったんだよ。ぬけぬけと嘘ばかり並べやがって。白々しいことばかり言いやがって。おれはそういう女と寝てたんだよ」

ルイスはそこで顔をあげた。「煙草、貰えないかな？」

フロストは煙草のパックをテーブルに置き、ルイスのほうに押しやった。ルイスは貰った煙草を一服深々と吸い込んだ。

「あの女、ただじゃおかねえ、と思ったよ。この手でとっちめてやらなきゃ、おさまらないと思った。居ても立ってもいられなかった。おれたちはバスごとここに連れてこられたわけだけど、お巡りたちが睨みを利かそうにも、頭数はおれたちのほうが断然多い。そのうち、おれたちを見張ってたお巡りがいっせいにいなくなった。喧嘩だかなんだか、ともかく騒ぎがおっ始まったんだな。で、その隙におれはこっそりロビーを抜け出した。適当に廊下を歩いてるうちに駐車場に出たから、そのまま歩いてクレイトン・ストリートまで行ってみたんだよ。最初に気づいたのは、おれの車さ。おれの大事なトヨタが、めったためたにされてた。あれでぶち切れたんだ、おれは。かっとなっちまって、その勢いで階段をどたどた駆けあがって、部屋に乗り込んだ。あいつに向かって、大声でわめいたり怒鳴ったりした。そしたら、あいつは飛び出しナイフなんか持ち出してきやがった。おれをそばに寄せつけないためだろうけど、刃物をちらつかされたぐらいで引き下がるわけがない。揉みあいになって……ふと見たら足元にナイフが落ちてたから、慌ててベッドのしたに蹴り込んだ。そのあとのことは……何があったのか、はっきり思い出せないんだ。だけど、たぶん首を絞めたんだと思う。首をこう絞めあげたまま、あいつの頭を壁に叩きつけたんだと思う。気がついたら、あいつ、急に身体から力が抜けたようにぐったりして、床にへたり込んじまったんだ。それでいっぺんに酔いが醒めたよ。なんてこった、おれはなんてことをしちまったんだって思って。ぐったりしてるあいつを抱きあげてベッドに運んだ。鼻のとこに顔を近づけてみたけど、息をしてないんだよ。そのときだ、いきなり電話が鳴りやがった。びびったなんてもんじゃないよ。もう跳びあがりそうになった。車の鍵だけ引っつかんで夢中で部屋を飛び出した。誰にも見られないうちに車に乗り込んでうちまで運転して帰るつもりだった。ところが、車を見たら、フロントガラスにどでかいひびが入ってやがって、運転できるような状態じゃなくてさ。で、裏通りをふらふらしてたら、バスで一緒だったやつらにたまたま出くわしたんだ。パブからパブへ、いいご機嫌ではしごして歩いてたんだな。おれも仲間に加わった。最初からずっと一緒だったような顔をして。連中もおれは最初からずっと一緒だったと思い込んでるようだった。みんな、しこたま呑んでたから、もうべろべろで、途中から合流したなんてことは思い浮かびもしなかったんだと思う。それからうちまで車で送ってもらって……あとは知ってのとおりだ」

フロストは頷いた。「鑑定のために、着ていた服を提出しただろう？　あれは事件当夜に着ていたもんじゃないな？」

「ああ、あの晩着ていたもんは袋に入れて、ゴミと一緒に出しちまった。今朝の収集で持っていかれたよ」

「だったら、こっちで見つけよう」とフロストは言った。「市のゴミ集積場でゴミの袋を引っかきまわすことにかけちゃ、ウェールズ出身のわが同僚が天賦の才能を持ってるんでね。あいにく、カレンダーの日付をこまめに替える才能には恵まれなかったみたいだけど……」

「ご苦労だった」いかにも渋々といった口調ではあったが、マレットはフロスト警部の労をねぎらった。「人員が限られているなか、最小規模の捜査班であっても事件を速やかなる解決に導くことは可能だということだ。これできみもわかっただろう。何事も為せば成るだよ。全力を傾注しさえすれば」返事代わりに、フロストは中指と人差し指を突き出してみせた。マレットの視野には入らないよう、デスクの天板の陰でひっそりと。いずれにしても、そのときにはもう、マレットはこちらに背を向けて署長執務室にいそいそと引きあげていくところだった。マレット署長の指揮のもと、デントン警察署がまたしても輝かしき金星をあげたことを、一刻も早く州警察本部に報告したくて、気が急いているのだろう。

フロストは大きくひとつ伸びをして、ついでに大欠伸《あくび》を洩らした。連夜の睡眠不足がさすがにこたえはじめていた。目下のところ、一刻一秒を争う事態は発生していない。抱えている事件はいずれも、何時間か放っておいても捜査の進展に問題が生じるようなものはない。であるなら、ここは自宅に引きあげ、ひと眠りして、次なる緊急事態に備えるというのが妙案に思われた。

次なる緊急事態は、署の玄関ロビーでフロスト警部を待ち構えていた。

署の受付デスクについて、超過勤務手当の申請書に必要事項を書き込んでいたビル・ウェルズは、その作業の中断を余儀なくされ、ひと声低くうめいて不満の意を表した。作業を邪魔したのは、年齢で言うなら三十代半ばと思われる女だった。色味の薄い黄色がかったブロンドの髪はろくに櫛目も通っていないし、おまけに煙草をくわえたままだった。正面玄関のスウィング・ドアを身体で押して入ってくると、片手に提げていたビニールの買い物袋を、受付デスクのまえの床に投げ出すような勢いで乱暴に置いた。

「どうしました、奥さん?」

「どうしたもこうしたもないわ。うちの娘が行方不明なの」

ウェルズは無表情を崩さなかった。こういう手合いは、実は珍しくはなかった。〝こちらは納税者なのだから、ひと言発するなり即座にけつを持ちあげて動くべし〟と主張する手合いである。ペンのキャップをはずして、ウェルズは言った。「では、そのときの状況を詳しくお話しいただけますか？」

「詳しくお話？　馬鹿じゃない？　そんな悠長なことしてる場合じゃないの。娘を捜しにいってもらいたいの。だから警察に来たんでしょ？」

ウェルズは溜め息をついた。これほど偉そうで口の悪い女に当たってしまうというのも、何やら己の運の悪さを象徴しているように思えた。本来なら今の時間帯の受付当番は、コリアー巡査が務めるはずだった。ところが、目下、コリアー巡査はジャック・フロスト警部に命じられて、モーガン刑事共々、市のゴミ集積場のゴミあさりに徴用されてしまっているのだ。「奥さん、まずは少し落ち着きましょう」

「落ち着きましょう？」女は甲高い声を張りあげた。「落ち着きましょうって、ちょっと、どの口が言うわけ？　どこかのくそ変質者がうちの娘をさらっていったのよ。それなのに、落ち着きましょうってどういうこと？」

「詳しいことを話していただかないと、お嬢さんの捜索に取りかかれませんから。まずは、奥さん、あなたのお名前からうかがいます」今を去ること九週間まえ、ヴィッキー・スチュアートの行方がわからなくなったことが報じられて以来、デントン警察署には、わが子の帰りが遅いことに不安を募らせて居ても立ってもいられなくなった母親が、たびたび押しかけてくるようになっている。ウェルズは壁の時計に眼を遣った。午後五時十分過ぎ——学校の授業が終わって、まだ二時間も経っていない。でも、うちの子の帰りがこんなに遅くなったことはこれまで一度もなかったんです、というのが母親たちの決まり文句だったが、やがて帰宅してきた子どもに訊くと、友人の家に寄っていたことが判明し、またそうした寄り道が今回初めてというわけではなく、これまでにも何度もしていたことだと判明する、というわけだった。「……それから、現住所も」

「メアリー・ブルーアー、住所はデントン市ローズバンク・ロード二番地」

「お嬢さんのお名前と年齢は？」

「ジェニー、まだ七歳なんだからね」

「ちなみにご主人は？」

「いないわ、そんなもん。ねえ、戸外《そと》はもうじき真っ暗になっちゃうじゃないの。それなのに、警察ってとこは延々と、馬鹿みたいなどうでもいいことばかり訊くのね」

「お嬢さんの姿を最後に見たのは？」

「昼ごはんを食べに学校から戻ってきたとき。そのあとは会ってない」

「学校はどちらに？」

「デントン初等学校だけど」

ウェルズははっとした。デントン初等学校——ヴィッキー・スチュアートが通っていたのと同じ学校だった。「お友だちのところに連絡をしてみましたか？　学校帰りにちょっとお友だちのうちに寄り道してるということも、なくはないですからね」

「なんですって？　ひと晩じゅうずっと？　馬鹿なことを言わないでよ。娘はね、昨日からうちに帰ってきてないのよ」

ウェルズは眼を瞬いた。びっくり仰天とはこのことだった。「昨日から？　待ってくださいよ、お嬢さんは昨日から行方がわからなくなっているんですか？　なのに、今ごろになって警察に？」

女はウェルズを睨みつけた。「そういう偉そうな態度を取るの、やめてくれない？　もっと早く警察に知らせるなんて、できない相談ってやつよ。娘は祖母《ばあ》ちゃん家《ち》にいるんだとばかり思ってたんだから」

そのとき、オフィスのある廊下との境のドアが勢いよく開いた。フロスト警部だった。ロビーを突っ切り、署のまえに駐めた車に向かおうというのだった。ウェルズの姿を認めると、フロストは挨拶代わりに短く頷いてよこした。

「警部！」ウェルズは声を張りあげた。内勤の責任者としては、いつまでもこの女にかかりきりになっているわけにはいかなかった。

「あとにしてくれ、巡査部長。おれはもう今日はあがりなんだから」フロストは足を止めずに正面玄関に向かい、スウィング・ドアを押し開けた。

「七歳の子どもが行方不明になってる。デントン初等学校の生徒なんだが……」ウェルズ巡査部長のどら声が背後から追いかけてきた。

フロストの足が止まり、開けかけたスウィング・ドアが閉まった。フロストはのろのろと回れ右をして受付デスクまで引き返した。「いつからだ、行方がわからなくなったのは?」

答えたのは女のほうだった。「昨日からよ。ちょっと、勘弁してよ。また同じ話をしなくちゃならないわけ?」女のくわえている煙草が小刻みに震えていた。苛立っているのが一目瞭然だった。

フロストは肩を落とした。勘弁してくれというのは、こっちの台詞《せりふ》だった。それでなくとも目いっぱいの手いっぱいだというのに。「それじゃ、ひとまず、こっちに来てもらったほうがよさそうだ」と女に言って、レインコートのボタンをはずした。「ああ、巡査部長、お茶の出前を頼むよ、この人の分とおれの分も」振り返ってウェルズに声をかけてから、第一取調室のドアを開け、女には顎をしゃくって、つい今しがたまでルイスが坐っていた椅子を勧めた。同じ映画を何度も何度も見せられているような気がした。灰皿にはまだルイスが吸った煙草の吸い殻が山を成していた。

メアリー・ブルーアーは、ニコチンの染みついた指先で苛立ちまぎれにテーブルの天板を叩きながら、相手の男を観察した。テーブルの向かい側の椅子に腰をおろすと、男は煙草のパックとマッチを取り出し、テーブルのうえに並べて置いた。どうやら冴えない見てくれの、だらしない男をあてがわれてしまったようだった。警部と呼ばれていたようだけど、どこをとってもそれらしく見えなかった。

「それじゃ、ブルーアー夫人」ようやく覚悟を決めて、フロストは言った。「詳しい話をうかがいましょうか」

「まったく、もう、何回しゃべらせる気？　さっき、あそこの受付にいたうすのろ間抜けに話したばかりなんだけど」

「だったら、今度はここにいるうすのろ間抜けに話してください。ここにいるうすのろ間抜けが、ほかのうすのろ間抜けどもに指示を飛ばして、おたくのお嬢さんを夜っぴて捜索させられるように」それにしても、気障りな女だった。フロストは胸の内で反感が膨れあがるのを感じた。「お嬢さんはジェニーというんですね。最後にお嬢さんの姿を見たのは、昨日の正午《ひる》前後、お嬢さんが昼ごはんを食べるため、学校から一時帰宅してきたときだった？」

「そうよ」メアリー・ブルーアーは自分の吸っていた煙草の吸い殻を、灰皿の吸い殻の山に追加し、新しい煙草を取り出すため、バッグに手を突っ込み、ごそごそとまさぐった。煙草を勧めたくなるような相手ではなかったので、フロストはブルーアー夫人が自分の煙草を探り当て、一本抜き取って火をつけるまで待ってから、自分のパックの封を切った。

「それ以降、お嬢さんには会ってないんですね？」

「あのね、娘の姿を見たのはそれが最後だって言ってるんだから、それ以降会ってないのは、どんなぼけなすにもわかる当たり前のことじゃないの？」

「こんなことを言うと、古くさいやつだと思われそうだけど」反感がいやましに湧き立つのを感じながら、フロストは言った。「おれなら二十四時間ももちませんよ。昨日のうちに慌てふためいて警察に駆け込んできてる」

「何よ、偉そうに」女はわめいた。「あたしだって、母親よ。娘のことは誰よりも可愛がってるわよ。何不自由のない暮らしだってさせてるわよ。昨日のうちに慌てふためいて警察に駆け込んでこなかったのは、居場所がわかってたからなの。っていうか、わかってると思ってたからよ。娘は祖母ちゃんのとこに泊まることになってたんだから」

「何か理由があったんですか?」

「うちに男が来ることになってたから。子どもが嫌いな人なの。祖母ちゃんに預けるっていっても、たったひと晩のことだし」

「祖母ちゃんってことは、あなたの母上だね。お住まいは?」

「市内よ。オールド・ストリートの二十一番地」

フロストはその住所を手控えた。「ところが、お嬢さんは母上の家には行かなかった?」

「あのね、行ってたら、あたしがここにいると思う?」

胸いっぱいに膨れあがった反感をなだめるため、フロストは二度ほど深呼吸をした。「ならば、なぜ祖母ちゃんから連絡がなかったんです? お孫さんが訪ねてこなかったら、祖母ちゃんとしては心配になるでしょう?」

「娘が泊まりにいくことは、母には言ってなかったから。知らせたくたって、あの人、電話に出ないんだもの。だから、いきなり訪ねていって世話になるの」

「オールド・ストリートと言えば、おたくからも学校からも、市《まち》の反対側だよ。あらかじめ連絡もしないで、そんな遠くまで七歳の子どもをひとりで訪ねていかせてたってことかい? どうするんだい、祖母ちゃんがお出かけでもしてたら？」

「大丈夫よ、あの人はめったに出かけないから。それに、いなけりゃいないで、うちに帰ってくればいいわけでしょ。そういうときのために、娘にはバス代を持たせてあるわ」

ウェルズ巡査部長が紅茶の入ったマグカップをふたつ運んできて、いささか手荒にテーブルに置いた。フロストは短く頷いて感謝の意を伝えると、片方のカップを向かいの女のほうに押し出して勧めた。「なるほど。だったら、お嬢さんが母上のうちに訪ねていかなかったことは、どうしてわかったんです？」

「三十分ぐらいまえに、スーパーマーケットであの人とばったり行き合ったから。娘があの人のとこに行ってないことがわかってからは、ぐずぐずしてなんかいないってことよ。まっすぐ警察に来たんだから」

フロストは紅茶をかき混ぜるのに鉛筆を使った。「こういうことは今回が初めてですか、お嬢さんの所在がわからなくなったことは？」

「あったわ、二度ぐらいだけど。あたしに言わないで勝手にどこかに行ってしまって。といっても、映画を観にいったりとか、その程度のことだけど。ひと晩じゅう、どこにいるのかわからないなんてことはなかった。そりゃ、そうよ。娘だって心得てるもの、そんなことしたら、いやってほどひっぱたかれる羽目になるって」

フロストは紅茶をひと口飲んで、ぶるっと身震いをした。紅茶は冷めていた。おまけに、ビル・ウェルズが淹れてきたのは、高級紅茶《アール・グレイ》からはほど遠い代物だった。フロストはマグカップを脇に押しやった。「捜索には、お嬢さんの写真が必要になります」

メアリー・ブルーアーはバッグを開け、隅の折れ曲がった小さなカラー写真を取り出した。写真の子どもは、何かをじっと我慢しているような堅い表情を浮かべていた。

「七歳にしては、ずいぶん幼く見えるけど」とフロストは言った。

「撮ったのは、一年以上もまえだから。でも、それがいちばん新しい写真よ。それしかないの」

母親に渡された写真を、フロストは憂慮の眼差しで見つめた。子どもというのは、わずか一年のあいだに驚くほど面変わりしてしまうこともある。「学校では学期ごとに生徒の写真を撮るはずだよ。それがあれば、それでもいいんだけど……?」

ブルーアー夫人は首を横に振った。くわえていた煙草の灰がテーブル一面に舞い落ちた。

「学校で撮る写真なんて、いちいち見たりしないもの」

「そうですか」フロストは不機嫌に言った。「では、写真は学校から提供してもらいます。昨日、家を出たときのお嬢さんの服装は?」

「緑がかった青のワンピースに黒い靴、あと、うえからブルーのアノラックをはおってたはずだけど」

「なるほど」フロストはその情報も手控えた。「では、さっそくこっちで打つべき手を打ちますから、お母さんはお宅に戻って待機していてください。のちほどお宅にうかがいます。それから、もしお嬢さんが戻っていらしたら、すぐに知らせていただきたい」

ブルーアー夫人は吸い終わった煙草を、灰皿にうずたかく積もった吸い殻の山のしたに埋めて、買ったものでいっぱいになったビニールの手提げ袋を、いかにも重そうに持ちあげた。

「家まで送ってもらえないってこと？」

「ええ、そういうことです」とフロストは言った。


デントン初等学校の校長は、ジョーン・ボスコムといった。帰り支度を調えた彼女がちょうどコートに袖を通したところに、モーガンが訪ねていった恰好になった。市のゴミ集積場でゴミの山と格闘し、ルイスの捨てた血まみれの衣類を見つけ出し、それを抱えて意気揚々とフロスト警部のオフィスに帰還したとたん、昨日から行方がわからなくなっている少女の学校での聞き込みを命じられ、席につく間もなくまた戸外《そと》に送り出されたのだ。おまけに、先方が帰りかけたタイミングで到着したものだから、どう考えても歓迎されざる訪問だった。

実際、ジョーン・ボスコムは警官が訪ねてきたことを歓迎していなかった。それでなくとも忙しい一日だったのだ。少しでも早く帰宅して、少しでも早くくつろぎたかった。「明日の朝までお待ちいただくわけには──」

「申し訳ありませんが、先生、そういうわけにはいかないんです」相手のことばを遮ってモーガンは言った。身分証明書を呈示したついでに、相手をじっくりと、頭のてっぺんから爪先まで入念に観察した。校長という役職には、いささか若すぎるように見受けられた。確かに威厳があるにはあるが、そこに脆《もろ》さというか、かよわさというか、はかなさのようなものが混じっていて、なんというか……セクシーだった。たまらなくセクシーだった。「ジェニー・ブルーアーという生徒の件でうかがいました」

「ジェニーの?」ボスコム校長は、先ほど立ちあがったばかりの椅子にまた坐りなおした。「今日は欠席しています。まさか、あの子の身に何かあったわけではありませんよね?」

「われわれとしても、そう願っているところです」とモーガンは言った。「実は昨日、学校が終わったあと、家に戻っていないことがわかりまして」

ボスコム校長の顔から血の気が引いた。「そんな、まさか。嘘です。またしても、うちの女子生徒だなんて……」ヴィッキー・スチュアートが行方不明になったときのことが思い出されて、胸が締めつけられるように苦しくなった。

「いや、まだ深刻な事態だと決まったわけではないんです」とモーガンは言った。「われわれのほうでも判断を留保している段階で。ジェニー・ブルーアーが登校していたことが確認できているのは……?」

ボスコム校長は出席簿のページを繰った。「ええと、昨日の午後までです。そう言えば、下校するところを見かけたわ」そこで、ボスコム校長はコートのボタンをはずした。室内はコートを着たままでいるには暖房が効きすぎていた。モーガンは思わず眼を剝きそうになった。ジョーン・ボスコムは実に色っぽい身体をしていた。教師なんぞにしておくには、もったいないぐらいだった。こんな先生になら、お尻をぺんぺんされても文句はなかった。なんなら、先生、今すぐにでも——モーガンは声に出さずにねだってみた。

「ジェニーの写真が必要です。なるべく最近撮ったものをお借りできませんか?　母親の手元には、最近のものは一枚もないようなので」

ボスコム校長は唇をきつく引き結び、鼻から勢いよく息を吐いた。非難の意を示したようだった。「でしょうね、あの母親なら」椅子をくるりとまわして、背後に置いてあったファイリング・キャビネットからファイルを一冊引き抜き、なかから葉書サイズのカラー写真を取り出した。「これはどうでしょう？　クリスマス直前に撮ったものだけど」

少し成長したジェニー・ブルーアーは、蒼白い顔に今度もまた生真面目な堅い表情を浮かべていた。右頬に痣《あざ》のようなものが写っていた。モーガンはそれを指さして言った。「これは……？」

「当人は転んだと言っていました」

「でも、先生は信じていない？」

「わたしが見るところ、あの子は転んでばかりいます。腕や脚に痣をこしらえて学校に来ることもあるんです。でも、どうしたのかと訊いても、転んだと言い張るばかりで。それで、本校から児童福祉局に通報しました。それで福祉局のほうでもジェニーの家庭環境に配慮して、折に触れて目を配るということになったのですが……」ボスコム校長は、やりきれないとでもいうように肩をすくめた。「あの子の母親は口がうまいうえに嘘にも長けていますから。結局、児童福祉局では虐待の証拠をつかめなかったんです」

「ジェニーを日常的に殴っているやつがいるんですね。それは……母親でしょうか？」

「わかりません。でも……あの子の母親は、どうやら乱暴者が好きなようです。つきあう相手が暴力癖のある男ばかりだとか。ほかのお母さん方がそう言っているのを耳にしたことがあります」

「校長先生から見て、ジェニーの母親の世話は行き届いていると思われますか？」

「あの母親の場合、世話をするというよりも、仕方がないから我慢して育ててやっている、という感じじゃないかしら。ジェニーには大人からの愛情と気配りが必要です。そのふたつはあの子の家庭では残念ながら得られないものだと思います。ジェニー・ブルーアーはあの年齢の子どもにしては、あまりにも世知に長《た》けてしまっているんです」

世知に長けた子ども――モーガンは痛ましさを覚えた。子どもは世知に長けたりなどしないほうがいい。危険を察知したときに自分でなんとかできると思うより、くるりと背中を向けてさっさと逃げ出すべきなのだ。それが子どもというものだろうに。「ジェニーと仲のいい友だちは？」

「いいえ、わたしの知っている限りではいないと思いますが、先生やクラスの子たちに様子を訊いてみましょう。何かわかったらお知らせします」

「お願いします。写真はしばらく拝借します」ジェニーの写真をポケットにしまったとき、モーガンはふと、ボスコム校長が香水をつけていることに気づいた。濃厚で官能的でおよそ教育者にふさわしからぬ香りだった。つきあっている男がいるのだろうか、とモーガンは思った。こういう人は案外奔放で、男好きだったりするものだ。

ボスコム校長は椅子から立ちあがった。「学校のほうから保護者に注意を呼びかけたほうがいいでしょうか？」

モーガンは首を横に振った。「いや、今の段階ではまだそこまでは。もしかすると事件や事故などではなく、しばらくしてひょっこりと帰ってこないとも限りません。不必要に不安を煽るのは警察としても歓迎できませんからね」モーガンはドアを開け、ボスコム校長を通した。「ああ、そうでした、最後にもうひとつだけ。ジェニー・ブルーアーの昨日の服装ですが、緑がかった青いワンピースに青いアノラックで間違いありませんね？」

ボスコム校長は眉間に皺を寄せた。「いいえ、赤い服を着てました。赤いウールのワンピースです」

今度はモーガンが眉根を寄せる番だった。「間違いありませんか？ われわれが得ている情報とは、若干異なるようですけど」

「ええ、間違いありません。ジェニーはいつも同じ服を着ています。流行遅れの粗末な服を来る日も来る日も。でも、昨日着ていたものは新品でした。それが嬉しいようで、見せびらかすようにスカートを翻《ひるがえ》してました」

モーガンはその情報を手帳に書きつけた。これは一刻も早く署に戻り、フロスト警部に報告すべき情報だった。だが、そうは思うものの、どうにもこの場を去りがたかった。香水の香りに刺激されて、いかんともおさまりのつけがたい身体状況に陥りつつあったので。「あの、先生、よかったら……よかったらお宅まで車でお送りしましょうか？」

ジョーン・ボスコム校長は笑みを浮かべ、首を横に振った。「せっかくですけれど。パートナーと待ちあわせしてるんです」

なるほど、香水はそのための準備というわけか。世の中にはついてるやつもいるもんだ。ジョーン・ボスコムのパートナーとやらを羨みながら、モーガンはひとり車に向かった。


ジェニー・ブルーアーの母親は、化粧気のなかった顔にあれこれ塗りたくり、髪にも手を加えていた。訪ねてきたのがフロストだとわかると、自分の吸う煙草の煙に半眼につむっていた眼をさらに細くして迎えた。「娘を見つけてくれたの？」

「いや、まだです」とフロストは言った。「追加でいくつか、うかがいたいことが出てきたもんでね」

ジェニーの母親はフロストを居間に通した。この女が歳をとったらこうなるだろうという容貌の、七十手前ぐらいの女がテーブルについて紅茶をちびちび飲んでいた。「あたしの母」メアリー・ブルーアーが紹介の労を執った。「つまりジェニーの祖母ちゃん」

フロストはジェニーの祖母ちゃんに向かって挨拶代わりに頷き、同じテーブルについた。「お孫さんのことだけど、ブルーアー夫人、お宅に泊まりにくるはずが姿を見せなかったそうですね」

「あの子が来るって知らなかったもんだから」ジェニーの祖母は娘を睨みつけた。「どうして知らせてよこさなかったの？」

メアリー・ブルーアーは素っ気なく肩をすくめた。「なんで、わざわざ？　あの子が訪ねていきゃ、帰れとは言わないじゃない？」

「そりゃ、帰れなんて言いませんよ。でも、ひと言あってもいいんじゃないかね。あの子が来るって知らせてもらってりゃ、警察にも昨夜のうちに連絡できたんだよ」

「ああ、そう。何もかもあたしのせいなんだ。あたしが悪いんだ」

「そうだよ。そうに決まってるじゃないか。少なくとも、あたしのせいじゃないよ」

「どっちのせいでもいいでしょう」フロストはうんざりした顔で言った。「そんなことより、お嬢さんを見つけることのほうが、はるかに大事じゃないのかね。戸外《そと》はもう真っ暗だし、今夜もけつまで凍りつくほど寒い。それに行方がわからなくなって、かなりの時間が経過しちまってる」フロストはメアリー・ブルーアーに指を突きつけた。「お母さん、あんたに訊きたいことがある」

メアリー・ブルーアーは眼を剝いて天井を見あげた。「まだ訊くの？」

「そう、まだ訊く。必要とあらば、まだまだ訊く」フロストはぴしゃりと言った。「ジェニーの服装のことだ。昨日、登校するときには、緑がかった青のワンピースだったってことだね。だが、学校で話を聞いたら、赤いウールのワンピースを着てたってことでね」

ジェニーの母親がくわえていた煙草を口から離したのは、そのほうが咳がしやすいからだと思われた。「赤いワンピース？」咳をしながら、メアリー・ブルーアーは訊き返した。「へえ、やっぱり学校の先生ってのは、とんちきばかりってことだわ。娘は赤い服なんて持ってませんよ」

「あの子も不憫だよ。ワンピースは一着しか持ってなくてね」ジェニーの祖母ちゃんが横から口を挟んだ。「あんた、いったいいつから、あの子に新しい服を買ってやってないんだい？」

「いいの、着るものには困ってないんだから。ほんとに赤いワンピースを着てたんなら、娘がそんな服を持ってること、母親のあたしが知らないわけないでしょ？」

「それじゃ、昨日、昼食を食べに戻ってきたときには、青い服を着てたんだね？」とフロストは尋ねた。

「だと思うけど、たぶん」

フロストは母親をじっと見つめた。「どういう意味です、〝だと思うけど、たぶん〟ってのは？」

「お昼食《ひる》に娘が帰ってきたとき、あたしは出かけてたの。ビンゴがあったから」

「さっき聞かせてもらった話だと、ジェニーの姿を最後に見たのは、昨日の昼食《ひる》時だったってことだったけど？」

「顔を合わせてないから。そうよ、この眼で見たわけじゃない。でも、お昼食《ひる》はポテトフライ《チップス》でも買えばいいと思って、お金を置いて出かけたのよ。帰ってきたらそのお金がなくなってた。ってことは、家に帰ってきたってことでしょうが」

「それじゃ、朝はどうです？　朝、登校するときには、間違いなく青いワンピースを着ていましたか？」

「まあ、そうでしょうね。学校に行く服はそれしか持ってないんだから。新しいのを買ってやろうと思ってはいるんだけど、やりくりが大変なのよ。いろいろあって」

「ビンゴには惜しげもなくじゃんじゃん注ぎ込んでるくせに」とジェニーの祖母ちゃんが言った。

フロストは疲れの溜まった眼を握り拳でこすった。「〝まあ、そうでしょうね〟?」と訊き返した。「ジェニーが青いワンピースを着ているとこを、その眼で見たんじゃないのかい?」

「顔を合わせてないから。そうよ、この眼で見たわけじゃない。あの子が学校に行く時間、あたしはまだ寝てるのよ。娘はひとりで朝ごはんの支度もできるし」

フロストは驚きあきれて眼を剝いた。「ひとりで朝ごはんの支度ができる? 七歳の子どもがひとりで朝めしをこしらえてるあいだ、その子の母ちゃんはベッドでぐうすか眠りこけてるのかい?」

メアリー・ブルーアーは居直ったように胸のまえで腕を組んだ。「ねえ、お巡りさん、おたくはうちの娘を見つけてくれるんじゃないの? そのために来たんでしょう? そういう偉そうなお説教はやめてもらえない?」

「こういうことは記録に残しとかないとならないんでね」とフロストは言った。「お母さん、あんたが最後にお嬢さんの姿を見たのは?」

「一昨日の晩だわね。あの子、テレビを観てたわ。テレビを観て、観終わったら寝たんだった」

「おや、まあ、そりゃまた、ずいぶん昔の話だこと」ジェニーの祖母ちゃんは甲高い声を張りあげ、わざとらしく驚いた顔をしてみせた。「それでも娘の顔がわかるってのは、ある意味、大したもんかもしれないけど。そう言えば、訊いてなかったね。昨日、あの子をあたしのところによこそうとしたのは、どうしてだい？　もしかして、また、あのけったくそ悪いろくでなしかい？　あいつが来るからかい？」それから、フロストのほうに向きなおって訴えにかかった。「この子のつきあってるろくでなしは、孫をひっぱたくんですよ。何かと言うとしょっちゅう。孫はあたしのとこに来ると、泣くんです。可哀想に、眼が潰れるんじゃないかってぐらい、泣くんですよ」

　フロストはメアリー・ブルーアーに顔を向けた。「おたくのつきあってる相手の名前と住所は？」

「いいえ、それは駄目」メアリー・ブルーアーは叫ぶように言った。「こんな面倒なことに巻き込むわけにはいかないもの」

「ほう、そうかい」とフロストは言った。それから負けずに怒鳴り声を張りあげた。「だけど、もう手遅れだよ。こんなくそ面倒なことには、そいつもどっぷり巻き込まれちまってるよ。もう一度訊くけど、そいつの名前と住所は？」

「デニスっていうの。デニス・ハドレイ。住んでるのは、ピーボディ団地の二号棟」

「職業は？　何をしてるやつなんだい、七歳の女の子をひっぱたいてるとき以外は？」

「トラックの運転手って聞いたけど」

　メアリー・ブルーアーから聞き出したことを煙草のパックの裏側に書きつけると、フロストは椅子から立ちあがった。「それじゃ、これからお宅のなかを捜索させてもらおうと思う」

「うちのなかを捜索するって……？」母親は甲走った声を張りあげた。「ちょっと、待ってよ。あたしが娘を殺したと思ってるってこと？」

「いや、たとえばふざけて戸棚かなんかに入り込んで、自力でそとに出られなくなってることもあるだろうから」とフロストは説明した。「実際にあったんだよ、そういうことが」

「うちのなかにいたら、あたしが気づかないわけないって思わない？」

「気づくもんか。そもそも娘がどこにいようと気にもしないんだから」ジェニーの祖母ちゃんがこきおろす口調で言った。「ああ、あんたとあのろくでなしが、いちゃいちゃしてるあいだに、あの子は屋根裏で死にかけてたのかもしれないね」

メアリー・ブルーアーは腰に手を当てると、母親の坐っている椅子のまえに立ち、うえから睨みおろした。「母さん、そういう当てこすりには、もううんざり」と一喝した。「そのろくでもない口を閉じていられないんなら、あたしの家から出てってくんない？」

母娘喧嘩には耳をふさいで、フロストは玄関に引き返すと、おもてに駐めた車で待機していた連中を呼び入れ、屋内とささやかな裏庭の捜索を指示した。モーガンには顎をしゃくって一緒についてくるように伝え、母親と娘のいる居間に戻った。「お嬢さんの部屋は？」

ジェニーの部屋は、階段を登りきった突き当たりにあった。階段のてっぺんでジョーダンが、屋根裏に通じる跳ね上げ戸を通り抜けようと奮闘中のシムズの尻を押していた。その脇を擦り抜けて、フロストとモーガンは子ども部屋に入った。狭い部屋だった。壁紙には童謡に出てくる羊飼いの女の子《リトル・ボー・ピープ》の絵柄があしらわれ、シングルベッドの寝具はきちんと整い、枕のうえに畳んだパジャマが載せてあった。ピンクに塗られた整理箪笥のうえに、十二インチ画面の白黒テレビ、ベッドの反対側には白いメラミン樹脂の化粧板を貼ったクロゼット、という配置だった。

フロストは煙草に火をつけ、上げ下げ式の窓に近づき、カーテンをかき分け、小さな裏庭を見おろした。制服警官が一名、懐中電灯で暗闇を照らしながら伸び放題の芝生を棒で突いてまわっている。フロストはぶるっと身を震わせた。この感覚には覚えがあった。これまでにも、いやになるほど何度も感じてきたものだった。誰もいない冷えきった部屋で。いくら待っても、もう二度と子どもが帰ってくることのない子ども部屋で。

モーガンはベッドを引きずって移動させ、ベッドのしたに何もないことを確認すると、奥のクロゼットを開けた。子ども用の衣類が何枚か、ハンガーに掛かっていた。クロゼットの床には踵のすり減った靴が数足、それにだいぶ年季の入った手擦れした児童書がひと山分。

フロストは整理箪笥の抽斗を検めた。そちらにも衣類が収納されていた。どれも几帳面に畳んであった。靴下も、左右がばらばらにならないよう、一足ずつ揃えて丸めてあった。残りの抽斗には、ハンカチやら下着類やら、どれもそこにしまわれていて当然のものばかり。何か見落としている――頭の奥でしつこく警鐘が鳴っていたが、何を見落としているのか、フロスト自身にも見当がつかなかった。

モーガンは続いて、クロゼット本体を手前に引きずり、壁から離した。「親父《おやっ》さん、これ、見てください」クロゼットの裏に、子ども向けに発行される雑誌の特別号や豪華装丁の増刊号が何冊も隠してあった。どれも新品のようだった。買ったものだとすれば、安くない買い物だったはずである。「おっ母《か》さんに来てもらってくれ」とモーガンに指示した。

メアリー・ブルーアーは娘の部屋にあがってくると、腕組みをして戸枠に寄りかかった。

「うちの娘、クロゼットのなかにいたってわけ？」

表紙のなるべく端を持つようにして、フロストは雑誌を床からつまみあげ、母親に見せた。

「お母さんが買ってあげたものかい？」

メアリー・ブルーアーは自分の吐き出した煙草の煙を手で扇いで払いのけ、フロストの差し出した雑誌の特別号を、眼を細くすがめるようにしてじっと見つめた。「ううん、こんなもん、買ってやった覚えはないわ。どっから出てきたの？」

「クロゼットと壁のあいだに突っ込んであったんだ」

「とんでもない子だわ、あの子。万引きでもしたんでしょう」

「ああ、そうかもしれない」フロストは、つまみあげた雑誌を慎重にベッドのうえに置いた。そのとき、不意に、何を見落としていたのかに気づいた。指をぱちんと鳴らして、クロゼットの扉を勢いよく開け放つと、ハンガーに掛かった衣類を片手で示して、メアリー・ブルーアーに尋ねた。「ジェニーは学校に行くときにはいつも、緑がかった青いワンピースを着てたってことだけど、このなかにありますか？」

ジェニーの母親は、クロゼットに並んでいるコートとカーディガンをひとわたり眺めると、小馬鹿にしたように鼻を鳴らした。「よく見てよ。ここに青いワンピースがある？　青いワンピースみたいなものがあるように見える？」

「一昨日、学校から帰ってきたときには、その青いワンピースを着てたんだね？」

「そうよ。そうに決まってるじゃない」

「顔を合わせてその眼で見た？」

「ええ、見たわよ。ちゃんと、この眼で。なんでそんなこと、訊くわけ？」

「ここにないからだよ」とフロストは答えた。「だから訊いてるんだよ」メアリー・ブルーアーは何を言われているのか、まるでわからないという顔をしていたが、わかるように説明してやろうという気にはなれなかった。「洗濯が必要な衣類の置き場所は？」

「洗濯機の横の洗濯籠に入れることになってるけど」

「おっ母さんと一緒に行って、洗濯籠の中身を確認してきてくれ」とフロストはモーガンに命じた。ベッドに腰掛けて、モーガンが戻ってくるのを待ったが、モーガンの持ち帰る答えは予想がついた。せせこましい子ども部屋を改めて見まわした。きちんと整えられたベッド、几帳面に畳んであるパジャマ。その行き届いた整頓ぶりが、哀れを誘った。何もかも、わずか七歳の女の子がひとりでやったことだと思われたからだ。ああ、あんな自堕落な母親がやるわけがない。どたどたと階段を登ってくる騒々しい音がして、モーガンが戻ってきた。

「ありませんでしたよ、親父《おやっ》さん」

屋内と裏庭を捜索中の面々に聞こえるよう、フロストは大声を張りあげた。「ついでに子ども用の青いワンピースを捜してくれ……いや、ワンピースに限定しない。子ども用の衣類が見つかったら、どんなもんでもいい、ともかくおれを呼べ。いいな」

寒々とした子ども部屋で、フロストはベッドに腰を掛け、マフラーをきつく首に巻きなおし、また煙草を吸った。煙草の先に灰が溜まると、立ちあがって窓辺まで歩き、戸外《そと》に灰を落とした。七歳の女の子が整頓した小さな部屋を汚したくはなかった。

しばらくして、屋内外で捜索に当たっていた面々が、汚れて疲労困憊した姿で引きあげてきた。「ジェニー・ブルーアーはここにはいません。それから、子どもの衣類も出ませんでした」一同を代表してジョーダンが報告した。

フロストは頷いた。睨んだとおりだった。「ああ、いやな予感がするんだよ、ジェニーは拐《かどわ》かされたんじゃないかって。学校帰りのヴィッキー・スチュアートをさらった変態野郎の毒牙にかかっちまったんじゃないかって」肩越しに親指で、背後のベッドに載せてある子ども向けの雑誌の特別号やら増刊号やらを指した。「一冊残らず証拠品袋にぶち込んで、検査にまわしてくれ。指紋が出たらお慰みだ。ジェニーが万引きした可能性もなきにしもあらずだけど、どこぞの親切面した変態ど助平親爺からの、ちょっとした贈り物だったことも考えられる。『だけど、お嬢ちゃん、お母さんには内緒にしとくんだよ』ってやつさ。家を出るときに青い服を着てたのに、赤い服で登校してきたとしたら、通学途中でどこかに寄って着替えたってことだ。たぶん、ご本をくれた優しい小父ちゃんのおうちだろう」そう言ったとき、フロストは背筋がぞくりとするのを感じた。「こいつはおれの直感だが、ジェニーはどうも死んじまってるような気がするんだ。だが、おれの直感ってやつは、よくはずれる。今回も先例にならってはずれてくれることを祈るばかりだな。捜索班を編制して、本格的な捜索に着手する。戸外《そと》はこの寒さだ。見つけるなら早いとこ見つけてやらないと」

　携帯電話の通話ボタンを押して、署を呼び出した。「非常呼集をかけてくれ、ビル。駆り出せるやつはひとり残らず。非番の連中も含めて」

「マレットの許可は取ってあるのか？」とウェルズが問い返してきた。

「これから取るとこだ」とフロストは答えた。「それから、潜水要員の蛙君たちも待機させておいてくれ。明日には運河の〝どぶ浚《さら》い〟も始めるから」

　フロストが車に乗り込み、署に向けて帰還の途に就いたときには、捜索は早くも開始されていた。道すがら、通りかかったデントン・ウッドの森では、黒々とした闇を切り裂く懐中電灯の光があちこちで動いていた。「運河の〝どぶ浚い〟ですけど、親父《おやっ》さん、今夜のうちに取りかかったほうがよくないですかね？」とモーガンが言った。

「ジェニーが運河にいるってことは、もう死んでるってことだ」フロストは事実を事実として言った。「死体の捜索なら、慌てることはない」ヒーターの設定温度をあげても、車内はまだ寒かった。戸外《そと》はもっと寒いはずだった。ジェニー・ブルーアーのことが思われた。今この瞬間、戸外《そと》にいるのだとしたら……この暗闇のどこかにうずくまっているのだとしたら……。

　キング・ストリートを通り抜けたとき、街角に立つ女たちの数がめっきり減っていることに気づいた。寒さの影響とは思えなかった。前夜、娼婦がまたひとり死体で発見されたことを聞きつけたからだろう。捜査すべき事件の数が、あまりにも多すぎた。捜査に投入すべき頭数があまりにも少なすぎ、時間の余裕があまりにもなさすぎた。

「親父《おやつ》さん……」モーガンに呼ばれて、フロストは物思いから醒めた。「無線が入ってます。親父《おやつ》さんの応答を求めてるんで」

呼び出しをかけてきたのは、ビル・ウェルズだった。「ジャック、たった今、電話で通報があった。十一歳の息子の父親からだ。息子が家に帰ってこないと言うんだよ。で、その息子の通ってる学校ってのが、目下行方がわからなくなってる女子児童二名と同じ初等学校なんだ」

くそっ、フロストは声に出さずに毒づいた——二度あることは三度あるってか？　冗談じゃない。ウェルズの告げる住所を書き留めながら、フロストは言った。「諒解、ただちに向かう……」

第八章

玄関のドアを開けたのは、婦人警官のジューン・パーディ巡査だった。黒髪にふっくら、むっちりのコンパクト・ボディの持ち主にして、年齢は二十代半ば。モーガン刑事を同行させなかったのは、われながら好判断だった、とフロストは思った。この場にあの好色芋男がいようものなら、さかりのついた犬もかくやと思われる荒い呼吸音をたっぷり聞かされる羽目になっただろう。相手がパーディ巡査なら、フロスト自身、呼吸を荒くするのも悪くはないと思ったが、時と場合をわきまえて今はとりあえず自重した。「それじゃ、お嬢ちゃん、これまでにわかってることを教えてくれ」

「行方がわからなくなっているのは、トニー・スコットニー、年齢十一歳です。今日はいつものように登校しましたが、夕方のお茶の時間になっても帰宅せず、現在に至ります」ジューン・パーディはきびきびと言った。余計なことを口にするタイプではないようだった。

フロストは煙草を取り出してくわえた。「警察に届けようと思うまで、やけに時間がかかったんだな」

「ご両親がおっしゃるには、学校の帰りにこっそり映画館に寄ってるんだろうと思っていたそうで。以前にもそういうことがあったようですね」

パーディ巡査に先導されて、フロストは居間に足を踏み入れた。少年の父親と思われる四十がらみの、黒っぽい髪をした男が、眉根をぎゅっと寄せ、永遠に消えないのではないかと心配になるほど深い皺を眉間に刻んだまま、落ち着きなく行きつ戻りつしていた。母親のほうは、夫よりも何歳か年下に見えた。肘掛け椅子に力なく坐り込み、下唇を嚙み締めて涙をこらえるような顔で、椅子の肘掛けの部分をこつこつといつまでも叩き続けている。

「おい、いい加減にしないか」父親がぴしゃりと言った。居間に入ってきたフロスト警部に気づくと、とたんに不安とも焦りともつかない表情になった。「何か進展が?」

「いや、まだ捜索中です」とフロストは答えた。トニー・スコットニーの捜索のため、別働隊を組織する人的余裕は、目下のデントン警察署には望むべくもない。ジェニー・ブルーアーの捜索に駆り出された面々に急遽、捜索対象として少年も含めるよう指示を出すのが精いっぱいのところだった。「ご子息の写真をお借りしたいんですが」

母親が無言で差し出してよこしたのは、学校で撮られたもので、ジェニー・ブルーアーの写真とほぼ同じ時期に撮影されたもののようだった。トニー・スコットニーは父親譲りの黒っぽい髪に、利かん気の強そうな、やんちゃな眼をしていた。フロストは受け取った写真をポケットにしまった。誰も勧めてくれないので、暖炉のいちばんそばにある椅子に尻を落ち着け、首に巻きつけてあったマフラーを緩めた。「ご子息は以前にも帰りが遅くなることがあったとか?」

「でも、こんなに遅くまで帰ってこなかったことはありません」と母親が言った。

「あの馬鹿たれ」父親のほうは声を荒らげた。「帰ってきたら、首根っこを引っつかまえて締めあげてやる」そこで腹立たしさよりも不安が勝ったようだった。はたと立ち止まり、妻の坐っている椅子の肘掛けに腰を預け、妻の手をとってなだめるようにそっと甲を叩いた。

「ご子息の姿を最後に見たのは？」

フロストの問いには母親が答えた。「お昼食《ひる》に帰ってきたときです。〈リーガル劇場〉でディズニーの新しい映画をやっていて、どうしても観たいと言われましたが、あまりにも生意気な口をきくもんで、駄目だと言ったんです。そしたら口答えして、最後には大声で怒鳴って、どすんどすんとものすごい足音を立てて家を出ていってしまいました」

「友だちに連絡は？」

「してみましたよ、真っ先に」と父親が言った。「学校が終わったあと、映画を観にいくと言って別れたらしい」

「映画を観にいくのに、軍資金は？」

母親は首を横に振った。「お金はあげていません。以前にそういうことがあったときに、わたしの眼を盗んでわたしのお財布からこっそり映画代を抜いていったんで、今回は用心してそういう機会を作らないようにしたんです。お財布を眼の届かないところには置かないようにしてました」

「では、今日は財布の金《かね》に手を出すようなことは？」

「ええ、それはありません。お財布にはお札しか入っていなかったし、お札は一枚もなくなっていないから」

「映画館には問い合わせてみましたか?」

「当然でしょう?」父親は嚙みつくように言った。「支配人に事情を説明して、一緒に捜してもらいましたよ。文字どおり映画館の隅から隅まで。でも、息子はいなかった」父親は床に視線を落とし、力なくかぶりを振った。「あの馬鹿たれ……映画に行かせてもらえなかった腹癒せにこんな真似をしてるんなら、断じて許さん。今度こそ――」そこでいきなり口をつぐむと、父親は弾かれたように立ちあがり、フロストを睨みつけた。「警察ってのは質問ばかりだな。どうでしたか、こうでしたか? あれはしましたか、これこれはどうですか? 質問なんかいくらしたって息子は見つかりゃしませんよ。わたしが自分で捜しにいきます」父親は居間から飛び出していった。続いて玄関のドアを手荒に叩きつけて閉める音がした。

「ごめんなさい、失礼なことを」夫に代わって妻が詫びた。「あの人、心配で心配でたまらないんです」

フロストは頷いた。察するに余りある心情だった。フロスト自身も、無性に心配だった。子どもがふたり、同じ日に行方がわからなくなっているのだ。子どもに対してよからぬ欲望を抱く変態野郎が、デントンで集団発生している、ということか? 冗談じゃない、とフロストは思った。想像したくもないことだった。思わず身震いが出そうになった。おぞましい想像が口調に影響しないよう、努めて落ち着いた声で、眼のまえの母親を安心させることばを探した。

「子どもが帰ってこないってのは、わりとよくあることでね。警察も対応には慣れてますよ、スコットニー夫人。親御さんは気も狂わんばかりに心配するわけだけど、たいていの場合、子どもはけろっとして帰ってきますからね。悪いことをしたなんて、これっぽっちも思わずに」

「でも、うちの子はどうして、こんなに遅くなっても帰ってこないんでしょうか?」

「ひょっとして、パパのお仕置きが恐くて帰ってこられないとか?」フロストは、とりあえずその場で思いついたことを言ってみた。

母親は首を横に振り、ごくりと咽喉を鳴らして涙をこらえた。「あんなことを言ってますけど、主人は口だけの人なんです。お仕置きだと言うけれど、実際に手をあげたことは一度もありません。ときどき思うわ、そんなに言うならいっそ本当に——」電話が鳴った。母親ははっと息を呑み、朗報を期待して引ったくるように受話器をつかんだ。「もしもし……?」とたんに落胆の表情に変わった。「いいえ、お母さん、まだなんの連絡も……お願いだから、電話をかけてこないで。こうして話してるあいだに、かかってきたら困るでしょ?」受話器を置いたとき、母親の肩が小刻みに震えていた。声をころして泣いていた。

フロストは母親の肩に手を置いた。「あんまり思い詰めないことですよ、奥さん。息子さんはきっと帰ってきます。もうちょっと待ってみましょう、きっと帰ってきますから」空疎なことばの羅列になった。言っている当人にも信じられないことなのに。それでも母親は手の甲で涙を拭い、気丈にも笑みを浮かべてみせた。フロストの言ったことを信じたのかもしれなかった。

フロストはパーディ巡査を脇に呼び、声を落として言った。「おっ母《か》さんに付き添ってやってくれ。それから、ここにいるあいだに、家のなかを細かく見てまわって、ぼうずを捜してほしいんだ。おっ母さんに叱られた仕返しに、心配させてやろうとしてどっかに隠れてるのかもしれないだろう？」

戸外《そと》に出ると、霧が出はじめていた。じっとりとまとわりついてくるような、冷たく濃い霧だった。夜間の捜索には、まさに百害あって一利なし。フロストは思わず悪態をついた。車に乗り込み、ヒーターの設定温度を目いっぱいあげたところで、車の無線機がフロスト警部の応答を求めてきた。署に詰めているビル・ウェルズからだった。「ジャック、あんたがそとに出てくるのを待ってたんだ。親には聞かせたくない話でね。行方不明のぼうずが見つかったらしい」

フロストは胃袋がぎゅっと縮みあがるのを感じた。ウェルズ巡査部長の口ぶりは、これから伝えることはいい知らせではないと言っていた。「どういう意味だ、その〝見つかったらしい〟ってのは？」

「デントン総合病院に子どもが運び込まれてきたんだが、その子どもの特徴が行方不明のぼうずと一致するんだよ。轢き逃げに遭って――」

「くそっ、轢き逃げだと？　事故に遭った場所は？」

「デントン・ウッドの森の外周道路だ。高速道路に出る手前のあたりだと聞いてる」

「デントン・ウッド？　どうしてそんなとこに？」

「そいつはわからん。車を運転してたやつが電話をかけてきたんだよ。ああ、匿名だ。いくら訊いても名乗らない。いきなり車のまえに飛び出してきたんで避けきれなかったってことで、子どもが倒れている場所だけ言って電話を切りやがった」

「で、ぼうずの容態は？」

「集中治療室に運び込まれた。見通しは厳しいと医者は言ってる」ウェルズはそこでひと呼吸置いてから、肝心の用件を切り出した。「ジャック、ぼうずの両親に伝えなくちゃならない」

フロストは辞去してきたばかりの家を振り返った。こんなことを知らせるために、あの家に引き返したくはなかった。「轢き逃げってのは交通事故だろう？　担当は交通課じゃないのか？」

「例の女の子の捜索に出払っちまってて、署内もあちこち手薄なんだよ、ジャック。あんたはその場にいるわけだし――」

「わかったよ、わかった。おれはそういう人間なのさ。その場にいちゃいけないときに限って、なぜか居合わせちまうのさ」

「それじゃ、引き受けてもらえるか？」

「どうせそういう星まわりに生まれついちまったんだ。ああ、なんなりとご用命くださいませ、だよ」

フロストは吸っていた煙草を最後に深々と一服して吸い殻を暗闇に投げ捨てると、車を降り、辞去してきたばかりの家の玄関まで引き返して、呼び鈴を押した。

警邏車輛を運転中のジョーダン巡査は、デントン・ウッドの森の外周道路に出るため、穴ぼこだらけの悪路にもかかわらず、森を抜ける近道を取った。本来なら三十分まえから休憩時間のはずで、同乗者のシムズ巡査共々食事にありつけていたはずだったが、轢き逃げ事案が発生したことで、お預けを喰らっているのである。それでなくとも鬱陶しい霧がますます濃くなり、みるみるうちに視界が利かなくなった。シムズ巡査は助手席側の窓を開けて顔を突き出し、側溝にタイアを取られないよう、眼を光らせていたが、不意に顔を引っ込めて言った。「停めてくれ」

ジョーダンはブレーキを踏んだ。「どうした?」

「車が停まってる。今通り過ぎた繁みの奥だ。ライトを消してる」

ジョーダンはうめき声をあげた。「どうしてそんなに眼がいいんだ?」ジョーダンの胃袋が、また、ぐうっと鳴った。空っぽであることを先刻からしきりと訴え続けているのである。「わかったよ。だが、さっさと片づけちまおう。腹が減ってはなんとやら、だからな」

ふたりはパトロール・カーを降りて、当該車輛のところまで引き返した。車種はBMW、ダークグレイの車体はどう見ても新車だった。まだ一年も乗っていないのではないかと思われた。ドアはロックされ、車内に人の姿はない。シムズはボンネットに触れてみた。「長いこと停まってたわけじゃなさそうだな」

「盗んだ車を乗り捨てたか?」とジョーダンが言った。

「盗んだ車を乗りまわすような連中が、乗り捨てるときにわざわざロックしたりするか? こいつは、ちょいと調べてみたほうがよさそうだな」ジョーダンが無線で署の司令室を呼び出し、問い合わせをしている間に、シムズは懐中電灯で車内をひとわたり照らした。助手席にブリーフケースと携帯電話が置いてあった。それを除けば、めぼしいものはなかった。

「盗難届は出てない」ジョーダンは車をまわり、それぞれのタイアに形ばかりの蹴りを入れた。タイアに異常はなさそうだった。「ってことで、何か食いにいかないか？」

「持ち主が盗難に気づいていないのかもしれない」とシムズは言った。「こいつは高級車だぜ。森のなかに放ったらかしになんてしとくか？」

「故障してるってことは？」

「携帯電話があるんだから、普通なら携帯電話で修理屋なり迎えなりを呼ぶだろう？　で、車のなかで待ってるよ。寒い思いをしないですむんだから――」シムズは片手を挙げ、反論しかけたジョーダンを制した。「聞こえたか、今の？」

繁みの陰でうめき声がした。続いて激しく嘔吐をする音。

「ああ、いい音色だ」ジョーダンは愚痴っぽく言った。「最高だね、これから何か食いにいこうかってときに」

ＢＭＷの脇で待つことしばし、そばの繁みから、蒼白い顔をした男がよろよろと出てきた。シープスキンのジャケットを着た、背の低い男だった。年齢は三十をいくつか出たあたり。口元を拭ったハンカチで、額に浮いた汗を押さえている。警察官がふたり、車の脇に立っていることに気づくと、男は一瞬ぎょっとしたようだったが、すぐに弱々しい笑みらしきものを浮かべた。「気分が悪くなってしまって」言い訳でもするような口調で、男は言った。

「ええ、聞こえましたよ」シムズはそう言うと片手を差し出し、免許証の呈示を求めた。「お手数ですが、念のため、拝見します」

運転免許証によれば、男はパトリック・トマス・モリスといい、森のど真ん中に停めてあるＢＭＷの登録所有者に相違なかった。ジョーダンはこれにて一件落着を期待して、パトロール・カーのほうにじりじりと移動しはじめたが、シムズのほうはまだ納得していなかった。しきりに鼻孔をひくつかせていた。「飲酒されていませんか？」

パトリック・モリスのそれでなくとも冴えない顔色が、そこでまた一段と蒼白くなったようだった。「飲酒？　とんでもない――いや、ビールを……ビールを、その、一杯だけ……」

「そうですか。召しあがったのは、ビール一杯だけ」とシムズは言った。「ご当人がそうおっしゃっているんだから、まあ、間違いはないでしょうが、いちおう確認させてください」シムズはパトロール・カーに積んである酒気検知器を持ち出した。モリスが検知器のマウスピースに息を吹き込む様子を、ジョーダンは気遣わしげな表情でじっと見守った。今回に限っては、〝検知せず〟と出てほしかった。頼むよ――ジョーダンは願った、腹の底から。頼むから、夕食ぐらい食わせてくれよ。検知器の試薬の色が変わりはじめたのを見て、ジョーダンはうめき声を抑え込んだ。

シムズは検査結果をモリスに示して言った。「ビール一杯だけでは、こんなにはなりませんよ。数え間違えたんじゃないですか？　これでは、このままお帰りいただくわけにはいきません。署までご同行願います」

「それは困る——頼みますよ」手を合わさんばかりどころか、実際に手を合わせ、拝むようにしてモリスは訴えた。「運転するまえに呑んだのは、本当にビール一杯だけなんだ。でも、運転しているうちに気分が悪くなってきて。それで、車を停めて、ブランディをほんのひと口きゅっとやったんですよ。吐き気を抑えられるんじゃないかと思って」モリスはそう言うと、ズボンの尻のポケットから携帯用の酒入れ《ヒップ・フラスク》を取り出してふたりに見せた。「今夜はもう運転はしない。車のなかで寝て、酔いが醒めてから帰ることにします。ええ、そうします。誓いますから」

シムズはジョーダンのほうをちらりと見やり、目顔で問いかけた。ジョーダンは肩をすくめてみせた。その意味するところは——おれは腹が減ってて死にそうなんだ、こんなゲロ吐き親爺のひとりやふたり、見逃してやろうじゃないか。

相棒の提案をしばらく吟味したのち、シムズは短く頷いた。確かに、大騒ぎするほどのことではなさそうだった。それに、こいつを署まで乗せていったら、パトカーの後部座席はおそらくゲロの海になる。あの顔の蒼ざめ具合からして、吐き気の波が去ったとは言いがたい。「今夜はついてますよ、あなたは——」シムズはそこで口をつぐんだ。パトロール・カーのほうに戻りはじめていたジョーダンが、猛烈な勢いで手招きしていることに気づいたからだった。

「どうした？」

ジョーダンが指さす先に眼を遣ると——ＢＭＷの左側のフロント・フェンダーがへこみ、へッドライトのガラスが割れていた。「くそっ！」シムズは押しころした声で言った。ふたりは揃ってモリスのところに引き返した。モリスは懸命に、何食わぬ顔をこしらえようとしているところだった。「あなたの車ですが、フロント部分に損傷があります。事故を起こしたわけではありませんよね？」

「えっ？　ああ、あれですか？」モリスは笑い声をあげてみせた。いかにも迫力に乏しい笑い声だった。「実は今朝、やっちゃいましてね。車庫から出るときに門柱にぶつけたんですよ」

「だったら、今日は暗くなってからも、左側のヘッドライトがつかないままの状態でずっと運転していたわけですか？」相手の瑕疵《かし》を衝いて、シムズは舌を鳴らした。「それは重大な違反になりますよ」それから厳しい口調になって言った。「もしかして、ヘッドライトが割れたのは、男の子を撥ねたからではありませんか？」

「男の子？　どういうことです、男の子って？」モリスの額に、大粒の汗が浮いていた。

「病院の集中治療室にいる男の子ですよ。あなたが車で撥ね飛ばした男の子、と言ったほうがわかりやすいかもしれませんね。それとも、酔っ払っていて覚えてませんか？」

　モリスは今度もまたハンカチで額を拭った。「何を言われているのか、わたしにはまるでわかりませんよ、お巡りさん。わたしは人を撥ねたりなどしていませんから」

「そうですか。だとしても——」シムズはモリスの腕を取り、パトロール・カーのほうに歩きだした。「少々おつきあいいただいたほうがよさそうだ。署までご同行願います」

取調室のなかは、むっとするほど暖かかった。暖かすぎるほどだったが、寒空のしたでの警邏業務を終えたばかりのコリアー巡査には、歓迎すべきことだった。引致されてきた男は落ち着かない様子で、室内を歩きまわっては、お世辞にも清潔とはいえないハンカチで顔の汗を何度も拭った。「あとどのぐらい待てばいいんです？」男は返答を迫った。

「間もなくです。間もなく警部が来るはずですから」

「間もなくって、この三十分、そう言ってばかりじゃないですか。何もかも誤解なんです。だって考えてもみてくださいよ、人をひとり撥ねておいて気づかないなんてこと、ありえますか？　弁護士を呼んでください」

「それは警部に言ってください。警部が来たら」とコリアーは答えた。

ばたんという派手な音と共にドアが開き、見るからにだらしのない風体の男が後ろ向きで部屋に入ってきた。どうやら尻でドアを開けたようだった。見ると、紅茶の入ったマグカップを後生大事に抱え、そのうえに脂ぎったサンドウィッチを絶妙なバランスで載せている。男は無造作に椅子に腰をおろすと、室内をうろうろと歩きまわっている被引致者に向かって、テーブルの反対側の席に坐るよう手振りで示した。「フロストです」とだらしのない風体の男は名乗った。「犯罪捜査部の警部をしているフロストです。いやあ、申し訳ありませんでしたね、長らくお待たせしちまって」フロスト警部はそう言うと、被引致者の逮捕記録に眼を遣りながら、サンドウィッチにかぶりついた。「パトリック・モリスさん、ですね？」

「ええ、そうですが……逮捕には異議を申し立てます。これは誤解なんです。何もかも、とんでもない誤解ですよ」

「そうでしょうとも」フロスト警部は頷いた。「でも、どうかご心配なく。お宅の車のヘッドライトに付着してた血痕を、科研の連中に照合させてるとこですから。車庫から出るときに門柱にぶつけたってことなら、お宅の門柱からも同じもんが採取されるはずだからね」

　パトリック・モリスはフロスト警部をじっと見つめた。顔面が真っ赤になったのは、激しい怒りが湧きあがってきたからのようだった。「くそっ、卑怯な真似をしやがって」モリスは暴言を吐いた。

「それで気がすむなら、いくらでも毒づきゃいい」やんわりとたしなめる口調で、フロストは言った。

　モリスは申し訳なさそうな顔になり、慌てて手を振った。「すみません、つい興奮してしまった。ほんと、すみません」そして、がっくりと肩を落としてうなだれた。「スピードを出しすぎてたわけでもないんです。むしろゆっくりと車を走らせてたぐらいなんです。そしたら、眼のまえにいきなり子どもが飛び出してきた。ほんと、いきなりで……避けようがなかったんです」

「そう、ぼうずは素面《しらふ》だったけど、おたくはだいぶ聞こし召してて、へべれけだったからね」

　モリスは弾かれたように立ちあがり、フロストに向かって声を張りあげた。「違う、へべれけなんかじゃなかった」

「おれは耳が遠いわけじゃない」フロストはそう言うと、紅茶をひと飲みして口元を拭った。

「坐ってください、モリスさん」

モリスは言われたとおり、腰をおろした。「すみません、つい……つい、興奮してしまって。申し訳ありません」それからフロストのほうに身を乗り出した。「あの、わたしは石油会社で営業の仕事をしていまして。自分で言うのもなんですが、将来を嘱望されて次期の昇進候補にも名前が挙がっているんです。でも、飲酒運転で事故を起こしたなんてことになれば、一発で馘首《くび》です。わたしも馬鹿じゃありませんからね、そんな軽率な真似をすると思いますか？　わたしは酔ってなどいなかった。断じて酔っていなかった。素面です。すっかり、まったく、完璧に素面だった。ブランディをあおったのは、

「酔っていようと素面だろうと、おたくのしたことは変わらない。十一歳の子どもを車で撥ねて、そのままとんずらこいたんだ」

「巻き込まれるわけにはいかなかったんだ。仕事のことを考えると――」

「おたくの仕事なぞ、知ったこっちゃない。ぼうずは今、病院の集中治療室にいる。あんたにはできることがあったはずだ。自分が撥ねちまったぼうずを助けるために、何かできたはずだ」

「別の車に乗っていた男が駆け寄ってきたんです。だから、あとはその人に任せておけば大丈夫だろうと思って……」

フロストはすかさず顔をあげた。「別の車というのは？」

「ポンコツというか、だいぶ古そうな車でした。ヴォクソールのアストラで、車体の色は青っぽかった。路肩に寄って停まってたんです。男の子は、その車から飛び出してきたようで……

わたしの車が男の子を撥ねたのを見て、アストラに乗っていた男が車から慌てて降りてきて、男の子のとこに駆け寄っていきました。わたしの出る幕ではなさそうだったので、携帯電話で救急車を呼んだんです」

「ほう、なるほど」フロストは無愛想に言った。「そりゃ、なかなかできることじゃないよ。博愛精神に則った、実に人道主義的な行動だ。ノーベル平和賞が貰えるよう推薦するから、おれがうっかり忘れてたら言ってくれ」サンドウィッチの食べ残した耳の部分を紅茶のマグカップに放り込み、マグカップを脇に押しやった。「アストラに乗ってた男について覚えてることは？」

「中年の男でした。年齢で言うと、四十五歳から五十歳ぐらいでしょうか。黒っぽい髪で、禿げかかってました」

「髭は？」

「生やしてなかった……と思います。でも、なんと言っても、何もかも――」

「ああ、わかってる。何もかも、あっという間の出来事だった、だろ？」モリスに代わって、フロストが言った。「男の体格は？」

「中肉中背というやつです」

「服装は？」

「スーツを着てました。黒っぽいスーツだったと思います」

「なんと、スーツを！」フロストは声を張りあげた。「そりゃ、ありがたい。これでそいつを捜すときにドレスを着た男は除外できるよ」

「わたしだって、ほかにもわかっていることがあれば、ちゃんとお話ししてますよ」モリスは声を荒げて言った。「その男を見つけてもらうことが、わたし自身を救うことになるんですからね。その人から話を聞いてもらえれば、わたしがスピードを出しすぎていたわけじゃないことも、いきなり飛び出してきた男の子を避けようがなかったことも、ちゃんとわかります」

「だったら、そのおっさんが見つかることを祈るんだな」とフロストは言った。「なんせ、今んとこ、おたくがそう言ってるだけで、ほんとに避けようがなかったのかどうか、こっちには判断のしようがないんだから」最後に吸い終わった煙草を冷えた紅茶のマグカップに落とし、サンドウィッチの耳の仲間に加えた。そして席を立ち、コリアー巡査のほうに顎をしゃくった。「あちらの巡査がこれからおたくの供述調書ってやつをこしらえるから」

廊下に出ると、ビル・ウェルズ巡査部長が取調室のまえを行きつ戻りつしながら、フロスト警部を待ち構えていた。「科研から第一報が入ったぞ、ジャック。ＢＭＷのヘッドライトのガラスは、轢き逃げの現場で回収されたガラス片と間違いなく一致したそうだ」

「科研の頭でっかちどもってのは、どうして毎回、とっくにわかってることばかり言ってよこすんだろうな」フロストは鼻を鳴らした。「ぼうずを撥ねたこと、あのモリスって野郎は認めたよ」

「それと、こいつは交通課から入った報告なんだが、ブレーキをかけたとこで計測されたスリップ痕から割り出すと、事故の時点でモリスが出してたスピードはせいぜい時速三十マイルほどだそうだ」

「なんだ、がっかりだな」とフロストは言った。「あのいけ好かないイタチ野郎には、うんと重い罪状を背負い込ませてやろうと思ってたのに」

オフィスに戻ったとたん、デスクの電話が鳴りだした。病院に詰めているジューン・パーディ巡査からだった。「轢き逃げに遭った少年ですが、警部、十分ほどまえに息を引き取りました」

フロストはうえを向き、天井めがけて悪態をついた。「くそっ、医者の診立てがはずれることを願ってたのに。ぼうずの両親は知ってるのか？」

「ええ、少年が息を引き取るときに、ご両親は付き添ってました」

そこで思わず安堵した自分を、フロストは恥じた。両親に最悪の知らせを伝える役目を免れた安堵感が、十一歳の少年の死を悼む気持ちを上まわりそうになったというのは、わがことながら情味に欠ける反応だった。「両親はまだそこにいるかい？」

「ええ、いらっしゃいます」

「こんなときに訊きにくいことだとは思うんだが、両親にちょいと訊いてもらいたいことがある。ふたりの知り合いに、青っぽい色のヴォクソール・アストラに乗ってて、四十代後半ぐらいの年齢で頭の禿げかかった男がいないかどうか、そういう男に心当たりはないか、訊いてみてくれ。その禿げちゃびんのおっさんがぼうずを車に乗せてたかもしれないんだ。わかったら、すぐに折り返し電話してくれ」

「その人物が轢き逃げの犯人なんですか?」

「いや、そうじゃない。事故の瞬間を目撃してるかもしれないんで、そいつからも話を聞きたいと思ってね。轢き逃げの犯人はしょっぴいてきたんだが、そいつの言い分だと、ぼうずがいきなり飛び出してきたもんだから避けきれなかったってことなんだ。それに、その禿げちゃびんのおっさん、どうも臭うんだよ。ぼうずを車に乗せて森に連れてったのかもしれない。夜の夜中に十一歳の男の子をデントン・ウッドの森に連れてくのは、茸狩りをするためじゃない、だろう?」

ジューン・パーディからの折り返しの電話は、五分後にかかってきた。少年の両親は共に、そうした特徴に当てはまる知り合いはいないし、心当たりもないと言っている、とのことだった。

「そうか。まあ、世の中はそう単純にはできてないってことだな」フロストは溜め息をついた。「いや、ご苦労さん。ご苦労ついでに、ぼうずの衣類一式、預かってきてくれないか。科研の頭でっかちどもに渡してやりゃ、屁の足しにもならない情報をまたぞろ、あれこれ拾い集めてよこすだろうから」

殺人事件の捜査本部が置かれた部屋で、フロストはデスクにつき、むっつりと煙草を吸いながら、血痕の付着した衣類を証拠品袋に戻していた。轢き逃げに遭ったときに被害者のトニー・スコットニーが身につけていたものだった。もうひとつの、やや小型の袋には、少年の服のポケットから出てきたものが収められていた。フロストはその袋を逆さまにして、中身をデスクの天板に空けた――櫛、一ペニー硬貨が八枚、ハンカチ、映画館の入場券の半券。その横に開いて置いてあるのは、最初に行方がわからなくなった八歳の少女、ヴィッキー・スチュアートの捜索に関する一件書類を綴じ込んだファイルだった。タイプ打ちにされた報告書は、何ページ分ものヴォリュームがあった。漫然と眼を通すうちに、ヴィッキー・スチュアートの行方がわからなくなった当日の午後、デントン初等学校の周辺を走行する青い車輛を見かけたという報告が二件寄せられていることがわかった。その車輛に関しては、その後なんの捜査もなされていないことも。フロストは指先でデスクの天板を連打した。世の中には、青い車などそれこそ掃いて捨てるほど走ってる。デントン・ウッドの森の轢き逃げの現場で青っぽい色のヴォクソール・アストラが目撃されたことには、たぶん、鼻くそほどの意味もないものと思われた。だが、例によって例のごとく、直感がただの偶然ではないはずだ、としきりに訴えかけている。

腕時計に眼を遣った。午前零時十分過ぎ。締まり屋マレットは、捜索隊の超過勤務を午前零時までしか認めないと言いやがった。従って、目下捜索に当たっている面々は、じきに署に引きあげてくる。窓から戸外《そと》をのぞこうとしたが、折からの濃霧が窓ガラスに熱烈なキスをしていて、一向に離れる気配がなかった。捜索が再開される明朝には、その未練が断ち切られていることをフロストは願った。

疲れた者たちの重たげな足音が、食堂へと続く階段を次々と大儀そうに登っていくのが聞こえた。捜索隊の第一陣が帰還してきたようだった。フロストは引きあげてきた連中がひと息つけるよう、しばらく待ち、頃合いを見計らって食堂に顔を出した。その場に集まっていた面々は、全員が疲労の色を浮かべていた。一同の意気消沈した顔を見れば、捜索の首尾は尋ねるまでもなかった。フロストはアーサー・ハンロンの坐っているテーブルに近づいた。ハンロン部長刑事は、非番に当たっていたにもかかわらず緊急呼集を受けて駆り出された制服組の五名と同席していた。ハンロンを含め、誰もが寒さとみじめさをたっぷりと味わってきたばかりで、火傷《やけど》しそうに熱い紅茶の入ったマグカップを両手で抱え、手のひら越しに伝わってくるぬくもりを、ありがたく貪っているところだった。「うちの芋にいちゃん《タフィ》はどこだい？」フロストはそばのテーブルから椅子だけ引きずってきて、仲間に加わった。

「たぶん、おれがこれから行こうとしているところにいると思う」とハンロンが答えた。「ぬくぬくのベッドで、高鼾《たかいびき》だよ」

フロストは笑みを浮かべた。意味ありげな笑みだった。「その発言はちょいと正確さに欠けるよ、アーサー。あんたはまだベッドには行けないんだから。諸君にはもうひとつ頼みたいことがあるんだ」周囲からいっせいにうめき声があがった。フロストはにやりとしながら煙草のパックを取り出し、テーブルを囲む一同にまわした。「わかってる。おれは根性の腐った意地の悪いくそ野郎だし、結局は諸君の時間と労力を無駄遣いさせちまうことになるのかもしれない。だけど、手がかりとも呼べないほどの心細い手がかりだが、行方不明の女の子に結びつくかもしれない線が出てきたんだよ。おれとしては、そいつをどうしても手繰ってみたい」テーブルのそばをジョーダンとシムズが通りかかった。ようやくありついた食事をすませたところだった。フロストはふたりのほうに顔を向けて言った。「病院に担ぎ込まれたぼうずだけど、駄目だったよ」

ジョーダンはやるせなさそうな顔で首を横に振った。「可哀想に」それから、トップコートのボタンを襟元まできっちりと留めた。勤務が明けるまで、まだあと六時間ばかり、寒空のもとで警邏に就かなければならない身だった。

「轢き逃げかい、例のデントン・ウッドの？」とハンロンが尋ねた。

「ああ、あのぼうずが撥ねられた件だ」フロストは頷いた。「轢き逃げって言っても、轢いたけど逃げちゃいない。運転してた野郎はきっちりパクった。そいつが言うには、ぼうずは停まってた青いヴォクソール・アストラからいきなり飛び出してきたもんで、避けようがなかったんだと。ああ、いかにもそういうことを言いそうな、いけ好かないイタチ野郎だよ。だから、おれとしちゃ認めるのは業腹なんだが、そいつの言ってることは嘘じゃないと思う。というわけで、あんたをはじめ、皆の衆にもうひと働きしてもらいたいんだ」

ハンロンと制服組の五名は、話の行き着く先が見えないまま、訝しげに顔を見あわせた。フロストは胸いっぱいに溜めていた煙草の煙を吐き出し、それが渦を巻きながらゆっくりと天井のほうに漂っていくのを眼で追いかけた。「年端もいかないぼうずが夜の夜中、見知らぬおっさんとブルーのアストラに乗って森の真ん真ん中にいた。その理由は？　しかも、乗ってた車から脱兎のごとく飛び出してきた。その理由は?」

「そのアストラに乗ってた男ってのが、幼児専門の性犯罪者だったたって言いたいのかい?」とハンロンが尋ねた。

「おれはそう睨んでる。おうちまで送ってあげよう、と言ってぼうずを車に乗せて、送っていく代わりにデントン・ウッドの森に連れ込んだ。でもって、おいたを始めようとしたもんだから、ぼうずはびっくり仰天しちまって大慌てで車から転がり降りたが、飛び出したとこに別の車が走ってきて……」

「それが行方不明の女の子の事件とどこでどう結びつくんですか?」本来は非番だった巡査のひとり、ハウが質問した。

「確かに屁をつかむような話かもしれない」ハウの言い分を認めて、フロストは言った。「だが、ヴィッキー・スチュアートの行方がわからなくなった日、下校時刻に学校の近辺を青い車がとろとろ走っているのをふたりの人間が目撃してる。ぼうずを乗せてたのも青っぽい色のアストラだった」

「だから同一人物だってのかい?」ハンロンは声を張りあげた。「車体の色が青だったたって、ただそれだけの根拠で? そりゃまた、ずいぶんと大胆な当て推量だな、ジャック」

「ああ、かもしれない。だが、おれたちが手繰れる線は目下それしかない。これまでは、その線すらなかったんだし」フロストはトニー・スコットニーが持っていた映画館の入場券の半券を取り出した。「こいつはぼうずの上着のポケットに入ってたもんだ——今夜上映されてたデイズニー映画の半券だが、見てみろ、大人料金の入場券だ。ってことは、何を意味してるか？」

テーブルを囲んだ顔は、一様に無反応だった。

「ぼうずは子ども料金で入場したはずだから、こいつはぼうずの半券じゃない。だったら、こんなふうに考えられないか？　ぼうずが映画館のまえをうろうろしてると、感じがよくて、いかにも親切そうな、禿げちゃびんの紳士が近寄ってきて、こう訊く――『映画を観にきたのかい、坊や？』で、ぼうずはこう答える――『でも、ぼく、お金を持ってないんです、親切な禿げちゃびんの小父さん』そこで小父さんはぼうずに、だったら入場券を買ってやろうと言う。ふたりして映画館に入り、小父さんは大人用の入場券と子ども用の入場券とそれぞれ一枚ずつ買う。休憩時間になると、ぼうずは腹ぺこだ。その日は家に帰ってなくてお茶にありつきそびれたからだ。『だったら、ホットドッグでも買っておいで』と親切だけどきわめつけに助平な変態エロ小父さんは、トレードマークのレインコートのまえを慌ててかきあわせて言う。ホットドッグの売店は映画館のロビーにあるから、買ったあと自分の席に戻るには入口で入場券の半券を見せなくちゃならない。で、小父さんはぼうずに半券を渡す……それがたまたま大人の半券だった。ぼうずにとっちゃ、どっちだろうと関係はない。席に戻れりゃいいんだから」

ハンロン以下、全員が顔を見あわせ、渋々ながら頷いた。「確かに筋は通るよ、ジャック」

ハンロンは言った。「仮定だらけではあるけれど」

フロストはポケットに手を突っ込み、トニー・スコットニーの写真を複写した束を取り出して各人に一枚ずつ配った。「だったら、その仮定を一個でも確証に変えられないもんか、ひとつやってみてくれや。誰かひとりは映画館に行ってくれ――今夜は怪奇映画のオールナイト上映をやってるはずだから、まだ営業してる。このぼうずを見た覚えはないか、この子が入場するときに、禿げちゃびん一歩手前の黒っぽい髪をした四十男が一緒じゃなかったか、訊いてまわってくれ。ぼうずたちが観た回は午後八時二十五分に終わるけど、ふたりがデントン・ウッドの森に現れたのは十時過ぎだ。おれの読みでは、その空白の時間に、親切な禿げちゃびんの小父さんはぼうずに何か食わしてやったんじゃないかと思う。というわけで、何人かで手分けして市内のファストフード店をまわってもらいたい。それから二名はコンピューターで前科記録を調べて、中年の変態を捜せ。幼児を相手においたの限りを尽くしてきた前科《まえ》のあるやつだ。禿げちゃびんであることが望ましいけど、禿げちゃびんも逮捕された時点ではまだ頭髪の具合はそれほど寂しくはなかったかもしれない。その点は留意するように。洗い出しが終わったら、該当者のお宅訪問だ。寝込みを叩き起こして、今夜どこで何をしてたか聞き出し、ついでに車を持ってるようならどんな車かを確認してきてくれ。それと、コンピューター要員がもうひとり要る。車輌登録の記録を調べて、最低でも五年以上経ってる青いアストラを所有し、なおかつデントン市内に在住している者を拾い出してくれ」

「市内在住に限定する理由は？」異議を唱える口調で、エヴァンズ巡査が尋ねた。

「そりゃ、それ以外に考えられないからさ」とフロストは言った。「この市《まち》の初等学校の周辺をうろつき、この市《まち》の映画館に出入りし、デントン・ウッドの森のどこに駐車すればいいかを心得てるんだぞ。地元の人間に決まってる。アストラ所有者のリストができたら、管轄内在住の幼児専門の変態エロ親爺のリストと照合してみてくれ。当たりが出たら、なんでもいいから、できるだけ重い罪状をおっかぶせて、おっかぶせる罪状がなけりゃ適当にでっちあげてもいいから、遠慮なくしょっぴいてこい」

「それはいいですけど、丸ごと全部、超過勤務扱いにしてもらえるんですか？」とエヴァンズは尋ねた。マレットから無情なる倹約令が出されていたことを思い出したからだった。曰く――超過勤務に従事することはかまわない、超過勤務扱いにならず、手当が出ない場合もあることを従事する当人が心している限りにおいては。

「なんだ、おまえさんは拝金教徒か？」とフロストは言った。「ああ、大丈夫だ。丸ごと全部、超過勤務扱いにしてやる。だからって、ちんたら長引かせて余分に稼ごうなんて考えるなよ」

具体的な段取りは当人たちに任せて、フロストは階下の玄関ロビーに足を向け、ハンロン部長刑事と制服組五名に新たな任務を割り振ったことをビル・ウェルズ巡査部長に伝えた。「全員、超過勤務を延長するから、その旨記録簿に記入しといてくれ」

「わかってるだろうけど、それにはマレットの承認が必要だぞ」ウェルズは念を押す口調で言った。「前回、あんたが勝手に動員かけて、超過勤務手当が膨大に膨れあがったときのこと、覚えてないとは言わせないからな。マレットの野郎、頭から湯気出して怒り狂ったじゃないか」

「今ごろはもう、ベッドにもぐり込んでるんじゃないかな」フロストは承認を得ることには、後ろ向きな姿勢を示した。「ひょっとしたら、事に及んでる真っ最中ってこともありえるだろう？」それでも不承不承、マレット署長の自宅に電話をかけた。「しかし、まあ、相手がかみさんだったら、邪魔が入ったことを却って歓ぶかもしれないな」

マレットは邪魔が入ったことを少しも歓ばなかった。せっかく熟睡していたところを、電話の音で叩き起こされてしまったのだ。「超過勤務を承認してほしいだと？　そんな根拠とも呼べないような、頼りない根拠しかないというのに？　そもそも轢き逃げに遭った少年が本当にその青い車に乗っていたことすら、確認は取れていないのではないかね？　事故発生現場のすぐそばに、ただ停まっていただけかもしれないではないか」

「だけど、その青い車は救急車の到着も待たずに走り去ってるんだ」マレットの記憶を呼び覚ますべく、フロストはその点を力説した。

「それについてはなんとでも説明がつくだろう」とマレットは言った。言った当人は、しかるべき説明は、ひとつとして思いつかなかったけれども。「申し訳ないが、フロスト警部、きみの主張する超過勤務を承認することはできない」

「わかりましたよ、警視《スーパー》」とフロストは言った。「でも、デントン・ウッドの森に停まってた青い車が問題の目撃車輛だった場合、そいつを運転してた禿げちゃびんは行方がわからなくなってる女の子を監禁している可能性があるってことですからね。と言っても、署を預かる身としては、予算のほうが人命より重いと――」

「十時間だ」フロストのことばを遮って、マレットが言った。「最長で十時間、それ以上は一秒たりとも認めない」

「ひとり頭、十時間ってことで？」期待を込めて、フロストは訊いてみた。

「延べ時間数にしてということだ。決まっているだろう？　いいかね、フロスト警部、延べ時間数にして十時間だぞ。そして、それに見あうだけの成果を必ず出すこと。それを肝に銘じておくように」

受話器を置くと、ビル・ウェルズ巡査部長が訊いてきた。「で？」

「必要とあらば、何人でも何時間でも動員してかまわない、とさ」とフロストは答えた。

フロストはオフィスに陣取り、次々と入る報告の電話に対応しながら、のしかかってくる疲労感と闘っていた。収穫なしの報告が相次いでいた。「残念ながら、警部、駄目でした」エヴァンズ巡査からのその電話が、そとまわりの連中からの最後の報告だった。「目撃者はゼロです」

「そうか、ご苦労さん、今夜はもうこれで切りあげよう」フロストは欠伸《あくび》混じりに店じまいを宣言した。

それからのろのろと席を立ち、コンピューター室に出向いた。ハウとコリアーの両巡査がコンピューターの吐き出した、一度には抱えきれないほどの記録用紙の束と格闘しているところだった。「今のところ成果なしです、警部」

「もうちっとだけ、頑張ってみてくれ」フロストはぼそりと言った。超過勤務手当の申請書を見せられたときに、マレットが色をなす様子が今から眼に見えるようだった。しかも、なんら成果があがらなかったことを知れば……口から泡を噴いてひっくり返りゃいい。

オフィスに戻っても、冴えない気分は続いていた。前歴と所有している車輌の双方の条件に合致する人物が、仮に見つかったとしても、少女が行方不明になっている件とはまるで無関係かもしれないのだ。《未決》のトレイに堆積している書類を、おざなりに検めた。冴えない気分を、ますます冴えないものにする知らせがもたらされていた。暴行を受けて入院していた娼婦のチェリー・ホールが、犯人の訴追は求めないことにしたというのである。端的にいえば、チェリー・ホールは買収されたということだった。これで、ミッキー・ハリスは無罪放免、大手を振って世間を闊歩できることになる。今夜はどうやら、今後折にふれて振り返っては懐かしむ類《たぐい》の一夜とはなりそうになかった。

煤けた窓越しに駐車場をちらりと見やり、眼を細くすがめるようにした。霧は渦を巻きながら、ますます濃くなってきていた。駐めてある車はどれも、輪郭のぼやけたシルエットとなってうずくまり、ナトリウム灯はくすんだ橙色のしみぐらいにしか見えなかった。見るからに寒々しく、気の滅入る景色だった。おれの今の気分にぴったりだよ、とフロストは胸の奥でつぶやいた。そもそも、こんな……。

そこでまた欠伸が出た。そう、そもそも、こんなに疲れていては、まともに頭が働くとも思えなかった。これ以上署に残っていても、フロスト警部にできることは何もなかった。帽子掛けからマフラーを取り、首に巻きつけた。戸口のところで足を止め、ひと呼吸分だけ待った。今にも電話が鳴りだし、ヴォクソール・アストラを運転していた男とヴィッキー・スチュアートとついでにジェニー・ブルーアーも見つかったという報告が入ることを期待して。だが、電話は沈黙したままだった。フロストはオフィスの明かりを消してドアを閉め、自分の車に向かった。

車のヒーターはいつもの悪戯心を発揮して、温風の代わりに冷風を吹き出し続けた。おかげで自宅に帰り着いたときには、身体の芯まで冷えきっていた。しかも、自宅のセントラル・ヒーティングは午前零時になると自動的に切れるように設定されているため、帰り着いたわが家は、ほっとできるどころか、冷え冷えとしていること死体保管所のごとし。震えながら、フロストは玄関マットのうえの郵便物を拾いあげた。請求書が二通、ダイレクトメールが三通――そのうち一通には赤字で《本状はダイレクトメールではありません》と記されていた。全部まとめて玄関のテーブルに放り、そのうえに脱いだレインコートを無造作に置いた。何か温かいものを飲みたい気分だったが、飲み物をこしらえるのが大儀だった。

重い身体を引きずって階段をあがり、寝室に入って電気毛布のスウィッチを入れた。枕に頭を載せたその瞬間、狙いすましたように電話が鳴りだした。

電話は階下の玄関脇にある。フロスト警部としては寝室のベッドの横に置きたかったのだが、妻は存命中、それを頑として承知しなかった。寝ているときに電話が鳴りだしたりしたら眼が覚めてしまうし、一度眼が覚めてしまったらそのあとは寝つけなくなってしまうから、というのが理由だった。独り身に戻ってからは子機を買おうと思いつつ、忙しさにまぎれてつい買いそびれてしまっている。こんな時刻にかかってくる電話は、どうせろくな用件ではない。殺人事件は勘弁してほしかった。またしても娼婦が死体で発見された、という知らせも願い下げだった。寝具をはねのけ、リノリウムの床に裸足の足をおろしたとたん、その冷たさにぎょっとした。歯を食いしばり、裸足のまま階下に降りて電話に出た。

　相手の声に聞き覚えはなく、向こうの言っていることもすぐには理解できなかった。「どちらさん?」

「交通課の巡査です。ビアズリーといいます。お休みのとこ、ご自宅にまで電話をして申し訳ありませんが、ちょっと問題が発生しまして」

「交通課? 交通課の問題で、なぜおれのとこに電話してこなくちゃならない?」フロストは歯を食いしばった。そうでもしていないと、歯の根が合わないほど、玄関は寒かった。芯まで凍りつきそうに寒かった。

「それが電話で話すことがはばかられるような問題で。申し訳ありませんが、警部、ただちにこちらまでいらしていただけませんか? サクスビー・ストリートとエイヴォン・ドライヴの交差点です」

「ってことは、くそがつくほどの緊急事態なんだろうな?」

「ええ、そうです、警部」ビアズリー巡査はきっぱりと言った。「緊急事態です、間違いなく」

　車に乗り込み、運転しているあいだも、震えが止まらないほど寒かったが、車外《そと》の冷気が眠気覚ましになることを期待して、車の窓は開けたままにしておいた。それにしても、割に合わない話だよ、とフロストは思った。交通課の巡査が緊急事態だと判断しただけで、なぜに犯罪捜査部の警部が、午前四時四分などという朝まだき時刻に、ベッドから引きずり出されなくてはならないのか？

ステアリングを切って、車をサクスビー・ストリートに入れた。そのまま進み、メタリックグリーンのニッサンの横を通り過ぎた。塗装が剝げ落ち、フェンダーが派手にへこんでいた。指定されたエイヴォン・ドライヴとの交差点で、黄色と赤の縞模様の入った交通課の車輛が、ライトを消して停まっていた。交通課所属の制服警官二名が、不安げな表情で近寄ってきて、フロスト警部を出迎えた。そのうちのひとりが、自分が電話をかけたビアズリーだと名乗った。

「それにしても、助かりました。すぐに来てくださって」そのとき、フロストは大破したフォード・シエラに気づいた。行き止まりの路地に突っ込み、奥の壁に激突したものと思われた。

「行き止まりだとは気づかずに、アクセルを踏み込んじまったんですね」とビアズリーは言った。フロストは交通課の警官二名と共に事故車に近づいた。割れて飛び散ったヘッドライトのガラスが、足のしたでざくざくと音を立てた。「運転してた人が死なずにすんだのは、奇跡としか言いようがないですね」

「救急車は呼んだのかい？」とフロストは尋ねた。それでもまだ、自分がこの場に呼び出されたことが解せなかった。

「そうすると、事態《こと》がでかくなるし、公式の記録にも残ってしまいます。それは警部としては避けたいことではないかと考えたので」フロストに車内が見えるよう、ビアズリーは懐中電灯の光を運転席の窓に向けた。

フロストは身を屈め、眼をすがめて車内をのぞき込んだ。「……おい、嘘だろう？」運転席にぐったりともたれかかっていたのは、"芋にいちゃん《タフィ》"ことモーガン刑事だった。とろんとした眼をして、額から血を滴《したた》らせていた。フロストが運転席のドアを開けると、締まりのない笑みを浮かべてよこした。恥じ入っているような笑みだった。車内にはウィスキーと反吐の臭いが充満していた。見ると、後者の臭いの素が、モーガンのジャケットの前身頃にべったりとこびりついている。「車、ぶつけちまいました、親父《おやっ》さん」とモーガンは言った。呂《ろ》律《れつ》がまわっていなかった。

「この大馬鹿野郎！」フロストは押しころした声で叱りつけた。

モーガンは今にも泣きだしそうな顔になった。次の瞬間、その顔がくしゃくしゃになった。「一杯だけです、親父《おやっ》さん。ウィスキーを一杯だけ。それだけしか呑んでません。ほんとです、ウィスキーをほんの一杯だけ」

「一杯だけだと？　おまえさんの上着を見てみろ。そりゃ、ダブル五杯分の反吐だぞ」交通課の警官二名が声の聞こえない場所にいることを確認してから、フロストは言った。「この泥沼からおまえさんをどうやって引っ張り出してやりゃいいのか、今度という今度は、おれにもわからん。自分のその眼でよくよく見てみろ――」フロストは親指で背後を示した。「ぴっかぴかの新車のニッサンに、何をしちまったのか」

モーガンは痛そうな動きでぎくしゃくと首をまわし、とろんとした酔眼を細くした。焦点を合わせるのにだいぶ手間取っているようだった。「ありゃ、どうしてあんなことに？」

そのあいだにフロストは、モーガンの額の傷を検めた。出血量は少なくないが、傷そのものはそれほど深くはなさそうだった。「病院に行くか?」

モーガンは額に手をやった。指先についた血を見て、びっくりした顔になった。「絆創膏でも貼っときゃ、充分ですよ」モーガンはそう言うと、ジャケットの汚れていない部分で指先を拭った。「親父《おやっ》さん、おれ、どうなるんですか?」

「一般論で言うなら、芋にいちゃん《タフイ》、おまえさんは応分の処罰を受ける。訴追されて、身柄を拘束されて、ちんぽこをちょん切られてタマを抜かれたのち、けつを蹴飛ばされて、警察から叩き出される。お巡り稼業を馘首《くび》になるってことだ。だが、おまえさんにとっちゃ、勿怪《もっけ》の幸いだろうが、一般論ってやつは往々にして通用しない」フロストはしばらく考え込んだ。「この件はおれに預けてくれ。何ができるか、ない知恵をちょいと絞ってみるよ」

フロストは交通課の警官二名が待っているところまで戻った。「あの馬鹿野郎を発見したときの状況は?」

「道幅いっぱいに蛇行運転してたんです。それで、サイレンを鳴らして追跡しはじめると、さらに加速して、ものすごい勢いでそこの交差点を曲がってサクスビー・ストリートに突っ込んでいって、その直後でした。金属の擦れあう音が聞こえたと思ったとたん、すさまじい音がして……あそこに激突したんです」

「一般市民の目撃者はいたのかい?」

「断言はできませんが、いなかったものと思います。一般市民から事故の通報があれば、署から自分たちに連絡が入ったはずです。今のところ、署から連絡はありませんから」

「で、おたくらも署に無線は入れてないんだな？」

「ええ、まずは警部にお知らせすべきだと考えたもので」

フロストはそのことに礼を言った。「助かったよ。いい判断だった。あとは引き受けるから、おまえさんたちはこの件を忘れちまっていいぞ。何事もなかったことにして、このまま警邏を続けてくれ」

交通課の警官二名は、どうしたものか決めかねる様子で、互いに顔を見あわせた。「しかし、警部、この件をなかったことにするのは難しいかと思います。あんな無謀な運転をしていれば、人目につきます。目撃していた者がいないとも限りません。それを言うなら、今こうしている瞬間にも、見られているかもしれませんよ、そのあたりの家の窓から」

フロストは慌てて周囲の住宅を見まわした。差し当たり、明かりのついている家は一軒もなかった。「だが、おまえさんたちにしたって、あの馬鹿野郎をパクる現場を見物させたくて、おれを寝床から引きずり出したわけじゃない。だろう？　だったら、ここはおれの言うとおりにしてもらえないかな？　この件は、きれいさっぱり忘れちまってくれ。あとあと問題になるようなら、おれがすべて引き受ける。おまえさんたちには、とばっちりがいかないようにするから」

交通課の警官二名は顔を見あわせ、目顔で相談しあったのち、いかにも気の進まない様子ではあったが、頷いてみせた。フロスト警部が責任を取ると言った場合、そのことばに二言はなかった。下位《した》の人間に累が及ぶことはまずありえない。ふたりとも、そのことをよく承知していた。「わかりました、警部。では、そのように」

フロストは相好を崩して、晴れやかな笑みを浮かべた。「ありがとさん。恩に着るよ、ふたりとも。もし、これから先、たとえばかみさんのおっ母さんを殺しちまったなんてときには、迷わずおれに電話してくれ。悪いようにはしないから」

「でも、車はどうします？」とビアズリー巡査が言った。「フォード・シエラはご覧のありさまだし、あのニッサンは修理に出せば二千ポンドはふんだくられます。いや、三千と言われるかもしれない。これだけの被害が生じているのに、言い逃れができるとは──」

「この現場を見て、おれがどう思ったかわかるかい？」とフロストは言った。「世の中には面白半分に他人さまの車をくすねて乗りまわす、不埒な輩がうようよしてる。そんな不届き者がモーガン刑事の車を盗んで乗りまわし、これだけの被害を引き起こしたのさ。うちに戻ったら、その旨署に報告を入れとくよ」

「車輛窃盗？」フロストの電話に出たウェルズ巡査部長は、信じられないと言いたげな調子で声を張りあげた。「こんな朝っぱらから？」

「ああ、そいつの時計は止まってたんだな、きっと」とフロストは言った。「芋《タ》にいちゃん《フィ》がたまに気を利かせると、こういうことになるんだよ。おれのとこに寄ってくれたのさ。で、うちのなかにいて、エンジンのかかる音がしたもんだから、ふたりして慌てて窓からのぞいてみたら、乗り逃げ野郎が走り去るとこだった。急いで追跡しようとしてみたんだが、なんせ、この霧だろう？　見失っちまった」

「そりゃ、またずいぶん都合のいいことだな」ウェルズは小馬鹿にしたように鼻を鳴らした。「で、モーガンはなんだってあんたのとこになんて寄ったんだい、午前四時なんてとんでもない時刻に？」

「われわれが抱えている未解決事件の件数は嘆かわしくも突出している。その数値をいかに引き下げるべきか、議論に議論を重ねてたんだよ」

「それでわかったよ。あんたはやっぱり嘘をついてる」とウェルズは言った。「まあ、いいだろう。車は盗まれたってことで報告しとく。で、盗まれた車を捜そうと思ったら、どのあたりを捜せばいいんだ？」

「おれに訊かれても、闇夜に鉄砲だけど、そうだな、サクスビー・ストリートあたりかな」とフロストは言った。「ああ、そうだ、車を見つけたって報告があったら、運転席には坐らないほうがいいって言ってやってくれ。ちらっと見ただけだけど、車を盗んでいった野郎は今にもそこらじゅうに小間物屋を拡げそうな顔をしてたから」

「そりゃ、どうも、ご親切に」とウェルズは言った。それから声をひそめて続けた。「ジャック、あのウェールズの山出しの芋野郎には、そこまでかばい立てしてやる価値はないぞ。なんだって、そこまで肩入れしてやるんだ、わが身を危うくしてまで？」

「そりゃ、相身互いってやつだよ。おれが同じようなやばい立場に立たされたら、同僚諸君には徹頭徹尾、嘘をつきまくってかばってくれることを期待する。それがお巡りってもんだろう、身贔屓が強いのが。そのぐらいの役得がなきゃ、お巡りなんてやってられない」

受話器を置いたところで、欠伸が出た。フロストは疲れてしょぼつく眼をこすった。モーガンは、家のまえに駐めた車に残してきた。後部座席で騒々しい鼾《いびき》をかいて眠りこけていたから、酔い醒ましに明日の朝まで寝かせておくつもりだった。明日の朝？　午前八時には捜索隊の面々が集合し、フロスト警部はその指揮を執ることになっている。運がよければそれまで三時間ほど、睡眠時間を確保できるかもしれない。フロストは玄関の電話を最後にひと睨みして、二階に向かった。階段を半分まで登ったところで、電話が鳴りだした。最後のひと睨みに反抗したのかもしれなかった。電話は鳴り続けた。放置しておいても、鳴りやみそうになかった。

階段を降りて手探りで受話器を取りあげ、耳にあてがった。そこでまた欠伸が出そうになった。「はいよ、フロスト」欠伸を嚙みころし、最悪の事態を覚悟した。こんな時刻にかかってくる電話は、いい知らせのわけがない。だが、フロスト警部の予想ははずれた。

「警部！」電話をかけてきたのは、コリアー巡査だった。明らかに興奮していた。「車の件です。これは有力な手がかりかもしれません。十年落ちのダークブルーのアストラに乗ってるやつが見つかりましたよ。誰だと思います？」

「マレット署長か？　だったら、おれの冴えない夜も充分報われるけど」とフロストは言った。

「それどころじゃない朗報ですよ」コリアーは得意げに言った。「バーニー・グリーンです」

「それは、おれの知ってるバーニー・グリーンってことか？」とフロストは言った。それから急いで頭のなかの前科者カードをめくった。「実はその名前には心当たりがない」

「かもしれません。いちいち覚えちゃいられないって部類ですから。吹けば飛ぶような露出狂です。でも、前科《まえ》があるんです。未成年者に対する暴行未遂――といっても重罪ではなく、映画館で痴漢行為を働くとか、せいぜいその程度のことですが。で、そいつですが、なんと、禿げかかってるんです」

「でかした！」フロストは思わず声を張りあげた。疲れは嘘のように吹き飛んでいた。

「ただし、まだ照合がすんでいない者が何名か残っているので、ほかにも該当者がいるかもしれません。グリーンで間違いないとは、まだ言いきれないんです。でも――」

「いや、間違いであっても、おれとしちゃ、一向にかまわない」とフロストは言った。「そいつの現住所は？」

「デントン市ゴージ・ストリート五十六番地Bとなってます」

フロストはその住所を壁紙に書きつけた。「これから訪ねてみるよ。おまえさんもつきあってくれ。そいつの家のまえで落ち合おう」

ゴージ・ストリートは道沿いに、路傍を駐車場代わりに利用している車がずらりと列を作っていて、当該住所付近に駐車スペースは見つからず、フロストはやむなく、先着していたパトロール・カーの横に二重駐車をすることにした。車から降りると、コリアーとハウが近づいてきた。

「どの家だ？」

コリアーが老朽化した建物を指さした。通りから地階に降りる階段のついた建物だった。

「したの階です。番地についてた〝B〟ってのは〝地階《ベースメント》〟の頭文字ですから」

「おれはまたてっきり〝肥溜め《バムホール》〟の頭文字かと思ったよ」フロストはひとりつぶやくように言った。地階に降りる階段は石造りだった。三人は揃って地階をのぞき込んだ。前夜からの濃霧が白く渦巻くあわいに、ゴミのあふれ出したゴミ容器やら濡れそぼった段ボール箱やらその他もろもろのがらくたが見えた。「まあ、痴漢行為で挙げられるような下司野郎は、薔薇の咲き乱れるコテッジなんかにゃ、住んじゃいないもんだけどな」フロストは鼻を鳴らした。「この肥溜めには、けつの穴《バックウェイ》――じゃなくて、裏口はあるのか？」

「裏は、いちおう庭らしきものと崩れかけた煉瓦の塀です」とハウが報告した。「ここに到着後、すぐに確認しました」

「それじゃ、おまえさんはそっちにまわってくれ」とフロストはコリアーに命じた。「裏からドロンなんて小癪な真似はされたくない」地階に降りる階段には、鉄の門扉が設けられていた。見るからに貧弱で、建物同様がたがきかけていて、門扉としての用を成してはいないようだった。試しにひと押ししてみると、門扉は開いた。歯の浮きそうな軋みをあげて。ハウを伴い、フロストは石の階段を地階まで降りた。階段に面した上げ下げ式の窓から屋内をのぞき込もうとしたが、窓ガラスには長年の汚れが不透明な膜を張り、懐中電灯の光は敢えなく跳ね返されてしまった。フロストは折りたたみ式の小型ナイフを取り出し、窓の掛け金をこじ開けにかかった。

「ちょっと、警部、何してるんですか？」声をひそめて、ハウが言った。

「屋内《なか》に入りたいんだよ」フロストも声をひそめて囁き返した。「行方不明の女の子がここに閉じ込められてるなら、見せたがり屋の変態親爺に気づかれるまえに保護する必要がある。女の子の細っこい咽喉首にナイフをあてがわれて、スピードの出る車を用意しろだの、ブエノスアイレスまでコンコルドを飛ばせだの、寝ぼけたことをほざかれたくないだろ」汗びっしょりになるほど奮闘してみたが、折りたたみナイフでは歯が立たなかった。窓は、長年のあいだに幾重にも塗り重ねられた塗料で窓枠にがっちりと固定されてしまっていて、びくともしなかった。「かくなるうえは、ガラスを割るしかなさそうだが……」フロストはそう言うと、その用途に適した得物を探してあたりを見まわした。「変態野郎を叩き起こしちまうようじゃ、元も子もないからな」

「親父《おやつ》さん！」

フロストはぎょっとして、声のしたほうを見あげた。見あげるまでもなかった。モーガンだった。大馬鹿野郎のモーガンが、階段のうえでふらつく足を懸命に踏ん張り、とろんとした眼でこちらをのぞき込んでいた。「何してんですか、親父《おやつ》さん、そんなとこで？」

フロストはひと声低くうめいた。それからモーガンに向かって、しーっと言って静粛を求めた直後、モーガンは大きくよろめき、門扉の脇に置いてあった牛乳瓶を蹴り倒した。牛乳瓶は石の階段を転がり落ち、がちゃんという派手な音を立てて砕け散った。

「なんならもう一発蹴ってみるか?」フロストは皮肉たっぷりに小言を垂れた。「隣の通りの住人まで叩き起こしたいんだろ? 今の蹴りじゃ、足らんぞ」

「すみません、親父《おやつ》さん、ほんと、すみません」モーガンは必死に詫び……次の瞬間、足を踏みはずし、鋭くひと声叫びをあげて、階段を転げ落ちてきた。すさまじい物音を立てながら。

上階の窓に明かりがついた。「なんの騒ぎだ?」

「警察です」フロストは声を張りあげ、問いかけてきた上階の相手に警官の制服が見えるよう、懐中電灯の光をハウ巡査に向けた。ハウ巡査は内心で不満の声をあげた——フロスト警部が同行すると、その場の状況が毎回決まって、どたばた喜劇の様相を呈してくるのはなぜなのか? 上階の窓から地階をのぞき込んでいた男が顔を引っ込めると、別の窓に明かりがついた。今度は地階の窓だった。

「くそっ」フロストは毒づいた。「変態親爺を起こしちまったよ」事ここに至っては、不意討ちをかけるもくそもなくなった。フロストは地階のドアを力いっぱい連打した。「開けろ、警察だ」ドアに蹴りを見舞い、それからもう一度声を張りあげた。「とっとと開けろ。さもないとドアをぶち破るぞ」だが、それは言うは易し行うは難しだということが判明した。地階のドアは厳重に施錠されていた。階段のしたにはろくなスペースがなく、ハウ巡査は助走もなしに体当たりをかけるしかなかった。体当たりすること数度、ハウの肩が痺れ、おそらく痣《あざ》ができはじめたと思われるころ、フロスト警部の携帯無線機が乾いた音を立てはじめた。コリアー巡査からだった。「警部、当該人物の身柄を確保しました。裏の塀をよじ登ろうとしてたとこを押さえました」

モーガンを車に押し込め、フロストはハウ巡査を連れて建物の裏手にまわった。得意満面のコリアー巡査が、手錠をかけたバーニー・グリーンの腕をがっちりとつかんでいた。バーニー・グリーンは、紅白の縞模様のパジャマ姿で裸足だった。

「やあ、バーニー」とフロストは言った。「たまたま近くを通りかかったもんだから、ちょいとお邪魔してみようかと思ってね」グリーンは、歯をかちかち鳴らすばかりで何も応えなかった。「こいつを屋内《なか》に入れといてくれ」フロストはコリアーに言った。

フロストは裏庭を見渡し、離れの体裁で屋外便所と煉瓦造りの石炭貯蔵庫が建っていることを確認すると、ハウ巡査が懐中電灯を頼りにふたつの建物のなかを検めるのを待った。どちらの建物にも少女の姿はなかった。それから、コリアーとグリーンのあとを追って階段を降り、地階のアパートメントに入った。哀れを誘うほどみすぼらしい侘び住まいだった。開け放った戸口から音もなく侵入してくる霧が、じっとりと湿った冷たさを室内に持ち込んでいた。ひと間きりのアパートメントで、家具はベッドとテーブルと椅子二脚。部屋の隅にちっぽけなレンジと流し台。人ひとりを隠せるほどのスペースは、どこにもなさそうだった。年代物の電気ヒーターがあったので、フロストはスウィッチを入れた。発熱体はぼんやりと赤い光を放つものの、室温をあげるうえではほとんど役に立たなかった。屋内に連れ戻されても、バーニー・グリーンはまだ激しく震えていた。フロストはベッドからキルティング加工を施した羽根布団を引き剝がし、それでグリーンの身体をくるんでやった。「あんたに凍死されると困るからな、バーニー。寄ってたかって力ずくで自白を引き出すこともできなくなっちまう」

グリーンは顔をあげた。みじめさを絵に描いたような顔だった。「あの少年には何もしてない。本当だって、フロスト警部。なんなら神に誓ってもいい。指一本触れてないんだ」

フロストは何も言わなかった。そんな台詞《せりふ》は到底信じがたいと言う代わりに、電気ヒーターの発熱体に両手をかざしたまま、ただむっつりとグリーンを見つめ返した。

「あの子の容態は？」沈黙に耐えられなくなったのか、グリーンのほうから尋ねてきた。

「死んだよ」フロストはぶっきらぼうに事実だけを伝えた。

「死んだ？　死んだって、そんな……」グリーンは片腕を折り曲げ、そこに顔を埋めた。肩が小刻みに震えていた。「何もしてないのに。指一本触れてないのに」

「ああ、そうだろうとも」フロストは頷いた。「あんたは確かに何もしちゃいない。道のど真ん中に飛び出していったぼうずを、そのまま見殺しにしただけだよ」フロストはぶるっと身を震わせた。このせせこましい部屋の寒さと湿っぽさとむさくるしさが、神経を逆撫でしはじめていた。「こいつを署に連行しろ。ここにいると、こんなおれでも鳥肌が立ってくるよ」

第九章

「聖書を何冊重ねて誓ってもいい、あの子には指一本触れちゃいないよ、フロスト警部。いきなり車から飛び出していったんだ。なんの理由もなく、ほんとにいきなり」

フロストは肺いっぱい吸い込んだ煙草の煙を鼻孔からゆっくりと少しずつ排出すると、テーブルを挟んで向かい側の椅子に縮こまり、パジャマ姿で毛布にくるまっている相手をじろりと見やった。軽蔑の念を隠す気にもなれなかった。「見え透いた嘘をつくんじゃない、バーニー」フロストはぴしゃりと言った。「おれは今、嘘につきあってる気分じゃないんだよ。疲れてるし、冴えない一日だったし、お巡りなんか馘首《くび》になろうとどうなろうと、もう知ったこっちゃないって気分なのさ。だもんで、場合によっては今そこにいる善良でまっとうな巡査にちょいと席をはずしてくれと頼むかもしれない。そのあいだにあんたのどたまが四方の壁にごっつんこする、なんて事故も起きないとも限らない」

ハウ巡査は警告のつもりで、ひとつ咳払いをした。フロスト警部は取調べの際のやりとりが逐一、録音されていることを忘れているのかもしれないと懸念したからだった。

しかしながら、フロスト警部の揺さぶりはしかるべき効果をあげたようだった。バーニー・グリーンは、いかにも不安げに乾いた唇を舐めた。「確かに、その気がなかったとは言わないよ。でも、無理強いはしないというのが、おれの主義なんだ。あの子には、こっちの望みを叶えてくれるなら、金《かね》を払うと言ったんだ。そのときだよ、車から急に飛び出していったのは。だから、あの子には指一本触れちゃいない。本当だって、誓って嘘じゃない」グリーンはテーブルに置いてある自分の犯罪記録のファイルを指さした。「なんなら、それを見てくれよ。おれはまず相手の意思を確認する。何をするにも、まず相手の承諾を得てからだ」

フロストはファイルをめくった。触れるのすら穢らわしいとでも言いたげに、ページの角をつまむようにして。「ああ、確かに、おっしゃるとおりだ。だが、あんたが手を出した小さなお友だちの大半は、いわゆる承諾年齢未満でね」フロストはそう言うと、開いていたページをグリーンのほうに向けた。「たとえば、この女の子は六歳だ。ゼリー菓子ひと袋と引き換えに、あんたに何をお願いされたのか、理解さえしていなかっただろうよ」

「その件ではもう罰を受けた。過去のことだよ、フロスト警部。それに今夜、声をかけた少年は十一歳だった。気が変わったのなら、いやだと言えばよかったんだよ。ひと言、いやだってね。そう言われれば、おれだって手を出したりなんかしないよ。あのままあの子の家まで送り届けてた。何もあんなふうに飛び出すことなんか、なかったんだ」

「あのぼうずは死ぬほど恐かったんだよ、バーニー。知り合いでもなんでもないおっさんに、夜の夜中に森に連れていかれて、胸くそが悪くなるようないやらしいことをさせてくれって言われたんだぞ。そりゃ、震えあがるさ。どれだけ恐いと思ったことか」

バーニー・グリーンはうつむき、床をじっと見つめた。「いけないことだとは思うんだ。でも、ときどき、どうしても自分を抑えられなくなっちまって……」

「それで、デントン初等学校に通ってた、あの女の子ふたりは？　あの子たちについても、自分を抑えられなくなっちまったのか？」

グリーンは顔をあげ、怪訝そうに眉根を寄せた。「女の子ふたり？」

フロストは写真を二枚取り出し、指先で弾くようにしてテーブルの向かい側のグリーンのまえに押しやった。「ヴィッキー・スチュアートとジェニー・ブルーアーのことだよ」

グリーンは口をあんぐりと開け、ひとしきり写真を見つめたあと、椅子に坐ったまま身を縮こまらせた。「やめてくれよ。この子たちの件までおれに罪を着せるつもりかよ」

「この子たちをどこにやった？」

「知らないよ。こんなことを言われるなら、おれには弁護士が必要だ」

「いや、あんたに必要になるのは銃を持ったボディガードだ。あんたをこのまま釈放して、死んだぼうずの親父さんに、あんたの住んでるとこを教えてやろうかと思ってるんでね」

ハウ巡査はもう一度、警告のつもりで咳払いをした。脅迫により得られた自供は、法廷では証拠として採用されないからだ。フロストはハウ巡査の警告を無視した。薄氷を踏んでいるのは承知のうえだった。何よりも優先すべきは、行方のわからなくなっている少女を無事に保護することだった。この腐れなめくじ野郎を有罪にすることよりも、そのほうがよほど大事なことだった。「最後にもう一度だけチャンスをやる。この子たちをどこにやったんだ、バーニー？」

バーニー・グリーンは突かれたように勢いよく椅子から立ちあがった。身体をくるんでいた毛布を床にずり落とし、声を張りあげ、叫ぶように言った。「その子たちのことは、何も知らない」

フロストは手を振り、席につけと言った。「おれは耳が遠いわけじゃない。嘘をつきたきゃ、もっと小さな声でつけ」それから表情を和らげ、いかにも優しげな笑みを浮かべた。「で、ふたりともまだ生きてるのか?」

「だから言っただろ、その子たちのことは何も知らないって」

「この子たちも、あのぼうずと同じように車で森に連れてったのか? ふたりとも森に埋めたのか?」

「おれは知らない。何も知らない」

「あんたの車が目撃されてるんだよ、バーニー、初等学校の周囲で」厳密に言えば、〝あんたの車と同じ色の車〟が目撃されたに過ぎないが、この際厳密を期すつもりは、フロストにはなかった。「この子たちをどこに連れてったんだ?」

「どこにも連れてってないって」

「あんたのあの豪邸に、あの臭いたつようなむさくるしい地階の部屋に連れてったのか? 調べればわかることだぞ、バーニー。あの部屋を、隅から隅まで調べることだってできるんだからな」

グリーンの顔を安堵の表情がよぎった。「調べたけりゃ、気のすむまで調べりゃいい。何も見つかりゃしないから」

「ついでにあんたの車も隅から隅まで調べよう。どっちの子のでもいい、爪の皮でも、髪の毛一本でも見つかれば――」

まるで横面を張り飛ばされたかのように、グリーンは一瞬、仰け反った。「髪の毛一本？」

「ああ、そうだよ。ＤＮＡってやつを調べるには、髪の毛一本ありゃ、事足りるんだ」フロストはそう言うと、グリーンに向かって愛想よく笑いかけた。「世の中、便利になったもんだよな」

グリーンは両手に顔を埋めた。「待ってくれよ、警部。ちょっと……ちょっとだけ、考える時間が欲しい」

フロストは煙草の煙を天井に向かって吐き出し、ハウの視線をとらえて満足げに頷いてみせた。バーニー・グリーンが落ちるのは、もう間もなくだと思われた。

数秒後、グリーンは身を起こし、ヴィッキー・スチュアートの写真をフロストのほうに押し返した。「この子についちゃ、おれは何も知らない。でも、こっちの子は……」と言って、ジェニー・ブルーアーの写真を指先で軽く叩いた。「こっちの子についちゃ、話せることがないわけじゃない」

フロストはヴィッキー・スチュアートの写真を手元に引き寄せ、裏返しにした。「だったら、話してもらおうか」

「そのまえに取引がしたい。おれは今、仮釈放中の身だ。学校にも子どもにも近づいちゃならないってことになってる。その条件に違反したら、刑務所《ムショ》に逆戻りして、刑期をおしまいまできっちり勤めなくちゃならなくなる。刑務所《ムショ》には戻りたくないんだよ、フロスト警部」

「そりゃ、無理な注文ってもんだよ。あんたはどのみち、刑務所《ムショ》にUターンだ。ぼうずを車に乗せた件で」とフロストは言った。「ってことは、あんたにはもう失うものは何もない。だから、知ってることは今ここで洗いざらいしゃべれ。そうすりゃ、力になってやるよ。約束する、おれにできることはなんでもしてやるよ」といっても、できることなどありゃしないけど――と胸のうちでつけ加えた。

グリーンはジェニー・ブルーアーの写真を指さした。「この子のことを車に乗せたかもしれない……」

フロストは眉を吊りあげた。「かもしれない？　どういう意味だ、その〝かもしれない〟ってのは？」

「ええと……ああ、わかったよ、わかった。確かにこの子のことは車に乗せた。だから、おれの車のなかからこの子の髪の毛が見つかるかもしれないけど、それにはなんの意味もないってことだよ。車で送ってやっただけだからね。ただそれだけのことなんだから――」

「いつのことだ？」

「二日まえかな。この子の行方がわからなくなった日だよ。車で学校のまえを通りかかったら、ちょうど子どもたちが出てきたとこで、赤い服を着たこの子が急ぎ足で歩いてくるのが見えたんだ。ほかの子たちからは離れて、ひとりきりで。雨がざあざあ降ってたのに、レインコートも着てなかった。だから、声をかけてみたのさ、どうだい、乗っていかないかいって。それじゃ、アーガイル・ストリートまで送ってくれる？　って言われて」

「アーガイル・ストリート？」

「そうだよ、学校からだと何ブロックか離れてるから。そこまで車で送ってやったよ。写真を撮ってもらうんだ、と言ってたよ。だから、おれも言ったんだ、『写真なら小父さん家《ち》にもきれいな写真がたくさんあるよ。見にこないかい？』ってね。断られたけど。アーガイル・ストリートで、この子は車を降りて、通りを渡ったとこの家を訪ねた。呼び鈴を押すと、男が出てきて、この子はその家に入っていった」

「その家の所番地は？」

「所番地まではわからないよ。でも、通りの角の家だった」

「この子が家に入っていくのを、間違いなく見たんだな？」

「ああ、この眼で確かに。もしかしたら、すぐに出てくるかもしれないと思って、十分かそこいらは待ってたんだよ。でも、待っても出てこなかったもんだから、車を出して家に帰った」

「あんたはこの子が行方不明になってることを知ってた。警察が捜索してることも知ってた。だったら、なんで通報してこなかった？」

「通報なんて、できるわけないじゃないか」グリーンは切々と訴えた。「子どもに近づくことは禁止されてる身なんだから。通報なんかしたら、たちまち刑務所《ムショ》に逆戻りだ」

フロストは立ちあがった。「よし、よし、よくわかったよ、バーニー。せっかくパジャマを着てるんだから、うちの署の留置場の暖《あった》かくて居心地のいい監房でぬくぬくおねんねしていいぞ。これから、今あんたがしゃべったことの裏を取る。まあ、覚悟しとくんだな。その場しのぎに、つまらない駄法螺をぶっこいただけだとわかったら、ただじゃおかないから」

フロストにとっては、これまでに数えきれないほど繰り返してきたことだった。訪問先の玄関まで歩き、呼び鈴を押し、返事がなければ手のひらでドアをばんばん叩き、「警察だ、開けろ!」と怒鳴り、しかるのち背後に向きなおり、さり気なく通りの左右に眼を配り、その場の状況をきっちり把握する——なんなら半分眠っていてもできそうだった。アーガイル・ストリートは市内にあまたある通りの例に洩れず、道沿いに、路傍を駐車場代わりに利用している車がずらりと列を作っていた。二重駐車を強いられた警察車輛が二台も加わったため、道幅はさらに狭まっていた。携帯無線機がフロスト警部の応答を求めてきた。「持ち場に就きました」コリアー巡査だった。逃走経路を遮断するため、当該家屋の裏手に送り込んだのである。

フロストはもう一度玄関の呼び鈴に親指をあてがい、思い切り押した。今度はすぐに指を離さず、呼び鈴が何度も鳴るに任せた。

それでようやく上階の窓に明かりがついた。上げ下げ式の窓が開き、屋内《なか》から人が顔を出した。「どちらさま?」

「警察です」フロストは声を張りあげた。「ドアを開けてください」

「警察? そんな、まさか」窓がぴしゃりと閉められた。フロストは待った。着衣越しに嚙みついてくる、夜明け前の霧の冷たさに身を震わせながら。家の奥のほうで、手荒くドアを閉める音が何度か聞こえた。それからあちこちの明かりがついた。それでも玄関のドアは閉まったままだった。「時間稼ぎをしやがって」件《くだん》の人物が逃走を試みる場合を想定して、コリアーにひと言警告を発しておこうとしたところで、玄関の錠をはずす、かちっという音がしてドアが開き、ずんぐりむっくりの小男が顔を出した。年齢は四十代半ば、身ごしらえをすませ、丈の短いジャンパーのファスナーを襟のところまできっちりと閉め、これからドライヴにでも出かけようか、というういでたちだった。動揺しているのか、どこか不安そうでもあった。「ああ、どうしよう。容態は？　なんて言われたんです？」

予想外の発言に、フロストはしどろもどろになった。「申し訳ないが、ご主人……容態というのは、誰のどのような容態で？」

「母です。病院のほうから言われているんです、万一、母の容態が悪化した場合は人をよこす、と。あの、うちには電話がないもので……」そこで、男は警察車輌が二台、駐まっていることに気づいたようだった。「何があったんです？　いえ、いいです、そのぐらい悪いということですね。ひょっとして、もう……母はもう亡くなったんでしょうか？」

「ご母堂の件でうかがったわけじゃない」とフロストは言った。「差し支えなければ、屋内《なか》に入れてもらえませんか？　戸外《そと》は凍えそうに寒いんでね」

「ええ、もちろん。さあ、どうぞ」困惑顔で首を横に振りながら、男はフロストを招じ入れ、小さな部屋に通した。シムズ巡査とジョーダン巡査があとに続いた。部屋には安楽椅子が二脚とテーブルとサイドボードが置かれ、サイドボードのうえに小型のカラーテレビが載っていた。男は暖炉を模した電気ヒーターをつけてから、フロストのほうに向きなおり、小刻みに震える手を見せていった。「ほら、見てください。震えてるんです。ノックの音が聞こえるたびに、最悪のことを想像してしまって」男は安楽椅子に身を沈め、ジャンパーのファスナーをおろした。それから腕時計に眼を遣って時刻を確認した。「こんな時刻にお見えになったということは、よくない知らせに決まってる。ショックを与えまいとして、気を遣ってくださってるんですね。かまいません、どうか、はっきりおっしゃってください。母は亡くなったんですね？」

男はそう言うと、下唇をきつく嚙み締めた。

「さっきも言ったけど、お宅にうかがったのはご母堂の件じゃありません」フロストは男に言い聞かせながら、室内にひとわたり眼を走らせた。「まったくの別件ですよ」ジョーダンの視線をとらえて頷いた。室内を自由に歩きまわって探りを入れてみたいので、あとのやりとりは任せた、という意味だった。

フロスト警部の流儀をよく心得ているジョーダンは、一歩まえに進み出た。「自分はジョーダンと言います。デントン警察署の巡査です。こちらは犯罪捜査部のフロスト警部で、ヴィッキー・スチュアートとジェニー・ブルーアーというふたりの学童が行方不明になっている件の捜査を担当しています」

男の顔に気遣わしげな表情が浮かんだ。「その子たちのことは可哀想だと思ってたんです。親御さんは、とりわけお母さんはどれほど気を揉んでおられるか……」

「失礼ですが、ご主人、お名前は――?」

「ウィーヴァーといいます。チャールズ・エドワード・ウィーヴァーです。それにしても、行方不明の女の子の捜査をしていらっしゃる方が、うちに訪ねていらした理由がよくわかりません」

「実は、ウィーヴァーさん、いろいろと目撃情報が寄せられていましてね」ジョーダンは〝事情聴取〟を続けた。「目下行方がわからなくなっている少女のひとりが、まさにその行方がわからなくなった日の午後、お宅に入っていくところを目撃されているんです」そう言ってジェニー・ブルーアーの写真を差し出した。「この少女なんですが――」

ウィーヴァーは震える手で写真を受け取り、しばらく写真に見入った。それから困惑したような、うろたえたような表情で顔をあげ、ジョーダンに向かって言った。「気づきませんでした、この子だったとは」

フロストは、ちょうどそのとき、抽斗の中身をこっそりと検めるべく、サイドボードのほうににじりじりと近づきつつあったが、ウィーヴァーのその発言でぴたりと足を止めた。「そりゃ、どういう意味です?」

ウィーヴァーは安楽椅子に腰掛けたまま身をよじり、フロストのほうに顔を向けた。「その情報を提供した人の言っていることは、部分的には間違っていません。この子は確かにうちに来ました。玄関をノックする音がしたので出てみると、女の子が立っていて、写真を撮ってほしいというようなことを言ってきて」

「なぜ、そんなことをあなたに？」とジョーダンが尋ねた。

ウィーヴァーはジョーダンのほうに注意を戻した。「たぶん、わたしが写真を撮ってるところを見かけたことがあったんでしょう。趣味なんです、写真を撮ることが。その子にはカメラが故障していると嘘を言って帰ってもらいました。うちにはあげていませんよ」

「どうして、そんな嘘を？」

ウィーヴァーは力のこもらない笑みを浮かべた。「独り者が幼い女の子とうちのなかでふたりきりになるんですよ。ご近所の眼というものがあります。何を言われるか知れたもんじゃない」

聞き込みに際しては、そのご近所の眼に期待したい。ついでに、あれこれ言ってもらえれば、なおのことありがたい、とフロストは思った。気取られないよう慎重に、サイドボードの抽斗を開けながら、ジョーダンの次の質問を待った。「では、訪ねてきた女の子は一歩たりともうちのなかには入れていない、玄関のドアを開け放したまま、ことばを交わしたということですね。間違いありませんか？」

「ええ、間違いありません。それは断言できますよ。ことばを交わすといっても、ほんのふた言三言のやりとりでしたから。時間にしたら、あっという間です。スキップしながら帰っていきましたよ。戸外《そと》は土砂降りでした。うちのまえに青い車が停まっていたのを覚えています。その車に乗って帰っていくんだろう、となんとはなしに思ったんです」ウィーヴァーは哀しげに眉をひそめた。「では、うちに訪ねてきた子が、この行方不明になっている女の子だったんですね。可哀想に。あんな可愛らしい子が」

そのことばは本心から出たもののようだった。うろたえている様子も本物らしく見えた。だが、フロストは胸の底がざわめくのを感じた。男が興奮状態にあるときに感じる昂ぶりにも似た、焦れるような、疼くような感覚がむくむくと膨れあがってきていた。お馴染みの感覚だった。胸底のざわめきの言わんとするところは――こいつが犯人だ。ウィーヴァーはずんぐりむっくりで、いかにも人のいい小父さんといった風貌をしている。子どもなら、まず理屈抜きで信頼してしまいそうに見えた。そういう男は、サイドボードの抽斗に果たして何をしまい込んでいるのか？　フロストは細心の注意を払って抽斗に手を突っ込み、どうやら写真の束と思われるものを手探りで引っ張り出しにかかった。

「ご理解いただけると思いますが――」とジョーダンが言った。フロストのしていることに気づき、ウィーヴァーの注意を惹きつけておくための窮余の策として。「われわれとしては、手がかりはすべて追いかけなくてはならないんです。こちらで入手している情報では、ジェニー・ブルーアーはここを訪ねてきて、家のなかに入っていった、ということで……」ジョーダンはすかさず片手を挙げ、ウィーヴァーの反論を封じ込めた。「ええ、わかってます。あなたが、うちのなかには入れてないとおっしゃるんなら、そのとおりなんだと思います。しかし、捜査の一環としてその確認を取る必要がありましてね。お宅のなかをひととおり調べさせていただきたいんです」

ウィーヴァーは、これ以上はないというぐらい協力的だった。「ええ、かまいませんよ。どうぞ遠慮なく、どこでも好きなところを調べてください」それからフロストのほうに顔を向けた。フロストは素早く手を引っ込めたので、無断で写真を点検していたことはからくも発覚を免れた。写真の題材はもっぱら、鳥や動物や地元の風景だった。裸の子どもに卑猥なポーズを取らせた写真にちがいないというフロスト警部の期待は、無惨に裏切られた。「協力に感謝しますよ」そう言うと、さり気なく尻を突き出し、半開きになっていた抽斗を閉めた。「実は協力いただけるものと当て込んで、捜索令状は取ってこなかったんだ」フロストは煙草をくわえたが、火をつけようとしたところで、ウィーヴァーが手を振っていることに気づいた。

「すみませんが、煙草はご遠慮いただけませんか？」ウィーヴァーは胸のあたりを軽く叩いた。「喘息持ちなんです。煙草の煙で呼吸が苦しくなってしまうもので」椅子の肘掛けの物入れから吸入器を取り出し、鼻先にあてがってみせた。

フロストはくわえた煙草を、またパックに戻した。「それじゃ、遠慮なくあちこちのぞかせてもらおう」

同行してきた残りのメンバーが呼び入れられ、徹底的な捜索が命じられた。真犯人《ホンボシ》は、このウィーヴァーというずんぐりむっくりの豆狸に間違いない。フロストにはその確信があった。だが、それと同じぐらい確信を持って断言できそうなことがもうひとつ――徹底的な家捜しをかけたところで、この家のなかからは決定的な証拠は何ひとつ見つからない。そう、このウィーヴァーという豆狸は、家宅捜索と聞いても動じなかった。眉毛一本動かさず、おまけにばかに協力的でもある。捜索に当たる連中のあとをついてまわり、あちこち見せてまわり、あろうことか、見逃した可能性のあるところを指摘までしてやっている。

フロストはシムズを引き連れ、ウィーヴァーのあとについて階段を登り、二階に向かった。階段をあがりきると、ウィーヴァーはいちばん手前の部屋のドアを勢いよく開け放った。「わたしの寝室です」家具はシングルベッド、クロゼット、鏡を載せた整理棚。何かを隠せるような場所はない。何もしないわけにもいかないような気がして、とりあえずクロゼットの扉を開けてみた。男物のスーツにシャツに靴……「なんだ、ここにはいなかったな」フロストはぼそりと言った。

「ええ、ここにも、どこにもいませんよ、警部さん。でも、どうぞ調べてください。どこなりと、お気のすむまで」

この家宅捜索は時間の無駄以外の何ものでもない。フロストにはそれがわかった。ウィーヴァーのまめまめしさは、調子に乗っているとしか思えなかった。それが余計に小癪に障った。浴室をのぞくと、コリアーが床に膝をつき、浴槽のパネル板をはずしているところだった。

ウィーヴァーは顔をしかめた。「元どおりに嵌めなおしていってくれることを願いますよ」

「そりゃ、もちろん」フロストは請けあった。「はずしたこともわからないようにしときますよ」願うのは勝手だが、その願いが叶うとは思えなかった。そうしたこまやかな気遣いは、余裕がなければできないことだ。余裕などという優雅なものは、目下のデントン警察署には無縁のものである。浴槽のパネル板は、運がよければ元の位置に嵌め戻されているだろう。だが、ネジを留めるのは……ウィーヴァーさん、あんたの仕事だよ、とフロストは胸の内でつぶやいた。

ふたつめの寝室は狭かった。片側の壁にぴたりとつけて置かれたシングルベッドに小さなクロゼット。ウィーヴァーは哀しげな顔をして「母の部屋です」と言った。それからベッドの横に置いてある室内用便器に向かって顎をしゃくり、意地の悪い笑みを浮かべた。「なんでしたら、あのなかをのぞいてもらってもかまいませんよ。と言っても、最後に中身を空けたのがいつだったか、ちょっと記憶にありませんが」フロストは意を決してなかをのぞいた。万が一ということもある。ことによったら、猥褻な写真がどっさり詰め込まれて……いなかった。便器のなかは、ものの見事に空っぽだった。

階下から重たいものを引きずる音がした。何をされているのか不安になったのか、ウィーヴァーは慌てて階段を駆け降りていった。フロストとシムズをふたりきりで母親の寝室に残して。

「警部の読みは？」とシムズが言った。

「おれは、あの豆狸がジェニーをうまいことたぶらかし、このうちに誘い込んで殺したんだと思う」とフロストは答えた。「証拠はないが、おれにはわかるんだ」

階下でフロスト警部を呼ぶ声がした。ふたりは階下に降り、キッチンに向かった。「鍵の掛かったドアを見つけました。ここです」とジョーダンが言った。

ウィーヴァーがあたふたと割り込んできた。「そこは暗室です。誰もいませんよ――ここに限っては、わたしのことばを信じていただけませんか？」

「おたくがそう言うんなら、おれとしちゃ、それで充分ですよ、ウィーヴァーさん」フロストはにこやかに、心にもないことを言った。「しかし、うちの署の上位《うえ》の連中ってのが、揃いも揃って人を信用することを知らない金槌頭ばかりでね。鍵の掛かった部屋をのぞきもしないで捜索を終了したなんてことになりゃ、おれはごってり油を絞られちまう。ってことなんで――」フロストは片手を差し出した。「鍵をお持ちなら、ここはひとつ……」

ウィーヴァーはポケットから取り出した鍵でドアを開けた。「どうか、くれぐれも気をつけてくださいよ。ここにあるものは、慎重に扱わなくちゃならないデリケートなものばかりですからね」ウィーヴァーはそう言って明かりのスウィッチを入れた。頭のうえでワット数の低い赤い電球が仄暗く灯った。フロストは身体を斜《はす》にして室内に滑り込んだ。暗室は食料品貯蔵室を改造したもので、身動きするのもままならないほど窮屈だった。細長い作業台に、引き伸ばし機が載っていた。その横に現像皿が何枚も並んでいる。奥の隅は、蛇口のついた小さな流し台が占領していた。フロストの頭のすぐうえに棚が造りつけられていて、現像やら焼きつけやら定着やらに使う薬剤の瓶と缶がずらりと勢揃いしていた。印画紙の箱も何箱も積み重ねられていた。箱をふたつほど開けてみたが、中身は見かけどおり、未使用の印画紙だけだった。そもそもこれほど見え透いた場所に猥褻な写真が隠してあるのではないか、などと期待するほうが甘いというものだ。

フロストは明かりを消し、笑みを取りつくろって暗室のそとに出た。「おっしゃるとおりでした、ウィーヴァーさん。怪しいものは何もなかった」捜索を終えて戻ってきた連中に期待を繋いだが、誰もが首を横に振るばかりだった。全員揃って収穫ゼロ。

「不審な点はまったくありませんでしたよ、ウィーヴァーさん。お騒がせしたうえにお手間を取らせてしまって、申し訳なかった」

ウィーヴァーは物わかりのいいところを見せて、笑みを浮かべた。「それがお仕事ですから、警部さん」

「ご母堂は入院なさって長いんですか?」

「三ヶ月近くになります。食べ物を嚥み込むことができなくなってしまって。それでも手術をしたんですが……」ウィーヴァーは口ごもった。その話題にはそれ以上触れたくない、ということのようだった。

「そりゃ、さぞかし心配でしょうな。どうぞ、お大事に」とフロストは言った。

車に戻ると、後部座席で眠りこけているモーガンが、盛大に軟口蓋を振動させて騒々しい音を立てていた。ウィーヴァーの家でお預けを喰らった煙草をくわえて火をつけると、フロストは手持ちの情報を並べてとっくりと考えをめぐらした。ウィーヴァーの母親は三ヶ月まえから入院している。母親の干渉のない、独り住まいの家はありとあらゆるよからぬおいたをいたすのには、もってこいの場所である。あの豆狸には、その理想的な環境が調っていたということだ。ヴィッキー・スチュアートの行方がわからなくなった、ちょうどそのころから。フロストは辞去してきたばかりの家を振り返った。家の明かりはまだついていた。上階の窓のカーテンが、小さく揺れるのが見えた。ウィーヴァーはこちらが立ち去るのを確認しているようだった。

フロストは車のエンジンをかけ、二台の警察車輌を従えてその場を離れた。通りの角を曲がったところでいったん車を停めて、後続の二台にもそれにならうよう合図を送り、署の無線で連絡を入れた。「例のウィーヴァーって野郎に監視をつけたい。二十四時間態勢で。今この瞬間から」

「二十四時間態勢で監視？」内勤の責任者、ビル・ウェルズは訊き返した。「そんなことしてみろ、超過勤務手当の予算枠なんぞ弾け飛んじまうぞ。マレットは許可したのか？」

「ああ、してる」とフロストは嘘をついた。許可は、朝いちばんで取りつけるつもりだった。ひと晩のうちに二度までも寝込みを襲われたら、あの眼鏡猿のことだ、尻の毛を逆立て、許可するものもしやしないに決まってる。却下されるとわかっていて、みすみす危険を冒すことこそ愚の骨頂というものだった。

「よし、わかった」ウェルズは溜め息混じりに言った。「なんとか人員をやりくりしてみるよ。それじゃ、最初の四時間はコリアーの担当にする。あいつにそう伝えてくれ」


身体は疲れていたが、脳みそはフル回転を続け、新たな着想や可能性を次から次へと弾き出してくるものだから、フロストはどうにも寝つけなくなってしまった。インスタント・コーヒーを淹れてテレビをつけ、気がつくと昔の白黒映画を観るともなく観ていた。西部劇だった。若き日のジョン・ウェインが悪党をいいように殴りつけていたが、よく見ると拳は相手をかすりもしていなかった。フロストは眼をつむった。ほんの一分だけのつもりで。はっとしたときには、玄関ホールの電話がけたたましく鳴っていた。画面のジョン・ウェインは白いカウボーイ・ハットをかぶったまま、拳をさすりながら足元に伸びている悪党を見おろしている。眠り込んでしまったのは、ほんの数秒だったらしい。よたよたとテレビのまえを離れ、電話に出た。コリアーからだった。「ウィーヴァーが動きました。目下、追跡中です」とコリアーは報告した。「二分ほどまえ車に乗り込んで、家を出ました。荷物を抱えてました」

それで眠気が吹き飛んだ。「なんだ、その荷物ってのは？」

「そこまでは。霧が濃くて確認できていません。こちらの存在に気づかれないよう、通りの少し離れたところに車を停めていたので」

「ウィーヴァーの車の車種は？」

「メトロの乗用車です。車体の色は緑、ナンバーまでは確認できていません」

「現在地は？」

「バース・ロードです。じきに応援が必要になりそうです」

「わかった、手配する」とフロストは言った。「それまで頼むぞ。何がなんでも見失うな」

コートをつかみ、袖を通しながら、署に電話をかけた。「応援を出してくれ。ウィーヴァーが動いた」

「今動かせそうなのは、警邏班のジョーダンとシムズの組しかないな」とウェルズは言った。

「といっても目下、トムリン・ストリートの集合住宅に出張ってる。また出やがったんだよ、例の〝怪盗枕カヴァー〟の野郎が」

「〝怪盗枕カヴァー〟？　放っとけ。けちな侵入窃盗ごときあとまわしでいい。ジョーダンとシムズはこっちにまわせ……今すぐ。頼んだぞ！」

霧は濃くなるばかりだった。コリアー巡査は対抗措置として、運転する車のワイパーに超過勤務を強いていた。濃霧は追跡対象者から身を隠すにはそれなりに有効ではあるが、追跡そのものは困難を極めた。メトロのテールランプはくすんだ赤いしみと化し、目視するのがやっとという状況で、その不明瞭な目印でさえ、霧が特に濃い地点を通過するときにはいきなり消えてしまうのだ。コリアーは眼を凝らした。前方で赤いランプが瞬き、またしても視界から消えていった。今度はいくら待っても、再び見えてはこなかった。前方には幹線道路との交差点が控えている。ウィーヴァーはおそらく角を曲がって幹線道路に入ったものと思われた。コリアーはアクセルを踏み込み、交差点に突入し、左右に眼を配った。どっちだ？　ウィーヴァーはどっちに曲がったんだ？　だが、赤いランプはおろか、霧にほのかに浮かぶしみすら見えなかった。どうやら見失ったようだった。一か八かの勝負に出て、左にステアリングを切った。渦巻く霧を衝いて車を走らせてみたが、追跡対象車輌は影も形も見当たらない。交差点を右折すべきだったのだ。車載の無線機を取りあげ、追跡対象を見失ったことをフロスト警部に報告しようとしたちょうどそのとき、コリアーは一気に鼓動が速まるのを感じた。前方にぼんやりと、赤い光がふたつ。あれだ、ウィーヴァーのメトロにちがいない。その赤い光のにじんだ点が、左に寄っていくのが見えた。コリアーもそれにならった。ステアリングを左に切り、加減しながらアクセルを踏み込んだ。がたんという衝撃がきて、タイアが何かを乗り越え、未舗装の路面に入ったことがわかった。どこだ、ここは？　コリアーは焦った。困ったことに、車外の景色は何ひとつ見えなかった。霧に巻かれて、方向感覚も当てになりそうになかった。現在位置を割り出すべく、頭のなかの地図と首っ引きになった。どこを走っているのかさえろくに把握できていないようでは、フロスト警部とて駆けつける場所すらわからないことになる。視界を確保するため、運転席のサイド・ウィンドウをさげた。水音が聞こえた。水が飛沫をあげながら流れていく音——そうか、運河か！　コリアーは状況を呑み込んだ。今走っているのは、運河沿いの曳舟道に出る、普段はあまり使われていない傾斜路だった。しかし、ウィーヴァーはこんなところで何をしようというのか？

窓から首を突き出すと、わずかばかりだが、視界が利くようになった。前方の赤い斑点がひとまわり大きくなり、またさらにひとまわり大きくなった——向こうは移動していないのだ。ウィーヴァーは車を停めている。コリアーは車を路肩の草地に乗り入れて停め、ライトを消した。フロスト警部を無線で呼び出し、これまでの経緯を手短に報告した。「車を降りて確認しろ」とフロストは命じた。「豆狸が何をしてやがるのか、のぞいてみてくれ」

車外に出たコリアーは、トップコートを通して浸み込んでくる冷たい湿気に、ぶるっと身を震わせた。濃密な霧が運河にへばりつくように立ち込めていて、視界はほぼゼロに等しい状態だった。ウィーヴァーの車が停まっているほうに向かって、コリアーは前方を手探りするようにして進んだ。うっかり足を踏みはずして水中に転がり落ちたりしないよう、道の縁から慎重に距離を取った。水の流れる音は聞こえてきていたが、水面を眼で確認することはできなかった。車のドアが開く音がした。続いて、それを閉めるばたんという音。ウィーヴァーが車を降りたようだった。少しして、水が跳ねる音があがった。なんらかの重量のある物体が運河に投げ込まれた、ということだ。コリアーは眼を凝らしたが、男のシルエットしか見えなかった。曳舟道の縁に立ち、運河をじっとのぞき込んでいた。間違いなく、ウィーヴァーだった。ウィーヴァーは運河に背を向け、停めてある車のほうに戻りはじめた。コリアーは慌てて車に戻り、もう一度フロスト警部を無線で呼び出した。「監視対象者ですが、運河に何かを捨てた模様です」

「何を捨てたか、見えたか？」

「いいえ、残念ながら。水の音は、けっこうはっきり聞こえましたけど。あ、ちょっと待ってください」前方で車のエンジンのかかる音がした。「監視対象者が動きそうです。車を出しそうですが、追跡しますか？」

「ああ、そうしてくれ」いったんはそう命じたが、フロストはすぐに考えなおした。「いや、その場で待機だ」痛恨の見落としに気づいたからだった——車のトランク。メトロのトランクなら、子どものひとりやふたり、隠すことは充分に可能だ。それなのに、先ほどの家宅捜索の際に、あの野郎の車を調べるところまで思い至らなかった。悔やんでも悔やみきれないとはこのことだった。あの豆狸は玄関に出てきたとき、身ごしらえをすませ、丈の短いジャンパーのファスナーを襟のところまできっちりと閉め、これから、ドライヴにでも出かけようか、といういでたちをしていた。にもかかわらず、車を検めることを思いつきもしなかったのだ。己のあまりの間抜けっぷりに、腹が立ってならなかった。

コリアーは運転席に坐ったまま、メトロのヘッドライトがフロントガラスを撫でていくのを見送った。ウィーヴァーがこの場を離れようとしていた。「対象車輌がたった今、横を通過していきました」

「そのまま行かせてかまわない。おまえさんは運河の際まで降りて、あの豆狸が捨てたものを捜してくれ。行方不明になってる女の子を、放り込んだのかもしれない。おれも応援を引き連れて、すぐに合流する」フロストは無線で署を呼び出し、潜水チームの緊急派遣を要請した。

「署長は承知してるのか？」ウェルズが問い返してきた。

「マレット？　今は眼鏡猿ごときのご機嫌をうかがってる場合じゃないだろが。子どもが溺れかけてるかもしれないんだぞ。いいから、ごちゃごちゃ言ってないで、さっさと蛙どもを叩き起こせ。マネキン野郎はおれがあとでちゃんと丸め込んでおく。それから、潜水要員以外にも応援が欲しい。かき集められるだけかき集めて、こっちによこしてくれ。この天気じゃ、運河のどぶ浚《さら》いは難航するに決まってるから」

「今動かせるのは、非番の連中しかいないぞ、ジャック。ってことは、またしても超過勤務手当が発生するってことだ。マレットのしみったれが、署長命令だと言ってたことを――」

「いいから、非常呼集をかけろ、ビル。責任はおれが取る。それから、ウィーヴァーの緑のメトロを全パトロール手配にしてほしい。車輌情報を流せ。どこに向かってるのか、突き止めたいんだ」

「ナンバーは？」

「確認できてない。だが、こんな朝っぱらから走りまわってる緑のメトロなんて、そう何台もありゃしない」フロストはマフラーを首に巻きつけ、覚悟を決めると、凍てつく戸外に飛び出し、最短距離で車に駆け寄った。


視界はさらに悪化していた。車を走らせていたフロストは傾斜路への分岐点を見逃し、引き返す羽目になった。それで貴重な何分間かが無駄になった。曳舟道に降りる傾斜路を、未舗装の路面に車体を揺らしながら進むうちに、霧の奥で明滅する青いライトが見えてきた。現場に先着していたパトロール・カーの回転灯だった。聞こえてくる話し声を頼りに曳舟道まで降りた。運河の捜索に駆り出された連中が五名ほど、防寒対策に厚手のコートを着込み、長い竿を手に水底を探っているところだった。曳舟道に停められた二台の警察車輛のヘッドライトが、即席の照明灯の役目を果たすべく、霧に妨げられながら弱々しい光を送り出している。運河の水面には、汚れた脱脂綿を思わせる濃い霧が漂い、どこまでが曳舟道で、どこからが運河なのかも見わけがつかないほどだった。

フロストはコリアー巡査を見つけ出し、腕をつかんだ。「どんな按配だ？」

「順調とは言えません、警部。ウィーヴァーが運河に何か放り込んだのは確かですが、自分はその現場を見てないんです。放り込んだものが水に落ちる音を聞いただけで。だから、曳舟道からすぐのところに放り込んだのか、うんと遠くに投げたのか、それもわからなくて。なかに入って捜そうにも、この地点は水深がかなりあるので、装備のない状態ではお手上げです」自責の念に駆られた顔で、コリアーは首を横に振った。「もっと接近しておくべきでした。運河に放り込まれたのが、行方不明になってる女の子だとしたら、放り込まれた時点で生きていたとしても、もう死んでしまってるかもしれない」

「だとしても、できることを全力でやるんだよ、坊や」フロストにしては珍しく、厳しい口調で言った。「おれたちにできることはそれしかない。奇跡は起こせないんだから」甲高いサイレンの音を先触れに、また一台、警察車輛が到着した。緊急出動を要請した潜水チームだった。

「やっと来やがったか。ずいぶん優雅なご出勤だな」フロストは口のなかでつぶやいた。

数分のうちに投光機が設置され、ポータブルタイプの発電機がうなりをあげはじめた。ダイヴァーの面々が装備を身につけるあいだ、今回出動してきたチームの責任者であるダッフルコート姿の巡査部長がフロスト警部に状況の説明を求め、指示を仰いだ。「で、警部、具体的には何を捜せばいいんです？」

「七歳の女の子を誘拐したと思われる男が、運河に何かを捨てたんだよ。その子どもかもしれない」

「投棄された場所と時刻は？」

フロストは肩をすくめた。「投げ込まれたのは、このあたりのどこかから、としか言えない。そいつを追跡してた巡査が、水が跳ねる音を聞いたんだが、放り込む現場を見たわけじゃないんでね。その報告があったのが、今からかれこれ三十分か、四十分ほどまえのことだ」

潜水チームを率いる巡査部長は曳舟道の土手のうえから、霧にけむる運河の水面を見渡した。

「ここは水深がありますからね。放り込まれた時点で生きていたとしても、そんな何十分ももちゃしない」巡査部長はフロスト警部のそばを離れ、潜水チームに合流した。フロストは捜索に駆り出された面々をいったん呼び集め、投光機が設置され、ある程度の明るさが確保されたので、曳舟道の土手沿いに組織だった捜索活動を展開するよう指示した。一同が散開し、捜索が開始されると、フロストは作業の進捗状況をむっつりと眺め、うまくもない煙草をふかしながら曳舟道を上流方向に歩き、次いで来た道を下流方向に引き返した。沈み込む気持ちを引き立てるため、ときどき土手の草叢《くさむら》に蹴りを入れながら。

携帯無線機がフロスト警部の応答を求めてきた。警邏車輛のチャーリー・アルファの乗員からだった。ウィーヴァーの車を発見したので追跡したところ、自宅に戻ったことが確認された、とのことだった。

「今は家のなかにいます、警部」

「そのまま監視を続けてくれ」とフロストは命じた。

「警邏のほうは？　まだ巡回を終えていないんです。監視はいつまで続ければ？」

「必要とあらば、夜が明けるまででも居てもらう。対象者が家を出るようなら、ぱっちりけつに張りついて、随時報告を入れてくれ」

運河に巻く霧の奥から、オールの軋む音に続いて、ダイヴァーが水中に滑り込む際の密やかな水音が次々に聞こえた。水中の捜索が開始されたのを見届けると、ダッフルコート姿の巡査部長はフロスト警部のところに引き返してきた。「今回の出動はかなり高くつきますよ」潜水チームの巡査部長は言った。「おたくの署長に、ちゃんとその心積もりがあることを願うばかりだ」

フロストはひと声小さくうなって、どっちつかずの返事に代えた。そう、角縁眼鏡のマネキン野郎のもとに朝いちばんで出頭して、潜水チームを緊急出動させたことを伝えなくてはならない。そのことを思うと、さらに気がふさいだ。ぎゃんぎゃん責め立てられるのは眼に見えていた。とりわけ捜索の結果、何ひとつ出てこなかった場合には。

水の跳ねる音がした。見ると、水面に顔を出したダイヴァーが、猛然と腕を振っている。

「何か見つかったようですね」巡査部長はそう言うと、運河の水際まで進み出た。

とたんに鼓動が激しくなり、フロストは胸苦しさを覚えた。行方不明の少女が見つかったのか？　そうであってほしいと一瞬、願いそうになった。潜水チームに緊急出動までさせたこの大騒動が、まったくの無駄ではなかったということになれば、マレットのしみったれも朝いちばんでフロスト警部を叱責することはできなくなるはずだ。だが、そうした思いが胸をかすめた直後、フロストはそんな自分を恥じて慌てて首を横に振った。見つかったのが、少女ではないことを願った。どこぞの家で要らなくなったがらくたか、古びた絨毯あたりであってほしかった。なんなら、室内用便器でもかまわない。行方不明の少女には生きていてほしかった。

ダイヴァーが発見したのは、小型のスーツケースだった。何かの衝撃で開いてしまわないよう、がっちりと紐が掛けられていた。金属の留め金の部分がまだ光沢を失っていないので、長いこと水に浸かっていたわけではなさそうだった。だが、子どもを閉じ込めておくには、あまりにも小さい。スーツケースはボートに引きあげられ、フロスト警部のところまで運ばれてきた。曳舟道に散開していた面々が集まってきて、フロストを取り囲んだ。一同が見守るなか、フロストは折りたたみ式ナイフを取り出してスーツケースを縛っていた紐を切り、留め金をこじ開けた。中身はゴミ収集用の黒いビニール袋にくるまれていた。袋は幾重にも折りたたまれ、ビニールテープで念入りに封がしてあった。フロストは袋を切り裂き、最初に手に触れた煉瓦のブロックを取り出した。スーツケースを確実に沈めるために、重石代わりに入れられたものと思われた。次に出てきたのは、茶色いマニラ封筒の束だった。いくつもの封筒を太いゴムバンドでひとまとめにしてあった。封筒をひとつ抜き取り、なかをのぞいた。写真が入っていた。それも大量に。モノクロのものもあれば、カラーのものも交じっていたが、被写体はいずれも子ども——それも、かなり幼い子どもばかりで、ほとんどが裸同然の恰好で写っていた。どれも猥褻図画に該当するものだった。フロストはひとり納得した表情で頷き、コリアーのほうに向きなおった。「おまえさんが聞いた水の音は一度きりだったんだろう?」

　コリアーは頷いた。

「捜索は打ち切りますか?」潜水チームを率いる巡査部長が言った。

「いや」フロストは首を横に振った。「こういう変態どもは、一度使った隠し場所に執着するもんだ。運河にものを放り込むのは、今度が初めてじゃないかもしれない。ひょっとしたら、女の子のほうを以前《さき》に捨ててるってことも考えられる。徹底的に浚ってくれ」それから身を起こすと、封筒と黒いゴミ袋をスーツケースに戻した。「おれは署に戻って、このなかの写真を見てみる。見覚えのある顔が交じってないかどうか、一枚ずつとっくりと眺めてみるよ。ヴィッキー・スチュアートなりジェニー・ブルーアーなりの写真が交じってたら、そのときは誰はばかることなく、あの豆狸をしょっぴく」

運河から回収してきた写真を拡げ、デスクについていたところに、ビル・ウェルズがやってきて、運河の捜索に当たっていた連中から報告が入ったと伝えてきた。結局のところ、何も見つからなかったという報告だった。

「そうか。それじゃ、解散してかまわないと伝えてくれ」フロストはデスクのうえに置いてあった煙草のパックを、ウェルズのほうに押しやった。「こっちも空振りだ。おれの見た限りじゃ、知った顔はなかった。行方不明のあのふたりも写ってなかったしな。念のため、ほかの署にも写真をまわそう。他署《よそ》で届けが出てる子の写真が、交じってるかもしれない」

ウェルズはそばにあった写真を手に取り、しげしげと見入った。ベッドに寝そべった裸の少女が、両脚を大きく拡げた恰好で写っていた。うんと年嵩《としかさ》に見積もっても、せいぜい九歳ぐらいの少女だった。「こいつは、そのウィーヴァーって野郎が撮ったのか?」

フロストは肩をすくめた。「なかにはあの豆狸が撮ったやつもあるだろうが、ああいう手合いは、自分らの〝秘蔵の逸品〟を同好の士とわかちあうもんだからな。貰ったやつもあるんじゃないかな。残留指紋ってやつを調べりゃ、豆狸が写真を触ったことが証明できる」そこで大きな欠伸《あくび》が出た。フロストは眼をこすった。「おれはもうへとへとだよ。豆狸をしょっぴいてきてお話をうかがおうにも、今はガス欠でどうにもその気になれない。明日の朝いちばんで——」腕時計に眼を遣り、今の時刻を確認した——午前六時二十分だった。「——いや、今日の朝いちばんだな。捜索令状を取って、あの野郎をパクり、あいつのねぐらを隅から隅まで徹底的に調べてやる」デスクに拡げた写真を集めて封筒に押し込むと、鉛のように重い身体を椅子から持ちあげた。「うちに帰ってひと眠りしてくるよ」

「八時には戻ってこなくちゃならないぞ。八時には捜索隊の連中が集合して、フロスト警部はその指揮を執ることになってるんだから」ウェルズはそう言って、フロストの記憶を呼び起こしてやった。

フロストは再び椅子に身を沈めた。「くそっ、そうだった。忘れてたよ。だったら、ここでひと眠りするさ。モーニング・コールは七時半に頼むよ。あんたのそのどら声を張りあげて起こしてくれ。それから朝食には、お茶とトーストとその他もろもろ、イングリッシュ・ブレックファストってやつをフルセットでお願いしたい」

「新聞は何をお持ちいたしましょうか？」ウェルズは皮肉たっぷりに言った。

「『フィナンシャル・タイムズ』を頼むよ」とフロストは答えた。「ああ、ついでに『ビーノ（子ども向けの漫画雑誌）』も」

デントン警察署の署長であるマレット警視は、修理から戻ってきたばかりのローヴァーのステアリングを切って、署の駐車場に緩やかに車を進め、捜索隊の連中を運んできた車やらヴァンやらのあいだを通り抜け、署長専用の駐車スペースに手際よく滑り込んだ。ありがたいことに、ひと晩じゅう垂れ込めていた霧はそこそこのところまで晴れていた。これで懸念の材料がひとつ減ったことになる。濃霧で捜索活動を中止せざるを得なくなり、天候の回復を待つあいだ、捜索隊の面々が署の食堂で無為にお茶を飲んでいるというような場面を思い描いていたのである。そうして待機しているあいだも、拘束時間であるが故に人件費は計上されるわけで、言うまでもなく、時間の経過と共にその額はどんどん膨れあがっていく。会計年度で言えば、年度末までにはまだ数ヶ月もあるというのに、デントン警察署の超過勤務手当はすでに危険水域に達していた。このままでは、予算枠の上限を超えてしまうのも時間の問題と思われた。元凶のひとつは、提出書類におけるフロスト警部の、その名にし負うだらしなさにある。そもそも横着に過ぎるのだ。そのほうが計算が容易になるからという理由で、超過勤務に当たった時間数を一時間もしくは三十分単位で〝切りあげて〟しまうのだから。それは許されないことだ、と再三にわたって注意しているというのに。捜索活動は大所帯で臨まざるを得ない。ひとりひとりで見ればほんの数分程度の割り増しにしか過ぎなくとも、それに動員した総人数を掛けあわせれば……最終的な数字は、およそ考えたくもないほどの額に膨れあがってしまうのである。

受付デスクについていたウェルズ巡査部長は、記録簿に最新の情報を書き加えているところだった。マレットは素っ気なく頷き、挨拶に代えた。「おはよう、巡査部長。捜索隊の諸君は？」捜索隊の連中には、出動のまえに署長としてひと言、激励のことばをかけるべく準備をしていた。慎重に吟味したことばでさり気なく、しかしながらその意図するところは明白に、時間《とき》は文字どおり金《かね》なり、であり、行動にはしかるべき成果が伴わなくてはならないのだということを、しかと伝える心積もりだった。

疲労困憊していたウェルズは、慌てて椅子から立ちあがった。「おはようございます、署長。捜索隊は会議室に集合しています」

マレットは眉をひそめた。眼のまえの男は、居眠りでもしていたような、ふやけた面をしている。これぞまさしく面汚しだった。受付は署の顔だというのに。訪ねてきた一般市民にどんな印象を持たれるか、ということを考えないのだろうか。「今朝はやけに疲れているようだな、巡査部長」

「すみません、署長。昨夜の当直に加えて、今朝は勤務時間を延長しなくてはならなかったもので。交替要員が見つからないのです」ウェルズは慎ましやかに笑みを浮かべた。劣悪な勤務条件に健気に耐え、刻苦精勤する姿をごく控えめに訴えたつもりだった。署を預かる者として署長から、何かしらのねぎらいのことばがあるものと待ち受けたが、期待はあっさりと裏切られた。

「交替要員が見つからない？　それはきみの人員配置に問題があるということではないのかね。もう一度よく検討したまえ」追い撃ちをかけるように、マレットはさらにこうも言った。「それから、たとえどれほど疲れていようと、それを表に出さないよう、努力すべきではないかね。

一般市民は疲れた顔の警察官など見たくはないはずだ」

「はい、おっしゃるとおりです、署長。申し訳ありません」ウェルズは口のなかでもごもごとつぶやいた。腹の底からこみあげてきた憤りを、からくも抑え込んで。交替要員が見つからないのは、そもそもはマレットに原因がある。主戦力となるはずの署員を、なんと、ごっそり十名も州警察本部主導の、あのくそくだらない麻薬摘発のための合同捜査なるものに差し出してしまったのだから。

マレットは腕時計に眼を遣って、時刻を確認した。「三十分後にコーヒーを頼む。署長執務室のほうに持ってきてくれたまえ」廊下に向かいながら、振り向いてウェルズ巡査部長に命じた。

捜索隊が集合している会議室に、マレットは颯爽と登場した。その場にいた全員が、署長に敬意を表するべく、慌てて椅子から立ちあがった。なかなか感心なことだった。マレットは笑みを浮かべ、手振りで着席を促した。素早く室内に眼を走らせ、これだけの人数を動員した場合、本年度予算における人件費をどの程度まで食いつぶすことになるかを計算した。一同のなかには、見覚えのない顔も交じっていた——捜索活動のため、近隣の署から駆り出されてきた者たちだと思われた。演壇の近くに空いている席を見つけ、そこに移動して腕時計に眼を向けた——午前八時を十分ほどまわっている。マレットは渋面をこしらえた。捜索班の編制と概況説明は、午前八時に開始されることになっている。にもかかわらず、陣頭指揮を執るはずのフロスト警部は、いまだ姿を見せていない。おかげで部屋いっぱいの男女が、ただ座したまま、およそ無為に時を過ごしている。この時間も彼らの出動手当に算入されているのである。マレットは振り向いて誰にともなく問いかけた。「誰か、フロスト警部の所在を知っている者は――」

最後まで言い終わらないうちに、ばたんという無粋な音と共に会議室のドアが開き、件の人物があたふたと入室してきた。見れば、紅茶の入ったマグカップを手にしているばかりか、カップのうえにベーコン・ロールまで載せていた。そのあまりの規律のなさに、マレットは顔をしかめた。おまけに身なりも、褒められたものではない――髭も剃らず、着ているものは皺くちゃで、髪には櫛を入れた様子すらない。ほかの署から来ている者たちの手前というものを、少しは考えてもらいたかった。マレットのまえを通り過ぎしな、フロストは手をひと振りして言った。「ああ、警視《スーパー》、わざわざ立つには及ばないから」

マレットには、わざわざ立つ気など毛頭なかった。会議室にさざ波のように笑い声が拡がったが、それには加わらず、苦りきった顔で当てつけがましく腕時計をのぞき込んだ。

フロストは一同のまえに立つと、マグカップに載せていたベーコン・ロールを無造作にデスクに置き、カップの紅茶をひと口飲んだ。それから会議室に集まった者たちを見渡し、いたって愛想のいい笑みを浮かべた。「諸君には話したことがあったかな？　砂漠を歩いていて、めっぽう色っぽいおねえちゃんに出会った男の話なんだが……」

マレットは思わず天井を仰ぎ、ひと声低くうめいた。時と場所柄をわきまえないにもほどがある。今はフロスト警部お得意の悪趣味でえげつない冗談を披露している場合ではないはずである。

「おねえちゃんは首まで砂に埋まってた。なんとすっぽんぽんで。砂から出てるのは首からうえだけって状態だ。おねえちゃんは言った、『お願い、助けてください。王さま《スルタン》の夜伽のお相手を断ったら、こんな仕打ちを。どうか、掘ってください。穴を掘って掘って掘りまくって、あたしをここから出してほしいんです』男は訊いた、『で、あんたの言うとおりにしてやったら、おれは何が手に入るのかな?』おねえちゃんは答えた――『たっぷり濡れた砂が四ポンドばかり』」聞き手の誰よりも早く、誰よりも騒々しい声でフロストは笑った。どこがおかしいのか、マレットにはさっぱり理解できなかったが、調子を合わせるべくこわばった作り笑いを浮かべた。人のうえに立つ者は、ときにそうして連帯感を示しておくことも必要なのである。

笑い声が収まったところで、フロストはもうひと口紅茶を飲み、表情を改めた。「よし、みんな、聞いてくれ。今日はこれから先、今みたいに腹を抱えて笑える機会は、たぶん、もうないと思う」フロストは掲示板のほうに顔を向けた。「おれたちが捜してるのは、この子だ」と言って掲示板に貼り出された、大きく引き伸ばした顔写真を指さした。「ジェニー・ブルーアー、七歳。二日まえに学校から帰る姿を目撃されたきり、その後の行方がわかっていない。戸外《そと》は、諸君も知ってのとおり、けつの毛も凍るような寒さだ。この子がまだ生きているのなら、できるだけ早く見つけてやりたい。一刻も早く。だが、こいつはおれの直感なんだが、この子が見つかるとしたら、たぶん死体で発見されるんじゃないかって気がするんだよ。皆の衆には気の毒だけど、愉快な仕事にはならないと思っていてくれ。朗報としては、容疑者がいるってことだ。そいつがこの子に何をして、どこに閉じ込めてるかを正直に吐いてくれりゃ、おれたちは大幅に時間も手間も節約できる」フロストはそう言うと、窓のほうに眼を向けた。「今はだいぶ霧が晴れてきてるようだが、気象庁の朴念仁《ぼくねんじん》どもが言うには、霧はこれからさらに濃くなるらしい。そんなわけなんで、マレット署長もたぶん激励のことばなんてもんで足止めを喰らわすことは――」そこで顔の向きを変え、マレットの視線をとらえて問いかけるように眉を吊りあげてみせた。マレットは顔を赤らめながら、笑みらしきものをどうにか取りつくろい、頭のなかで〝時間《とき》は金《かね》なり〟の演説原稿をゴミ箱に叩き込んで、首を横に振った。「おや、ないんですね」とフロストは言った。「それじゃ、解散だ。精いっぱい気張って、あちこち嗅ぎまわってくれ。頼んだぞ」

マレットは立ちあがり、フロストを手招きで呼び寄せた。「警部、わたしの執務室に来るように。そう、ただちに。このまますぐに来たまえ」

マレットは、デスクに置いた吸い取り紙が天板のちょうど真ん中に来るよう位置を微調整してから、《未決》のトレイを手元に引き寄せた。今日は署長の承認を必要とする超過勤務手当の申請書面が、やけに多いような気がした。パーカーの万年筆のキャップをはずそうとしたところで、ぞんざいにドアを叩く音がしてフロストが入室してきた。締まりのないてれてれした歩き方でデスクまで近づいてくると、毎度のことながら、勧められもしないうちに椅子に坐り込んだ。なんと、坐り方までだらしがなかった。「掛けたまえ」マレットは痛烈な皮肉のつもりで敢えてひと言言ってみたが、それが通じるような相手ではないと思い知らされただけだった。

「いや、警視《スーパー》、お気遣い痛み入るよ。で、おれに用があるってことだけど?」フロストは腕時計に眼を遣った。「ひとつ、できるだけ手短にすませちゃもらえませんかね? これから容疑者を引っ張りにいかなくちゃならないもんで」

「きみは指図できる立場にはない」マレットはぴしゃりと言った。「わたしの話はわたしの納得のいくまで時間をかける。まずは、きみのそのむさくるしい風体について——」マレットはフロストに向かって人差し指を突き出した。「自分で見てみたまえ。デントン警察署の面汚しもいいところだ。先ほどきみが会議室に現れたときには、わたしとしてはまさに、穴があったら入りたいという心境だった。他の署から派遣されてきている連中もいたんだぞ、署長の面目ということも考えたまえ。なんだね、その服装は? 服を着たまま寝ていたようにしか見えん」

「おや、警視《スーパー》、さすが慧眼《けいがん》でいらっしゃる」とフロストは言った。「まさにそのとおり、この恰好のまま、寝ちまったんですよ。行方不明の女の子の件で、ほんのささやかなもんではあるけど、手がかりになりそうな線が出てきたんでね。そいつを追っかけて右往左往してたら、午前六時を過ぎちまったんです。で、オフィスで仮眠を取るしかなくて」

「だからといって髭を剃らなくていいということにはならん」マレットは一喝した。

フロストは顎に手を当てた。確かにマレットの言うとおり、無精髭が伸びていた。髭剃りにまで気がまわらなかった、というのが正直なところだったが……「電気剃刀がいかれちまってね。オフィスに戻ったら、誰かに借りて剃りますよ」そこまで言い訳するあいだに、そろそろと椅子から腰を浮かした。「それじゃ、警視《スーパー》、ほかに話がないようなら、おれはそろそろ……」

マレットは手のひと振りで、離席はまだ罷《まか》りならんと命じた。「きみに言いたいことは、まだほかにもある」具体的な数字を挙げて叱責するべく、超過勤務手当の申請書に書き込まれている数字を合計しようとして、そのしたにさらにもうひと束分、それもかなり分厚い束の申請書面が隠れていたことに気がついた。マレットは口をあんぐりと開けた。「どういうことだね、これは？」不愉快きわまりない書面をつかみ、フロストに向かって振り立てた。「昨夜のあいだに非番の署員八名に動員をかけ、ひとりあたり四時間の超過勤務とあるではないか？　わたしが了承したのは、延べで最長十時間までだったはずだ」

「おっと、うっかりしてましたよ、警視《スーパー》」フロストは弁解を試みた。「その件についちゃ、警視《スーパー》にも説明しようと思って――」

「超過勤務の動員をかけるにあたって、きみがわたしに対してなすべきは〝説明〟ではない」フロストのことばを遮って、マレットが言った。「自分の立場を考えたまえ、警部。きみは〝願い出る〟のが筋であって……」マレットの声が尻すぼみに小さくなった。今度は、潜水チームからの出動手当の申請書なるものを見つけたからだった。「なんだね、これは？　いったい全体、どういうことなんだね？」マレットの声は音程にして一オクターヴばかり跳ねあがった。「きみはわかっているのかね？　警察所属のダイヴァーに出動を要請した場合、一時間あたりいくらの請求がくると思ってるんだ……」文字どおり口角泡を飛ばさんばかりに、マレットは言い立てた。

「いや、知らないな。でも、追っつけ、明細書が届くだろうから、それを見りゃわかりますよ」フロスト警部もたまには役に立つことを言うのだというところを示すべく、フロストは言った。次いで昨夜の経緯を報告し、運河から引きあげたスーツケースの中身の写真を二枚ばかり取り出してマレットに手渡した。フロストの説明を聞くうちに、マレットの眼が次第に大きく見開かれ、吸い取り紙をメモ用紙代わりに猛然と動いていたパーカーの万年筆のペン先がはたと止まり、吸い取り紙にインクのしみが拡がった。マレットは眼を剝いた。前夜のあいだに費やされた超過勤務手当と出動手当の総額を算出していたのだが……そこにはまさに愕然とすべき数字が並んでいた。「フロスト警部、きみは……きみは、この数字を州警察本部が納得すると思っているのか？　これほどの数字が絡む動員は、わが署の規模からして当然許容され得る限度を大幅に上まわる。署長の一存で許可できる性質のものではないということだ」マレットは眼鏡をはずし、眼頭をつまんだ。「この件は、フロスト警部、きみに責任を取ってもらう。きみの尻ぬぐいをするつもりは、わたしにはないから、そのつもりでいるように」

「そうですか。だったら、たまにはおれがその責任ってやつを取りますよ」フロストは鼻を鳴らした。「そりゃ、さしもの警視《スーパー》といえども、子どもの生命《いのち》がかかってるときに経費の計算なんてできやしないだろうからね」

「しかし、昨夜は子どもの生命がかかっていたわけではあるまい？　なんらかの物体が水中に投じられる水音をたった一度、耳にしたというだけのことではないのかね？　それなのに、きみは先走って結論に飛びついた。その結果、得られたものは、猥《みだ》りがわしい写真だけ。写真というのは、夜が明けたからといって、どこかに移動したりするのかね？　昨夜運河に投じたものなら、今朝もまだ運河のなかにあったはずだ。超過勤務などしなくとも、通常の勤務時間内に引きあげたところで、なんの問題もなかったということが――」

「そういうのを、下種の後知恵って言うんだよ」腹立ちを隠そうともしないで、フロストは語気を荒げた。「昨夜の段階でそんなことが誰にわかる？」

「きみは誰に対してものを言っているんだね？」マレットも腹立ちを隠さず、顔を真っ赤にして怒鳴った。「自分の立場をわきまえたまえ。きみは今、重大な責任を問われているのだよ。反論したければ、せめて結果を出してからにしてはどうだね？」

「わかりましたよ、警視《スーパー》、結果ぐらい出してご覧にいれますよ」フロストはそう言って立ちあがった。「これからウィーヴァーをしょっぴいてきて、あの野郎の自宅に科研の鑑識チームを送り込んでやる。一インチ刻みに捜索させますよ」

「それで何も発見できなかった場合は？　どんな結果が出せると言うんだね？　未承認の超過勤務手当に出動手当、それにいかがわしい写真がほんの数枚――きみはそれを結果と呼ぶのかね？」

「ウィーヴァーは必ず落とす」戸口に向かいながら、フロストは言った。半分は自分自身に言い聞かせているようなものだった。「運がよけりゃ、行方不明の届が出てる女の子ふたりの所在を吐かせますよ。容疑者一匹で事件が一気にふたつ片づくんだ。悪い買い物じゃないと思うけどね」

立ち去り際、フロストは署長執務室のドアをことさら音高く閉めた。今のひと言は去り際の捨て台詞《ぜりふ》としては悪くなかった。問題は——果たして言挙げしたとおり、すんなりとことが運ぶかどうか、だった。

第十章

　オフィスに戻ると、家宅捜索令状がデスクのうえで待っていた。捜索令状をポケットに突っ込み、電気剃刀で顎の無精髭をおざなりに当たっていたところに、ドアが軋みをあげて細めに開いた。その隙間から、見るからに具合の悪そうなモーガン刑事がおぼつかない足取りで滑り込んできた。眼は血走り、着ている服は皺くちゃで、お世辞にも清潔とは言えず、当然のことながら髭も剃られていなかった。全身からアルコールを過ごした翌日の臭いと反吐の残り香の入り混じった、えもいわれぬ香気を漂わせている。「おはよう、早起きだな。牧師さんの朝のお散歩かと思ったよ」とフロストは言った。

　力のこもっていない笑みが返ってきた。見るからに具合の悪そうな笑みだった。モーガンは倒れ込むように椅子に身を沈め、とたんに顔をしかめた。坐ったときの身体の揺れで、それでなくとも疼く頭に衝撃が走ったものと思われた。

「昨夜はどうしてあんなことになったんだ？」とフロストは尋ねた。

　モーガンは記憶を手繰るべく、眉根を寄せると、そこでまた派手に顔をしかめた。眉を動かすことでさえ、頭に響くようだった。「それが、どうもはっきりしないんです、親父《おやっ》さん。若くて活きのいい女の子に出会って、一緒に一杯やったことは確かなんですが……」

「なんだ、またか?」とフロストは言った。「おまえさんは、女と見ると、ちょっかいを出さないじゃいられないんだな、ええ?」

「そういうわけじゃないけど……でも、擦り寄ってこられて、くねくねされると、こっちとしてもなかなか断りにくいんですよ、親父《おやっ》さん」モーガンはそこでまたしても顔をしかめた。額をまさぐっていた指先が傷口に触れたせいだった。「車に乗り込んで走りだしたことまでは、はっきり覚えてるんです。だけど、そっから先がどうも……なんて言うか、記憶に霞がかかったような按配で」フロストの語る昨夜の顛末を聞くうちに、モーガンはますます恥じ入った顔つきになった。

「歯医者で貰った、あの痛み止めのせいですよ、きっと。鎮痛剤ってやつは呑むと眠くなりますから」

「そりゃ、まあ、薬を呑むまえからへべれけだったら、薬なんぞ呑まなくたって眠くなるわな」フロストはレインコートに袖を通しながら言った。「いったん自宅《うち》に帰って、こざっぱりしてこい。マレットの眼鏡猿に見つからないうちに。マレットにはついさっき、浮浪者みたいななりをしてるってことで小言を喰らってきたばかりだが、そのおれだって今のおまえさんと比べりゃ、天下の伊達男《ボー・》ブランメル（一七七八～一八四〇。洒落者で知られたイギリス人。本名ジョージ・ブライアン・ブランメル。紳士服の流行の範を示したとされる）で通りそうだよ。着替えたら、署に出てこなくていい。ハンロン部長刑事が捜索班を率いてるから、そこに直接顔を出して、おまえさんも捜索区域を割り振ってもらえ。行方不明の女の子をしっかり捜すんだ」

「諒解です、親父《おやっ》さん。すみません、何から何まで……親父《おやっ》さんにはこれでまたひとつ借りができちまった」モーガンはそう言うと、戸口のところで入れ違いにオフィスに入ってこようとしているジョーダン巡査の脇を、横歩きで擦り抜けて室外に出ていった。

「今のは浮浪者でしょうか、それとも芋にいちゃん刑事《タフィ》でしょうか?」とジョーダンが言った。

「どっちも正解だ」フロストは鼻を鳴らした。「現場捜査の担当と科研の連中は揃ったかい?」

「ええ、ヴァンのなかで待機してます」

「そうか」とフロストは言った。「それじゃ、これからちょいとウィーヴァー氏のお宅まで表敬訪問に出かけよう」


「捜索令状?」チャールズ・ウィーヴァーはフロスト警部から強引に手渡された書面を見て、眼をぱちくりさせた。ドアを連打する音で叩き起こされたものと見えて、玄関口に出てきたウィーヴァーは灰色のドレッシング・ガウンをはおり、ガウンの紐を締めようとあたふたしているところだった。「でも、令状なんて必要ありませんよ、警部。昨日も申しあげたとおり、どうぞ遠慮なく、どこでも好きなところを調べてください」

「そりゃ、また、ずいぶんとご親切なことで。ありがたいですな、まさに市民の鑑ですよ。みんながみんな、おたくみたいに物わかりがよくて協力的だと大いに助かるんだけどね」フロストは肩越しに親指を立て、同行してきた面々に合図を送った。「上階《うえ》の部屋から始めてくれ」

科学捜査研究所から派遣されてきた鑑識チームと現場捜査の責任者であるローリングズが、

足音も騒々しく階段を登っていくのを、ウィーヴァーはうろたえた様子で見送った。「あの、申し訳ありませんが、二階は散らかっていて……」

「その点はどうかお気遣いなく」フロストは愛想のいい笑みを浮かべてみせた。「捜索が終わったあとは、散らかってるなんて、そんななまやさしい状態じゃなくなってるでしょうから」

ひとまずウィーヴァーの腕を取り、前日にも探訪したさして広くもないキッチンに向かった。キッチンではジョーダン巡査が、抽斗と名のつくものを片っ端から開けては中身を点検する作業に取りかかっていた。「ここなら落ち着いて話を聞けそうだからね」テーブルにキャンディの袋が載っているのがフロストの眼にとまった。シャーベット・ライム味のキャンディだった。なんとも懐かしい代物だった。ガキの時分はいざ知らず、いい歳こいたおっさんと呼ばれるようになってからは、絶えて久しく味わっていなかった。「これは、ウィーヴァーさん、おたくが召しあがるんで？」

「そうですよ」ウィーヴァーはいくらか鋭い口調で答えると、フロストの手からキャンディの袋を引ったくるようにして回収した。「わたしが舐めるんです。ええ、幼い子どもを誘い込むための餌にしているわけではありません。暗に訊こうとしていらっしゃるのが、そういうことなのでしたら」

「そんな、暗に訊こうだなんてめっそうもない」とフロストは言った。「ひとつ頂戴できないもんかと思っただけですよ」ウィーヴァーをひとまず椅子に坐らせてから、ポケットに手を突っ込んで写真の束を取り出し、カードゲームの手札を拡げる要領で一枚ずつテーブルに並べていった。写真が置かれるたびに、ウィーヴァーはびくっとかすかに身をこわばらせた。「これは、ウィーヴァーさん、あなたの所有物ですね？」

ウィーヴァーは椅子に坐ったまま、できるだけテーブルから身を遠ざけた。物理的に距離を置くことで、写真との関係を否定しようとしているのかもしれなかった。「いや、違います、警部さん。わたしの所有物ではありません。断じて違います」

フロストはジョーダンに向かって、いかにも憤慨しているように言った。「まただよ、巡査、またしてもへまをぶっこいちまった。この罰当たりな写真はどれも、こちらの紳士の所有物じゃないそうだ」それからまたウィーヴァーのほうに視線を戻した。「いや、申し訳ない、ウィーヴァーさん。お詫びのしようもありませんよ。ここに並べた写真におたくの指紋がべたべたついてたことについても、ついでに昨夜——というより今朝早くと言ったほうがいいかな——この写真をまとめて運河に投げ捨てるおたくの姿が目撃されたことについても、きっとなんらかの理由があるんでしょう。それを説明してもらえれば、われわれもそれで納得しておとなしく引き下がりますよ」フロストは腕組みをして相手の返答を待った。

ウィーヴァーは顔面蒼白になっていた。一瞬ののち、がくりと肩を落とすと、テーブルの天板に向かってつぶやくように言った。「わかりました。認めましょう、警部さん。そうです、この写真はわたしの所有物です。ことばにするのも恥ずかしいことですが、わたしにとっては慰めなんです、子どもの写真を眺めることで——」

「正確には、裸の子どもの写真だな」フロストはウィーヴァーの発言に訂正を加えた。

「ええ、おっしゃるとおりです。確かに、外聞をはばかるような趣味だとは思います。しかし、誰に迷惑がかかるわけでもない。写真を眺めて慰めを得る、ただそれだけのことですから。昨日、警部さんたちがお見えになったあと、急に不安になったんです。こうした写真が見つかってしまったら、きっと誤解されてしまうだろうと。それで、見つからないうちに処分しておこうと思ったんです」

「おたくが撮影したものは？」

ウィーヴァーは即座に首を横に振った。「まさか、とんでもない。これはみんな買ったものです」

「パブで知り合いになった、見ず知らずの男から？」

ウィーヴァーは弱々しく微笑んだ。「ええ、まあ、そんなところです。代金は現金で支払ったし、相手の名前も聞いていませんので」

フロストは納得したという顔で頷いた。「なるほど、さもありなんというやつですな。でも、ひとつだけ、どうしても腑に落ちないことがある。おれにそういう趣味があるとして――おたくがしてるみたいに、年端もいかない、まだ熟してもいない裸ん坊の写真を眺めちゃ涎を垂らしてるような毎日を送ってるとして、そこに七歳の女の子が訪ねてきて写真を撮ってくれと言おうもんなら、おれなら玄関先で追い返すような無粋な真似はしないだろうな。『はい。チーズ』なんて言ってる暇に、その子を裸にひん剝いて、おれの自慢の箱形カメラ《ブローニー》をいそいそと握らせちまうんじゃないかと思うんだけど……？」

ウィーヴァーの顔面が、怒りの色に染まった。「警部さん、あなたが何をどう思おうと、それはあなたの勝手だが、女の子がここを訪ねてきたときのことは、昨日お話ししたとおりです。玄関先で帰ってもらった。うちにはあげておりません」ウィーヴァーはそこでぎょっとした顔で、天井を仰ぎ見た。木材に打ち込んである釘を、無理やり引き抜くような音が聞こえてきたからだった。「あの音は……何をなさってるんです、上階《うえ》にいらした方々は？」

「あれはたぶん床板をひっぺがしてる音でしょう――誰かさんが床下に死体を隠しておきながら、うっかり言い忘れてるってこともあるんでね」

ウィーヴァーは笑みを浮かべた。「そうですか。なんならわが家《や》を解体してみますか、警部さん？　かまいませんよ。ここには死体なんてありませんから」

「いや、死体なんか出てこなくても事足りるんだよ、ウィーヴァーさん」とフロストは言った。「髪の毛一本でも、服の切れっ端でもいいんです。あとはＤＮＡってやつが、なんとかしてくれるんでね」

ＤＮＡという単語は、バーニー・グリーンに用いた際と同様の効果を、眼のまえの容疑者にももたらした。ウィーヴァーはとたんに落ち着きを失い、ぴくりと肩を震わせた。「ＤＮＡ？」

「そう、ＤＮＡってやつを調べるには髪の毛一本、見つかりさえすりゃ事足りるんです。科学捜査研究所の連中も、死体が見つかろうもんなら、却ってがっかりするかもしれないな。ＤＮＡ鑑定となると、特別手当が支給されるんでね」

ウィーヴァーはドレッシング・ガウンの襟元を掻きあわせた。小刻みに震えているのは、寒さのせいばかりではなさそうだった。「ひとつまだお話ししていないことがあった」

「だったら、どうぞ遠慮なく。おれの耳の穴はいつでも開いてますから」フロストはテーブルを挟んでウィーヴァーの向かいの椅子に腰をおろした。煙草のパックから一本抜き取り、くわえようとしたところで、ウィーヴァーが喘息持ちだと言っていたことを思い出した。仕方なく、煙草をパックに戻した。

「警部さんには謝らなくてはなりません。実は何から何まで本当のことを言っていたわけではなくて……」ウィーヴァーは言いよどんだ。フロストは口を開かなかった。相手から話を引き出すには、口を閉じておくべきときもあるからだった。ウィーヴァーは乾いた唇に舌で湿りをくれると、意を決したように話を再開した。「行方不明になっている、あの女の子のことです。玄関先で追い返したと言いましたが、本当はうちに入れたんです。今にして思えば、愚かな判断でした。でも、なんとも愛らしい女の子に思えたもので。それで、写真を撮ったんです――もちろん、服を着たままですよ。そのあと、あの子は帰っていきました。写真を撮ったことについては、なんら疚《やま》しい点もないし、誰に迷惑をかけたわけでもないと思っています。でも、その後あの子の行方がわからなくなっていると知って、わたしは慌てました。気が動転して、恐くなって、それで撮影した写真を処分したんです」

「ネガは？」

「ネガも処分しました」

フロストは眼のまえの男をじっと見つめた。ウィーヴァーは視線を合わそうとしなかった。

「で、もうひとりの女の子については？　ヴィッキー・スチュアートのことだよ」

「その少女のことは何も知りません。会ったこともない。うちにあげたのは、ジェニーという子だけです。誓って嘘じゃありません」

「警部！」階段のてっぺんからシムズ巡査の呼ばわる声がした。「ちょっと上階《うえ》に来てもらえますか？　見てもらいたいものが出てきたんで」

フロストは二階に向かった。シムズの言う見てもらいたいものは、ウィーヴァーの寝室から出てきたようだった。壁際にぴたりとつけて置かれていたクロゼットが手前に引かれ、壁とのあいだに隙間ができていた。そのクロゼットの裏側に大判のマニラ封筒がセロファンテープで留めてあった。フロストは手を伸ばして封筒に触れてみた。中身は写真と思われた。階下に向かって声を張りあげ、ウィーヴァーに二階にあがってくるよう指示した。「ウィーヴァーさん、こいつの中身に心当たりは？」

チャールズ・ウィーヴァーはベッドにへたり込み、両手に顔を埋めた。フロストはクロゼットの裏から封筒を引き剝がし、中身を取り出した――案の定、写真だった。まだ幼い少女が半裸で、あるいは全裸で写っている白黒写真。被写体の少女はジェニー・ブルーアーだった。

写真をつかみ、ウィーヴァーの鼻先に突きつけた。「こういう写真はもったいなくて処分できなかったのか？　お名残惜しくてどうしても手元に置いておきたかったのか？　ああ、これでよくわかったよ、あんたって男がとんでもない人でなしだってことが。さあ、答えてもらおうか。この子をどこにやった？　この子に何をしやがった？」

ウィーヴァーは身を縮め、洟をすすりあげた。今にも泣き崩れそうな顔をしていた。「何もしてない……何もしてません。ここを訪ねてきたときと変わらず、元気に帰っていったんです」「嘘だ」フロストは大声を張りあげた。「あんたは根性の腐った嘘つきだ。とりあえず嘘をつき、そいつがばれたら、その嘘を隠すためにまた平気で嘘をつく。この子をどこにやった？」

ウィーヴァーは黙って首を横に振り、握り拳で眼を拭った。

「チャールズ・エドワード・ウィーヴァー」フロストは口調を改めて言った。「ジェニー・ブルーアーの行方がわからなくなっている件に関与した容疑で、あなたを逮捕する……」フロストの声は尻すぼみに小さくなった。逮捕時に被疑者に通告するべき口上が改定されてからというもの、フロスト警部はどういうわけか、その文言がさっぱり覚えられないのである。フロストは一歩退き、口上を最後まで述べる役目はシムズ巡査に任せた。

「こんなのはあんまりだ、あまりにもひどすぎる」熱に浮かされたように、ウィーヴァーは涙声でまくしたてた。「悪夢としか思えない。わたしは何もしていないのに。無実なのに」

「よし、こちらの無実の人でなしを署までお連れしろ」とフロストは命じた。

取調室の清掃を行った清掃業者の仕事ぶりは、実に手早く、実にいい加減なものだった。デントン警察署の取調室には、汗と何日も履き続けた靴下と煙草の吸い殻を発生源とするいがらっぽい臭いがつきものだが、そこに松脂《まつやに》の消毒薬の臭いが加わっていた。フロストは空いている椅子を、椅子の脚が茶色いリノリウムの床をこすって耳障りな音を立てるのもかまわずに引っ張ってくると、テーブルを挟んでウィーヴァーの向かい側に腰をおろした。シムズ巡査がカセットレコーダーにテープを入れて録音の準備を調《ととの》えるのを待つあいだ、無意識のうちに煙草をくわえて火をつけていた。一服する間もなく、ウィーヴァーが咳き込みはじめた。煙を追い払おうと顔のまえで猛然と手を振り、興奮したような早口で、喫煙は遠慮してほしいと言った。

「すみません、警部さん——わたし、喘息持ちなもので」

フロストは煙草の先端を指でつまんで火を消すと、そのまま後生大事にパックに戻した。

「悪かったよ。それじゃ、ジェニー・ブルーアーのことを話してもらおうか」

「あの子は、わたしがカメラを持ち歩いているのを見かけて声をかけてきました。写真を撮ってほしいと言うんです」

「いつのことだ？」

「二週間まえか、三週間まえか……そのぐらいだったと思います。最初は断ったんです。でも何度も何度も押しかけてこられて。それで、とうとう家にあげてしまいました」

「なぜ？」

「なんだか不憫で。可哀想になってしまったんです。最初から、ああいう写真を撮ろうと思っていたわけじゃない。あれは、たまたまです。たまたま、ああなってしまっただけなんです」

「ほう、たまたま、ねぇ……あの子がたまたま服を脱いだとこに、あんたもこれまたたまたまカメラを構えてた？」

ウィーヴァーは深くうなだれ、何も答えなかった。

「モデル料は?」

「お菓子をあげました。それから、ちょっとしたものを買ってあげたりもしました。子ども向けの雑誌とか、本とか、玩具とか……」

「着るものは?」

「ええ、赤いワンピースを。それはうちに置いておいてほしいと頼まれました」

「そりゃ、また、どうして?」

「お母さんに知られたくないと言っていました」

「で、あんたとしてもお母さんには知られたくなかった。お母さんの眼の届かないとこで、娘にあんなことや、こんなことをさせてたんだから。それじゃ、あんたはあの子を金《かね》で買ってたわけだな。ちょっとしたものを買ってやって、それを餌におびき寄せてた」

ウィーヴァーは、フロストの背後の壁に視線を据えたまま、肩をすくめた。「そうですね、そういう言い方をなさりたければ」

「その赤いワンピースはどこにやった?」

「燃やしてしまいました」

「ジェニーの行方がわからなくなった日のことだが、あんたのとこに訪ねてきたのは何時ごろだったか覚えてるか?」

「午後四時ちょっと過ぎでした。学校からまっすぐ来たと言ってました」

「帰っていったのは?」

「あと十五分ほどで五時になろうか、というころでした。今日はこれからお祖母さんのうちに行くことになっているのだと言ってました。雨が降っていたので、バスに乗っていきなさいと言って、一ポンド渡しました」

「家を出るときは玄関から？　それとも裏口から？」

「裏口からです。学校の友だちに見られたくないと言って」

「あんたとしても、隣近所の連中に見られたくないもんな」

ウィーヴァーの口元に苦笑いが浮かんだ。「言わずもがなのことですが、隣近所というのはとかく口さがないものですから」

「そりゃ、おたくの隣近所の場合は、とかく口さがなくなるべきもっともな理由があるからね。まあ、いいや。あんたが嘘をついてないってことにしておこう。あんたの家を出たあと、ジェニーの身に何が起こったんだと思う？」

ウィーヴァーは両手を左右に拡げ、肩をすくめた。「さあ、わたしにはなんとも。ですが、わたしが警部さんなら、まずはあの子の母親の恋人に話を聞くところから始めるでしょうね。ジェニーは、その男にしょっちゅう叩かれていたそうですから。ええ、痣《あざ》をこしらえてきたこともありましたよ」

フロストは最初に行方不明になった少女の写真を取り出した。「被疑者にヴィッキー・スチュアートの写真を呈示」音声記録用に自分の行動を説明するひと言をつけ加えた。「それじゃ、今度はこのヴィッキーって子のことを話してもらおうか」

ウィーヴァーは溜め息をついた。「だから、何度も申しあげているじゃありませんか。この子には会ったことがありません。口をきいたこともありません。ただの一度も。うちにあげて写真を撮ったのは、ジェニーだけです。そのジェニーにしたって、わたしはただ写真を撮っただけですよ。指一本触れちゃいませんから」

「こんなことを言うと、老いぼれて涙もろくなったお人好しの抜け作だと思われそうだけど」とフロストは言った。「あんたは筋金入りの嘘つきだな。ジェニーもヴィッキー・スチュアートも今どこにいるのか、あんたはちゃんと知ってる」

ウィーヴァーは哀しげと言えなくもない風情で、首を横に振った。「残念ですよ、警部さん。ここまで信じていただけないとは。でも、わたしがお話ししているのは、すべて本当のことだし、すでにお話ししたこと以外、知っていることはありません。わたしにはともかくそうとしか言えませんよ」

フロストは唇を歪め、軽蔑の念を隠す努力を放棄した。「ふたりとも死んでるのか？　だから、言えないのか、ふたりをどこにやったか？」取調室のドアを叩く音がした。フロストは素早く振り向き、誰であれノックした人間をドア越しに睨みつけた。けしからん邪魔者だった。取調室のうえの表示灯は使用中を示す赤になっているはずだし、フロスト警部は目下、殺人事件に発展する可能性も視野に入れて被疑者の取調べを行っている最中だというのに。シムズ巡査の視線をとらえると、フロストは人差し指のひと振りで、不届き者の正体を確認するよう伝えた。

不届き者はビル・ウェルズ巡査部長だった。ウェルズもまたシムズ巡査の視線をとらえると、手のひと振りで横にどくよう伝え、それから室内をのぞき込み、フロストに向かって忙しなく手招きをして廊下に呼び出した。「デントン総合病院から電話があったよ、ジャック。ウィーヴァーのおふくろさんの容態が急変したそうだ。息子さんにはすぐに来ていただいたほうがよさそうだってことなんだ」

フロストは先ほどパックに戻した吸いかけの煙草を引き抜いてくわえ、火をつけると、慌ただしく二服ほど味わってから床に落として踏み消した。「このタイミングで急変とはね。豆狸のおっ母《か》さんだけあって、大狸だな」フロストは取調室に戻った。「ウィーヴァーさん、気の毒だが、あんたにとっちゃ、いささか胸が痛くなるような知らせがある」

その時点でほかの車輛はすべて出払っていたため、結局はフロスト警部がウィーヴァーをデントン総合病院まで送り届ける羽目になった。フロストはわざとデントン・ウッドの森を経由する道筋を選んだ。ジェニー・ブルーアーの捜索は続行されていた。遅々としてはかどらない骨の折れる作業に駆り出された警察官や婦人警察官が、横一列に並んでインチ刻みで前進している姿を見かけるたびに、フロストは車のスピードを落としてことさらゆっくりとその横を通過した。「なあ、そろそろジェニーの居場所を教えてくれないか?」下手に出て頼み込むように言ってみた。

ウィーヴァーは窓のそとを見つめたまま、溜め息をついた。「わたしに教えられるものなら、とっくにお教えしていますよ。わたしは知りません。本当に知らないんです」

「ジェニーのおふくろさんは心配で、心配で、しっちゃかめっちゃかになってるよ」

「ジェニーの母親はろくでもない女です。恋人にわが子を平気で殴らせておくような女です。事情を聴くなら、母親と恋人から聴くべきですよ。わたしなんぞにかまけてないで」

フロストはまた車のスピードを落とした。腰の高さほどある草叢《くさむら》に捜索隊が散開していた。きんと凍りつくような外気のなか、草葉をかき分け、茨の繁みを突破する者たちの吐く息が白い煙のように見えた。

「先週、うちの近所で葬式があってね」とフロストは言った。今度は搦め手から攻めてみるつもりだった。「三歳の坊やが、バスに轢かれて死んじまったんだよ。坊やのママとパパが手向けた花輪が、なんと子ども用のキック・スクーターの恰好に細工されてたんだ。坊やの大好きな遊び道具だったんだな。あれはこたえたよ。胸が張り裂けそうになっちまった」

「わたしもその場にいたら同じように感じたと思いますよ」ウィーヴァーはそう言うと、ハンカチを取り出し、眼頭を押さえた。「すみません。その手の話には、わたし、どうも弱いんです」

おやまあ、空涙とはまた、ご念の入ったことで——フロストは胸のうちでむっつりとつぶやいた。はっきり言って手詰まりだった。どこをどう攻めれば、この豆狸を陥落させられるのか？　見ると、ウィーヴァーは悠然と座席の背にもたれていた。落ち着きを取り戻したどころか、余裕さえ感じられる表情だった。ところが、病院に近づくにつれて、その余裕が萎《しぼ》みはじめた。表情がこわばり、どことなく落ち着かない素振りを見せはじめた……少なくとも、フロストの眼にはそんなふうに映った。「どうかしましたか、ウィーヴァーさん？　何か困ったことでも？」

「困ったこと？　いいえ、まさか。何も困ってやしませんよ。ただ心配なだけです、母のことが」

否定するときの語気が、いささか強すぎるように思われた。デントン総合病院には、ウィーヴァーを不安にさせるものがあるのかもしれなかった。たとえば、この無駄に広い敷地内のどこかに、行方不明の女の子たちを隠している、とか？　念のため、その可能性があることをハンロン部長刑事に伝えて、捜索の最優先箇所にデントン総合病院の敷地内を組み込んでもらったほうがよさそうだった。

正面玄関から院内に入ると、ウィーヴァーの足がとたんに速まった。母親の収容されている病棟に向かって、ずんずん突き進んでいくものだから、遅れずについていくだけでもひと仕事だった。階段を登り、病棟をいくつも抜け、最後に廊下の角を右に曲がった。「ここです」とウィーヴァーは告げると、小走りになってベッドの枕元に駆け寄った。と思ったとたん、ぴたりと立ち止まり、途方に暮れたような顔でフロストのほうを振り返った。ウィーヴァーの母親が寝ているはずのベッドに、見ず知らずの女が寝かされていたのだ。まったくの別人だ、とウィーヴァーは言った。それじゃ、間にあわなかったってことだな、とフロストは悲観的な見解に立った。母狸は豆狸が来るのも待たずに、くたばっちまったということだ。だが、病棟付きの看護師が急ぎ足で近づいてきて説明したことによれば、ウィーヴァー夫人はご当人がより快適に過ごせるよう、大部屋の横にある個室に移っていただいた、とのことだった。

病棟付きの看護師はふたりをその個室に案内した。ベッドがひとつ入っているだけの、狭苦しい部屋だった。そこに年老いた女が寝かされていた。眼をつむり、何やらもぐもぐと口を動かしているが、顔は蒼白で、血の気というものが感じられなかった。「ウィーヴァーさん、面会の方がお見えですよ」看護師は元気いっぱいの明るい口調で声をかけたが、老女には聞こえていないようだった。「どうぞ、ごゆっくり。好きなだけお母さんのそばにいらしてけっこうですからね」看護師は立ち去り際、そう言ってウィーヴァーに微笑みかけていった。フロストは身を硬くした。今の看護師のことば……それにこの狭苦しい小部屋……これぞまさしく既視《デジャ》感《ヴュ》というやつだった。そう、間違いなくこの部屋だ。この部屋のことなら隅から隅まで覚えている。ベッドのうえの天井にジグザグに走る亀裂——あれには確かに見覚えがあった。白いペンキが剝げかかった幅木にも。妻が死にかけていたとき、同室の入院患者たちの心の平安を乱さないため、という理由で移されたのがこの部屋だった。この部屋からなら、息を引き取ったあとも、速やかにストレッチャーに載せて廊下を渡り、向かいの大型エレヴェーターに運び込んでしまえば、ほかの入院患者たちの動揺を誘うことなく死体安置所のある階まで運び降ろすことができる、という点も考えられてのことだった。「どうぞ、ごゆっくり。好きなだけ奥様のそばにいらしてけっこうですよ、フロストさん」——そう、間違いなく、この部屋だった。昼も夜も、ただひたすらこの部屋のベッドの枕元に坐り、ただひたすらこの部屋の殺風景な壁を見つめて、ただひたすら待ち続けていたのだ。妻がゆっくりと死んでいくのを。病室の四方の壁が、こちらに迫ってくるような気がして、不意に息苦しくなった。できるものなら、ここから逃げ出してしまいたかった。

ウィーヴァーは枕元の椅子に坐り、低く穏やかな声で母親に話しかけている。母親の瞼がぴくっぴくっと痙攣するように震え、一瞬ののち、ゆっくりと開いた。ウィーヴァーは母親の手を取り、細かい静脈が地図のように浮き出した、骨と皮だけになってしまったその手をそっと撫でた。「ぼくだよ、母さん——チャールズだよ」息子がそこにいることに気づいているのだとしても、老女はなんの反応も示さなかった。何か言いたいことでもあるように、口を開けかけては閉めることを何度か繰り返し、それからまたすうっと眼をつむった。瞼を小さく震わせながら。その眼のつむり方まで、あのときの妻にそっくりだった。

フロストは戸口のほうに後ずさった。「おれはしばらくはずすよ。ふたりきりで過ごしてくれ」眼のまえの人でなしに思わず同情してしまいそうになりながら、フロストは押しころした声で囁いた。そして小部屋を出たとたん、新鮮な空気を胸いっぱいに吸い込んだ。それから、当てもなくその場を離れ、すぐ横の通路に入った。そこなら一服しても、看護婦に見咎められずにすみそうだった。煙草の煙に眼を半眼につむりながら、窓のそとに拡がる田園風景を眺めるともなく眺めた。五階の高みから眺めると、霧は地上にへばりついているように見えた。ところどころ、地面の窪んだところに灰白い島影のように、霧が濃く澱んでいる。風に流れて島影の形が変わり、霧の薄くなったところから不意に人の列が見えた。行方不明の少女を捜す捜索隊の列だった。そこから自分の足元の、病院の敷地内に眼を転じた。本館の左側に、以前の看護師寮が見えた。今は無人となり、取り壊しを待っている建物だった。さらに改めて眺めてみると、病棟以外にも、倉庫や物置小屋の類《たぐい》が驚くほどたくさんあることに気づいた。七歳の少女の死体を隠す場所には事欠かないということだった。ウィーヴァーなら、母親を見舞うという口実で、日没後も足繁く病院に通うことが可能だ。

携帯電話を取り出し、ハンロンを呼び出そうとして、病院内では医療機器の誤作動を引き起こすおそれがあるとして、携帯電話の使用が禁じられていたことを思い出した。エレヴェーターで一階まで降り、建物のそとに出てからハンロンに電話をかけた。

「デントン総合病院の敷地内は、もう捜索済みだよ、ジャック」とハンロンは言った。

「徹底的に調べてもらいたいんだ」

「ああ、徹底的に調べた」

「もう一度調べてくれ」とフロストは言った。「ジェニー・ブルーアーはここにいる……おれにはわかるんだ」

「しかし、ジャック、現時点でほかの区域を捜索してる連中を、引きあげるのは気が進まないよ。まだ捜索していない区域を優先させたい」

「わかったよ」フロストは煙草の先を指でつまんで火を消し、吸いさしを後生大事にポケットにしまった。「だが、動かせる班ができたら、すぐにこっちにまわしてくれないか。悪いんだが、アーサー、今回はおれの気まぐれにつきあってほしい。どうもいやな予感がするんだよ」

五階に戻り、個室をのぞいた。ウィーヴァーは先ほどと変わらず、枕元の椅子に坐ったまま、低く穏やかな声で母親に優しく話しかけていた。「母さんがいつ帰ってきてもいいように、ちゃんと準備はしてあるんだよ……そうだ、メイジー伯母さんが母さんによろしくって……」母親は眼をつむったままだった。息子の声は聞こえていないようだった。

腕時計に眼を遣り、いささか驚いた。病室を離れていたのは、ほんの十分ほどのことだった。病院内では時間の進みは蝸牛《カタツムリ》並みに鈍い。入院していた妻を見舞うときも、時間はなかなか経たなかった。もう一服するべく通路に出たところで、リズ・モードが休みを取っているあいだ、武装強盗事件の捜査を担当することになっていたのを思い出し、六階に足を向けた。勇猛果敢にも犯人に飛びかかっていって、敢えなく脚を撃たれてしまった老人が、入院しているはずだった。

「あの患者さんなら、今朝、退院なさいましたよ」と看護師が言った。「自己判断による退院です。医師《せんせい》から退院許可がおりたわけではないのに、どうしても退院したいと言い張って」ダーティ・ハリー爺さんから話を聞くには、爺さんの家庭訪問をするしかない。その件を頭のなかの備忘録に書きつけ、そのための時間をどこから捻出したものか、考え込んだ。

それからさらに三十分ほど、母子《おやこ》水入らずの時間を設けてやってから、ウィーヴァーを連れて署に戻った。署に戻る車中、ウィーヴァーは黙りこくって何やら物思いにふけっているようだったが、しばらくして顔をあげ、無理やりこしらえたようなぎごちない笑みを浮かべて言った。「今日の母は、ほんの少しだけ具合が良さそうに見えました。個室に移してもらったんだから、これからは良くなる一方です。きっとめざましい回復ぶりを見せますよ。ええ、母は良くなります。必ず良くなりますよ」

フロストはひと声低くうなり、どっちつかずの返答に代えた。それから「病院の敷地内を捜索することにしたから、そのつもりで」と宣言する口調で言った。「あんたは、赤いおべべのジェニー・ブルーアーを病院の敷地内に隠した、おれたちはそう睨んでる」まっすぐ前方を見つめたまま、眼の隅でウィーヴァーの表情をうかがった。気を揉んでいる様子は毛筋ほどもうかがえなかった。

「見つかるといいですね、警部さん。わたしとしても、無事に見つかってほしいと思ってるんです。さもないと、いつまでも追いかけまわされそうですから。わたしなどにかかずらって時間を無駄にしていないで、早く真犯人を追いかけていただきたいんです」

フロストはほんの一瞬、自信が揺らぐのを感じた。このウィーヴァーという男が当人の申し立てどおり、シロということは……いや、ありえない。あるわけがない。フロスト警部の直感がそれを否定していた。この人でなしの豆狸は、間違いなくクロだ。車はデントン市内の遊興地区に差しかかっていた。娼婦たちの出没する界隈だった。だが、行方不明の少女が発見されない限り、娼婦ばかりを狙う連続虐殺事件の捜査に投入すべき人手も、割くべき時間も確保できそうになかった。時間と人手のやりくりにここまで汲々としなくてはならないのも、もとはと言えば、マレットの安請合いが招いたことだった。州警察本部の合同捜査とやらに、署員を気前よく貸し出してしまうとは。その米搗飛蝗《コメツキバッタ》根性が今さらながら恨めしかった。

ビル・ウェルズ巡査部長はチャールズ・ウィーヴァーを留置場の監房に入れると、ぞんざいにドアを閉め、監房のまえに設置されている小さな黒板にチョークで時刻を書き込んだ。「訴追請求しないことには、あまり長いこと身柄を押さえておけないぞ、ジャック」念を押す口調で、ウェルズはフロストに言った。

フロストはむっつりと頷いた。「死体が出ないことには、どうしようもない。あのくそ豆狸を殺人容疑で裁きの庭に引きずり出してやるには、どうしてもあの子を見つけてやらなくちゃならないんだよ」ウェルズのあとについて受付デスクまで戻った。受付デスクの内線電話が鳴っていた。ウェルズが電話に出た。「ジャック、マレット署長のご機嫌が非常によろしくない。嵩《かさ》みつつある超過勤務手当のことで、神経を尖らせてる。項目別の内訳《ブレイクダウン》をつけて、一日単位で総請求額の見積もりを出せとさ」

「眼鏡猿にへばりつかれて、そういうわけのわからないことをぎゃあすか言われ続けたら、当のおれが神経衰弱《ブレイクダウン》になっちまう」フロストはそう言いながら、じりじりとドアのほうに近づいた。「あのマネキン野郎には、フロスト警部に伝言を伝えようとしたらタッチの差で外出したあとで、しばらく戻れないようだとでも言っといてくれ」そこでまた受付デスクの電話が鳴った。今度は外線のほうだった。捜索隊からの連絡だった場合を考え、フロストはウェルズが電話を終えるのを待った。

「あの〈フィナ石油〉のガソリンスタンドのコンビニで、強盗に撃たれた爺さまからだったよ。

今日配達された郵便で、現金《げんなま》が届いたそうだ。爺さまが言うには、爺さまを撃った野郎が送ってよこしたんじゃないかってことなんだが……」

「わかったよ、ちょいと話を聞きにいってみよう」とフロストは言った。署を離れる正当な理由ができたのは、実にありがたいことだった。「今から出るとなると……もしかすると、マレット署長がご帰宅あそばすまでに、署に戻ってこられないかもしれないけど」

老人はハーバート・ダニエルズといった。片脚を包帯で分厚く巻かれ、病院特有の消毒薬の残り香をたっぷりと漂わせながら玄関に出てくると、防犯用のチェーン錠が許す範囲でドアを開け、その隙間からフロスト警部の身分証明書を仔細に検分した。「おたくは、あの女の刑事じゃないな」

「いや、すごい。抜群の観察力をお持ちだ」とフロストは言った。「差し支えなければ、屋内《なか》で話を聞かせてもらえませんかね?」

ダニエルズ老人はフロスト警部を居間に通した。大して広くもない部屋ながら、暖炉の石炭が大きな炎をあげていて、室内は熱帯植物園の温室と化していた。フロストは手始めに首に巻きつけていたマフラーを緩め、次いでレインコートを脱いだ。さらに椅子を暖炉から離れた位置まで引きずっていって腰をおろした。「ダニエルズさん、お宅に現金が届いたんですって?」

ダニエルズは、クッション入りの封筒をフロストに差し出した。「昨日の午前の配達で届いた」なかには、ひとつかみ分ほどの使用済み紙幣が無造作に突っ込んであった。そのうちの数枚に白い塗料の跳ねが付着していた。「金額にして五百ポンドある」とダニエルズはフロストに言った。「自分で勘定してみたんだ。それと短い手紙が同封されてた」

折りたたまれた紙片に、手書きとおぼしきブロック体の大文字が並んでいた──《すまなかった。怪我人を出すつもりはなかったことを理解してほしい》

「すまなかった？」ダニエルズは鼻息荒く言った。「人の脚を撃っておいて、すまなかったもないもんだ。そういう輩は絞首刑のうえ、鞭打ち百万回の刑に処してやるべきだね」

「それを言うなら、順序が逆だよ。鞭打ち百万回、しかるのちに絞首刑のほうが効果的だ」フロストはひとりぶつぶつとつぶやきながら、封筒の宛名書きのほうも検めた。同じく手書きの大文字で《ハーバート・ジョージ・ダニエルズ殿　デントン市クローズ・コート二番地》と記されていた。フロストは顔をあげ、椅子に腰を落ち着けたダニエルズ老人に眼を遣った。老人は撃たれたほうの脚をオットマンに載せ、その位置を慎重に調整しているところだった。「ダニエルズさん、デントンに住むようになってどのぐらいになります？」

「まだようやくひと月ほどだよ。家内に死なれてリーズから越してきたんだ。今さら言ってもせんないことだが、こんな目に遭うんなら越してこなけりゃよかったと思っとるのさ。かなわんだろう、あんな銃なんて物騒なもんをぶっ放す、いかれぽんちが出没するような街は。わたしらが若い時分には、こんな事件はなかった。あのころは死刑ってもんがあったからだよ」

「デントンに親しいご友人でも？」

「先《せん》にはいたさ。だが、今じゃ、みんなあの世に行っちまった」

「ご家族や親戚は？」

「息子がひとり、オーストラリアにいる。ほかに身内と呼べる者はおらんよ」

「そうですか、なるほど」フロストは握った拳の指関節に歯を立てた。「デントンに越してきてから、団体とかクラブの類に加入したことは？」

「ああ、〈デントン高齢者クラブ〉ってのに入った。週に二回ほど通ってるよ。ドラフツ（チェス盤を使ってふたりで行うゲーム。チェッカーとも）をやって食事をして帰ってくるだけだがね」

「そのクラブで親しくしてる知り合いは？」

「親しいって言えば、マッグズって爺さんかな。言ってみりゃ、ドラフツ敵《がたき》だな。クラブで顔をあわせると、対局するんだよ。あとは特に親しくしてる相手はいない。しかし、また、なんでそんなことを？」

　フロストは現金が送られてきた封筒を軽く指先で弾いた。「こいつを送ってきた人物は、おたくのミドル・ネームと住所を知ってた。デントンに引っ越してきて一ヶ月ってことは、おたくの名前はまだ電話帳にも載ってないし、選挙人名簿に登録もすんでないはずだよ。だとしたら、ミドル・ネームやら住所やらを、どこでどうやって知ったんだろうって思ったもんだから」

　ダニエルズは肩をすくめた。「そりゃ、まあ、どこかで調べたんだろうな」

「そうか、なるほどね。どこかで調べるって手があったか」とフロストは言った。「いや、今の今まで、考えてもみませんでしたよ」暖炉の火に炙られて、ズボンの裾が焦げそうだった。熱気から逃れるため、フロストは椅子をさらにうしろにずらした。ついでにポケットに手を突っ込んで煙草のパックをまさぐったが、途中で思いなおした。パックにはあと二本しか残っていなかった。老人のまえで煙草を取り出し、その貴重な二本のうちの一本を当然の顔をしてねだられるような事態は断じて避けたいところだった。「ほかに会員になってるクラブは？　たとえば、できれば内緒にしておきたい部類のクラブとか？」

老人は腹立たしげにフロストを睨みつけた。「あんた、いったい何が言いたい？」

「たとえば、ストリップ・クラブとか……ポルノ映画鑑賞クラブとか？」

「人を侮辱する気か？　無礼千万だな、あんたは！」

「現金を送りつけてきたやつは、ダニエルズさん、おたくのフルネームと住所をどこかで調べたわけでしょう？　さもなきゃ、送りようがないからね。で、たとえばストリップ・クラブなんてのは、いろんな連中が出入りする場所だから、ひょっとしてってこともある」

「しかし、わたしらのような者《もん》が出入りするとこじゃない」

武装強盗犯の人相特徴については、事件直後にあの女刑事に伝えた以上のことは覚えていない、とのことだった。フロストはダニエルズ老人の自宅を辞去した。

サウナもどきの部屋で過ごした身に、凍てつく外気は氷水に飛び込んだほどの衝撃を浴びせかけてきた。車に駆け込み、ヒーターを作動させるべくあれこれ努力を重ねたが、健闘虚しく暖気は吐き出されてこなかった。前夜、モーガン刑事が演じた〝不埒で突飛な大冒険〟の後遺症で、車内には吐物と饐《す》えたアルコールの臭いが執念深く居坐っていたが、窓を開けて新鮮な外気を取り込むことは自殺行為に思われた。マフラーをきつく巻きなおすと、フロストは車を署に向けた。帰途の半ばで、ふとあることに思い当たり、車を停めた。もうひとりの爺さまも――強盗どもに車を奪われ、同じように脚を撃たれた爺さま二号も、強盗犯から現金を受け取ったのではないか。だとしたら、爺さま二号のほうはその件に関して口をつぐんでいることになる。無線で署を呼び出し、車輛を強奪された被害者の老夫婦の氏名と現住所を確認した。

「それから、市内のストリップ・クラブやらその他もろもろの脱ぎ脱ぎ見せ見せ系のクラブの会員名簿にダニエルズの名前が載ってないかどうか、確認する作業を誰かに頼みたい」当人は否定しているが、確認するに若《し》くはない。署との通話を終えると、フロストは車の進行方向を転じ、ショットガンで撃たれたもうひとりの被害者の家に向かった。

レッドウッド夫人は骨格が華奢で痩せていて、今にもぽきんと折れてしまいそうな身体つきをしていた。年齢は七十を何歳《いくつ》か超えていそうだった。フロストは警部の差し出した身分証明書を、何か不吉なものでも見るような眼差しで、さも不安そうにじっと見つめた。

「フロスト警部、とおっしゃるのね？　あの若くて感じのいい女の刑事さんは……？」

「休んでるんです、ちょいと具合を悪くして。それで、おれが代わりにうかがいました。いくつか訊きたいことがありましてね。いや、お時間は取らせません。現金が郵便で送られてきた、なんてことはなかったですか？」

レッドウッド夫人は眼をぱちくりさせた。「現金って……いいえ。でも、どうしてそんなことを？」

「お宅のご主人と同様、強盗犯の散弾を喰らった紳士がいてね。その人のとこに強盗犯から現金が送られてきたもんで」

「あら、まあ、そんなことが。でも、うちには何も届いておりません。もし、そんなものが送られてきたとしても、うちは受け取りを拒否します。だって、そのお金は犯人のものではないでしょう？　盗んだものなんですから」

「そりゃ、確かに。いずれにしても、現金に限らず、何か送られてきた場合は、警察に連絡を。ご主人のお加減は？」

「ええ、おかげさまで快方に向かっています。まだ痛いと言ってますけど。お会いになりますか？」

「いや、その必要はありません」フロストは慌てて言った。脚に包帯を巻いた爺さんの姿は、今日はもうお釣りがくるほど眼にしている。追加の必要はなかった。


オフィスでは、コリアー巡査が、フロスト警部の帰還を待ち受けていた。フロスト警部の指示により、コリアー巡査はデントン市内にある種々様々なクラブに片っ端から電話をかけて、その店の会員名簿にダニエルズという顧客が登録されているかどうかを調べたのである。ハーバート・ジョージ・ダニエルズの名前は、どこにも登録されていなかった。フロストは椅子に身を投げ出し、顎を搔いた。「だったら、どこで調べたんだ、あの爺さまの名前と住所を？」

「個人名と住所なら、牛乳配達の名簿でもわかります。新聞販売店にも配達先のリストがあるだろうし」コリアーは思いつくままに候補を挙げた。「牛乳や新聞の配達先の名簿に、ミドル・ネームまで載せるか？　そんな手間はかけないだろ」デスクの天板を指で小刻みに連打しながら考えをめぐらした。ダニエルズのところに送られてきた手紙をポケットから引っ張り出し、声に出して読みあげた。「《怪我人を出すつもりはなかったことを理解してほしい》？　いや、やっぱり筋が通らないよ」

「どういうことでしょう、自分にはさっぱり……」とコリアーが言った。

「怪我人を出すつもりはなかったと言っておきながら、車を強奪する際に、もうひとり、別の爺さんの脚を撃ってる。まあ、百歩譲って、その爺さんにも、怪我をさせるつもりはなかったのかもしれない。でも、予定外に怪我をさせちまったってことなら、そっちの爺さんにも現金を送ってきたってよさそうなもんなのに、そっちには届いてないんだよ」

「住所がわからないとか？」

「ダニエルズの住所がわかったんだぞ、レッドウッドって爺さんの住所だって調べようと思えば調べはつくさ」フロストは天井をじっと見あげた。頭の隅のほうに、何かが引っかかっていた。記憶の奥底をまさぐり、さらにそのもっと奥底をまさぐり……フロストはぱちりと指を鳴らした。「そうか、コードウェルか——あの武装強盗が押し入ったガソリンスタンドのコンビニの所有者だよ。あのコードウェルの猪豚親爺、年金暮らしの年寄りを訴えなかったかい？　わりと最近のことだ。確か、万引きで捕まえた婆さんだったと思うんだ。いっとき新聞が盛んに書き立ててたはずだけど」

「そう言えば、確かにそんなことがありました」コリアーは頷いた。「訴えられたお婆さんは二百ポンドの罰金を科されたんだった。初犯じゃなかった、ということで」

「その婆さんだが、マッグズって苗字じゃなかったかな、坊や？　確認してきてもらえないか、重要なことなんだ」

コリアーが戻ってくるのを待つあいだ、《未決》トレイの中身をあさって、当面処理するだけの時間が取れそうになく、かつまた、それにつきあうだけの根気も持ちあわせていない件に関するメモをまとめて抜き出し、すべて廃棄処分にした。そのほとんどが《再確認事項：念のために……》もしくは《書類未提出について：警部から提出されるべき書類がいまだ提出されておらず……》といった文面で始まる、マレットからのメモだった。それで懸案事項のいくつかがきれいさっぱり片づいたので、窓のそとに眼を向けた。まだ午後三時にもなっていないというのに、戸外《そと》はせっかちな夕闇の気配をまといはじめていた。おまけにまたしても濃霧が垂れ込めてきている。この様子では本日の捜索活動も、間もなく打ち切らざるを得なくなる。ハンロンに頼んでおいたデントン総合病院の敷地内の再捜索はせめて終了していることを願った。デスクのほうに向きなおったところに、ちょうどコリアーが戻ってきた。

「警部の言ったとおりでしたよ。訴えられた老女は、マッグズ夫人——ルビー・マッグズという人でした」

フロストは頭のうしろで両手を組みあわせ、身を仰け反らせて椅子の背にもたれると、ひとり悦に入った顔でにんまりとした。「そうか。実はダニエルズの爺さまが〈デントン爺婆クラブ〉でドラフツをやってる相手ってのが、マッグズって爺さんなんだそうだ。同じクラブのドラフツ敵《がたき》なら、ダニエルズの住所を知っていたっておかしくはない。それに、マッグズ翁の立場を考えれば、あのコンビニの所有者である猪豚コードウェルに対して麗しくも根深い恨みを持っていたって不思議はない」

「まさか、警部、そのマッグズというご老人が、ショットガンを抱えてコンビニを襲撃した犯人だったってことですか?」とコリアーは言った。「しかし、車を奪われたご夫婦の話では、犯人は若い男の二人組だということでしたよ」

「マッグズには息子がいるかもしれない。ことによると、孫だっているかもしれない。実行犯はそいつらだったって線も考えられる」一度浮かんだ仮説は、なかなかに手放しがたいものである。フロストは帽子掛けからマフラーを取って首に巻きつけた。気分は上々だった。リズ・モードが復帰してきたときに、この武装強盗事件が一件落着しているというのは実にめでたいことではないか。「出かけるぞ、坊や、ちょいとつきあってくれ」

マッグズ老人が玄関のドアを開けるまで、いささかどころではない時間を要した。廊下の床板を軋ませながら、こちらに近づいてくるたどたどしい足音と、洩れ聞こえてくる苦しげな息遣いと、「はい、はい、今行きますよ、ちょっとお待ちください」という悲鳴にも似た声は、いつまでも続くのではないかと思われた。ようやく開いた玄関のドアから顔をのぞかせたのは、八十歳にわずか何歳か足りないぐらいの年恰好の老人だった。握り締めた杖にいかにもしんどそうに寄りかかり、ぜいぜいと息を切らしていた。フロストの顔を見ると、マッグズ老人は意外そうな顔をした。「おや、保健婦さんが来てくれたんだとばかり思ってた」

「よく間違えられるんです」とフロストは言って身分証明書を呈示した。「差し支えなければ、ちょいとお話をうかがいたいんだけど」

マッグズ夫人は、暖炉のまえの椅子に背中を丸めて坐っていた。その姿は夫以上に弱々しく、頼りなさそうに見えた。「警察の方？」夫人は息を呑み、血管の浮いた手を口元に持っていった。「罰金は今日にでも振り込むつもりです。申し訳ないと思ってるんです、こんなに遅くなってしまって。でも――」

「その件でうかがったわけじゃありませんよ、マッグズ夫人」フロストは相手のことばを遮って言った。「今日はガソリンスタンドのコンビニに強盗が入った件でうかがったんです」

マッグズ夫妻は互いに顔を見あわせた。「事件のことは新聞にも出てましたね、あなた」と妻は夫に向かって言った。

「ああ、出てたね」マッグズ老人は頷いた。「痛快だったよ、実に。あんなにすかっとしたのは久しぶりだった。あのコードウェルのような根性の悪い蟇蛙《ヒキガエル》にはいい薬だ」夫は妻の手を取ってぎゅっと握った。「強盗もけちけちせずと、もっと盗んでやればよかったのさ」

「強盗に撃たれたのは、あなたの友人ですよ、マッグズさん」とフロストは言った。「ダニエルズさんだったんです」

マッグズは眉根を寄せ、怪訝そうな顔になった。「ダニエルズ……？」

「あなたのドラフツ敵《がたき》です」

「ああ、バートのことか。苗字は聞いてなかったもんだから。しかし、なんということだ。現場で人が撃たれたことは新聞で読んで知ってたが、それがまさかバートのことだったなんて」

マッグズ老人は沈痛な面持ちで首を横に振った。「それで、バートの容態は?」

「重傷は重傷だけど、生命に別状はなさそうですよ」フロストは坐っていた椅子から腰を浮かした。マッグズ夫妻からこれ以上話を聞いても、時間の無駄というものだった。マッグズ老人の言った、ダニエルズの苗字も知らないということばに嘘はなさそうだった。これでまたフロスト警部の一方的にぶちあげた仮説は、はかなくも便所に叩き込まれ、下水の藻屑と消え果てた。「どうも、お邪魔しちゃって。これで失礼します、マッグズさん」そのとき、それが眼にとまった――炉棚の置き時計の陰からのぞいている、大判の茶封筒。封筒の表には、ブロック体の大文字で、しかも手書きで宛名と住所が記されている。フロストは身を乗り出して茶封筒を引っ張り出した。間違いなかった。ダニエルズが受け取ったものとそっくり同じだった。中身が空であるという点を除いて。

痛そうなうなり声をあげながら、マッグズ老人は立ちあがり、フロストの手から封筒を引ったくった。「これは私信ですよ。他人さまにお見せするようなものじゃない」

「現金《かね》はどうしました?」とフロストは尋ねた。

マッグズ夫人は傍目にもわかるほど動揺していた。口を半開きにして夫をじっと見つめている。そんな妻に向かって激しく手を振っているマッグズは、どうやら、黙っておれと合図しているようだった。「現金《かね》というのは、なんのことだね？」

「手紙が入ってたんじゃないですか？」

「手紙なぞ知らん。これは内輪の問題だよ。余計な穿鑿《せんさく》はご遠慮願いたい」

フロストはマッグズ老人とその妻を見やった。夫のほうは徹底抗戦も辞さずの構え、妻は今にも泣きだしそうな顔をしていた。このふたりを追い詰めて自白に追い込んだとして何になる？　コンビニエンス・ストアから強奪された現金の一部が、この夫婦のところにも送りつけられたことは、どう見ても間違いなかった。それがわかったとたん、送り主についても、それ以外には考えられないという人物がいることに、遅まきながら思い当たった。フロストはレインコートのボタンをかけた。「いいでしょう、マッグズさん、よくわかりました。もう一度お話をうかがう必要が出てくるかもしれませんが、差し当たっては受け取っていない現金《かね》は遣わないように」


コリアーの運転する車で、フロストはレッドウッド家を再訪した。レッドウッド夫人は先刻送り出したばかりの相手が、間を置かずにまた訪ねてきたことにびっくりしているようだった。

「たびたびすみませんね、奥さん、いくつか確認し忘れてたことがあるもんで。かまいませんか、ちょっとお邪魔してても？」

退院してきたばかりのレッドウッドは、パジャマのうえにドレッシング・ガウンをはおった姿で、居間の椅子に腰掛け、包帯でぐるぐる巻きにされた脚をオットマンに載せていた。フロストはお茶の勧めを断って、レッドウッド老人に笑みを向けた。同情のこもった笑みに見えることを願って。「具合はいかがです、レッドウッドさん？」

夫に代わって妻が答えた。「痛みはまだ収まっていないんです。この年齢《とし》ですから、回復までには時間がかかるでしょうけれど、それでも、おかげさまで少しずつ快方に向かってきております」

「そりゃ、よかった」とフロストは言った。

レッドウッド老人は、楽な体勢を探してオットマンに載せた脚の位置を変えた。「警察の捜査は少しは進んでいるのかね？　年寄りをこんなひどい目に遭わせた血も涙もない悪漢どもの目星ぐらいはついたんだろうか？」

「あともうちょっと、ってとこですかね」とフロストは言った。「実を言えば、できれば今日じゅうに逮捕に漕ぎつけたいと思ってるんです。それでこうしてお邪魔したようなわけで」しゃべりながら相手の表情をじっくりと観察した結果、そのことばに老人が、わずかながらぎくりとしたことが見て取れた。

「それは朗報だわ、警部さん」レッドウッド夫人はそう言うと、夫の肩に腕をまわした。

「ダニエルズさんの具合は？」とレッドウッド老人が問いかけてきた。

「重傷は負ったけど、生命に別状はなさそうですよ」とフロストは答えた。「銃口がしたを向いてたからでしょう。おたくの判断が幸いした」

老人は、弾かれたように顔をあげた。「わたしの判断？」

「おや、〝おたくの判断〟と言いましたか？」つまらない言い間違いに自分でも驚いていると言いたげに、フロストは訊き返した。「いや、武装してコンビニに押し入った強盗のことですよ」フロストは首を横に振った。われながら呆れ返っているという態《てい》で。「一度にいろんなことを考えてるもんで、どうもね。ついつい頭のなかがこんがらがっちまって。ダニエルズさんのとこに現金が届いたんです。犯人どもから。ご存じでしたか？」

「家内から聞きました。先ほど警部からそんなお話を聞いたとか」

「お宅にも届きましたか？」

「いや。仮に送られてきたとしても、受け取りは断固拒否していたでしょう」

「ダニエルズさんも同じように言ってましたよ。受け取るつもりはないらしい。犯人どもはマッグズという人のとこにも札束を送りつけてきたんです。マッグズさんは、あなたも会員になってる〈デントン高齢者クラブ〉のメンバーでね」

「そう言われてみれば、聞き覚えのある名前のような気もするが……」レッドウッド老人はいつの間にか眼を逸らしていた。フロスト警部の視線を避けているのかもしれなかった。

フロストは顎を掻いた。「どうも解せないんですよ、おたくには一ポンドも送ってこないってのが。被害の程度から言えば、おたくのほうが甚大だ。車まで乗っ取られたんだから」

レッドウッド老人は肩をすくめ、首を横に振った。「そう言われてもね。わたしにもわかりませんな」

フロストは老人のすぐそばまで椅子を引きずってきて腰をおろし、笑みを浮かべた。相手の警戒心を解く際の得意技としているものだった。「自分で自分宛に送るわけにもいかなかったってとこですか？　残りの現金《かね》はどうしました？」

レッドウッドは視線を落とした。「なんのことを言われているのか、わかりませんよ」うつむいたまま、低い声でつぶやいた。

だが、妻のほうはそれ以上の重圧に耐えられなかった。「あなた、お願い、もうやめましょう。何もかも、この人に話してしまいましょう。もう駄目よ、すべて見抜かれてしまっているんですもの」レッドウッド夫人はそう言うと、わっと声をあげて泣き崩れた。

レッドウッド老人は妻の手を取り、その手をきつく握り締めた。それから顔をあげて、フロストの視線を真正面から受け止めた。「一事が万事、思ったとおりに運ばなかった」とレッドウッドは言った。「店に押し入ったら天井に向けて一発銃をぶっぱなし、その場にいた連中を脅しつけ、現金を出させて、そいつをかっさらって逃げる――ものの数秒で片がつくはずだった。それなのに、ダニエルズのおっちょこちょいが血気に逸りくさって。正義の味方のつもりか、銃を奪おうとするもんだから……こっちは人を撃つつもりなどなかったんだ。それなのに……散弾の半分はあいつの脚に、残りの半分はわたしの脚に、という結果になってしまった」

「あの晩、監視カメラが作動していないって情報はどこから？」

レッドウッドは咽喉の奥でなんとも表現しようのない音を立てると、眼を剝き、口をあんぐりと開けた。「作動していなかった？　それじゃ……それじゃ、うちの車は監視ヴィデオに写っていなかったということなのか？」

「そうです。おたくの車どころか、なんにも写っちゃいなかった。ってことは、知らなかったんですね、カメラが作動していないことは？」

「そもそも、あのガソリンスタンドに監視カメラがあることすら知らなかった。車で逃げる段になって家内が見つけて、それでようやく……」レッドウッドは申し訳なさそうな笑みを浮かべた。「わたしどもはどうも、こういうことには向いてないらしい」

「ああ、見るからに素人臭い手口だと思ったよ」とフロストは言った。「失敬してきた現金《かね》は？」

「慈善団体に寄附した。匿名で。金《かね》が欲しくてやったことじゃないんでね」

フロストは眉間に皺を寄せた。「だったら、なんだってあんなむちゃを？」

「〈セイヴァロット〉ってスーパーマーケット・チェーンの代表取締役にふんぞり返ってる、あのコードウェルとかいう人でなしが、何百万ポンドもがっぽり儲けておきながら、そのうえさらにマッグズの奥さんのような、高齢で暮らし向きも豊かとは言えないような人たちを裁判所にまで引きずり出すってのが、気に食わなくてね。盗んだといったって、たかだかビスケットのひと箱かふた箱程度のことじゃないか。それを裁判沙汰にするとは。何ヶ月かまえにもうひとり、マッグズの奥さんと同じようなことをして、同じような目に遭わされた高齢のご婦人がいたんだが、その人は裁判所に引きずり出されて公衆の面前で恥ずかしい思いをするのは、とても耐えられないと思ったんだろう。薬をたんと呑んで自分で自分に始末をつける途を選んだ。ひどい話じゃないか。そういう没義道《もぎどう》な遣り口が腹に据えかねたんだよ、家内もわたしも。

あの人の情を解さない冷血漢に一矢報いずになるものか、と思ってね」

「コードウェルにとっちゃ、痛くも痒くもなかっただろうけど」とフロストは言った。「おたくが苦心惨憺してぶんどってきた現金だって、どのみち全額保険でカヴァーされるんだ。そう、世の中ってとこは最後には、ああいう血も涙もない野郎が大笑いするようにできてるんです。それで、車に駆け戻って、ガソリンスタンドから走り去ったあとは？」

「そのあとは、もうすっかり動転してしまった。コニーが――家内が、監視カメラなんてとんでもない代物に気づいて、うちの車が写ってるにちがいないってことになって。おまけに手提げ袋にペンキがべったりついてたもんだから、車の座席はペンキだらけだし、わたしは脚に散弾を浴びてしまっているし、それよりも何よりも、ダニエルズを殺してしまったのではないかと思うと、居ても立ってもいられないほど恐ろしくて」そのときの苦悩を思い出したのか、レッドウッドは表情を歪めた。「そのうち、コニーが思いついたんだ、車を奪われたことにしたらどうか、という案を。見ず知らずの男に襲われて、わたしが撃たれたことにすればいい、とね。家内はデントン・ウッドの森でわたしを降ろし、車を隠したのち、警察に通報した」

「さっきの話だと、失敬してきた現金《かね》の大半は慈善団体に寄附したってことだったけど？」

「ああ、いかにも。家内が小包にして匿名で送った」

フロストはペンを取り出して言った。「具体的な送り先は？」

レッドウッド夫妻は互いに顔を見あわせた。「それを言えば、刑が軽くなるとでも？」とレッドウッドが訊いた。

フロストは肩をすくめた。「たぶん、ならないだろうな」

「そういうことなら、現金は送った先にそのまま貰ってもらいたい。送り先は忘れてしまったよ。マッグズ夫妻が受け取った分は、警察なり裁判所なりに回収されてしまうのだろう？」

「あちらさんは現金など届いてないと言ってる」とフロストは言った。「ここでおたくが送っていないと言い張れば、警察としては手も足も出ない」

「そういうことなら、マッグズ夫妻のところには何も送っていない」

「なるほど」フロストは頷いた。「では、ダニエルズ氏のところに送った分以外は、すべていずことも特定できない慈善団体に寄附してしまった、ということで」それから立ちあがって言った。「おふたりには署まで同行願わなくちゃならない」どことなく申し訳なさそうな口調になっていた。

レッドウッドは、今にもその場にくずおれてしまいそうな妻の腰にしっかりと腕をまわした。

「わたしどもは、これからどうなるんだろうか？」

「まずは署で話を聞かせてもらって供述調書ってやつをこしらえる。それから訴追されることになると思うけど、たぶん裁判になったときに出廷しろと言われたら必ず顔を出すようにって条件つきで保釈が認められるんじゃないかな」

レッドウッド老人は当惑したような顔で、何度か瞬きを繰り返した。「それじゃ、家内もわたしも刑務所にぶち込まれるわけじゃない、ということかね？」

「おたくたちがやったことは武装強盗だ」とフロストは言った。「弾丸《たま》を込めたショットガンなんて、くそがつくほど物騒なもんを振りまわしたりしなけりゃ、警告処分ですんでたかもしれないけど……」

「銃があったほうが本物らしく見えると思ったんだよ」

「確かに、おれもそれで騙されちまったもんな」フロストはいくらか愚痴っぽく言った。「あ、あのすっとこどっこいのダーティ・ハリー爺さんの脚を危うく吹き飛ばしそうになったぐらいだから、こりゃ、てっきり本物の強盗だと思い込んじまった」それから口調を和らげて、思うところをふたりに伝えた。「裁判の結果、どんな判決が下ることになるかは、おれにはなんとも言えない。だけど、おれとしては犯行の動機ってやつを前面に押し出すことを勧めたい。それから、その怪我をしたほうの脚をなるべく派手に引きずって、ときどき痛そうに顔をしかめるんだよ。そんなのを目の当たりにしたら、判事もふっと情け心をそそられて、この人はもう充分に罰を受けてる、と思わないとも限らない」レッドウッドがコートを着込むのに手を貸しながら、あとひとつだけ聞き忘れていたことがあるのを思い出した。もっと早くに確認しておくべきことだった。「押し入ったときに振りまわしたショットガンは？」

「階段のしたの戸棚に鍵を掛けてしまってある」とレッドウッドは答えた。「お目にかけたほうがよければ取ってくるが？」

「いや、それには及ばない」フロストは慌てて言った。銃を取って戻ってきた爺さんに、そいつを突きつけられてスピードの出る車と国外脱出用の航空機を要求されるようなことにでもなれば、それこそ眼も当てられない。「警察には火器を扱う専門家がいるからね、あとでそいつに取りにこさせますよ」

レッドウッド夫人が長い毛糸のマフラーを夫の首に巻きつけるあいだ、夫は顎をあげ、首を伸ばすようにして待った。「銃をしまってある戸棚の鍵は書き物机の抽斗のなかだ。散弾銃の所持に関する免許もそこに入っている」

「散弾銃の所持に関する免許？」フロストは鸚鵡返しに訊いた。

「警察で交付してもらう許可証のことだよ。許可証の取得者を調べていてわかったんだろう、わたしらがやったことだって？」

「おや、ばれちまったか」とフロストは事実とは反することを口にした。「そう、許可証の取得者は警察がまず当たってみる線だからね」


「それじゃ、ジャック、またしても一件落着かい？」内勤の責任者であるビル・ウェルズ巡査部長は上機嫌で顔をほころばせた。

「まあな。おれは他人が担当してる事件を解決するのは得意なくせに、自分の抱えてる事件となると、とんと解決できない」フロストは渋い顔で言った。「今回の件は、さしずめ、天に代わりてコードウェルの不義を討とうとした爺婆版ボニーとクライドってとこだな。世の中に正義ってもんが存在するなら、あの爺さん婆さんもパクられることなんてなかっただろうに」それから、手近なところにあった紙切れに、いかにも面倒くさそうにふた言三言書き殴ると、武装強盗事件の一件書類を綴じ込んだファイルに挟んだ。「張り切り嬢ちゃんが戻ってきたら、本件が解決したのはリズ・モード警部の活躍のおかげってことにしてもらうよ。嬢ちゃんの担当してる事件ぐらいいくらでも解決してやるけど、書類仕事まで肩代わりする気はないからな」

「じきに評判になるよ、あの口ばかり達者な高慢ちきな馬鹿女は、署にいないときのほうが事件を解決してるようだって」ウェルズは鼻を鳴らした。

フロストは窓のそとに眼を向けた。戸外《そと》は霧が巻き、夕闇が迫りはじめていた。「暗くなっちまうまえに、ちょっくら捜索隊の様子を見にいってくるよ」

第十一章

アーサー・ハンロン部長刑事は、無言で捜索を続ける面々の列について歩を進めた。捜索に従事している者は男女を問わず、行く手に草叢《くさむら》があれば這いずり込み、草深いところや藪の奥は棒で突きながら少しずつ前進していた。超がつくほどのスローペースだった。ハンロンは腕時計に眼を遣った。周囲のなけなしの明るさは、今や急激に衰えてきていて、文字盤の文字を読み取るのもやっとだった。午後五時まであと数分、本日の捜索はそろそろ打ち切る頃合いだった。ハンロンは警笛を吹いて、捜索の終了を知らせた。しばしの間を置いて、それに応える警笛が遠くのほうから次々に聞こえてきた。ハンロンのすぐまえで隊列を組んでいた者たちは、屈めていた腰を伸ばし、疲れきった身体を引きずるようにして、重たげな足取りで各自に割り当てられた車輛に向かった。誰もが意気消沈していた。凍えるような寒さに耐えながら、何時間も奮闘したのに、成果はゼロ。虚しいだけの捜索だった。

車輛に向かう捜索隊の者たちひとりひとりに、ハンロンはねぎらいの意味を込めて頷きかけた。捜索隊につきあって長いこと前屈みの姿勢を取り続けたせいで、背中も腰もすっかりこわばっていた。草叢を歩き続けたせいでズボンの裾はぐっしょりと濡れていた。頭上に張り出した枝から水滴がぽたぽた垂れてくるせいで、着ているもの全体がじっとりと冷たく湿っている。

そして、とにかく寒かった。身体じゅう、どこもかしこも痛かった。おまけに腹も減っていた。あたりを見渡して、ジャック・フロストの姿を捜した。フロスト警部は捜索の進捗状況を確認するべく現場に出張ってきたのだが、途中からデントン総合病院の敷地のほうに姿を消してしまっていた。ハンロンがなけなしの人手をやりくりして送り込んだ、別働隊の再捜索の様子を見にいったものと思われた。再捜索は時間の無駄でしかないのに、フロストは頑として譲らなかったのだ。

明朝の捜索再開に関して、フロスト警部の心積もりを聞いておく必要があった。捜索隊の連中を自宅から現場に直行させるのか、あるいはいったん署に集結させて訓示なり諸注意なり激励なりを与えたのちに現場に向かわせるのか。マレットは目下、捜索に関わる出動手当に神経を尖らせている。捜索に先立つ概況説明や訓示の時間も、もちろん出動手当の対象となるが、その貴重な時間が本来の用途ではなく、紅茶の入ったマグカップを手にフロスト警部の品のない冗談につきあい、腹を抱えて大笑いすることに遣われている現状を、大いに疑問視しているのである。病院に向かったフロスト警部が、別働隊に撤収を命じているかどうかも、ハンロン部長刑事としては気になった。本日の捜索に関しては午後五時を以て打ち切りとし、以降の超過勤務は認めない、というのがマレット署長からのお達しだった。痺れたようになっている指先に血を送り込むため、ハンロンはひとしきり両手をこすりあわせた。こちらからフロストを捜しにいくしかなさそうだった。ハンロンは車に乗り込み、デントン総合病院に向かった。

容赦なく吹きつけてくる風は感覚が麻痺してしまうほど冷たかったが、霧を吹き払う役には立っていた。ハンロンはコートの襟を立て、そぼ濡れた落ち葉の分厚い絨毯を慎重に踏み締めながら、病院の裏手のあまり使われていない小道を進んだ。小道の先にフロスト警部の車が停まっていた。車載の無線が、聴き手のいない車内に向かって虚しく呼び出しを繰り返していた。遠くで焚き火でもしているのか、木の葉の燃える匂いがした。そこに別の臭いが混ざり込んできた。煙草の臭いだった。遠くないところに、フロストがいるということだった。だが、暗がりを透かして見る限り、姿はどこにも見当たらない。

「ジャック？」

返事の代わりに、うなり声が返ってきた。ハンロンはそばの繁みを強引に擦り抜け、声のしたほうに足を向けた。フロストは病院の敷地内にある今は使われていない物置小屋の、崩れかけた煉瓦の壁にもたれていた。案の定、口の端に煙草をくわえていた。ハンロンは忙《せわ》しなくあたりを見まわした。再捜索に送り込んだ連中の姿はなかった。フロストが気を利かせて、帰宅を命じてくれたことを願った。

「今日の捜索は打ち切ったよ、ジャック。明日は、早い時刻に署に集合をかけようと思うんだが、どうかな？」

フロストはくわえていた煙草を抜き取って言った。「捜索は中止だ」

ハンロンは眼を瞬いた。相手のことばを正確に聞き取ったのかどうか、自信がなかった。

「捜索は中止って言ったのかい？」と訊き返し、煙草の火に浮かんだ顔を見つめた。フロストもまた疲れた顔をしていた。血色も悪く、土気色といっていいような顔色だった。そのせいか、実際の年齢よりも老け込んで見えた。「なぜだね、ジャック？　発見の可能性は、もうないってわけでもないだろう?」

フロストはくわえた煙草から立ちのぼる煙に眼を細くすがめ、宵闇に閉ざされた遠くの一点をじっと凝視していた。「見つけたんだよ、アーサー、捜してた子を」フロストは静かに言った。そして、親指で背後の物置小屋を指さした。

ハンロンはわけがわからず、困惑の表情をこしらえた。「それはありえないよ、ジャック。この物置小屋は今日の正午《ひる》まえの捜索で徹底的に調べてる。それに午後にもう一度、捜索したんだから」

「ならば、捜索が不充分だったのさ」フロストは鋭く言った。「現にここで見つかったんだから」

状況を自分の眼で確かめるため、ハンロンは物置小屋の戸口に向かいかけたが、フロストにコートの袖をつかまれた。「慌てることはないよ、アーサー」とフロストは言った。「もう死んじまってるんだ。死体で見つかったんだ。強姦されたあげくに首を絞められて。ちっちゃな身体が、裂けちまいそうになってた」

腹立ちまぎれに、吸いかけの煙草を乱暴な手つきで暗闇の奥に投げ捨てると、フロストは煙草のパックを取り出してハンロンに勧めた。めったに吸わないハンロンだったが、そのときは差し出されたパックからありがたく一本頂戴した。「警察医を呼ばなくちゃならんな。それに科研にも――」

「連絡済みだ」相手のことばを遮って言うと、フロストはライターのホイールを弾いた。ふたりはめいめいの煙草に火をつけ、黙りこくったまま紫煙をくゆらせた。病院の裏手の暗闇に、車のヘッドライトが斬り込んできた。「あれだよ、たぶん」

鑑識チームの責任者、トニー・ハーディングは専門スタッフ二名を引き連れ、フロストがかけた声を頼りに近づいてきた。「発見現場は？」

科学捜査研究所から派遣されてきた三名を、フロストは物置小屋の戸口に案内した。

「このへんの建物は捜索済みだと思ってたけどな」とハーディングは言った。

「見落としたってことだよ」フロストはぼそりと言った。懐中電灯のスウィッチを入れ、足元に拡げてあった、肥料が入っていたと思われる縦長の麻袋をめくり、一歩さがってハーディングと場所を変わった。

ハーディングは小さな亡骸《なきがら》をのぞき込んだ。緑がかった青いワンピースを着た少女が、ここまで誰かに抱きかかえられて運ばれてきてそのまま床に置き去りにされたかのように、背中をわずかに丸めた恰好で横向きに倒れていた。その奥の片隅に、無造作に投げ込まれたものと思われる、子ども用の青いアノラックが落ちていた。少女は眼球が飛び出しそうなほど、大きく眼を見開いていた。首のまわりの蒼黒く変色した圧痕は嫌でも眼についた。

ハーディングはワンピースの裾を少しだけめくり、すぐに嫌悪の色を浮かべて上体を起こした。「レイプされてる」

「おれの知らないことを教えてほしいもんだね」フロストは不満げに鼻を鳴らした。

「検屍官の検分は？」とハーディングが尋ねた。

「まだすんでない。だから、とりあえず今はまだ、動かさないで見るだけにしといてくれ。知ってのとおり、あの御仁は臨機応変ということばをご存じないんでね」

ヘッドライトの光が滑り込んできてあたりを払い、その場にいる者たちの影を奥の壁に映じた。鑑識チームの残りのメンバーと現場捜査の担当者が到着したようだった。フロストはハーディングの腕を取り、声を落として言った。「この子をこんな目に遭わせやがった人でなしだが、実は身柄を押さえてるんだ。ところが、証拠ってやつが乏しくてね。そいつの仕業だってことが立証できないのさ。こういうことをする野郎は、おれは絶対に逃がしたくない。なんとしてでもパクってやりたい。だから、頼むよ、野郎を締めあげてやれるような証拠を見つけてくれ。見つからなかった場合は、なんかでっちあげてくれ」

ハーディングは頰を引き攣らせ、笑みらしきものを浮かべた。フロスト警部の言うことは、どこまで本気でどこからが冗談なのか、どうにも判断に困るのだ。「この現場に残されているものがあるなら、われわれが必ず拾い出す。それだけは約束するよ、警部」ハーディングが呼び入れた鑑識チームの連中と入れ違いに、フロストは物置小屋のそとに出て検屍官の到着を待った。

署に戻るため、バース・ロードに車を走らせながら、フロストは浮かんでは消える考えを追いかけるともなく追いかけた。数えきれないほどの考えやら思いやらが、それこそここ数日来の霧のように、渦を巻きながら、頭のなかをふわふわ漂っているような気がした。いつの間にか、あてどなく浮かぶ思いを追いかけることに気を取られていたようだった。ふと速度計を見ると、時速八十マイルを超えていた。自殺行為寸前の飛ばしようだった。いいじゃないか、役立たずのロートル親爺が一匹、このままくたばったところで惜しくもなんともない。そう思わなくもなかったが、とりあえずアクセルを緩め、法定速度ぎりぎりの時速六十マイルまで減速した。署までもあともう少しというところで、ジェニー・ブルーアーが発見されたことをまだ母親に伝えていなかったことに気づいた……くそっ、くそっ、くそっ。フロストは思い切りブレーキを踏みつけると、タイアを激しく軋ませながら急角度でステアリングを切りまわし、強引に車をUターンさせた。お巡り稼業もいい加減長いのに、この役目だけは何度経験しても慣れるということがなかった。

「死んでた……?」ジェニーの母親はいきなり泣き崩れた。身体を震わせ、熱い自責の涙に頬を灼く母親を、フロストは何も言わずしっかりと抱き締めた。子どもの死を伝え、こんなふうに母親を抱きとめたのは、これで何度めになるのか……数えたくもなかった。何度もやっていることなのに、そのたびにお巡りでいることがつくづく嫌になった。

「あの子をちゃんと可愛がってやったことって、なかったかもしれないけど」ジェニーの母親のメアリー・ブルーアーは激しくしゃくりあげながら言った。「でも、あたしには大事な娘だったの。可愛くて大事な娘だったの」

フロストは何度も頷いた。そして、母親の頭をなだめるようにそっと撫でた。かけることばが、まだ見つからなかった。残念でしたね、生きてるうちに可愛がってあげればよかったのに、とは口が裂けても言えなかった。しばらくして、母親にとっては慰めにもならないだろうことばを、口のなかでもごもごとつぶやいた。「でも、お母さん、犯人は捕まえたんだ……お嬢さんを手にかけた人でなしは、もう檻に放り込んであるんだ」

いつまでも鳴りやまない電話はそのまま鳴るに任せておいて、ビル・ウェルズ巡査部長はその場で足踏みをして、滞っている血行を促した。それからロビーに設置されている暖房用のヒーターに触れてみて、間違いなく稼働していることを確かめた。ヒーターはフル稼働していたが、暖房効果という点では役に立っているようには思えなかった。次の瞬間、ウェルズは慌てて受付デスクに駆け戻り、拡げていた書類を両手で押さえた。正面玄関のドアが勢いよく開き、戸外の空気が流れ込んできたからだった。ついでに、えび茶色のマフラーをなびかせたフロスト警部も。「マレット署長がフロスト警部に会いたいと言ってきてるぞ」ウェルズは声を張りあげた。

「間の悪い男だな、署長も」フロストは立ち止まりもしなかった。せかせかとロビーを突っ切りながら、首だけで振り向いて言った。「ウィーヴァーを取調室に連れてきてくれ。すぐだ、今すぐ！」

ウェルズはデスクのうえで鳴り続けている電話のほうに親指を向けた。「報道関係者を名乗こと、わめくこと、わめく連中がせっついてきてるんだ。警察は公式見解を発表しないのかって、わめくこと」

「勝手にわめかせておけばいい。それよりウィーヴァーだ。あの豆狸を連れてこい」フロストはそう言い残して、ロビーの境にあるスウィング・ドアを抜け、廊下のほうに姿を消した。

ウェルズは受付デスクの定位置に戻った。とりあえず外線電話は無視して、内線電話の受話器を取った。マレットからだった。「はい、署長、警部ならたった今戻ってきました。ええ、もちろんです。もちろん伝えました。もう間もなく、そちらに顔を出すものと思います」マレットが長らく待たされている不快感をくだくだしく訴えるあいだ、ウェルズは受話器を耳から遠ざけておいた。「承知しました、署長。はい、必ず伝えます」架台に叩きつけたくなるのをかろうじてこらえて受話器を置くと、声を張りあげてコリアーを呼び立て、留置場に勾留しているチャールズ・ウィーヴァーを取調室に連れていくよう命じ、それからその時点でもまだ執念深く鳴り続けている外線電話に眼を向けた。「はい、デントン警察署です……ええ、その点は間違いありません。少女が死体で発見されたというのは事実です。しかし、申し訳ありませんが……そうです、現時点ではこれ以上のことを発表する予定は……」

チャールズ・ウィーヴァーは、コリアー巡査に連れられて取調室に入ると、室内の明るさに眼を慣らすため、何度か瞬きを繰り返した。次いで熟睡していたところを叩き起こされた人のように、後頭部の髪を撫でつけ、顔をこすった。それからフロストに向かって、いつものあの

〝どんなときでも協力は惜しみませんよ〟の笑みを浮かべた。フロストは軽蔑の念を隠そうともしなかった。鼻の頭に思い切り皺を寄せ、ひとしきり睨みつけたのち、人差し指をひと振りしてテーブルを挟んだ向かい側の椅子を示した。「坐れ」

その口調に傷ついたという表情で、ウィーヴァーは指示された椅子に腰をおろした。

「あんたは写真が趣味だと言ってたな?」フロストはそう言うと、テーブルに置いたファイルから乱暴な手つきで写真を一枚抜き取り、ウィーヴァーの眼のまえに突き出した。鑑識チームの写真担当者がポラロイド・カメラで撮影した、ジェニー・ブルーアーの死に顔のカラー写真だった。眼球が飛び出しそうなほど大きく眼を見開き、鼻と口から血を流しながら死んでいった少女の写真だった。

ウィーヴァーははっと身をこわばらせ、フロストの手を払いのけると、固く眼をつむって写真を見ることを拒んだ。

「この子に見覚えがあるはずだ」とフロストは鋭く言った。語気が荒くなるのを、どうしても抑えることができなかった。「これがおれたちが発見したときの、あの子の姿だ。あんたがこの幼い身体を力ずくで蹂躙したときも、あの子は恐ろしさのあまり眼を剝いてたか、ええ?こんなふうに?　この子は七歳だったんだぞ。まだほんの、たったの、わずか七歳だったんだぞ。それを……あんた、それでも人間か?」

ウィーヴァーの顔から血の気が引いた。いきなり椅子を引き、テーブルから離れて、写真からできるだけ身を遠ざけたがっているように見えた。「わたしを犯罪者に仕立てあげようとしてるんですね」うわずった声で、ウィーヴァーは叫んだ。「容疑者が必要だから、わたしを陥れようとしてるんだ」

「最初にあの飴玉をやったのか？　あんたの家にあった、あの緑色の飴玉だよ。『ほら、お嬢ちゃん、これを舐めてごらん。そのあいだに、優しいチャーリー小父ちゃんがきみを強姦して、そのあとで首を絞めて殺してあげるからね』ってか？」

ウィーヴァーは声をころして泣きはじめた。それからいきなり立ちあがった。椅子がうしろに倒れ、壁に当たって鈍い音を立てた。「あなた方は、わたしを罠にはめたんだ。わたしを陥れるために、あなた方に都合のいいところで死体が見つかったことにして……あなた方が……」次の瞬間、ウィーヴァーは両眼をかっと見開いた。片手が咽喉に伸びたかと思うと、引きちぎるような手つきで襟元を緩め、激しくあえいだ。咽喉の奥のほうでぜいぜいという荒い呼吸音を立て、懸命に空気を吸い込もうとした。フロストは慌てて立ちあがり、ドアを開けて怒鳴った。「ビル、吸入器だ！　こいつの吸入器を持ってこい」どうしたものか、途方に暮れて、コリアーに目顔で助言を求めた。コリアーが対処法を心得ていてくれることを期待して。ウィーヴァーは床に膝をつき、空気を求めて虚しくあえぎ続けた。ウェルズが吸入器を持って駆け込んでくるまで、とんでもなく長い時間がかかったように思われた。「医者を呼べ」とフロストは叫んだ。「急げ、急ぐんだ」コリアーのほうをちらりと見やると、記録に残すため言った。「午後八時二十分、取調べ終了」

「午後八時二十四分に訂正」とコリアーが言った。

「くそ律儀に訂正するほどのことか？」フロストは怒鳴りつけるように言い残し、靴音も荒く取調室をあとにした。

背中を丸め、オフィスに向かう途中、マレットが待ち伏せしていた。デントン警察署を預かる者として、今度という今度は断じて、フロスト警部の言い逃れを許さないつもりのようだった。「ジェニー・ブルーアーを発見したそうだが、その手の知らせがわたしのところに届くのは、なぜか毎回、いちばんあとまわしになるようだな。どういうわけで、そうなるんだね？」

「ああ、悪かった」フロストは口のなかでもごもごと言った。「ちょうどこれから署長のところにも報告に行こうと思ってたとこで」

「聞くところによると、死体が発見された現場というのは、すでに徹底的に捜索されたはずの場所だったとか？」

「そう、そのとおりですよ」フロストのほうは、今はくそうるさい小言に耳を貸す気分ではなかった。できるものならマレットを押しのけ、このままオフィスに逃げ込んでしまいたかったが、それが許されるぐらいなら苦労はないというものだった。

「では、本日の捜索は、非番に当たっていた者たちにも非常呼集をかけ、超過勤務扱いで動員し、六十名もの人員を投入して行ったものであるにもかかわらず、そのほとんどが時間と労力の無駄であった、ということだな？」

「いや、無駄じゃない。ジェニー・ブルーアーを発見できたんだから」

「しかし、発見現場であったその物置小屋を最初に捜索した際に発見できていれば、そこで捜索は打ち切りになっていたはずだ。少なくとも数時間は節約できたということだ、時間も労力も。そもそも六十名規模の捜索にどれほどの費用がかかるかということを、きみはわかっているのかね？」

「いや、さっぱり」とフロストは答えた。「不思議なもんで、どういうわけか費用のことはまったく頭になかったからね。なんとかのひとつ覚えみたいに、ともかくあの子を見つけてやらなくちゃってことしか考えてなくて」

マレットは苦りきった顔をした。「つまらない当てこすりはやめたまえ、フロスト警部。そう思っていたのは、きみだけではない。誰しもが同じ思いだったに決まっているではないか。しかし、人を動かせば、そこにはコストが発生する。発見現場であった物置小屋だが、当初の捜索時は誰に割り振られた区画だったんだね？」

「さあ、誰だったかな」とフロストは言った。「でも、調べればわかりますよ」調べるまでもないことだった。誰が担当したか、もちろんわかっていた。だが、マレットに洩らそうものなら……そう、そいつは首までくそに埋まることになる。そうなるまえに当人の言い分を聞く必要がある。

「わかったら、ただちに報告したまえ。その者には、わたしから厳重な注意を与える」フロスト警部に背を向けたところで、今回の捜索活動にかかる混乱をもたらした張本人を譴責《けんせき》しそびれていたことに気づいた。マレットは向きなおり、非難の意を込めて人差し指を振り立てた。

「捜索の責任者は、フロスト警部、きみだろう？　諸事に当たって確認を取り、確認したことは再度確認を取り、万遺漏なきを期すのがきみの務めだったはずだ。今回のことは、きみの横着で杜撰な物事の進め方は認められない、という何よりの教訓だ。そう心得るように」

マレットは改めてフロストに背を向け、今度こそ本当に署長執務室に向かった。その足取りが心なしか速くなったのは、背後でフロスト警部が、手の甲をそちらに向けて指を二本立てる〝侮辱の礼〟を送ったことを、うっすらと察知したからかもしれなかった。

眼鏡猿から解放され、ようやくオフィスに生還すると、フロストは椅子に身を投げ出すように坐り込み、デスクのうえの《未決》トレイをじっと見つめた。殺人事件の捜査本部からあがってきている報告書が、文字どおり山積していた。娼婦ばかりが立て続けに何人も殺されている件に関して、デントン市内で商売をしている同業諸嬢に聞き込みにまわっている者たちからの報告書だった。その束を手元に引きおろし、漫然と眼を通しているところに、ポリー・フレッチャー巡査が新たにもうひと束分の書類を抱えて入ってきた。婦人警官のフレッチャー巡査は、薄茶色の髪と雀斑《そばかす》のちりばめられた肌とちょこんとうえを向いた可愛らしい鼻の持ち主だった。目下、殺人事件の捜査本部に詰め、電話番を担当しており、その筋の女たちを対象に荒っぽいプレイを好む客についての情報収集に当たっている。その報告書を提出しにきたフレッチャー巡査を、フロストは笑顔で迎えた。フロスト警部の好みから言えば、男心を猛然とそそられるタイプだった。あと二十歳ほど若ければ、そしてこれほどくたくたに消耗していなければ、荒っぽいプレイというものを手取り足取り実地指導したくなるような相手だった。フロストは報告書を受け取り、取り急ぎ眼を通した。「役に立ちそうな情報は?」

ポリー・フレッチャーは首を横に振った。「相手の人相特徴については、どれも曖昧な情報ばかりだし、どのケースも実際に暴力を振るわれた、というわけでもなさそうですから。それでも、これは念のため、こちらでも調べてみたほうがいいかもしれない、というものには印をつけておきました」フレッチャー巡査は前屈みになって、丸で囲んだ部分をフロストに示した。そのひょうしに薄茶色の髪がひと房、垂れ落ちてきて、フロストの頰をやんわりと撫で、石鹼の香りがふわりと鼻先をかすめた。雀斑のちりばめられた肌をいい匂いのする石鹼で洗っているところが思い浮かんだ。疲れの澱んだ身体が、少しだけしゃっきりしたような気がした。

「どうもご苦労さん」とフロストは言った。オフィスを出ていくフレッチャー巡査の後ろ姿を、しばし眼で追いかけた。きゅっと引き締まった小ぶりのおけつが右に左に揺れるさまは、まさに眼福だった。モーガン刑事が同席していなくて何よりだった。年がら年中発情しっぱなしのあのお芋くんが、この光景を眼にしようものなら……デスクは涎でべとべとだ。そう言えば、しばらくモーガンの姿を見ていなかった。あの芋にいちゃん《タフイ》は、いったいどこまで転がっていってしまったのか……それよりも何よりも、一服するのが先だった。ウィーヴァーの診察が終わるまでの間を利用して。煙草を一本吸い終えたころには、取調べを再開できるだろうから。トラ箱に放り込んでおいた酔っ払いが頭に切り傷をこしらえて、たまたま医者が呼ばれてきていた、というのは願ってもない幸運だった。その医者を署内でつかまえることができたのだ、診察が長引くとも思えなかった。

睨んだとおり、間もなくビル・ウェルズがオフィスにやってきて、「医師《せんせい》の診察が終わったぞ」と言った。「軽い発作だから、心配は要らないそうだ」

フロストはデスクに拡げたファイルを集めた。「だったら、豆狸を取調室に戻せ。四の五の言うようなら、車椅子にお乗せして連れてこい」

ウェルズは首を横に振った。「顧問弁護士を呼んだから、そいつと接見して相談に乗ってもらうまでは、もうひと言もしゃべらないと言ってるよ」

フロストはうんざりした顔で、ファイルをデスクに放り出した。「で、どのぐらい待たされそうなんだ、その顧問弁護士とやらが現れるまでには？」

「こっちからも連絡を取ろうとしてるんだが、事務所はもう閉まってるし、自宅に電話してみても誰も出ないんだよ」

「秘書とか助手とかに当たってみろ。もしかすると世界一周の船旅に出ちまってるのかもしれない。緊急の用件だと言え。どうしてもおたくの弁護士先生と連絡を取らなくちゃならないんだって。行方不明の女の子は、あともうひとりいる。その子をどこにやったのか、あの人でなしの豆狸を締めあげて、一刻も早く吐かせたいんだよ」

「ああ、大丈夫だ、万事心得てるから」ウェルズは請けあう口調で言った。オフィスから出ていきかけて、戸口のところでふと足を止めた。「そう言えば、あの女の子が見つかった病院の物置小屋だが、あそこの捜索を割り振られてたのが、あんたのとこの芋《タフイ》にいちゃんだったってのは本当か？」

フロストは頷いた。

「あいつはお巡り失格だ。馘首《くび》にしたほうがいい。置いといても役に立ちゃしないんだから」

「役に立たないってことでは、おれも同罪だ」フロストはぼそりと言った。「それでも、まだ首は繋がってる、かろうじて」手元に視線を落とし、書類に気を取られているふりをして、巡査部長が退出するのを待った。本人に申し開きの機会を与えるまで、モーガンのことは話題にしたくなかった。

デスクの電話が、小さく咳払いをして、鳴りだしそうな気配を放った。フロストは最初の呼び出し音が鳴りだすまえに受話器に飛びついていた。科学捜査研究所のトニー・ハーディングからだった。「病院の物置小屋で見つかった例の少女の件で連絡したんだ。まだ、ひととおりざっと検めただけなんだが、いくつかわかったことがあるんでね」

フロストは受話器を肩で挟み、ペンに手を伸ばした。「いいぞ、言ってくれ」

「まだ結果の出てないものもあるんだが、今の時点での見通しは明るくはない。女の子の着衣と髪の毛から、衣類由来の繊維やら何やらの微細証拠が何点か採取できた。その一部がウィーヴァーの家で付着したことを証明するのは、やってやれないことはない。だが、ウィーヴァーはあの少女を家に入れたことは認めてるんだろう？」

「あの子は強姦されてた。おたくたちの十八番のＤＮＡってやつを鑑定すりゃ、あの人でなしが犯人だってことは特定できるはずだろう」

「それがだね、警部、どうやら避妊具を使ってたみたいなんだ」

フロストは煙草の煙混じりの溜め息をついた。「〝安全なセックス〟なんてくそみたいな謳い文句が流行《はや》るから、このざまだよ。どいつもこいつも、流行に乗りやがって。だが、わざわざ電話をかけてきたんだから、まるっきり収穫なしってわけでもないんだろう？ いい知らせのほうを聞かせてくれ」

「いい知らせと言えるかどうかは、わからないけど。被疑者に喫煙の習慣は？」

「ない。被疑者は人でなしだが、生活態度に関しちゃ品行方正そのものだ。酒は呑まない、煙草は吸わない、おまけに七歳の子どもを強姦するときにはちゃんと避妊具を装着するんだから」

「だったら、いい知らせにはならないな――死体のそばで、比較的新しいものと思われる煙草の吸い殻が回収されたんだよ。ちょっとは脈があるかなと思ったんだが」

「その吸い殻はこっちに送ってくれ。あとでおれが吸うから。ほかにはないのか、働きすぎでへたばりかけてるロートル警部の眼のまえが明るくなるようなネタは？」

「ないね、今のところは。引き続き、頑張ってはみるけど」

フロストは、いささか手荒に受話器を置いた。科研の頭でっかちどもが頼りにならないとなれば、あとはもうウィーヴァーから多少強引にでも自白を引き出すしか手はないということだった。内線電話でウェルズを呼び出した。「ウィーヴァーの弁護士に連絡はついたか？」

「おい、おい、ジャック、もうちょっと待ってくれよ。さっき話をしてから、まだほんの何分かしか経ってないじゃないか」

受話器を置いたとたん、外線電話が鳴りだした。検屍官の秘書兼助手からだった。「病院の物置小屋で発見された少女の検視解剖の件ですが、ドライズデール博士のほうはすでに準備が調《ととの》っているとのことです。今すぐ警部にお越しいただけないか、ということで」

「わかった、すぐ行くと言っといてくれ」とフロストは答えた。


　解剖台は天井の照明灯に煌々と照らされていた。フロストは、その光の輪からたっぷりと距離を取ったところに立ち位置を定めた。解剖台のうえにいるのは、まだ幼さの残る少女なのだ。ドライズデールの手並みを逐一見学する心境にはなれなかった。結果さえわかれば、それで充分だった。そう、チャールズ・ウィーヴァーという人でなしの犯行だということを確実に証明できる結果さえわかれば。ドライズデールはときおり手を止めて一歩うしろにさがり、科学捜査研究所から派遣されてきている者が写真を撮れるよう、場所を空け、撮影が終わるとまた解剖台に屈み込んだ。

「膣口周辺部に広範な裂創及び挫創」詠唱でもするような抑揚で、ドライズデールはこともなげに所見を述べた。それから少女の片腕を持ちあげ、手首を検めた。「粘着物の付着が認められる……おそらく粘着テープの類《たぐい》だろう」

　フロストは頷いた。ジェニー・ブルーアーの亡骸を発見したとき、早い段階で気がついたことだった。この子をいたぶるあいだ、抵抗を封じるため、左右の手首を一緒にして粘着テープでぐるぐる巻きにしておいたのだ。不意に、どうしようもなく気持ちが沈み込んだ。この場にいることが、たまらなく忌まわしいことに思われた。死体保管所が第二のわが家となりつつあることが。こんな胸くその悪くなるような場所に昼となく夜となく足を運び、ドライズデールが解剖台のうえの物言わぬ相手を几帳面に切り刻むところを見なくてはならないことが。そんな胸くその悪くなるような機会があまりにも多いのは、そもそも胸くその悪くなるような事件があまりにも多いからだ。

「腕部、脚部、臀部に打撲痕……皮下出血が認められるが、痣《あざ》はすでに褪色しはじめている」ドライズデールは外観観察を続けた。「褪色の程度から考えて、少なくとも死亡する一週間まえに受傷したものと判断する」

「ああ、だと思うよ」とフロストは言った。「その子は狒々爺いに強姦されてないときは、母親のボーイフレンドにしょっちゅう殴られてたってことだから」

ドライズデールは鼻を鳴らした。その種のごく個人的な情報には興味はなかった。「口唇部周辺にも同様に粘着物の付着あり……おやおや！」フロストは素早く顔をあげた。ドライズデールはピンセットを取りあげ、少女の口のなかから慎重に何かを引っ張り出していた。水気をたっぷりと吸った灰色の物体だった。引っ張り出したものを膿盆に置くと、ドライズデールはピンセットの先で突《つつ》いた。「トイレット・ペーパーのようだな。犯人はこれを丸めて、猿轡《さるぐつわ》の代用品としたものと思われる」

フロストはまえに進み出て、ドライズデールがステンレスの膿盆に置いたものを観察した。「便所のけつ拭き紙だと？　あの人でなし、そんなものを子どもの口に突っ込んだのか！」フロストは携帯電話を取り出すと、ドライズデールの非難の眼差しなど意にも介さず、署の司令室を呼び出した。「ウィーヴァーの自宅にお遣いを頼みたい。ああ、これからすぐに。あいつの家の厠《かわや》からけつ拭き紙を押収してきてほしいんだ。証拠品袋にぶち込んで、科研に送ってくれ……それから、避妊具も捜せ。見つかったら、すぐに知らせてくれないか」通話を終えて向きなおると、ドライズデールは少女の口腔内からトイレット・ペーパーを引き出す作業に戻っていた。トイレット・ペーパーはまだ詰まっているようだった。「全部、取り出してくれ、先生《ドク》。端切れ一枚残さずに。できるだけ破らないように頼むよ」

ドライズデールは顔をしかめた。「警部、これはわたしの仕事だ。きみにいちいち指図してもらうには及ばない」水分を吸った灰色の紙の塊がまたひとつ、膿盆に置かれた。「こんなものを詰め込まれていたのでは、この代用猿轡のせいで窒息していた可能性も充分に考えられる」

「それじゃ、こいつが死因ってことかい？」とフロストは尋ねた。

「いや、そうは言っておらん。死因は気道圧迫による窒息、いわゆる扼殺というやつだ」

「ひとついいかな、先生《ドク》。この子はなりはちっちゃいけど、けっこう威勢のいいお嬢ちゃんだったんだ。黙って言いなりになんかならずに、きっと猛然と抵抗したと思う。そのときに狒々爺いを引っかいてるってことはないかな？　爪の奥に何か挟まってないだろうか？」

フロストの問いかけに、ドライズデールは少女の蠟のように白く滑らかな腕を持ちあげ、指の先端を示した。ジェニー・ブルーアーには爪を嚙む癖があったようだった。どの指の爪も、爪のしたの肉が露出するぐらいまで深く嚙み切られていた。「これでは引っかいてやりたくとも、やれなかっただろう」

「そりゃ、引っかいてやりたかったに決まってる」フロストは苦々しい思いで言った。これまでのところ、チャールズ・ウィーヴァーの犯行を決定づけるものは、何ひとつ見つかっていない。「何か見つけてくれ、先生《ドク》。頼むよ。見つからないと、困るんだ」フロストは慌てて顔をそむけた。ドライズデールが少女の腹部にメスを入れたからだった。

「死亡する三十分ほどまえに、キャンディを摂取している。およそ二粒といったところだろう」

検屍官はガラスの小さな容器を、眼の高さに掲げ、容器のなかに浮かんでいる緑色の破片のようなものをじっと見つめていた。「ライムのドロップか、それに類するものだと思われる」

「容疑者の人でなしはこの子に菓子をやったと認めてるんだ」フロストはドライズデールにそのあたりの事情を説明した。

「だとしても、その被疑者宅から押収されたキャンディとは別のメーカーのものかもしれない。被疑者の家を出てから、別の人物に拉致された可能性も考えられる」

「いや、それはないね。この子があの人でなしの家を出たときには、ゴミ袋に詰め込まれてたに決まってる」とフロストは言った。「おれは被疑者の無実を証明しようと思ってるわけじゃない。おれに必要なのは、あのくそったれの人でなしが犯人だって証拠なんだよ」

「死後およそ四十八時間から六十時間が経過」とドライズデールは言った。

「この子の生きてる姿が目撃されたのは、二日まえだ、先生《ドク》」

「では、死後経過時間としては四十八時間寄りと考えたほうがよさそうだな。男性器が挿入されたことについては、顕著な痕跡が認められるが、精液の残留は確認できない。よって避妊具が使用されたか、もしくは射精に至らなかったものと思料される」

　フロストは耳のスウィッチをオフにした。この部分は聞きたくなかった。ジェニー・ブルーアーは口いっぱいにトイレット・ペーパーを詰め込まれ、助けを求めて悲鳴をあげることもできなかったのだ。後ろ手に両手を粘着テープでぐるぐる巻きにされ、甘い緑のキャンディをくれた優しいチャーリー小父さんがのしかかってきても、抵抗するどころか、押し返すことさえできなかったのだ。そんなのは、むごすぎる。あまりにも、むごすぎる……いつまでも居坐り続けそうなその思いを、強引に追い払った。気がつくと、生命《いのち》の色の失せた少女の顔をじっと凝視していた。「こんな可愛い子なのに、こんな可愛い子だったのに……」

　ドライズデールはメスを走らせる手を一瞬だけ止めて、少女の顔に眼を遣った。「ああ、確かに。だからこそ、こんなことに……」

　検視解剖が終わると、フロストはそそくさと車に戻り、無線で署を呼び出し、ウィーヴァーの弁護士の所在が確認できたかどうかを問い合わせた。「ああ、弁護士の先生は今、こちらに向かってるよ。あと一時間ほどで到着するはずだ」

「ついでに、うちの芋《タフィ》にいちゃんの所在は？」

「そっちはいまだわからず。少なくとも署にはまだ出てきてない。ああ、そうだった、あんたが言ってたとおり、ウィーヴァーの家から押収してきたトイレット・ペーパーは、科研に送っておいたぞ。避妊具のほうは空振りだった」

「そうか、ご苦労」フロストは無線を切った。ウィーヴァーの顧問弁護士が到着するまで、一時間ほど時間を潰さなくてはならなかった。署に戻ることもできなくはないが、神出鬼没のマレットの待ち伏せに遭う危険性を考えると、気が進まなかった。少し考え、科学捜査研究所に立ち寄ってトイレット・ペーパーの照合結果を訊く、という妙案を思いついた。

「あと二十四時間はかかるよ」とハーディングは言い張った。白衣を着た助手の仕事ぶりを、そばで監督しているところだった。

「そんなに待てるか。今すぐ知りたい」とフロストは言った。理不尽な要求だということは、言っている当人が重々承知のうえだった。

ハーディングはウィーヴァー宅の洗面所から押収してきたトイレット・ペーパーのロールをフロストに見せた。「今の時点で言えることは、ひとつしかない。このロールと少女の口腔内から採取された物質は、同一メーカーの、同一銘柄《ブランド》の、同一の色の製品らしいということだ」

フロストは安堵の溜め息をついた。「なんだ、そんな朗報を隠してたのか？　いや、助かったよ。これで両者はけつ拭き紙はけつ拭き紙でも、まったく別の種類の製品だ、なんて抜かされた日には、もう二進《にっち》も三進《さっち》も行かなくなってたよ」

「ただし、問題があるんだ、警部。これが業界でも一、二を争う人気商品だってことなんだ。国内規模で考えたら、毎週何百万個と売れてるよ。警部の家のトイレにも置いてあったりするんじゃないかな」

フロストは首を横に振った。「いや、うちでは、マレットのよこす伝達メモを使ってる。使用後の満足感がなんともこたえられなくてね」

　検査室の片隅で顕微鏡をのぞき込んでいた技官が、ハーディングを手招きで呼び寄せた。その技官とひとしきり小声で話し込んだのち、戻ってきたハーディングの顔つきを見たとたん、フロストにはこれから聞かされるのは朗報と呼べる類のものではないことを悟った。

「残念だが、警部、ふたつの試料《サンプル》は、まったく別のロール由来のものである可能性が高い。ほぼ間違いなく別物だ」

「なんだ、くそがつくほど良くない知らせをよこすには、二十四時間も要らないってか」フロストは恨めしげにつぶやいた。「ほぼ間違いないって言える根拠は？」

「そもそもが、かなりの無理筋だったんだ。少女の口腔内に詰め込まれていたトイレット・ペーパーが仮に、本当にウィーヴァー宅のトイレにあったロールから切り取られたものだったとしても、その切片のミシン目と今の時点で本体のロールに残っている紙のミシン目とが一致する確率は、限りなく低い。よほどの幸運に恵まれでもしない限りは」

「でもって、ウィーヴァーの人でなしが頑固な糞詰まりに悩んででもいない限りは。まあ、言われてみりゃ、それもそうだな。ジェニー・ブルーアーの行方がわからなくなったのは、二日もまえのことだったわけだし」

「そう、だから無理筋だと言ったんだ。いずれにしろ、望みどおりの結果は出やしない。少女の口腔内に詰め込まれていたトイレット・ペーパーは、おろしたての新品のロールからちぎったものだったよ」

「おい、おい、なんでそんなことまでわかるんだ？」

「トイレット・ペーパーの新品はたいてい、紙の端が糊で留めてある。出荷される際にほどけてしまわないように、そんなふうにしてあるんだな。ほら――」ハーディングは未使用のトイレット・ペーパーのロールを手に取り、該当する部分をフロストに見せた。「ここに細い畝《うね》みたいなものが見えるだろう？　この部分に糊をつけて押さえてあるんだよ」

　フロストはむっつりと頷いた。「なるほど、よくわかったよ。まさに〝誰でも知りたがっているくせにちょっと聞きにくいけつ拭き紙のすべてを教えましょう（一九七二年の映画『ウディ・アレンの誰でも知りたがっているくせにちょっと聞きにくいSEXのすべてについて教えましょう』のタイトルのもじり。同映画はベストセラーとなったデイヴィッド・ルーベン博士のセックス案内書を原作とする）〟だな。で、ウィーヴァーの家から押収したロールはおろしたての新品じゃないんだな？」

「少なくとも、四分の三が使用されてるよ。少女の口腔内に押し込まれていた紙が、その使いかけのロール由来だと考えた場合、ウィーヴァーはその後、ごく短期間でものすごく大量のトイレット・ペーパーを消費したことになる。むしろ、手元に新品があって、少女の猿轡にはそちらを使用したと考えるほうが順当じゃないかい？　おろしたばかりのロールが見つかれば、切り口のミシン目が一致する可能性は高いと思うんだ」

　フロストは携帯電話を取り出し、署の司令室を呼び出した。「ウィーヴァーの家に、もうひと班送り込んでくれ。家じゅうの抽斗やら戸棚やら長持やら箱やらを残らず開けてみてほしい。捜すのは、今度も便所のけつ拭き紙のロールだ。家捜ししても出ない場合は、ゴミもあされ。どこもかしこも、徹底的に引っかきまわしてかまわない。人員も必要なだけぶち込んでいいぞ。

ただし、必ず捜し出せ、絶対に」通話を切りあげ、ハーディングのほうに向きなおって尋ねた。「ほかには何か出たかい？」

「出るには出たけど、警部の役に立ちそうなものはないな。被害者の少女がウィーヴァーの家にいたことを証明することなら、いくらでもできるけど、ウィーヴァーは少女を家にあげたことを認めてるわけだからね。わざわざ証明したところで、なんの役にも立ちゃしない、だろう？」

フロストは椅子に腰をおろし、煙草を吸いながら、ハーディングがジェニー・ブルーアーの着衣を調べる様子を眺めた。ハーディングの仕事ぶりは、慎重で、丁寧で、秩序立っていた。見ているうちに、どうにも落ち着かない気分になり、フロストは椅子に坐ったままもぞもぞと尻を動かした。慎重で、丁寧で、秩序立った仕事ぶりは、フロスト警部にとって見るだに焦れったくなるものだった。そこには直感や虫の知らせや場当たり的な判断が入り込む余地がない。要するに、フロスト警部の流儀とはまるで相容れないのである。もともと、何もしないでじっと坐っていることも苦手だった。煙草をつまんで消し、再三にわたって迷惑そうな眼を向けていたハーディングを安堵させてやると、席を立った。ここで手持ち無沙汰に坐り込んでいるよりは、便所のけつ拭き紙を捜して豆狸の御殿を右往左往するほうが、まだしもましに思われた。

ウィーヴァーの家はどの部屋にも煌々と明かりがつき、玄関のまえに警察車輛が二台、駐まっていた。フロストは玄関の呼び鈴を押した。そして玄関に出てきたジョーダン巡査に向かって、「聖書に書かれている事柄の意味について、ご一緒に考えてみませんか？」と言った。ジヨーダンはにやりと笑い、フロストを屋内《なか》に通した。「見つけましたよ、警部のご注文の品」ジョーダンは得意満面で報告した。

廊下を抜けてキッチンに入ると、テーブルにスーパーマーケットで売られているひと包み十二ロール入りのトイレット・ペーパーが、未開封のまま載っていた。「ジャジャーン！」ジョーダンが声高らかにファンファーレのメロディを模した。

フロストの顔が曇った。念のため、未開封であることを確かめてから、首を横に振った。「残念だが、坊や、捜してたのはこれじゃない。新品と言っても未使用って意味じゃなくて、おろしたばかりではあるけど、ミシン目ふたつ分とかみっつ分とか使った痕跡のあるやつを捜してほしかったんだ」そのような条件のついたトイレット・ペーパーのロールを捜さなくてはならない理由を、かいつまんでジョーダンに説明した。事前に明確に伝達しておかなかった自分自身に腹が立った。

それから部屋から部屋へとあてどなく経巡《へめぐ》り、抽斗が引き抜かれては中身がぶちまけられるところを眺め、戸棚の扉が開けられては閉められる忙しない音を耳にした。人の動きはきびきびと活潑だし、あちこちで盛んに威勢のいい音もあがっているにもかかわらず、収穫のほうはさっぱりだった。キッチンに舞い戻り、パン入れの蓋を持ちあげて、なかをのぞいた。半斤ほど残ったパンが入っていたが、パンの表面には緑色の黴《かび》がこんもりと生えていて、腐敗の進んだ何かの死体のように見えた。フロストは急いで蓋を閉めた。

ジョーダンもキッチンに戻ってきた。「考えられるところはすべて捜索しました。残るは屋根裏だけなんですが、念のため、調べてみましょうか?」

「まあ、そこまで間抜けなやつだとは思えないけどな」とフロストは答えた。「使いかけのけつ拭きロールが重要な証拠になるって気づいていたら、小知恵のまわる人でなしのことだ、とっくのとんまに処分しちまってるよ。でも、まあ、ものはついでってことで、ちょっくらのぞいてみてくれや」

フロストはまたしても気持ちが沈み込むのを感じた。この事件をうまく訴追請求に持ち込んで裁判まで漕ぎつけたとしても、チャールズ・ウィーヴァーを有罪にできる材料は現時点では事実上ゼロに等しい。これまで、フロスト警部が進退窮《きわ》まったときに、最後の最後で現れては命綱を投げてよこしてくれていた、思いがけない幸運という名の救世主は、今日はどうやら休暇を取っているようだった。もともと休暇ばかり取っていて、いたって当てにならない存在なのだ。それに頼ろうというほうが、甘いのである。ジョーダン巡査に人差し指を向け、思い出したことを尋ねた。「ゴミの容器は調べたかい?」

「ええ、調べました。あいにく昨日がゴミの回収日に当たってたもんで。容器はほとんど空《から》でした」

シムズ巡査が制服についた埃と蜘蛛の巣を払いながら、キッチンに顔を出して「屋根裏には何もありませんでした」と報告をよこした。

エヴァンズ、ハウの両巡査も引きあげてきた。どちらも収穫なしの報告とともに。キッチンに集合した面々に、フロストは煙草のパックをまわした。各人が腰をおろして一服するあいだ、目下の状況について無言で検討を加えた。

「どうでしょう、警部――」思いついたことを提案する口調で、シムズが言った。「重要な意味のある証拠物件なんだったら、市のゴミ集積場まで追いかけて、ゴミ袋の山と格闘してきましょうか？」

「いや、捨てたんだとしたら、もっと徹底的な捨て方をしたはずさ」とフロストは言った。「捨てたってことは、証拠になるかもしれないって気づいてたってことだろう？　ちょいと捜して見つかるようなとこに、ぽいっと捨てたりするもんか。気づいていなけりゃ、捨てる道理がない。新品同然のけつ拭きロールだぞ、あとまだ何度もけつを拭けるじゃないか」フロストは立ちあがった。「皆の衆はゆっくり一服してくれ。急ぐことはない、この分も超過勤務扱いになってるんだから。しかるのち、今日のところは解散とする。どうも、ご苦労さん」

車に戻り、無線で署を呼び出した。「ペリー・メイスン（アメリカの作家、E・S・ガードナー（一八八九～一九七〇）の一連の推理小説の主人公である辣腕弁護士。同シリーズはテレビドラマ化され、日本でも放送された）は着いたか？」

「ウィーヴァーの弁護士なら、さっき電話をしてきた」とビル・ウェルズは言った。「高速道路で身動きが取れなくなってるんだと。まえを走ってた大型トラックが積み荷を道路にぶちまけちまったらしいよ。署に着くまで、あと二時間ぐらいかかりそうだと言ってきた」

「あと二時間？」フロストは思わず訊き返した。「冗談じゃない、そんなに待てるか。せいぜい十五分だ。ウィーヴァーに言ってやれ、屁理屈こきの三百代言が必要なら、十五分で署まで来られるやつでなきゃ認めない。それができないんなら、しょぼい国選の当番弁護士で我慢することだなって」

「むちゃを言うなよ、ジャック。弁護士の選定は被疑者の権利なんだから」

「だが、人でなしの豆狸は知らないかもしれない。言うだけ言ってみろ」いったん無線を切り、ウェルズから折り返し連絡が入るのをじりじりしながら待った。

「駄目だよ、ジャック、そんなことは納得できないし、受け入れられないとさ」

「なんだ、人でなしの分際で、一丁前《いっちょまえ》を抜かしやがって……明日の朝、あの野郎に出してやる
トーストは真っ黒々に焦がしてやれ」車載無線機のハンドマイクを戻したとたん、携帯電話が鳴りだした。「フロスト警部？」聞き覚えのない声だった。

「それは相手次第だ。誰がかけてきた電話かによる」フロストは用心深く答えた。

「お互い顔を合わせたことはないと思うが、プレストンという者だ。ベルトン署の犯罪捜査部に籍を置く、主任警部のプレストンだ」ベルトン署は管轄区域が隣接していて、デントン署にとっては文字どおり〝お隣さん〟に当たる。

「おや、ベルトン署の主任警部ともあろうお方が。おれなんぞに何かお役に立てることでも？」とフロストは尋ねた。お役に立てることなどあるわけない、という返答を期待して。

「いや、それを言うなら、わたしのほうがきみのお役に立てそうだよ、警部。デントン署からきみの担当ということで、失踪人としてバーサ・ジェンキンズという女の人相特徴に関する情報がまわってきてる。大柄で太り肉《じし》の商売女だということだったが……どうやら見つかったようだよ、うちの管轄内で」

ベルトン警察署の内勤の責任者、ジョージ・オーウェン巡査部長は、スウィッチを押すほどの素早さで、折り目正しい控えめな笑みを浮かべた。「どうぞ、こちらに。ご用件は？」

「プレストン主任警部にお目通りを願いたいんだけどね」

「ああ――では、あなたがフロスト警部ですね。お見えになることは、プレストン主任警部から聞いています」プレストン曰く、薄汚いレインコートをはおった、だらしのない風体の男が現れたら、それがデントン警察署のジャック・フロストと認識すべし。「主任警部は現場に出ています。連絡を取ってみますので、少々お待ちください」オーウェン巡査部長は司令室に姿を消した。ひとり残されたフロストは、所在なさをまぎらわすため、ロビーをぶらぶらと歩きまわり、壁に貼り出されたもろもろの《警察からのお知らせ》を眺めるともなく眺めた。口蹄疫（家畜法定伝染病のひとつ）の予防に関する注意書きにコロラドハムシ（ジャガイモにつく害虫）のポスター――いずこも同じ定番メニュー。おまけに、ここのはだいぶ年代物らしく、端のほうが裂けてきている。気がつくと、見覚えのある顔と向かい合っていた。前歯の隙間をのぞかせて口元をほころばせている、ヴィッキー・スチュアートの顔だった――添書きは《行方不明：この少女を見かけませんでしたか？》フロストは背を向けた。まだこんな幼い女の子に、こんな可愛らしい女の子に、あのウィーヴァーの人でなしは何をしやがったのか？　腕時計に眼を遣った。あのくそ豆狸の弁護士とやらが着くまでに、是が非でも署に戻っていたかった。

内勤の巡査部長が受付デスクに戻ってきた。「プレストン主任警部からの言伝《ことづて》ですが、送り迎えに割ける人員がいないので、申し訳ないが警部ご自身で現場まで来てもらえないか、ということで」現場までの道順を教えると、オーウェン巡査部長はこう締めくくった。「大丈夫です、わかりやすい場所ですから。絶対に見逃したりしませんよ」

　しかし、フロストはその絶対に見逃したりしない場所を見逃し、次第に霧が深くなるなか、気がつくと行き止まりの田舎道に迷い込んでしまっていた。もたつき、まごつき、ほうほうの態《てい》で幹線道路まで引き返し、やっとのことで指定された脇道を見つけ出した。脇道の角で制服姿の若い巡査が立哨に就いていて、フロストに停止を命じた。若い巡査はなんだか嬉しそうだった。脇道に曲がり込もうとした車を停める機会が、ようやく訪れたからかもしれなかった。「駄目ですよ、運転してる方《サー》。この先は通行止めです」巡査はフロストが警察関係者だということを断固として信じようとしなかった。フロストは仕方なく、角の折れた身分証明書を差し出し、理解を求めた。「失礼しました、警部。そこの角を曲がったところです」若い巡査は進むべき方向を指示すると、手探りで携帯無線機を取り出し、フロスト警部が到着したことを主任警部に伝えた。

　脇道は未舗装ででこぼこの多い泥道で、路面に轍《わだち》が深く刻まれていた。道の両側に木立が連なり、差し渡された枝が頭上を閉ざし、雨とも露ともつかないものをしきりに振り落としてきた。だが、道なりに曲がって並木を抜けたとたん、眼のまえに投光照明の光があふれだし、その明るさで周囲の何もかもがいきなり生気を取り戻したように見えた。二重駐車をしている警察車輛も、無線機から洩れてくる交信の甲高いやりとりも、路傍の草地に這いつくばっている捜査関係者も。その向こうに小さなテントのようなものが張られていた。内部に設置した照明のせいか、テントは全体的にうすぼんやりとオレンジ色に光っている。

脇道からテントが設営されたところまで、周囲一帯は捜査関係者以外立入禁止を示すテープが張り渡されていた。フロストはそちらに足を向けた。その場に居合わせた関係者一同、いっせいに顔をあげた。フロスト警部を見知っている古株が何人か、挨拶代わりに手を振ってよこした。若手の諸君の表情には皆一様に、同じ疑問が宿っていた——この浮浪者のような風体のむさくるしいおっさんは、いったいどこの何者なんだ？

プレストン主任警部は、丸みに乏しい貧弱な身体つきに後退しつつある生え際と薄くなりつつある頭髪の持ち主だった。無愛想な性質《たち》のようで、フロストの姿を認めると、にこりともしないで素っ気なく頷いてみせた。「うちの署としては、はっきりいって迷惑なお荷物を背負い込まされた気分だね。被害者《ガイシャ》の死体が、たまたまうちの署の管内に放置され、たまたまその状態で発見されたというだけであって、事件そのものはそちらの署で発生したわけだから、そちらの署で解決すべきだろう？」

「だったら、とっとと車に積んでくれよ。デントンに連れて帰るから」フロストは低い声でつぶやいた。初対面のプレストン主任警部を気に食わない野郎だと認定するのに、時間はいくらも要らなかった。「で、肝心の被害者《ガイシャ》は？」

「わざわざ訊くようなことかね？　われわれがテントを張っているのは、キャンプをするためではないことぐらい、わかりそうなものだがね」プレストンはテントの垂れ幕をくぐってなかに入った。フロストもあとに続いた。

被害者の女は仰向けに倒れていた。それまでの被害者たちと同様、両眼をかっと見開き、虚空を睨み据えていた。着衣を剝ぎ取られているので、重量のある垂れ気味の乳房が、脂肪が幾重にも折り重なった段々腹のうえにだらんとのしかかっているのが丸見えだった。そのしたから無惨に痛めつけられた下腹がのぞいていた——鞭で打たれたようなみみず腫れ、大小の痣、煙草の火を押しつけたような火傷《やけど》の痕。赤毛に染めた髪は、頭の下敷きになっている草の湿り気が移って黒っぽくくすんで見えた。フロストは女の顔に眼を凝らした。「ああ、間違いない。こりゃ、〝でかぶつ〟・バーサだよ」死体の横に敷かれたポリエチレンのシートに膝をついて、露で濡れた冷たくて重い手を持ちあげて手首の部分を検めた。手首のぐるりに深い索状痕が残っていた。擦れて赤むけになったところから、血がにじんでいた。「ずいぶん手酷くやられたもんだな、可哀想に。これじゃ、まさに虐殺じゃないか」フロストはつぶやくように言った。

「警察医の診立ては、窒息死で、凶器としては枕のようなものが使われたのではないか、とのことだ」プレストン主任警部は言った。「少なくとも死後二日間が経過している、と言っていたよ」

フロストは立ちあがり、両手をこすりあわせた。手のひらに残ったひんやりとした死の感触を忘れてしまいたかった。「発見者は？」

「車で通りかかった者が用を足そうとして、ここまで入り込んできて発見した」

「このまえの被害者《ガイシャ》も、そうだった」とフロストは言った。「小便をしたくなったドライヴァーに発見されたんだ。ちなみに、そいつは通報はしてきたけど、名乗ろうとはしなかった」

「ああ、その点も同様だ」とプレストンが言った。

フロストは腕時計で時刻を確認した。今ごろはもう高速道路に散乱したトラックの積み荷も回収されて、あの人でなしの雇った弁護士の先生も一路、署に急ぎつつあるものと思われた。テントの垂れ幕を持ちあげ、道路からここまでの距離を眼で測った。「ここまで引きずってこられたんだとすれば……こちらさんの体格から考えて、並はずれた怪力の持ち主に捨てられたことになる」

「引きずられてきたものと考えて、まず間違いなかろう」とプレストンは言った。

フロストはもう一度シートに膝をつき、死体のしたに手を入れて少しだけ胴体を浮かせた。プレストン主任警部の制止も、ドライズデール検屍官の逆鱗に触れることになる、という警告も敢えて黙殺した。「引きずられてきたんなら、背中やけつのあたりに擦過傷ってやつができてるはずだ」フロストは死体の背中を指さした。擦過傷はどこにも残っていなかった。

「何も屈強な男ひとりで遺棄したと限定することもない。二人組だったのかもしれないじゃないか」プレストンが意見を述べた。死体背面に擦過傷がないことを確認しそびれていた痛恨事に対して、負け惜しみを言っているようでもあった。

「さもなきゃ、白雪姫のとこの七人のくそ小人だったのかもしれない」フロストは間髪を入れずに言い返した。「犯人逮捕は急務だな。一刻も早くパクらないと、犯人の野郎が調子づいちまうよ。すっかり味をしめやがったようだから」

脇道のほうが慌ただしくなった。車のドアが閉まる音、それから低く抑えた人の話し声。プレストンはテントの出入口に駆け寄り、垂れ幕を持ちあげてそとの様子をひと目うかがうなり、慌ててフロストのほうを振り向き、猛然と手を振ってきた。「ドライズデールだ」プレストンはうわずった声で言った。「早く戻せ。われわれが死体を動かしたことを嗅ぎつけたら、あの人は……」

「おたおたしなさんなって」フロストは、死体を元どおり仰向けに寝かせた。「そうなったら、そうなったときのこと。こっちはしれっとした顔で嘘をつきまくるまでだよ」

キャンヴァス地の垂れ幕を撥ねあげ、検屍官のサミュエル・ドライズデール博士が秘書兼助手を務める金髪の女を従えてテントのなかに入ってきた。プレストン主任警部にひと声挨拶のことばをかけ、愛想のいい笑みを浮かべた。次の瞬間、その笑みが凍りついた。プレストン主任警部の背後に、フロスト警部の姿を認めたからだった。「これはこれは、警部。一日のうちに二度もきみと顔を会わせることになろうとは」ことばの端々に嘲笑をにじませ、ドライズデールは言った。

「そりゃ、先生《ドク》、人間ときには信じられないぐらい、ついてる日もあるってことだよ」フロストはそう言うと、そこでまた腕時計に眼を遣った。「そんな先生《ドク》をがっかりさせるようで申し訳ないんだけど、おれはそろそろおいとましなくちゃならないんだ。デントンに戻って、被疑者を締めあげなくちゃならないんでね」

プレストンはフロストを脇に呼んだ。「この事案では、貴方《きほう》のデントン署と当方のベルトン署とのあいだに協力関係を築く必要がある。互いに人員を融通しあい、情報も共有していかないと」

「これまでにこっちでつかんでる情報は、あとでそっちにも流すよ」とフロストは言った。「なんて偉そうに言ってみても、どれもこれも吹けば飛ぶようなお粗末なネタばかりだけど。犯人の人相特徴も不明、手がかりもゼロ、正真正銘のないない尽くしだけど、何かの役に立ててもらえりゃ幸いってことで。こういうやつはことに及んでる現場を押さえて、現行犯でパクるしかないと思ってる。デントン署としては目下、そこに一縷のはかない望みを繋いでるとこだよ」別れの挨拶代わりに短く一度頷くと、フロストは身を屈めて垂れ幕をくぐり、脇道に駐めてきた車に向かった。

ビル・ウェルズが顔をあげると、フロストが受付デスクめがけて突き進んでくるところだった。「弁護士の先生がご到着あそばした。第二取調室にお通ししてある。待たされるのは好かんとおっしゃってるぞ」

「人のことはさんざっぱら待たせに待たせたくせに？」フロストはレインコートのボタンをはずし、首に巻きつけていたマフラーを緩めた。「ところで、うちのお芋くんこと〝ウェールズの魔術師（イギリスの首相ロイド・ジョージの綽名）〟は、いまだ姿を消したままかい？」

ウェルズは頷いた。「ああ、少なくとも署には一度も顔を出してない。気になったから、あいつのねぐらに人を遣って様子を見てこさせたけど、ねぐらは空っぽだと。誰もいなかったそうだ。これはおれの予想だが、どこぞにしけ込んで、誰ぞにのしかかり、ひとりせっせといい思いをしてるんだよ」

「まあ、妥当な判断だわな。おれに小言を喰らって金玉をひねりあげられるより、おねえちゃん相手に差しつ差されつするほうが、そりゃ、はるかに有意義だもの」とフロストは言った。「もし、お芋殿下が心を入れ替え、署にのこのこと現れた場合には、おれのとこによこしてくれ」廊下との境のスウィング・ドアを擦り抜け、フロストは取調室に向かった。


呼び出しがかかったとき、弁護士のフォスウィックは公式行事の一環としてとあるパーティーに出席していたため、黒い厚手のオーヴァーコートのしたには夜会服を着込んでいた。そのような席に緊急と称する呼び出しがかかったことにも苛立ちを覚えたが、うんざりするような濃霧を衝いて急いで駆けつけてみれば、寒くて殺風景な取調室に押し込められ、そこで待つように命じられたのである。これが苛立たずにいられようか。かてて加えて、狭苦しい取調室のうらぶれた雰囲気に似合いの、実になんとも冴えない人物が現れ、事件の捜査を担当している警部のフロストだと名乗ったのである。

弁護士は沈んだ気持ちで、フロストなる人物と初対面の挨拶を交わした。警部よりももっとずっと上位にあり、こんな吹けば飛ぶような人物ではなくもっとずっと権威のある相手が現れるものと期待していたのだが、これではこの一夜はまったくの時間の無駄に終わってしまうかもしれなかった。「第一、わたしにはよくわかりません、警部。なぜ、わたしがこんなところまで引っ張り出されなくてはならないのか。うちの事務所は刑事事件を専門としているわけではなく、また、わたし自身依頼人のことはほとんど知らないも同然です。三年ほどまえ、自宅を購入するという依頼人の事務処理を、うちの事務所で代行しましたが、つきあいと言えるのはそれだけですから」

「こんなとこまで先生を引っ張り出したのは、おれじゃなくて、先生の依頼人だよ。先生の依頼人は目下、うちの署に勾留されてる。七歳の女の子を拐《かどわ》かし、強姦し、殺害した件への関与が疑われてるもんでね」

弁護士の顔から表情が消えた。「なるほど、事情は理解しました。当方の依頼人の関与が疑われる、とおっしゃいましたが、それはどういった観点からでしょうか？」

フロスト警部の語る事件のあらましに、フォスウィックは真剣に耳を傾けた。聴けば聴くほど、不安と嫌悪の気持ちが強まった。関わりたくない部類の事件だった。万年筆を取り出し、金のペン先で何点かメモを取った。この件は明日の朝いちばんで、誰か別の者に押しつけてしまおう、フォスウィックは自分自身にそう言い聞かせた。こうした浅ましく卑賤な事案の処理に長けている、もっと図太い神経の持ち主に。「では逮捕はしたけれど、訴追請求はまだ、ということですね？」

「まあ、今の時点では。しかし、こっちとしてはそのつもりでいますよ」

フォスウィックは万年筆のキャップを閉めた。「依頼人と少し話をさせてもらえますか」

「おれが連れてきましょう」フロストは席を立ち、取調室のドアを開けたが、そこで思いなおしてまたドアを閉めた。「実はもうひとり女の子が行方不明になっていてね。こっちの子はまだ生きているかもしれない」ヴィッキー・スチュアートの写真を取り出し、フォスウィックのほうに表を向けた。「先生から依頼人を説得してもらうことはできないだろうか？　この際、この子をどこにやったか、素直に白状するのが得策だって、先生からも言ってもらえりゃ……」

フォスウィックは渋面をこしらえた。「警部、わたしはあなたの仕事を肩代わりするために、ここに呼ばれてきたわけじゃない。わたしが最優先に考慮すべきは依頼人であるチャールズ・ウィーヴァー氏の利益ですからね」それからフロストがこちらに向けている写真に眼を遣った。フォスウィックの表情が少しだけ和らいだ。「しかしながら、まあ、わたしも少し考えてみますよ、わたしに何ができるか」

フロストは留置場に向かいながら、フォスウィックの印象に訂正を加えた。もちろん弁護士である以上、口の減らないやつではあるが、なんだかんだ言っても、それほど根性悪というわけでもなさそうだった。

つんざくような非常ベルの音が、フロストの物思いを破った。非常ベルは留置場のほうから聞こえてきていた。警察官が収監者に襲撃された場合や収監者が病気等で危険な状態に陥った場合に鳴らされる警報だった。初めのうち、フロストは聞き流していた。おおかたトラ箱にぶち込まれた酔っ払いが、ひと騒動起こしたにちがいない。しかし、デントン警察署の制服組は、この手の緊急事態の処理にかけてはまずまず有能であるからして、フロスト警部が気を揉む必要はなかった。それから、廊下を駆けていく慌ただしげな足音が聞こえた。慌てふためいたように怒鳴りあう声がして、そこに留置場に収監されている連中が監房の扉を乱打する音とわめきたてる声が重なった。次の瞬間、ビル・ウェルズの声がひときわ大きく響いた。「急げ、そいつを切って降ろせ。ぐずぐずするんじゃない……」次いで廊下に向かって、さらに大声を張りあげた。「救急車だ、救急車を呼べ！」

フロストは廊下を駆け抜け、留置場に急いだ。チャールズ・ウィーヴァーを収監していた監房の扉が、大きく開け放たれていた。制服警官が二名、床に寝かされた人物に覆いかぶさるようにして、一名は対象者の胸部を圧迫し、もうひとりは人工呼吸を施し、その様子をビル・ウェルズが不安そうに見守っている。

フロストは床に寝かされた人物をのぞき込んだ。チャールズ・ウィーヴァーの血の気の失せた顔と無理やり引き伸ばされたように肩のあいだからひょろりと突き出している首筋を眺めた。「おい、おいおい……嘘だろう？　どういうことだ、これは？」

「どうもこうもない。自殺を図りやがったんだよ」ウェルズは言った。いかにもいまいましげな口調は、その行為を自分に対する当てつけだと解釈しているようでもあった。「この馬鹿野郎、自分で自分の首を吊りやがったのさ」フロストを押しのけるようにして戸口に出ると、廊下の先に向かってもう一度声を張りあげた。「おい、救急車はどうした？　くそ救急車はまだか？」

ウィーヴァーのうえに屈み込んでいた制服警官のひとりが、立ちあがって言った。「無駄ですよ、巡査部長、救急車に来てもらっても間にあいません。すでに死亡しています」

第十二章

「おれの責任じゃない以上、おれを責めるのはお門違いってもんだろう？」相手が耳を貸す気配を見せるやいなや、ウェルズ巡査部長は哀れっぽい口調で、自分にはいっさいの非がないことを事細かに訴えた。「だって、ほんの何分かまえに確認したんだから。そのときは、ぴんぴんしてたんだから」ほかの監房から聞こえてくる、扉を叩いたり蹴ったりの多重奏は今や山場に差しかかり、最高の音量を響かせている。「うるさい、静かにしろ！」ウェルズの怒鳴り声は、ほとんど奏功しなかった。

「しかし、首吊りとはね。どんな手を使いやがったんだ？」ウィーヴァーのじっと動かない身体の横に膝をつき、フロストはもう一度、万にひとつを期待して脈を探った。無駄を承知で、まだ生きている徴候を求めた。フロストの問いに応えて、ウェルズは留置場の床を指さした。白いナイロンの紐が、とぐろを巻いていた。一方の端が、引けば締まるように投げ縄結びになっていた。輪の部分が切断されているのは、ウィーヴァーの首からはずした際に取られた応急処置と思われた。

「こんな紐、どこで手に入れやがったんだか」ウェルズは語気を荒げて言った。「今朝、あんたがしょっぴいてきたときに、所持品検査はきっちりやった。だろう、ジャック？　収監時に見逃しや手抜かりがあったわけじゃないって、いざとなったらあんたからも証言してくれるだろ？」

「ああ、もちろん」フロストは低い声で言った。それから身を屈め、床に落ちている紐を手に取った。紐の先端にベージュのプラスティックの留め具がついていた。その留め具になんとなく見覚えがあった。フロストは眉根を寄せ、記憶を手繰った。果たしてどこで見たのだったか？　思い当たった瞬間、声にならないうめき声が洩れた。そう、病院だった。チャールズ・ウィーヴァーの母親が移された個室のブラインドについていた紐だった。母親とふたりきりにしておいたあいだに、ブラインドから切り取ったのだ――病室のベッドの横に置いてあった処置用カートの鋏を使って。くそっ、くそっ、くそっ！　己のうかつさが猛烈に悔やまれた。この一件がマレットの耳に入ったら……あの根性悪の眼鏡猿のことだ、フロスト警部放逐の好機到来とばかり、躍りあがって大歓びするに決まってる。

制服警官を監房から退出させて、寝棚に腰をおろした。「くそがつくほど厄介なことになっちまったな」とフロストは言った。

ウェルズもフロストの隣に腰をおろし、床のうえのもう息をしていない人間をじっと見つめ、それからまだ信じられないとでもいうように首を横に振った。「何もかも、マレットのごますり根性のせいだ。あの調子こきが、自分のとこの署員をごっそり応援に差し出すなんて、とんでもない真似をしやがるからだ。本当なら、留置場には留置場専門の担当がいなくちゃいけないんだ。なのに、人手が足りないもんだから、おれが内勤の責任者と兼務せざるを得ない。ひとりでふたり分だぞ。ふたり分の仕事だぞ。時間に追いまくられるばかりで、どっちも完璧に務めるなんて無理に決まってる。だろ？」フロストに向けたウェルズの眼差しが、哀願の色調を帯びはじめた。「ジャック、この件じゃ、まず間違いなく、内務部の調査が入る。あの連中は生贄を欲しがる。全責任をおっかぶせられるやつを、何がなんでも見つけ出そうとしやがる。だから、おれたちも今のうちに、きっちり話を合わせておくべきだ。おれはウィーヴァーの所持品検査を間違いなく実施した。あんたがそれに立ち会った。証人はあんただ」

フロストは煙草に火をつけた。「心配するな、ビル。ひっかぶらなきゃならない責任があるようなら、このおれが全部まとめて引き受ける」煙を深々と肺いっぱいに吸い込み、その煙をゆっくりと吐き出した。「最後にウィーヴァーの様子を確認したのは？」

「十五分ほどまえだ」

「十五分まえには、もうおっ死《ち》んでたよ」

「だったら、三十分まえだ」ウェルズは嚙みつくように言った。だいぶ追い詰められている口調だった。「こっちは山のように仕事を抱えてるんだぞ。正確な時刻なんか覚えてられるか」

「記録簿に記入してあるか？」

「そんな余裕、あるわけないだろ？　あのくそいまいましい電話が鳴りっぱなしだったんだよ。あっちが鳴りだしゃ、こっちも鳴りだす――あっちもこっちも、もうノンストップで鳴りまくってたんだから」

「だったら今、記入しろ」フロストは煙草の灰を床に落とした。足元の死体が危うく灰をかぶるところだった。

「あの野郎、遺書を残してる」とウェルズが言った。「ぼくはやってない、だとさ」

「遺書?」フロストは素早く顔をあげた。遺書があったというのは、初めて聞く情報だった。

「どこに?」

ウェルズは監房の、開け放ったままの戸口のほうを指さした。「扉の内側にテープで留めてある」

フロストは監房の扉を手荒く閉めた。ウェルズのことばどおり、扉の内側に医療用テープで遺書が貼りつけられていた。ウィーヴァーの母親の古いカルテの裏面に、走り書きのような判読しにくい文字で綴られていた。つまり、ウィーヴァーはあの病室にいたときから、死にかけた母親の枕元に坐って手をさすってやっていたときから、すべてを計画していたということだった。遺書を扉の内側に貼りつけたまま、フロストは顔を近づけて文面に眼を通した。

最愛の母さん
ぼくは悪いことは何もしていない。でも、警察はぼくを、人の道にはずれたおぞましい怪物に仕立てあげようとしているんだ。あのフロストという警部が、ぼくを罠にかけようとしている。ぼくを脅して、やってもいないことを告白させようとしている。ぼくは無実だけれど、こんな屈辱にはもう耐えられない。
さよなら、母さん。天国で待ってるからね。

地獄で待ってりゃいいものを。「天国で待ってる?」フロストは鼻を鳴らした。「どうせなら地獄で待ってりゃいいものを。地獄なら、いずれそのうち、マレットに直訴する機会もめぐってくるじゃないか」

「こいつを読んだのは、たぶん、おれとあんただけだ」声を落としてウェルズは言った。「ほかには誰も見てないと思う。どうだろう、このまま黙って捨てちまうってのは?」

「証拠ってのは、でっちあげることはあっても捨てるもんじゃない」とフロストは言った。

「少なくとも、おれはそういう主義なんだ。こいつはこのままにしとけ」そして寝棚から腰をあげると、疲労が重くのしかかってくるのを感じながら、両手で顔をこすった。「仕方ない、角縁眼鏡のマネキン野郎にお目にかかって、この悲しいお知らせをお伝えしないとな」


怒濤のごとく押し寄せる怒りをこらえるため、マレットは唇をきつく引き結び、冷ややかな眼差しでフロスト警部をじっと見据えた。「では、きみは児童略取誘拐並びに殺害事件の被疑者と目す人物を、錠と紐のある部屋に、監視もつけずに放置したというのかね? きみのほうから進んで部屋を離れ、そうした環境を作ったということかね?」

「まあ、そういうことになりますね」とフロストは言った。

「いやはや、何をか言わんやだ。最低限の常識しか持ちあわせていない者でも——」

「ああ、そうですよ」マレットの今さら意味のない非難を、フロストは途中でぴしゃりと遮った。「おっしゃるとおり、おれは判断を誤った。おれが判断を誤ったことは、おれ自身がいちばんよくわかってます。あの人でなしについ絆《ほだ》されたおれが悪いんです。おふくろさんが死にかけてたもんで、なんだか気の毒になっちまって」

「しかも、ウィーヴァーは自身の無実を訴えている」

「それを言うなら、クリッペン（一八六二～一九一〇。イギリス滞在中に妻を毒殺し、処刑されたアメリカ人医師。逮捕に無線が利用された初の犯罪者）も自分は無実だと主張した。これまでにおれがパクった人殺しどもも、ひとり残らず無実を主張してるし。そういうものですよ、みんないちおうは言ってみるんです」

　マレットは手をひと振りして、その件をいったん棚上げにした。「先ほど、きみの行った最後の取調べの録音テープを聴いてみた。ウィーヴァーが主張しているとおり、きみは自白を強要している。相手は泣いていたじゃないか」

「だったら、あの殺されちまった女の子は？　あの子だって、あの人でなしに強姦されたときに泣いてたんじゃないですかね」

　マレットの眼に怒りの焔《ほむら》が燃えあがった。なんという屁理屈、減らず口。叱責を受ける者の態度として、あるまじきものだった。「きみの行動は不適切であり、不穏当であり、しかも粗雑で配慮に欠ける。そうした無規律でいい加減な捜査態度が、こうした悲劇的な結果をもたらしたのだ」

「何がどう不適切なんです？」フロストは鋭く言い返した。「あの人でなしが馬鹿な料簡を起こして首をくったりなんかしなけりゃ、捜査はあのまま続行してたわけだし、その結果もし万が一――いや、億が一か兆が一にもありえないことではあるけど――あの人でなしがシロだってことが明らかになりゃ、あいつを釈放してましたよ。そのどこがどう不適切なんです？」

「仮定を論じたところで、意味はない」マレットは逆襲した。「警察署の施設内に勾留中の被疑者が死亡し、しかも当の被疑者は無実を主張していた――マスコミは大歓びで、ここぞとばかりに集中砲火を浴びせてくるだろう」

「無実なわけがあるか！」フロストは声を荒げた。「あの人でなしはジェニー・ブルーアーを犯して、殺して、捨てたんだよ。ああ、間違いないね」

マレットの顔がたちまち怒りの色に染まった。「フロスト警部、現時点でわたしから言うべきことは以上だ。勾留中に被疑者が死亡したわけだから、本件には内務部の調査が入るものと思われる。きみの処遇について、わたしからは停職処分がふさわしいと強く申し入れるつもりでいる」

「そいつはどうも」フロストは膝の裏で椅子を押し、椅子の脚が絨毯をこするのもかまわず、立ちあがった。「一瞬、ぎょっとしましたよ。署長はおれの肩を持つつもりなのかって」

フロストが立ち去ったあとも、マレットはしばらくのあいだ、乱暴に閉められた執務室のドアを睨みつけていた。

内勤の責任者、ビル・ウェルズ巡査部長は、落ち着きなく身をよじり、おろしたてのシャツの襟に指を滑り込ませて緩みをこしらえた。糊の利いた固い襟は首筋に食い込んできて、苦しくて仕方なかった。おろしたての靴も窮屈で、爪先を容赦なく締めつけてきた。だが、履き古してすり減った靴では、ここぞというときに着用する晴れ着用の、しかもアイロンをかけたばかりの制服には似つかわしくないと判断したのである。

チャールズ・ウィーヴァーが留置場の監房内で自殺した翌朝、時刻はまだ午前八時三十分をまわったばかりだというのに、マレットは早々と出署してきていた。州警察本部から来訪した幹部二名、ベイリー警視正とホップリー主任警部を伴って。三人は一様に険しい表情のまま受付デスクのまえを足早に通り過ぎ、署長執務室へと直行した。ウェルズ巡査部長の存在などまるで眼中にない、と言われたようなものだった。失敬な連中だ、とウェルズは思った。おまけに揃いも揃って、なんだ、あの無愛想なしかめっ面は。三人のかもしだす雰囲気はさしずめ、最期の朝を迎えた哀れな死刑囚を叩き起こしに向かう、刑務所長と死刑執行人といったところだった。

内線電話が鳴った。コーヒーを三人分、署長執務室まで届けるように、との命令だった。マレットから事前に、こうした場合に縁の欠けた琺瑯《ほうろう》のマグカップでコーヒーを出すような非常識な真似は許されないと厳命されていたので――そこまでいちいち指導しないとならないと思われていることも、ウェルズにしてみれば腹に据えかねることだったが、ご注文に応じて磁器のカップにコーヒーを注ぎ、揃いの受け皿に載せて、丸太小屋仕立ての署長執務室まで出前持ちを務めた。執務室に一歩足を踏み入れたとたん、室内で交わされていた会話がぴたりとやんだ。コーヒーを載せたトレイをデスクまで運び、マレットが指さした位置に一インチの狂いもなく置くまでのあいだ、ウェルズ巡査部長の一挙手一投足は都合三組の眼球に逐一追いかけられた。

王族の御前から退く家臣の要領で、ウェルズはそのまま後ずさりで戸口に向かった。

「きみがウェルズ巡査部長か?」割れ鐘のような声が沈黙を破った。声の出処は、太くて濃いげじげじ眉毛の、がっしりした身体つきの男、ベイリー警視正だった。「留置業務の担当責任者はきみだろう?」

「はい、警視正、そのとおりです」ウェルズは勢い込んで答えた。早々と弁明の機会が与えられたのだ。これを逃してなんとする?「勾留中の被疑者につきましては、定時に巡回し、様子を確認しております。定められた規則に従って、なんの——」

ベイリー警視正は、片手のひと振りでウェルズの発言を途中で打ち切った。「あとにしてくれ、巡査部長。きみの話はあとで聞かせてもらう。せっかくのコーヒーが冷めてしまう」

マレットは、周囲の状況からここは署長として睨みを利かせることが求められていると判断し、ウェルズをぐっと睨みつけ、目顔で速やかなる退出を促した。ウェルズは慌てて退散した。署長執務室から脱出するなり、小走りで廊下を突き進み、フロスト警部のオフィスに駆け込んだ。

フロストは椅子に坐り、背もたれにだらしなく身体を預けていた。ぱりっとした制服姿のウェルズ巡査部長を驚きの眼差しでしげしげと見やった。「やけにめかし込んでるじゃないか、ビル。今夜は何か色っぽい約束でもあるのかい?」フロスト自身は査問のために身なりを整える努力を放棄し、着古したてかてかのスーツに脂染みのついたネクタイというていつもどおりの服装だった。

「内務部の査問だぞ、ジャック。さすがのあんたも、少しは身なりに気を遣うだろうと思ってたのに」

フロストはジャケットの前身頃に落ちた煙草の灰を手で払った。「あの連中は人を吊るしあげるために来てるんだ。相手が洒落たスーツを着てようが、ぼろをまとっていようが、それで手心を加えたり引いたりするわけじゃない」

ウェルズは来訪者用の椅子に積みあげてあった書類の山をどかして、腰をおろした。「州警察本部はベイリーとホップリーってのを送り込んできやがった。見たところ、筋金入りの腹黒コンビって面だった」

「州警察本部から送り込まれてくる連中は、どいつもこいつも筋金入りの腹黒に決まってる」フロストは小声で思うところを述べた。

「ジャック、やっぱり話を合わせておいたほうがいいと思うんだ」ウェルズは、それでもう何度めになるかわからないほど繰り返した台詞《せりふ》を、また口にした。「留置場にぶち込むとき、おれは決められたとおりにウィーヴァーの所持品検査をした。あんたがそれに立ち会った。あんたが証人だ。それから収監したあとも、定時の巡回は怠ってない。収監者の様子を毎回、きっちり確認してた」

「ああ、一秒ごとに確認してた」フロストは頷いてやった。「心配するな。あいつらが狙ってるのは、おれの首だ。あんたのじゃない。何か訊かれたら、実際にあったことをあったとおりにぶちまけて、あちらさんの出端を挫いてやりゃいい」

オフィスのドアが軋みながら開いた。ふたりは揃って戸口のほうに顔を向けた。疲れの色を満面にべったりと貼りつけて、モーガン刑事がのそのそと入室してきた。眼をこすり、欠伸《あくび》を嚙みころしながら。

「どうした、今朝は飼ってるにゃんこがゲロでも吐いたか?」とフロストは言った。

モーガンはおずおずと気弱な笑みを浮かべた。「遅れてすみません、親父《おやつ》さん」それから、ウェルズに向かって挨拶代わりに短く頷いたが、それだけのことをするのも、かなりしんどそうだった。つんのめりそうになりながら、自分にあてがわれたデスクまでどうにかたどり着き、椅子にへたり込むと、鎮痛剤《パラセタモール》の容器から二錠、手のひらに振り出して水なしで嚥《の》みくだした。

「昨日の午後は、どこに雲隠れしてた?」フロストは問いただした。

モーガンは眉間に皺を寄せた。何を今さら、わかりきったことを訊くのか、という表情だった。「捜索に加わってましたけど……」

「そのあとは?　みんなしておまえさんの行方を捜してたんだぞ」

「なんだか具合が悪くなっちまったもんで。あの女の子をなんとしても発見してやりたくて、ちょっと頑張りすぎたのかもしれません。捜索が終わったら、どうも身体に力が入らないんです。それで署に戻らずに、現場からそのまま下宿に戻って、痛み止めを吞んで寝ちまいました」

「あんたの下宿には電話をかけた」ウェルズが横から口を挟んだ。「いくらかけても応答がないから、人を遣って様子を見てこさせた。そいつが戻ってきて言うには、ドアが壊れるんじゃないかってぐらい叩いたり蹴ったりしたそうだ。でも、誰も出てこなかった」

「ああ、そうだった」モーガンは決まりの悪そうな顔になった。「思い出しました、しばらく横になってたら、ちょっと調子が戻ってきたんで、それで出かけたんでした。友だちのとこに。昨夜はそのままそいつのとこに泊まったんだった」

「友だちってのは、どうせ、性別の異なる友だちだろ?」とフロストは言った。

「ええと……そうですね、はい」モーガンは額をさすった。「ふたりで呑んだんですが、どうも呑みすぎちまったようで」

「過ごしたのは酒だけじゃないだろ」言外に反省を求める口調で言うと、フロストは煙草をくわえて火をつけた。「でも、まあ、昨日の午後は、あの女の子をなんとしても発見してやりたくて、頑張りすぎるぐらい頑張って捜索したわけだ」

「そうです、親父《おやっ》さん、自分も頑張ったんですよ」

フロストは捜索隊の各班が提出した、捜索状況の記録を手元に引き寄せ、その用紙の束をぱらぱらとめくった。「デントン総合病院の敷地内にある古い物置小屋だが、あそこはおまえさんが捜索したんだったな?」

モーガン刑事は眉をぐっと寄せ、記憶をたぐり寄せる表情をこしらえた。「あれ、あそこは……自分の受持ちでしたっけ?」

フロストは捜索記録の用紙をつかみ、モーガンに向かって振ってみせた。「こいつに印をつけたってことは、捜索したってことだろうが」

「自分が印をつけてるんなら、自分が捜索したってことですね」モーガンは怪訝そうな顔になった。「それがどうかしたんですか？」

「ああ、どうかした」とフロストは言った。「おまえさんが徹底的に隅から隅まで調べ尽くしたはずのその物置小屋で、ジェニー・ブルーアーが発見されたんだよ」

モーガンは何度か瞬きを繰り返した。それから、きっぱりと首を横に振った。「まさか。それはありえませんよ、親父《おやっ》さん」その直後に顔をしかめたのは、頭を揺らしたせいだと思われた。

フロストはモーガンを睨みつけた。「その返事は間違ってる。この場合は『もちろんです。そういうこともありえます、親父《おやっ》さん』だ。現に、このおれがあの小屋でジェニー・ブルーアーを見つけたんだから」

「だったら、自分が捜索したあとで、ウィーヴァーがあそこまで運んで遺棄したんですよ」

「ほう、ウィーヴァーってのは、そんなに器用なやつだったのか。昨日は一日じゅう、うちの署の留置場にぶち込まれてたのに」

「ならば、誰かが代わりに運んで遺棄したんだ」

「あの人でなしの豆狸のために？　ウィーヴァーははぐれ者だ。ああいう男に友だちなんているもんか。よし、ずばり訊くから、ずばり答えろ。のらりくらり言い抜けはするな。おまえさんは捜索済みの印をつけた。だけど、本当は捜索はしてない。だろ？」

モーガンはネクタイを緩め、シャツの前身頃をつまんで空気を送り、火照りを冷まそうとした。「親父《おやつ》さんの言ってる物置小屋っていうのは、自分が考えてる物置小屋と同じものだと思うんだけどな。ええと、あの病院の裏のほうにある、ちっぽけな小屋のことですよね？　肥料の袋が放り込んであって、壁に棚みたいなものが造りつけになってる小屋でしょう、親父《おやつ》さん？」

「ああ、そうだよ。その小屋のことだ」

「だったら、間違いなく捜索しましたよ」モーガンは言い張った。「死体なんかなかった」

「二度めに捜索したときは？」

モーガンは深く恥じ入る表情になった。「二度め……ですか、親父《おやつ》さん？」

「最初の担当区画に戻って、もう一度そこを捜索するよう指示されたはずだ。で、こいつによると――」フロストは捜索記録の用紙を振った。「おまえさんは二度めの捜索の欄にも、捜索済みの印をつけてる」

モーガンはがっくりとうなだれた。「無意味だと思ったんですよ、親父《おやつ》さん。同じとこを二度も捜索するなんて。あんな狭い小屋ですよ、何かを隠そうとしたって隠す場所なんてないじゃないですか。死体はなかった。絶対にありませんでした」

ふたりのやりとりに聞き耳を立てていたウェルズが、小馬鹿にしたように鼻を鳴らした。

モーガンは顔を真っ赤にして言った。「こう言っちゃなんですが、親父《おやつ》さん、自分は確かにいい加減でだらしのない男だけど、行方不明の子どもを捜すときに手を抜いたりなんかしませんよ。自分なりに頑張って、一生懸命捜したんです。小屋にあった肥料の袋だって、一枚ずつ持ちあげて調べたんだから。間違いありません、あそこに死体はありませんでした。それだけは断言できます」

鼻孔から煙草の煙を少しずつ放出しながら、フロストはモーガンの顔をじっと見つめ返した。「昨夜、ウィーヴァーが留置場で首をくくって自殺した。自分はやってないって遺書を遺して。フロスト警部に追い詰められて、やむなく死を選ぶってな」

モーガンは眼を剝き、口をあんぐりと開けて、椅子に坐ったまま身を仰け反らせた。「そんな……まさか！」

「おまけに州警察本部からゲシュタポが乗り込んできた。内務部の査問だよ。おまえさんも呼ばれて、あれこれ訊かれることになるだろう」フロストはデスクの抽斗を開けて、〝超強力〟と銘打たれた錠剤状のミントの容器を取り出し、モーガンに放った。「とりあえず、そいつを舐めとけ。査問の最中に酒くさい息でも嗅ぎつけられてみろ、ことが余計、面倒になる」

モーガンはミントをひとつ、口に放り込んだ。「でも、親父《おやっ》さん、自分はあの小屋を捜索したんです。そのときには間違いなく死体はなかった。だけど、そのほうが丸く収まるんなら、自分が勘違いしたことにしますよ。記録用紙に印をするときにうっかりしてて、自分が捜索したのとは別の物置小屋に捜索済みの印をつけちまったってことに。それで親父《おやっ》さんの立場がいくらかでもよくなるなら、自分はそれでかまいません」

「あの物置小屋を捜索したってのは、ほんとにほんとのことなんだな？」

「ほんとにほんとです、親父《おやっ》さん」

「そのときに、うっかり見落としたってことは？」

「親父《おやっ》さん、親父《おやっ》さんだってあの小屋を見たでしょう？　あんな場所でうっかり見落とすなんて、ありえると思いますか？」

「ってことは……おれの立場はやっぱり、人間の排泄物まみれだな」フロストはうめいた。

「いささかどころでなく、面倒なことになっちまったよ」吸っていた煙草を灰皿で揉み消したところで、内線電話が鳴りだした。フロストは手を振って、モーガンに電話を取らせた。マレットからの呼び出しだった。フロスト警部は至急、署長執務室に出頭するように。

フロストは立ちあがって、ジャケットを引っ張り、いちばん目立つ皺を何本か伸ばすべく、ひとしきり無駄な努力を重ねた。「どうだろう、ジョージ十字勲章をつけてったら？　情状酌量を狙ってると思われるかな？」

「ああ、一発で見抜かれるよ」とウェルズは言った。

「だったら、もっとさり気なくやるよ。『上着の袖が湿っててすみません。実はジョージ十字勲章を便所に落としちまったんです。それを拾おうとして、こんなざまに』とでも言ってみるよ」

「それで同情票が買えりゃいいけど」とウェルズは言った。それから少し間を置いて、最後にもうひと言付け足した。「うまくいくよう祈ってるよ、ジャック」

「そりゃ、どうも、ご親切に」とフロストは言った。「おれの首が危うくなって、あんたを敵さんに売り渡すしかなくなったときには、どうか悪く思わないでほしい」

ウェルズは中途半端な笑みを浮かべた。フロストの言うことは概して、冗談なのか本気なのか、判然としない。今回のこのひと言も、どちらに解釈すべきか、ウェルズ巡査部長にはわからなかった。

険しい顔をした三人組が、署長執務室のマホガニーのデスクの向こう側に一列に並んで坐っていた。譬えるなら、軍法会議に出席した将校連中といったところだった。今にも抜き身の軍刀を突きつけられそうな気がした。フロストは覚悟を決めると、デスクのまえまで椅子を引きずってきて、腰をおろした。

「坐りたまえ」マレットの与えた着席許可は、例によってワンテンポばかり遅かった。マレットは同席している二名を紹介し、査問の主導権はベイリー警視正に譲った。

ベイリーは大柄で強持てのする男で、初手からいきなり、怪物メドゥーサも顔負けの冷たく威圧的な眼差しでフロストをじっと見据えてきた。その眼光の鋭さで、並はずれて面の皮の厚い被疑者をも容易に震えあがらせ、あまたの自供を引き出してきたものと思われた。フロストとしては、睨みあいに関しては人後に落ちない自信があったが、ここは譲って得意の懐柔策である人なつこい笑顔で応じることにした。「おはようございます」

ベイリー警視正はホップリー主任警部に向かって顎をしゃくった。ホップリーが心得た様子で手帳を取り出し、何やら猛然と書きつけだすのを待って、ベイリーは口を開いた。「今回の件だが、フロスト警部、州警察本部としては大いに困惑している。州警察では昨年から今年にかけて勾留中の被疑者が死亡する事例がすでに四件も発生している。これで五件めだ。しかも、聞くところによれば、今回は無実だった可能性もあるというではないか――」

「いや、あいつはクロですよ」警視正の発言を遮って、フロストは言った。

ベイリーはそこでまた例の眼差しでひとしきりフロストを見据え、それからフロストの発言などなかったかのように、中断されたところから話を再開した。「――かかる事態は警察長の望むところではない」そう言うと、ポケットからまずはパイプを、次いで刻み煙草入れを取り出した。そしてゆっくりと慎重な手つきでパイプの火皿に煙草を詰め、火をつけた。その機に便乗して、フロストも煙草を取り出し、火をつけた。

ベイリーはパイプを持ちあげ、マレットに形ばかりの許可を求めた。「かまわんだろう、一服させてもらっても？」

「ええ、もちろんです、どうぞ遠慮なく」とマレットは応えた。実を言えば、警視正の席から漂ってくる煙の刺激で眼がしくしくしていたのだが、ここは笑みを浮かべて耐えるしかない状況だった。

ベイリーはひとしきり紫煙をくゆらすと、パイプを口から離した。「きみの処遇はわれわれの判断に委ねられており、即時停職処分に付すことも検討されている」

「ほう？」フロストはマレットに眼を向けた。マレットは素早く視線を逸らした。窓のそとの景色ににわかに興味を惹かれたようだった。

「しかしながら、きみはくそいまいましいことに、ジョージ十字勲章の受勲者でもある。きみを処分の対象とした場合、受勲者であるという事実が世間の耳目を必要以上に集めてしまうことは避けられない。軽佻浮薄なマスコミの連中は大歓びで書き立てるだろう――《ジョージ十字勲章受勲の英雄、停職処分に》とかなんとか、その手のゴミのような記事がわんさと湧いて出てくることになる」ベイリーはパイプの柄をフロストのほうに向けた。「そうした事態こそ何よりも避けねばならないことである、というのが警察長の考えだ」

マレットは力強く首を横に振った。「とんでもないことです。それだけは避けたい」

「きみが受勲者であるという事実は、州警察全体にとってプラスに作用すべき事柄でありこそすれ、マイナスに作用すべき事柄であってはならない」ベイリーはそこで眼光鋭くマレットを一瞥した。とたんにマレットの首の運動が、横方向から熱のこもった縦方向への動きへと転じた。「今回のこの面談は正規の査問ではない。それは後日改めて執り行う。今回の面談の目的は、本件によって州警察がこうむる被害を最小限に食い止めることにある」ベイリーが手を差し出すと、ホップリーが事件のファイルを押してよこした。「事件のファイルにひととおり眼を通してみた。このチャールズ・ウィーヴァーという男だが、少女が家に訪ねてきたこと、並びにその子の写真を撮影したことは認めていたわけだな?」

「まあ、いちおうは。隠してあった写真をおれたちが見つけるまでは白《しら》を切ってたけど」

ベイリーはファイルに綴じ込んであった問題の写真をデスクに拡げると、パイプの柄で写真を突《つつ》いた。「確かに、まあ、一種のヌード写真ではあるようだが、猥褻図画と言うほどのものではないだろう」と感想を述べたのち、写真をまとめてファイルに戻した。「写真はこれだけではなく、もっと過激で猥褻なものが大量にあったそうだな。それをウィーヴァーは密かに処分しようと目論んだとのことだが？」

「そうですよ、そのとおりです」フロストは頷いた。

「そして、事実を見据えて言うなら、ウィーヴァーを犯罪に結びつける具体的な証拠というのは、その写真とそれを密かに処分しようとしたという事実しかない。少女の死体からは、ウィーヴァーの犯行であることを示唆するような科学的な証拠は発見されていないのだろう？」

「そりゃ、まあ、確かにそうだけど。でも、チャールズ・ウィーヴァーを最重要容疑者と見なすに足るだけのものは揃ってましたよ」

ベイリーは賛同とも否定ともつかない曖昧なうなり声を発し、返事に代えた。「取調べの録音テープも聴かせてもらったよ。フロスト警部、きみは被疑者を脅しつけ、罵倒し、泣かせていたな」

マレットは沈痛な面持ちでゆっくりと首を横に振った。フロスト警部の行動は言語道断であり、この署を預かる者として決して認められるものではない、という意思表明だった。

「わたしでも同じことをしただろう」とベイリーは言った。「学齢期の少女が性的暴行を受け、殺害されたのだ。わたしなら、そのくそったれの頭を取調室の壁に叩きつけていたところだよ」

マレットは眼を白黒させながら、どうにも予想と異なる展開だと思いつつも、横方向の首の動きを、慌てて賛同の頷きに変更した。

「とはいえ、わたしなら自殺などという小賢しい真似もさせなかっただろうな。そこまで見越して、きちんと予防措置を講じていた」とベイリーは続けた。「加えて、無実を訴える遺書が発見されたりしたら、そんな罰当たりな代物はとっとと処分してしまっただろう」

マレットの賛同の頷きは勢いを失った。ベイリー警視正は型破りな捜査手法を取ることで夙《つと》に知られている。有罪に持ち込んだ事件の多くが、捏造した証拠に基づくものであったことは警察関係者のなかでは周知の事実でもあった。

フロストは沈黙を守った。それが最上の策となることもある、とりわけ風向きがこちらに有利に転じつつあるときは。

「次にウィーヴァーを病院に伴い、監視をつけずに病室に置き、首吊り用の紐を入手する機会を与えてしまった件に移る」

「その件については、弁解の余地なしだ」マレットが口を挟んだ。

ベイリーはゆっくりと頭をめぐらし、マレットに眼を向けた。「弁解の余地なら大いにあると思うがね、警視。ウィーヴァーの母親は死にかけていたのだ。フロスト警部は被疑者に同情した。それは強引な事情聴取を行ったという批判を減殺するための材料として使えるではないか」再びフロストのほうに向きなおって、ベイリーは言った。「ウィーヴァーの母親だが、ひょっとしてすでに亡くなっているということは？　われわれとしては、そのほうが何かと好都合なんだがね」

「いや、あいにく、あのおっ母《か》さんはそこまで協力的じゃないもんで」とフロストは言った。

「まだご存命ですよ」

　ベイリーは肩をすくめた。「まあ、そう何もかも注文どおりにはいかないもんだからな。手持ちの材料でなんとか間にあわせるしかあるまい。となると、きみは被疑者に同情し、死にかけている母親と水入らずの面会を数分間ほど認めた。ところが、ウィーヴァーは感謝するどころか、フロスト警部の親切心につけ込んだ。きみは規則に違反していることは承知していたが、きみ自身同じように大切な人の死を経験していたことから、ウィーヴァーの気持ちが充分すぎるほど理解できた」ベイリーはそこで、満足げにひと声うなり、ホップリーに人差し指を向けて命じた。「主任警部、今のくだりを書き留めておくように。この観点は、われながら悪くないと思う。うむ、なかなか説得力に富んだ論旨ではないかね」ベイリーはマレットに機嫌のよい笑みを向けた。マレットのほうも同様に機嫌のよい笑みで応じた。

「少女の死体が発見された状況に関する問題が残っています」ホップリーがベイリーに言った。

「ああ、そうだった」ベイリーは頷いた。「その件は、正直言って、くそがつくほど厄介だと考えている。こちらで把握しているところでは、少女の死体は捜索済みとされる場所で発見され、しかも発見時に被疑者は身柄を拘束されていたそうだな？」

「おっしゃるとおりですよ」フロストはむっつりと答えた。

「死体が発見された物置小屋を捜索した者から話は聴いたのかね？」

「そりゃ、聴きましたよ。捜索した時点で死体はなかったの一点張りです」

「今回の予備査問においては、この件はわれわれの耳には入らなかったものとする。小屋の捜索を担当した者がこの先、その主張を翻《ひるがえ》すこともあるのではないかな。われわれとしてはそうした展開を期待する。それについては、フロスト警部、きみに一任したい」

フロストは何も言わなかった。沈黙を承諾と受け取るのは、受け取る側の問題であり、フロスト警部の関与するところではない。

ベイリーはぴしゃりと音を立ててファイルを閉じた。「よろしい。これで当面は臭いものに蓋をしておくことができるだろう。少なくとも、死因審問が終了するまでには、被疑者が遺書を残していたことも、また遺書そのものも公開は控える。それまでに被疑者の犯行であることを裏づけ、正当な逮捕だったことが証《あか》されることを期待する」ベイリーはマレットのデスクに置かれた、曇りひとつなく磨き込んだカットグラスの灰皿を引き寄せ、パイプを叩きつけて火皿の灰を落とした。フロストも手を伸ばして、その灰に自分の吸い殻を追加した。「フロスト警部、警察長はどうやらきみを失いたくはないらしい。きみはこれまでデントン署のために尽力してきた。数々の事件を解決に導き、輝かしき功績を積み重ねてきている」

「それはもう、わが署のチームワークの賜物です」とマレットが口を挟んだ。

「むろん、それは言うまでもない。きみの署の署長は実に職務熱心な男だからな。きみの功績とて、その署長の強力な統率力と指導力があったればこそだ」

「どうやら、おれは、そういうときに限って署を離れてるらしい」フロストは低くつぶやくと、椅子から腰を浮かせた。「それじゃ、もしほかに何もないようなら、おれは……」

「待ちたまえ」ベイリーはフロストにもう一度腰をおろすよう身振りで命じた。「このところのきみの事件解決率は、甚だ以て芳しくない……というよりも、有り体に言えば、最低最悪だ。州警察本部としては速やかなる改善を期待している。マレット署長は寛大にも、麻薬摘発のための合同捜査に署員十名を派遣してくれているが、近々そのうちの数名を帰還させることになった。つまり今後はもう人員不足は言い訳に使えないということだ。売春婦ばかりが連続して殺害される事件も、これ以上の被害者を出さないうちに犯人を逮捕してもらいたい。同様に、この少女殺害事件に関してもすっきりと後腐れのない幕引きを希望する。それも速やかに」

「いかようにも仰せのとおりに」フロストは再び腰をあげた。

「それから、チャールズ・ウィーヴァーの関与を裏づけるものがなければ、何かしかるべき――」

「ウィーヴァーが間違いなく真犯人《ホンボシ》なら――」フロストは相手のことばを遮って言った。「あの人でなしの仕業だってことを、おれがきっちり裏づけますよ」

ウェルズはフロスト警部のオフィスのドアをノックして、戸口からなかをのぞき込んだ。フロストはデスクにつき、剝ぎ取り式の事務用箋に何やら書きつけているところだった。訪ねてきたのがウェルズだと気づくと、フロストは顎をしゃくって椅子を勧めた。「署長執務室に陣取ってる〝三ばか大将〟のラリーとカリーとモー（一九三〇～五〇年代に喜劇映画で人気を博したアメリカのコメディ・トリオ）にせっつかれてるんだ。ウィーヴァーの監視を怠った事実はない、というあんたの主張について報告書を出せとさ」とフロストは声をひそめて言った。「ええと……〝大嘘つきのすっとこどっこい〟

ってのはどんな字を書くんだっけ？」

　ウェルズはにやりと笑った。内務部の査問の結果、ウェルズ巡査部長については軽い叱責のみとの処分が決定されている。「あんたにお客だよ。『デントン・エコー』のサンディ・レインが訪ねてきてる。なんでも、とびきり重要な話があるんだとか」

「煙草を持ってるように見えたか？」

「ちょうど新しいパックの封を切ったとこだったよ」

「だったら、ここに通していいぞ」

『デントン・エコー』紙の主任記者、サンディ・レインは濃紺のダッフルコートの裾を翻し、フロストのオフィスに飛び込んできた。「戸外《そと》は、くそがつくほど寒いぞ、ジャック」レインはそう言うと、フロストに向かって煙草を一本投げるようにして渡し、自分も一本抜き取った。「こんな安物のしけた煙草の一本で、おれに守秘義務違反を犯させようって魂胆なら、考えなおしたほうがいい」フロストはレインの差し出した火で煙草をつけながら言った。「おれは最低でも二本は戴かないと、捜査情報は洩らさないことにしてるんでね」

　レインはにやりと笑い、椅子に尻を落ち着けた。「ジェニー・ブルーアーの件で来た」とレインは用件を切り出した。「死体で発見された女の子のことだが……」

「ほう、ジェニー・ブルーアーね」フロストは警戒する口調で言った。「あの子がどうした？」

「ウィーヴァーは犯人ではなかった、という噂を耳にした」

「あの事件はまだ捜査中だ」とフロストは言った。「それに、チャールズ・ウィーヴァーは現時点でもおれの最重要容疑者であることに変わりはない。だが、これはおたくたちが言うところのオフレコってやつだから、そのつもりで」

サンディ・レインはダッフルコートのポケットから速記用の帳面を引っ張り出し、速記用の記号で埋められたページを開いた。「ところで、ヘンリー・プラマーって名前に聞き覚えは？」

「ああ、あるよ。おつむのネジが緩んでる野郎のことだろ？　予言だかお告げだかなんだかわけのわからんことを、年がら年中知らせてよこすのさ。『うえに何か青いものがあって、したには何か緑色のものがあるところを捜してください。そこに死体があるはずです』なんてことを。そんな場所、世界中いたるところにあるわいな。サハラ砂漠と北極以外なら、どこだって当てはまる」

「そのプラマーが、夢で女の子の死体《ボディ》を見たと言ってきた」

「へえ、それは、それは。女の子の身体《ボディ》なら、おれの夢にも出てきたよ。おれと一緒にベッドにいるんだよ。でもって、おれはその子に向かってこう言うんだ、口のなかにものを入れたましゃべるんじゃないよって。そう言えば、結婚を控えた男の話はしたことがあったかな？」

「青いのは見たことがなかったって落ちがつくやつなら、ああ、聞いてるよ、四回ばかり。それより、プラマーは行方不明になってる少女のことで新聞には発表されてない情報を知ってる、と宣《のたま》うんだよ」

「たとえば？」

「なあ、ジャック、おれはこのネタを記事にしたいんだ。プラマーがあんたを死体のある場所まで案内するような場合には、独占スクープとして扱わせてほしい」

「だから、たとえばどんな情報だ?」フロストは重ねて尋ねた。

「ブレスレットだ。プラマー大先生が言うには、その子は右の手首にバングル・タイプのブレスレットをしてるらしい」

フロストは思わず身を硬くした。ヴィッキー・スチュアートは行方がわからなくなったとき、バングル・タイプのブレスレットをしていたことが確認されている。そして、この情報はマスコミには公表されていないものでもある。

「ブレスレットの件は本当か?」とレインが訊いてきた。

「ノー・コメントだ」とフロストは答えた。「ブレスレットと言ってもいろいろある。どんなタイプのやつをはめてたか、プラマーはそこまで言ってたかい? たとえば金でできてるやつとか、銀でできてるやつとか、幸運のお守りがじゃらじゃらぶら下がってるのに結局は御利益がなかったやつとか?」

「緑のプラスティックでできてて、黄色の貝殻がついてるそうだ」

フロストはゆっくりと煙草の煙を吐き出した。きわめて精度の高い情報だった。もともと限られた者しか知り得ない情報を、そこまで詳細に、しかも正確に知っているということは……。

「あんたの耳にそういう小賢しいことを吹き込んだ、そのろくでなしは今どこにいる?」

「おれのオフィスで待たせてる」

「だったら、ちょっくらここに連れてきてもらえないか?」

サンディ・レインが戻ってくるのを待つあいだ、フロストはじっとしていられずにオフィスのなかをせかせかと歩きまわった。ドアの開く音がした。反射的に戸口のほうを振り返ったが、現れたのはサンディ・レインではなく、アーサー・ハンロン部長刑事だった。ハンロンは小さな茶色いマニラ封筒を、フロストに差し出した。「郵便物のなかにこんなものがあったんだ、ジャック」

フロストは封筒の表書きを一瞥した。以下の宛名が手書きの文字で書きつけられていた。

デントン警察署内
ジェニー・ブルーアー事件
捜査担当責任者殿

封筒のなかには、何やら丸くて小さなものが入っているようだった。フロストは封を切り、折りたたんで入れてあった書状を抜き出した。書状は一枚きりで、罫線の入った安手の便箋にしたためられていた。封筒の表書きと同一の筆跡だと思われた。文面は——

あなたは間違いを犯した。あなたの逮捕した男は犯人ではない。少女の死体は病院の裏手の物置小屋で見つかるだろう。同封したボタンは、少女の服についていたものだ。

封筒を揺すると、黒い糸の切れ端がついたままの青いボタンが転がり出てきた。ジェニー・ブルーアーが発見されたとき、ワンピースのボタンがひとつなくなっていることが確認されている。消印はデントン中央郵便局のもので、この郵便物が昨日の午後三時十五分に収集されたことを示していた。フロストはハンロンに書状を渡し、ハンロンは文面に素早く眼を通した。

「ジャック、こいつを送ってきたやつは、おれたちがあの子を発見するまえに死体の在処《ありか》を知ってたってことになるな」とハンロンは言った。

「おれは、わかりきったことをわざわざ口に出して言うやつが大好きだよ」とフロストは言った。「念のため、このボタンは科研にまわして、あの子の着衣についていたほかのボタンと同じものかどうか確認させてくれ。まあ、おれのこれまでのつき具合からすれば、おそらくあの子の着衣についてたものだろうけど」フロストは首を横に振った。「しかし、どうにも解せないよ。おれが犯人だったら、別の人間が逮捕されりゃ、躍りあがって歓ぶ。そいつの身の潔白を証してやろうなんて思いもしないよ」

「良心の呵責に耐えかねたとか?」ハンロンが意見を述べた。

「いや、良心の呵責に耐えかねるようなやつは、七歳の子どもを強姦したりしない」フロストはハンロンの意見を一蹴した。

ハンロンと入れ違いに、ビル・ウェルズ巡査部長が戸口のところから顔をのぞかせた。「透視のできる超能力者に会ってみる気はあるか、ジャック?」

「おれとしては、男に餓えてて、煙草を百本ばかり恵んでくれる、十六歳のぴちぴちむちむちの娘っ子なら会ってみる気はあるよ。なんなら、煙草は五十本しか持ってなくてもかまわない」

「そりゃ、あいにくだったたな。サンディ・レインが問題のいかれぽんちの占い師を連れてきて、あんたに会わせろと言ってるけど」

「ここにお通ししてくれ」とフロストはウェルズに言った。「そのいかれぽんちは、おれたちに代わってヴィッキー・スチュアートを見つけてくれるそうだから」

サンディ・レインの連れてきた男は、痩せた貧弱な身体にツイードのスーツを着込んでいた。年齢は五十代の後半ぐらい、下顎にいかにも仰々しく山羊鬚を蓄えている。フロストはひと目でその男が嫌いになった。

「警部、あなたは以前、わたしの能力を軽んじ、鼻であしらったことがありましたね」ヘンリー・プラマーは得意の絶頂にある者の意気軒昂な口ぶりで言った。「しかし、ようやく眼が覚めたものと見える」フロストの勧めた煙草を、プラマーは断った。「飲酒と喫煙は智力を低下させますから。おそらく、警部、あなたもそのことは身を以て実感なさっているのではないかな」そう言うと、ジャケットのポケットから使い古した皮革の財布を引っ張り出して、なかに挟んであった新聞記事の切り抜きを取り出した。ヴィッキー・スチュアートの行方不明を報じた、顔写真入りの記事だった。「この少女ですよ、わたしの夢に何度も出てきて、わたしの名前を呼ぶんです。この子がどこにいるのか、警察は見当すらついていないのではありませんか、警部？」

「ああ、ご明察のとおりだよ」フロストは不機嫌なつぶやき声で答えた。それから声に出さずに、それを言うならあんたもだろう、とつけ加えた。いかれぽんちの占い師の相手になってやったところで、時間の無駄以外のなにものでもない。フロストにはそれが読めていた。おまけにその時間は、有り余っているわけではないのである。そう、フロスト警部は目下、片づけるべき仕事やら捜査を進めるべき事件やらを山のように抱え込んでいる。たとえば、今の今まですっかり忘れていたが、民家の裏庭で見つかった、あのくそいまいましい骸骨の件とか、〝怪盗枕カヴァー〟による数々の侵入窃盗事件とか。

プラマーは忙しなく両手をこすりあわせた。「まず手始めに、デントン市全域が確認できる地図をご用意いただけますかな」フロストが探し出してきた地図を、プラマーは慎重な手つきでモーガンのデスクに拡げた。そして、モーガンの椅子に陣取り、深々と息を吸ってはゆっくりと吐き出すことを何度か繰り返した。「こうして身体のなかを浄化するんです」プラマーは行為の意味をフロストに説明した。

フロストはレインの視線をとらえて、眉を吊りあげてみせた。その意味するところは——なんだ、この見るに堪えない道化芝居は？　プラマーはフロストに向かって笑みを浮かべた。何やら憐れんでいるような笑みだった。「辛抱が肝心ですよ、警部。こういうことは急かされてできることではないんです」それから、レインのほうに顔を向けた。フロスト警部より、聞く耳を持っていると判断したものと思われた。「昨夜も夢を見たんです。とても鮮明な夢でした。その夢のなかで、子どもが泣き叫んでいたのです」プラマーはそこで声色を遣い、幼い子どもの声を真似て言った。「『助けて……お願い、あたしを助けにきて……』そう言っていました。

わたしには泣いている子の顔がはっきりと見えた」プラマーはそう言うと、人差し指で新聞の切り抜きを突いた。「この子でした」そのひと言でフロストから感じ入った旨の反応を引き出そうという思惑があったのだとしたら、それは期待はずれに終わった。

「本編の上映はまだかい？」とフロストは言った。「子ども騙しの予告編には、いい加減飽きちまったんだけどな」

プラマーは傷ついた顔をしただけで、フロスト警部の発言はとりあえず聞き流すことにしたようだった。「わたしは飛び起きました。すぐさまベッドを離れて、何かに導かれるように『デントン・エコー』紙を手に取ったんです。そうしなくてはいけないような気がして。紙面を開くと、そこにこの写真が……夢に出てきた少女でした。写真に意識を集中させたところ、感じたんです――憎悪、苦痛、そして暴力の痕跡を。それから樹木が見えました、樹木と草叢《くさむら》と木の葉が見えたんです……」そこでまたプラマーはフロストに眼を向けた。

「それじゃ、おれたちは、木が生えていて草叢があって木の葉が落ちてる場所を見つけりゃいいってことだな。ヴィッキー・スチュアートはそこにいる、というわけか。なるほど、そりゃ、大いに助かるよ。どうもご苦労さん」会談を締めくくるべく、フロストは腰をあげた。

だが、プラマーは椅子に坐ったままだった。「わたしの申しあげたことを信じてはおられないようですな、警部」その程度のことは想定の範囲内だとでもいうように、プラマーは訳知り顔の笑みを浮かべた。「では、今からあなたのその思い込みを変えてご覧にいれましょう。ここに何か、この少女の持ち物はありませんか？　この子が直接手を触れたものは？」

フロストは事件の関係書類を綴じ込んだファイルを開け、ヴィッキー・スチュアートの写真を取り出した。前歯の隙間をのぞかせて笑みを浮かべているその写真は、学校で撮影されたもので、ヴィッキーが自宅に持ち帰り、母親に渡したものだった。

「ああ、これなら申し分ありません。完璧です」プラマーは囁くような声で言うと、フロストから渡された地図に写真を重ねた。それから眼をつむり、身体をゆっくりと左右に揺らしはじめた。「この子がいるのを感じます……今、わたしの手はこの子に導かれている……ああ、声も聞こえます。『あたしはここよ、ここにいるのよ』と言っている」プラマーの人差し指がぴくりと動き、地図上の一点におりていった。「ここです。この子はここで見つかるはずです、警部」プラマーはそう言うと眼を開け、勝ち誇ったようにフロストに笑いかけた。

フロストは身を乗り出し、プラマーが指さした地点を確認した。デントン・ウッドの森の一角。新しく開通した高速道路によって、森のほかの部分から切り離されたようになっている狭い区画だった。「すばらしい」フロストは鼻を鳴らした。「そこはもう三回も捜索をかけた。二回は人間だけで、あとの一回は警察犬も動員して。だが、何も見つかってない」フロストはデスクから地図を引ったくり、ぞんざいに折りたたんだ。「では、プラマーさん、そろそろお引き取り願おうか。あんたの道化芝居につきあわされて、貴重な時間をたんまり無駄にしちまったよ」

「あんたが同行しなくても、おれはこの人につきあって一緒に行ってみるつもりだ」とサンディ・レインは言った。「それでほんとにその子が見つかったりした日には、あんたは正真正銘のうすのろ間抜けに見えるだろうな」
「まあ、このおれは、正真正銘のうすのろ間抜けに見えなかったことなど、ただの一度もない男だからな」フロストはそう言うと、帽子掛けのフックに掛けておいたレインコートに手を伸ばした。「わかったよ、おれも同行する。ただし、だらだらつきあうわけにはいかないからな」ドアを開け、廊下に出ながら、どこにいるのかわからないモーガンを呼び立てた。「出かけるぞ、芋にいちゃん《タフィ》。車をまわせ。これから女子《おなご》捜しの旅に出る……」

下生えの雑草は猛々しくはびこり、雨と霧と露とでたっぷりと水気を含んでいた。分け入った面々のズボンは、いくらも進まないうちにたちまち膝のあたりまで濡れそぼった。そこにうなりをあげる木枯らしが吹きつけ、ズボンの湿り気を氷の冷たさに変えつつあった。プラマーの先導で、一行は森の遊歩道をはずれ、風になぶられる木々が軋みをあげ、うめきを洩らすなか、雑草の生い茂る一帯に踏み込んでいた。フロストは苛立っていた。腹も立てていた。モーガンと眼が合うと、モーガンもまた苛立ち、腹を立てていることがよくわかった。プラマーは完全に踏み迷っている。それはもう傍目にも明らかだった。進むごとに狼狽の色が濃くなるのが、何よりの証拠だった。背後の木立に遮られて音量は弱まっているものの、新しい高速道路を車が行き交う、低く単調な音が途切れなく聞こえてきている。ふたりのうしろから、草に足を取られてよたよたしながらついてきているサンディ・レインは、フロストと眼を合わせようとしなかった。

「エジンバラに着いたら、諦めてもいいか？」フロストは皮肉たっぷりにひと声かけた。

「いや、申し訳ないことだと思っています」プラマーは顔を赤らめた。「ご存じだとは思いますが、こういうことは物理や数学のようにはいかんのです。どうしても誤差というものが生じてしまうもので」

「地図を指さしたときには、誤差の〝ご〟の字もなかったのに」フロストは苛立ちを隠そうともしないで言い返した。「あんたが言ってた、あの子が見つかるはずの場所は、もう十分もまえに通り過ぎてるぞ」

「でも、あの子はここにいます。このあたりのどこかに、必ず」プラマーはなおも言い張った。少し歩いたところで足を止め、あたりをゆっくりと見まわし、首を横に振った。「違う、ここじゃない……すみません、どうもおかしいです。何かが狂ってしまったようで……いったいどうしてしまったのか、わたしにもまるでわかりません」

「いや、おれが悪いんだ。あんたにつきあうことを決めたのは、おれなんだから」フロストは低い声で言った。こんなところで相手の非をあげつらってみたところで、時間の無駄になるだけだ。「よし、引きあげよう」

車に乗り込み、走りだして半マイルほどしたところで、それまで意気阻喪した表情で窓のそとを眺めていたプラマーが、いきなり声を張りあげた。「停めてください。車を停めてください！」

ステアリングを握っていたモーガンは、フロストに眼を遣り、指示を待った。

「今度はなんだ?」とフロストは尋ねた。

プラマーは首を伸ばして振り返り、たった今通り過ぎたばかりのところをじっと見つめたかと思うと、反対車線の道端の貧弱な木立を興奮した面持ちで指さした。「あそこです、あの子はあそこにいます」

「そうか、そうか。ずいぶん遠くまで出歩いたもんだな」フロストは鼻を鳴らし、取りあおうとしなかった。

「あそこにいるんです」プラマーはあとに引かなかった。「今度こそ間違いありません。声も聞こえます。『あたしはここよ、ここにいるのよ』と言っています」

フロストは溜め息をつくと、モーガンに顎をしゃくり、車をUターンさせてプラマーの指示した場所まで戻るよう伝えた。「断っておくが、これが最後のチャンスだからな」念を押す意味で、フロストはプラマーに言った。

一行はまたしても、未舗装の曲がりくねった道を重い足取りで進み、道端から野放図に伸びる雑草でズボンの裾をたっぷりと濡らした。先頭を歩いていたプラマーが、兎の臭いを嗅ぎつけた猟犬の勢いでいきなり走りだした。顎鬚をなびかせ、眼を爛々と輝かせて、ひとしきり走ったところで、これまたいきなり立ち止まり、残る三名が追いつくのを待った。「あの子はすぐそばにいます。とても近くにいます。波動を感じるのです」

「じきにそのけつにおれの爪先を感じるようになるぞ」フロストは不機嫌に言った。「覚悟しとけ。今度も時間の無駄に終わったら、ただじゃおかないからな」

泥だらけの歩道の道幅が狭くなり、左右の道端に繁る灌木《かんぼく》の枝が身体をこするようになった。プラマーは何歩か進んだところで、またしてもいきなり立ち止まった。見ると、すさまじい痛みに襲われたかのように、表情を激しく歪めていた。「あの子は苦しんでいます。その苦しみを感じます。虐待され、苦痛を与えられて、あの子の魂が悲鳴をあげている……」

「だったら、さっさと先に進め」フロストは急き立てた。「うしろからくっついてくから」

プラマーは首を横に振った。「無理です。わたしにはもう無理だ。これ以上は進めない。警部、あそこです――」プラマーは前方を指さした。「あの子はあそこにいます。あの繁みの陰に」

フロストはプラマーを押しのけ、灌木のあいだに分け入った。レインコートが茨の棘に引っかかったが、はずす手間は省いて強引に突き進んだ。最初に鼻孔が反応した。かすかな臭いを、その場にふさわしくない臭いを嗅いだ気がしたのだ。とてつもなく不快な臭いの気配のようなものを。かすかな先触れは、すぐに強烈な悪臭となって、フロストの鼻孔に襲いかかってきた。これまでに数えきれないほど嗅いだことのある臭いだった。咽喉の奥まで絡みつくような、吐き気を誘う臭い。死と腐敗の産物。「モーガン、こっちに来い」フロストは声を張りあげた。「サンディ、あんたはプラマーと一緒にそこにいてくれ」

モーガンを従え、ブラックベリーの灌木をかき分けて、木立のあいだの狭い空き地に出た。空き地一面に雑草が丈高く繁り、草葉は霧とも露ともつかないもので濡れていた。モーガンが背中にぶつかってきた。フロストがいきなり立ち止まったことに、とっさに反応しきれなかったのだ。「……くそっ！」フロストは押しころした声で言った。
「なんなんですか、親父《おやっ》さん？」
フロストは足元の少し先のほうを指さした。
濡れた衣類が山になっていた。衣類をまとった身体のほうは、腐敗が進み、膨れあがってい
た。骸《むくろ》となった八歳の少女だった。
モーガンはとっさに眼を閉じ、顔をそむけた。「このあたりも捜索したものだとばかり思っ
てましたよ、親父《おやっ》さん」
「ああ、したとも」とフロストは言った。「捜索班を三回も送り込んだ。そのあとで捨てられ
たのさ」
「どんな具合だ？」サンディ・レインが大声で尋ねてきた。
「そこにいろ」フロストは強い口調で命じた。「今、そっちに戻るから」
フロストはモーガンを引き連れ、来たときにつけた足跡を慎重にたどって引き返した。盛大
に繁茂した雑草の陰に、証拠となるものが埋もれていないとも限らない。うっかり踏んでしま
うことのないよう、細心の注意を払って足を運んだ。
「あの子を見つけたんですね、警部。違いますか？」とプラマーが訊いてきた。ひとり勝ち誇
ったような薄ら笑いを浮かべていた。
フロストは冷ややかな視線でそれに応じた。「ああ、見つけたよ。だが、おれたちとしては
大歓びしたくなるような気分じゃない。あんたと違って」差し当たり、殺人事件の初動捜査の

際に必要な面々に動員をかけるため、モーガンを車まで戻らせた。次いで、サンディ・レインがジャケットの内ポケットから携帯電話を取り出そうとしていることに気づいて、待ったをかけた。

「サンディ、ちょっと待ってもらえないか」レインをそばに呼び寄せ、声を落として言った。「まだ身元の確認がすんでない。一報を入れるなら、死体が発見されたってことだけにしてほしい。おれが被害者《ガイシャ》の両親のとこに訪ねていくまえに、おたくが抱えてる敏腕記者諸君に先を越されたくはない。おっ母さんにとっちゃ、胸の潰れるような知らせなんだ、少なくともおれの口から伝えてやりたい。それから、最後にもうひとつ、死体が発見されたことにプラマーが絡んでる件は伏せてほしい」

「おい、おい、そりゃないよ、ジャック」サンディ・レインは抗議した。「こいつを独占取材にするために、うちは大枚叩《はた》いたんだ。プラマーはいいネタだよ。すこぶるつきの極上ネタだよ」

呆れ返っていることを隠そうともしないで、フロストはレインを睨みつけた。「何を企んでる？」

「《超能力者が透視、行方不明の少女の遺体を発見》――こいつは新聞記者が夢にまで見る記事になる。実は全世界向けの独占配信権ってやつを押さえたんだよ、五千ポンドで」

「そんな話は、ひと言も聞いてない」フロストは怒りもあらわに言った。「おれを出しに使いやがって。知ってたら、こんなとこまで誰が一緒に来たりするもんか」

「そしたら、あの子を見つけられないままだった」

「いいか、サンディ、あんたがあのおつに澄ました、いかれぽんちの法螺吹きにいくら払おうと、おれの知ったことじゃない。だが、あのプラマーって野郎は己の小賢しさで墓穴を掘るタイプだ。あいつは死体の在処《ありか》を知ってたんだよ。言っとくが、千里眼のおかげじゃないからな。あいつにはこれから山ほど訊きたいことがある」

「それじゃ、透視能力なんてものは信じないってことかい？」

「ああ、五千ポンドくれると言われても、信じる気にはなれないね。あのいかれぽんちの法螺吹きは知ってたんだよ、あそこに死体があることを。これであの野郎も晴れて、おれの第一容疑者だよ」

訳者紹介　成蹊大学文学部卒業。英米文学翻訳家。訳書にウィングフィールド「クリスマスのフロスト」「フロスト日和」，ピータースン「幻の終わり」「夏の稲妻」，クラヴァン「真夜中の死線」など。

検印
廃止

冬のフロスト 上

2013年6月28日　初版

著者　R・D・ウィングフィールド

訳者　芹《せり》澤《ざわ》　恵《めぐみ》

発行所（株）東京創元社
代表者　長谷川晋一

162-0814/東京都新宿区新小川町1-5
電話　03・3268・8231-営業部
　　　03・3268・8204-編集部
URL　http://www.tsogen.co.jp
振替　00160—9—1565
暁印刷・本間製本

ISBN978-4-488-29106-8　C0197

現代英国ミステリの女王が贈る傑作！

ミネット・ウォルターズ 成川裕子 訳◎創元推理文庫

氷の家 ✣CWA賞新人賞受賞

第５位■「週刊文春」1994年ミステリーベスト10／海外部門
第７位■「このミステリーがすごい！ 1995年版」海外編ベスト10

10年前に当主が失踪した邸で、食い荒らされた無惨な死骸が発見された。彼は何者？　現代の古典と呼ぶに足る鮮烈な第一長編！

女彫刻家 ✣MWA最優秀長編賞受賞

第１位■「このミステリーがすごい！ 1996年版」海外編ベスト10
第１位■「週刊文春」1995年ミステリーベスト10／海外部門

母と妹を切り刻み、血まみれの抽象画を描いた女。犯人は本当に彼女なのか？　謎解きの妙趣に恐怖をひとたらし。戦慄の雄編。

病める狐 上下 ✣CWA賞ゴールド・ダガー受賞

第５位■「ミステリが読みたい！ 2008年版」海外部門

さびれた小村に死と暴力がもたらした、いくつもの不穏の種は、クリスマスの翌日、一斉に花開く。暗躍する謎の男の意図とは？

破壊者

第９位■『IN★POCKET』2012年文庫翻訳ミステリー・ベスト10／翻訳家&評論家部門

女性が陵辱され、裸のまま海へ投げ出された末に溺死した。凄惨極まりない殺人事件は、被害者を巡る複雑な人間関係を暴き出す。

刑事オリヴァー＆ピア・シリーズ

TIEFE WUNDEN◆Nele Neuhaus

深い疵《きず》

ネレ・ノイハウス
酒寄進一 訳 創元推理文庫

◆

ドイツ、2007年春。ホロコーストを生き残り、アメリカ大統領顧問をつとめた著名なユダヤ人が射殺された。

凶器は第二次大戦期の拳銃で、現場には「16145」の数字が残されていた。

しかし司法解剖の結果、被害者がナチスの武装親衛隊員だったという驚愕の事実が判明する。

そして第二、第三の殺人が発生。

被害者らの過去を探り、犯行に及んだのは何者なのか。

刑事オリヴァーとピアは幾多の難局に直面しつつも、凄絶な連続殺人の真相を追い続ける。

計算され尽くした緻密な構成＆誰もが嘘をついている＆著者が仕掛けた数々のミスリードの罠。

ドイツでシリーズ累計350万部突破、破格の警察小説！